그리움의
문턱에서

그리움의
문턱에서

정부영 지음

그리움의 문턱에서

젊은 시절 문학의 언저리에서 방황한 때가 있었다. 하여 문학에 뜻을 같이 하는 사람들이 모여 동인활동을 했었다. 그 후 시인, 수필가, 작가 등으로 등단하여 이름들을 지었지만 난 그렇지 못했다. 한동안 문학이 아닌 세상사에 빠져서 글과는 먼 생활을 해왔다. 그걸 타락이라고 해도 될는지 모르겠지만…

그러면서도 글을 쓰고 싶은 욕망은 내 맘속에 도사리고 있었다. 그래서 틈틈이 끼적거렸다. 2013년 2월 40년간의 교직생활을 마무리하고 정년을 맞으며 이런저런 얘기들을 모아 책으로 엮어보려 했다. 습작노트도 마련하고 여기저기 분산되었던 노트나 원고들을 모으려 했으나 많이 분실된 걸 알았다. 마음뿐이었고 실제로 묶어서 출산을 시키지 못했다. 그게 다 문학에 무관심하게 생활을 한 결과이리라. 그래서 또 문학과는 멀어져 생활을 하고… 나이테의 숫자가 많아지며 아쉬움도 더 커졌다. 더 늦기 전에 되돌아보고 하나의 책으로 엮고 싶었다. 그저 회상의 즐거움으로.

난 등단을 하지 않았다. 그래서 시인도 작가도 아니다. 그러나 늘 마음은 그렇게 살았다. 지금도 머릿속에 있던 숱한 생각들을 활자화 시키지 못한 아쉬움이 많이 남았다. 시인이라 작가라 이름을 짓지 않으면 어 떠랴!

시인의 삶이라 해서 보통사람들의 삶과 달리 살아야 하는 것은 아닐 게다. 작가라 해서 또 다른 삶이 있을까? 그렇지는 않다고 생각한다. 문학을 하는 사람들도 권모술수와 사기성이 판을 치는 정치판에 뛰어드는 일도 비일비재하니 말이다. 그들이 정치판에 끼어들어 적어도 지금의 서민의식 수준에도 미치지 못하는 정치판의 수준을 끌어올리는 것도 보지 못했다. 눈에 보이지 않으니 말이다.

허나 시를 쓰는 순간만은 시심으로 돌아가야 하리라! 작가도 마찬가지 일 것이다. 난 그래서 시인이니, 작가니 하는 이름을 짓지 못했다. 어쩜 이름을 짓지 않았는지도 모르지만….

매사는 사람이 생각하기 나름일 것이다. 만해스님도 불교유신론에서 화엄경의 십지품에 나오는 '一切唯心造'라는 말씀을 들어 강조하셨듯이, 이름을 짓고, 못 짓고, 안 짓고 하는 것이 무슨 문제가 있겠는가? 시를 쓸 때의 마음으로 살려 노력하는 진심이 있다면 되는 게 아닐지? 어쨌든 글을 쓰는 순간의 마음은 순수하리라. 누구든, 어느 때가 되었든,

나이테의 숫자가 더 많아지기 전에 얼마 되지 않는 습작품들을 모아보고 싶었다. 내 이름으로 내 삶의 에피소드를 모은 옴니버스 형식의 조그만 내 책 한 권, 남기고 싶었다. 그것도 수월한 일은 아니었다. 세상에

수월한 일이 어디 있겠는가? 기왕지사 늦게 출산하는 책 한권 멋지게 써 보리라 마음을 먹었지만 그것 또한 택도 없는 바람임은 자명한 이치다. 내가 마음먹은 것처럼 세상사가 이루어진다면 무얼 걱정한단 말인가?

그래서 또 포기할까? 생각하기도 했다. 그래도 용기를 내기로 마음을 고쳐먹었다. 성숙한 작품을 향한 도전으로. 작품이랄 것도 없는 넋두리의 글들을 그냥 모아보기로 마음을 먹었다. 한때 유행했던 대중가요의 가사처럼 '내 나이가 어때서.'라는 마음으로.

친구 도형이 격려의 힘을 실어 주었다. '미루다가는 영원히 가질 수 없다고. 후에 내 미숙한 글일지라도 읽어보는 재미가 쏠쏠 하다고.', 사진은 전 세계의 많은 사진작가와 교류를 맺고 있는 작가 복현 친구가 도와주었다. 미숙한 글 편집하고 다듬어준 아내에게도 고마움의 인사를 보낸다.

봉황산 자락에서 2018년 가을에

7   책을 내면서

| 차례 |

| 차례 |

11

01

계절과 삶을 노래하다

가을, 그리움의 문턱에서

아는 만큼 보인다는 말처럼
그리움은 그리운 만큼 그리운 것일까
그리움의 색은 무슨 색일까

아마도
붉은 색이리라
그리워 그리워 하도 그리워
선홍의 피 토하고 또 시려하는
저 붉게 타오르는 단풍, 단풍이

보는 이조차 그리움으로 붉게
타오르게 하고 있으니 아마도
그리움은 붉은 색이리라.

그리움은 어떤 모습일까
산을 닮아 보고파도 그립다 말 못하고
모든 삶 감싸 끌어안아

보이는 만큼만, 들리는 만큼만
보고 듣는
아득한 그 모습은
산이리라.

목련 연가

하얀 목련이 넋을 잃고
하늘 향해 산발한 채로
바람이 이끄는 대로 몸을 맡기고 있네요.

일편단심 북쪽의 님만 바라보아
북향화로 피어나더니 이제 봄바람
훈풍에 의지마저 꺾은 채

다시 피어날 녹색 이파리의
향연을 기다리며 유난히 늦은 봄을
그렇게 서성이며 기웃거리네요.

그리움 1

오늘이 아프다
요즈음은 늘 아프다
이 아픔 언제쯤 가시려나

이렇게 가슴이 아파올 때면
그리운 이 있다 보고픈 이 있다

이렇게 사무치게 그리운 건
앞산의 단풍잎이 붉게 타기 때문이다
골짜기에 잿빛 낙엽이 구르기 때문이다

이럴 땐 단풍잎 되어 숨어야 한다
잿빛 낙엽 가득한 골짜기로 숨어야 한다
아픔 그리움 보듬어 안고 거친 숨 몰아쉬며
산허리 지나 등성이 넘어야 있을

그리운 이 찾아가야겠다

그리하여
이 아픔 이 그리움
산등성이 너머 있을
보고픈 이에게 전해야겠다.

이별연습 2

당신을 보내고 오는 길에
장미 한 송이 꺾었지
기왕지사 보내야 할 당신이었다면
한 번 꺾어나 볼 걸
못 먹을 감 찔러나 본다구
꺾여진 장미엔 가시가 있더군
익히 알고 있는 가시가 있다는
그 사실을 새삼 실감하며
어차피 떠나야 할 당신이었다면
고이 보내길 잘했다는 생각이
환한 꽃잎으로 피어나드만

당신을 보내고 오는 길에
장미 한 송이 꺾었지
돋아난 가시를 떼어내고 떼어내었지
물고 늘어지는 가시뿌리에 찢기어져
벗겨진 살갗 밑의 허연 뼈 속에선
웬일인지 흰 피만 힘없이 번지고
흰 피 속에 오버랩 된 당신 모습이
돌 가슴 이 마음에 화롯불로 타올라
깜박이며 하늘 한 번 올려봤더니
샛별이 반짝이며 웃고 있더군.

이별연습 3

떠난다는 것은 그리 쉬운 일만은 아니다
내가 머물렀던 숱한 마음 밭이랑을
우리 함께 머물렀던 숱한 눈물 밭 그 사래를

하지만, 이젠 하나만을 생각하자

숱한 실 가닥이 하나의 실꾸리로
섞이고 얽혀 실마리조차 찾을 수 없는
우리들의 미로라 해도
터무니없는 마음 밭이랑을 뒤로 하고

오로지 이젠 하나만을 생각하자

둥근달 빛의 소리를 들으며
찬연한 별빛의 눈망울을 보며
소리와 모습을 듣고 볼 수 없어도

이젠 하나만을 생각하기로 하자.

여름밤의 추억

한여름 밤과 낮의 경계선쯤
대전역 광장에 가보셨나요
여기저기 광장을 가득 메운
흩어져 나부끼는 우리들의 양심을 보셨나요.

영혼이 빠져나가 파김치로 절여진
아스팔트 위 부서져 내린 유리 조각들
맨발로 나아갔다 여지없이 무너져 내린
피 흘리는 우리들의 양심을 보셨나요.

바람마저도 썩어 매캐한 소리를 싣고
신새벽 하얀 기적소리로도 씻을 수 없는
우리들의 잿빛 양심을 보셨나요.

역 광장을 다녀온 후
자꾸만 거북해져 오는 아랫배의 통증
악다구니 구역질로도 떠나지 않으니
소파수술 예리한 칼날로라도
한바탕 하혈을 해야 할까 봐요.

　　* 옛날 대전역 광장은 넓었죠.

오늘 넌 누가 되어 사느냐

때론 어둠으로
어느 땐 빛으로
그렇게 산화하고 싶다
흩어져 부서지면 빛도 어둠도
살아있다는 미동도 짐이 될 뿐이겠지

얼마나 떨어져야 수렁에서
내 맥박이 멈출 수 있을까
얼마만큼의 늪 속에서라야
끈질긴 숨통이 끊어져 버릴까
내 키의 열 배 아니 억만 배쯤 추락하면
나도 모를 내 영혼과 만날 수 있을까

터무니없는 세상에 매달린 오늘
독거미의 그물망으로
끈끈하게 달라붙는 인연의 끈….

오늘 같은 날은
반길 이 없는 한 점 유탄에게라도
뜨거운 가슴, 속살까지 내보이고
한 송이 홍 동백으로
피어나고 싶다.

성류굴(聖留屈)

철모르고 피어난
아카시 꽃 한 송이
때 아닌 향기나 뿜어
모두를 취하게 하는가.

억겁을 헤아린
신의 인내가
오묘한 암반의 꽃으로 피어
웅어리진 가슴앓이의 모습을

오늘 우리에게 보이다.

동해 제2터널을 지나며

보인다.
하느님의 음흉한 흉계가 숨은
붉게 타다 차라리 검은 재가 된
광부들의 한이 서린 저 녹음의 산
그 속에 숨겨진 악마의 잔해

양철 지붕 위에 쏟아지는
빗살무늬 해의 열기
그 열기 속에 남국의
이방인이 숨을 쉬어
오로지 흰 것은 눈빛 치아 빛
그리고 삶을 이어가는
우리네 백의의 마음뿐….

봄기운

얼음장 속
속옷도 벗은 채

꽁꽁 언 가슴
안으로 안으로만 삭이어

임의 따스한 입김에
칼날 같은 원한조차

순하디 순한 마음으로 일구어
샛노란 나리로 피어남은 바로

임의 온전한 입김 때문

* 삭이다 : 화가 풀려 마음이 가라앉다

어느 봄날의 기행

남행열차에 몸을 싣고 떠나는 날
화사한 개나리 한 묶음 가득했다.

남으로 가면 이 마음 진달래 될 수 있겠거니
열 두 칸 기차꼬리에 긴 마음 매달고서
홀가분한 알몸으로 털털거리며 달렸다

영동을 지날 즈음
산자락에 걸린 구름 한 점
때로는 육 형으로 때로는 김 형으로
시심에 애태우는 영동 문인의 모습으로 다가와
지난 세월 혈심으로 같이했던 마음이
오늘따라 연분홍 시심으로 다가와
가슴 가득 보고픈 얼굴로 피어난다.

추풍령 너머
산허리 베고 누운 이름 모를 묘소에도
동그마니 피어오른 한자락 연분홍 미소는
차라리 파란 슬픔으로 일어
철조망 갇혀 계신 아버님 모습으로 다가와
가슴 사무치게 하는 까닭은
허기진 배를 쥐고 뛰어야 했던 그날보다

오늘의 풍요에 흔들리는 타락 때문만은 아닐 거라고
도리질 치며 거부하는 몸짓이어도 시원한 대답은
산자락 뚫고 지나는 터널보다도 어둡기만 하다.

김천에서 상주로 향하는
외줄기 경북선 철로 위에
아른거리는 아내의 어린 시절이
단 한 번 꿈속에서 상면한
장모님의 얼굴로 피어올라
울컥울컥 미어져 오는 진한 마음을
잘 피어난 개나리 한 묶음으로 건네고 싶다.

  * 경북선 기차를 타고 상주에 있는 장인, 장모 산소에 다녀오며

生日을 맞으며

서른 몇 번째의 생일을 맞으며
팔십오에서 오십을 빼니 삼십오임을 계산해 보고
거기에 남·북이 치고받는 북새통에
출생신고 늦은 울 아버님의 한숨을 더하니
아! 이젠 삼십대 후반의
지지리도 못난 장년임을 깨닫다.

큰 뜻은 그만두고 담배씨만한 서민의 꿈도 못 이루어
고향 어귀의 낯익은 하숙방에서
신장리 밤나무골, 황토 흙 베고 누운
아버님의 잡초 무성할 묘소를 떠올리다가
한밭 골 아파트에 갇혀 계신 울 엄마를 떠올리다가
사무치는 사랑 한번 받지 못한 자식들을 떠올리다가

내가 누구인가 거울을 보니
유년의 순수함을 부어 놓은 눈망울도
야간학교 시절의 용광로의 불길도
교단에 몸 바칠 스승님의 눈빛도 없는
사악한 욕망만이 가득한 모순투성이의 이방인을 보며
서른 몇 번째의 생일을 맞다.

환절기

순백의 울음들이 깔리는
저린 아픔의 교차로에 서면
캔버스에 수놓을 태깔을 잊은 채
오늘의 계절을 말할 수 없다.

우리는 여름에서 가을로 접어듦을 두려워한다.
그건 풀무치나 귀뚜리들이 밤을 빚어내는
찬란한 울음 때문인지도 모른다.
뒤따라 울음조차도 울 수 없는 잿빛 겨울이 온다는….

동장군이 판을 치는 칼날의 추위에도
우린 웅크릴 대로 웅크린 낮은 자세로
또 다른 환절기를 고대하면서
凍土 깊숙이 뿌리 내린 裸木 위에
한 점 春風을 불어넣어야 한다
우리들의 찬란한 봄의 향연을 위해

오늘을 사는 우리

모의고사 점수가 일백 이십 개만 된다면
내가 희망하는 곳에 갈 수 있다는데
난 겨우 백 개 하고 다섯 개
잃어버린 열 다섯의 세월이
나의 가슴을 찢는다.

지난 가을
난 열 다섯의 모범답안을
그렇게 허비해 버리고
이제사 회한에 젖고 있다니
비굴해져야 하는 아버지의 모습이
엄마의 아련한 눈망울이
백 삼십을 넘긴 친구의 미소가 나를 더욱
비굴해지게 한다.

그렇다
우린 또 다른 형태의
점수의 평가를 받으며
그렇게 살아야 하나 보다
진정 그렇게
살아야 하나 보다.

    * 수험생들을 생각하며 어느 가을날에

알 수 없습니다

당신이 거리를 헤매는 까닭을 알 수 없습니다.
연분홍 코스모스와 흰옷을 유난히도 좋아했던 당신
우리가 가난에 떨어야 했던 지난날에도
부끄러움 한 점 없이 우리의 아픔을 웃음으로 이겨온 당신

이 풍진 세상을 만난 오늘
당신은 왜 우리의 곁을 떠나
머리 풀어 헤치고 피투성이 맨발로
이 거리 저 거리를 헤매는지 알 수 없습니다.

초가삼간 쓰러지는 흙담 속에서도
진주 같은 흰 이를 보이시며 우리를 감싸주던 당신
당신은 어인일로 오늘 같은 날
하늘만 쳐다보고 이집 저집 헤매는지
알 수 없습니다.

옥잠화

남국의 꿈을 간직했음이냐
연록의 순한 꿈은 둥글게 커져서

골마다 이는 시름 왼 여름을 지탱해
이제사 봉오리 진 순백의 옹어리는
길게 뻗은 나발이 되어
들리지 않는 한숨으로 외치고 있음이니

너의 모습은
힘없는 우리들 白衣의 아픔이 되어
창공에 흩어져 나부끼는
우리를 부풀게 하는 깃발이구나!

꽃잎을 띄우며

우리는 잔 위에
꽃잎을 띄웠습니다.

菊香에 취해
비록 알몸이어도
달빛 아래 부끄럼 없이
훨훨 벗을 수 있었지요

세영인 흰 꽃잎을 띄우며
우리 마음만은 하얗게 살자 했지요

진철은 붉은 꽃잎을 띄우며
우리 용광로의 불이 되어
앞날을 살자 했지요

병아리의 솜털 같은 꽃잎을 날리며
은모가 말했지요 별처럼 찬란한
진흙 속의 꽃이 되자고

난 그들이 띄운 꽃 잔을 들며
한 아버님을 생각했지요.
회색바람 몰아치는 고목 숲에도
어김없이 봄볕은 올 테니까요.

동해 기행

냇물 밑에 굴을 파 탈주를
시도했다는 청송감호소를 지나
대게로 널리 알려진 영덕을 넘어서
후포를 지날 즈음, 바닷가에 늘어선
철조망을 보고 아! 여기도 대한의 땅임을 깨닫다

바다를 향한 무덤들 곁에
바다에 늘어선 갈매기 떼
철없는 아이들과 갯벌에 노닐고

바다의 무언의 대화인가
영원을 불사르는 침묵의 시위인가
허공에 퍼져 파도로 부서지는 우리의
언어로는 듣지 못할 물보라 소리들

어쩜 두고 온 정은
주왕산 큰 바위 깊은 인내로 피어나
오늘 이제사 이름 없는 포구에 한 점
물보라로 피어오르는가?

보리 밥풀떼기

하이얀 사기 대접에
소갈머리 없이 담겨진
밥풀떼기 무리되어 부초처럼
수면 위로 떠올라 굶주린
우리의 눈자위에 파문으로 남아
오늘 한 점 바람이게 하는가

언젠가 흩어져야 할 몸
언젠가 버려져야 할 마음
삭혀진 보리 밥풀떼기 되어
가볍게 부초로 떠오르다

빗소리를 듣자

우리 모두 하나 되어
목마른 대지 위에 쏟아지는
빗소리를 듣자

답답한 마음의 빗장을 풀고
저 시원한 물보라의 함성을 듣자

어두운 악다구니의 우리의 소릴 멈추고
지루하고 꽉 막힌 불꽃의 음모를 벗어나

이제 우리 시원한 자연의 소릴 듣자
우리를 우리이게 하는
신의 소리를 듣자
거리낌 없이 찬란한
태초의 소리를 듣자

우리 아니 내 이쁜이

이제 그 강을 건넜느냐
너의 그 숨 가쁨에 이 아빠는
널 보낼 수밖에 없었단다
조금이다 조금 우리가 헤어져 있는 건

네가 우리에게 와 주어
우린 그야말로 행복했었다
네가 가고 나서 네 엄마와 난
서로의 눈치를 보며 이렇게
이를 앙다물고 엉뚱한 행동이
어색하지 않구나

사랑했다
아니 사랑한다 영원히 널
사랑한다 내 이쁜아
우리 이쁜아

널 보낸 날 원망, 그래
많이많이 미워해라

이쁜이를 보내고서

없었다… 그래
휑하니 뚫려버린
이 허전함은 무얼까

누군가 예전에 말했다
든 자리는 몰라도
난 자리는 안다고 그래서일까
이쁜이가 없는
이 공간이

마지막으로 울부짖는 너의 짖음이
아직도 귓가에 맴도는데
그 아픔 속에서도 날 아니
우리를 지키려는 그 단말마의
아픔의 소리가 물바퀴로 맴도는구나

아파도 아파도 그냥 그렇게 둘 걸
4월 중순의 봄비는 추적추적 내리는데
라일락 꽃잎조차 슬퍼 보이는구나!
아파도 같이 보듬어 안고 나도 네 에미도
더 가슴이 아플 걸 그랬나보다.

이쁜이가 가고 봄비가

네 세상은 너무 좁았다
서른 몇 평이 네 우주의 전부였으니
내가 너에게 못해준 게 너무 많구나.

그래 딱 한 번 계족산 자락에
널 데리고 갔었구나 사람들이 무서워
내 곁을 떠나지 못해 벌벌 그 떨림을
내 손의 숨결 속으로 전해주던 너의 그
차르르 하는 떨림의 촉감이 지금도 내게
내게 전해오는구나 그 병원에 들어설 때의
바로 그 떨림이었다

넌 알고 있었지
나의 매정함을 그래서
들기조차 힘든 고개를 쳐들고
날 올려다봤던 거지. 그 순간의
너의 눈빛을 피하기가 쉽지 않았단다.
넌 알고 있었겠지 내 마음을 그러고도
넌 저항 한 번 하지 않고 내 뜻에 따라
순종하며 순종하며
네 생명까지 내 주었구나

나의 사랑하는 이쁜아

네가 숨고르기를 하는
그 끝 모습이 자꾸 나를
아프게 하는구나 널 아프지 않게 하려던
나의 음흉한 마음이 이렇게
지금 내 마음을 때리는구나
넓게 아주 많이 넓게 나를 용서하려무나
네가 먼저 가서 나를 기다리려무나 미워도
그래 줄 수 있겠니 그래주려무나
아침부터 봄비는 그치지 않고
종일 추적추적 그렇게 내리고 있구나

이제 그만 편히 쉬거라

* 17년 4월 '이쁜이'를 안락사 시킨 후 쓴 넋두리

오늘 그리고 바람

바람은 아직도 차다
4월 중순에 접어든 지금
바람은 시린 지난겨울의
가슴앓이를 떨쳐내지 못한 채
바람의 몸놀림으로
거친 바람의 언어로
말하고 있다.

이제 겨울도 여름도
그들의 언어를 잊어버려
봄바람은 봄의 언어를 잊고
때 아닌 겨울 몸짓의 알 수 없는
언어로 두런거리며 서성이고 있다.

예측 못 할 바람의 소용돌이 속에
비틀거리며 허허롭게 서 있다.

그리움 2

그리움은 산허리에
서성이고 있다

산자락에 피어오른 그리움은
새하얀 연무로 피어올라
산등성이 지나 봉황정 바라보며
가파른 돌밭 길 휘이휘이 돌아
거친 숨결로 몰아치고 있다

그렇게 그리움은
턱밑까지 차올라
가쁜 숨 몰아쉬게 한다.

그리움은 강가의
물안개로 피어오른다.

엄니의 치맛자락으로
탑새기 쓸어버리듯
휘이휘이 풀어헤치고

물속에서 물가생이
수면 위로 피어오른다.

고추잠자리

하얀 뭉게구름 사이로
파란 하늘 높아만 가고

사람 체온보다 뜨거운 폭염
아스팔트 위로 끓어올라 무더위
피해 앉고 싶은 마음이어도

더위 가시지 않아
붉게 탄 고추꼬리에
바람개비 날개 달아

빠르게 가을 마중 나서면
달아날까 이 더위가
이러면 안 되는데
안 되는데

내 마음 갈 곳을 잃어

가고픈 마음 하늘만해서
차라리 발길 돌렸지요
참아 보자 참아 보자

보고픈 마음 호수만해서
차라리 눈길 돌렸지요
이렇게 방황하다보면
아픔 가시려는지

듣고픈 소리 바다만해서
바람소릴 들었지요.
봄의 복판에서 서성이는
바람소릴 들었지요.

능소화 1

임의 얼굴 보고파
그 마음 하늘만큼 커져
한 덩이 응어리진 묶음화로 피어나
높은 담장 부여잡고
오르고 또 오르면
임의 모습 보일까

꿈속에라도 임을 행여 보거든
후회 없이 흔적조차
사라져 오늘 난
여기 없어요.

능소화 2

출근길 담장 밑에
밤을 지샌, 삼류 사랑 모습으로
능소화가 널부러져 있다.

찬란했던 임과의 만남
차라리 못 잊겠어
옷깃 허투루 서있다.

출근길 고개 돌려
한 번만 더, 소리치며
널부러진 모습으로 누워있다.

초여름 더위가 기승을 부리는
유월 아침 태양도 뜨겁다.

샛바람

바람이 건물 사이 비집고
바늘구멍 어렵게 통과해

할머니 등줄기에서
겨드랑이 사타구니까지
지나며 지나며 훑고 지나며
시원케 바람길 만든다.

아픈 그들 시린 그들
감싸 안아 시원한 물줄기
얼음수건 되어
등목 시켜준다.

전화를 기다리며

역시 받지 않았다 어제도 오늘도
원하지 않는 전화기 숫자를 누르며
행여 오늘은 받겠지 받을 수도 있다.

역시 내 귓전을 때리는
통화를 할 수 없어….

그래 그렇게 혼자이고 싶은 거지

나도 그럴 때가 있었지
아니 하도 많아
그 맘 나도 안다
알 수 있다 되뇌어도

폴더형 전화기 덮개를 덮으며
다가가던 모든 마음
겨자씨만한 맘까지도
체념으로 덮어버린다.

오늘 잔인한 사월
마지막 휴일에

헛된 약속

그렇게 쉽게 무너질
마음에 매달려
숱한 밤을 뒤척였지

다 버릴 수도 있다고

숱한 땀방울로
맺어진 진실마저도
꿰어진 구슬의 끈을

자를 수도 있다고

강산이 변하고 또 변해도
돌처럼 산처럼
영원하자 했었지

손가락 걸며
서로의 눈
바라보며

임 그리며

어느 날 길 잃은 꽃사슴 한 마리
슬픈 눈빛으로 다가와 촉촉한 눈 속에
빠져들게 했지요.

어깨 기대어 편히 쉴 곳조차
마련해 주지 못한 채

아픔만 주었나 봅니다.

이 보고픔 아린 가슴
아름다움으로 승화하렵니다.

무례하고 거친 욕망은 날려 버릴게요.
이 설렘도 헛되지 않게 고이 간직할게요.

그러다 어느 날
우연히 아주 많이 우연히

마주하게 되길 맘속으로 빌면
그런 꿈 이뤄질 날 있겠지요.

오늘이 무섭다

단풍 소식이 북에서 날아온다.
설악을 거쳐 태백, 속리,
계룡, 내장, 방장, 한라까지
단풍소식은 북에서 남으로 날아온다.

붉은 단풍 소식은 핵 소식으로 변해
스멀스멀 우리들 가슴속 스며들어
언제 스몄는지 알 수가 없다.

서로들 알려고 하지 않아
그래 잊고서 살고 싶은가 보다
살 때까지 살더라도
아픈 사실 모른 채 그렇게
살고 싶어 한다

우리 모두가 단풍
소식에 둔해졌다.
우린 그렇게
오늘을 산다.

둘이 하나됨을 위하여

병술년 삼월 스무엿새
새봄이 무르익어 만산의 꽃들이
너희들의 하나 됨에 갈채를 보내는구나
계절의 흐름에 순응해 네 어미와 나는 오늘
뜻 깊은 하나의 새싹을 파종하려 한다.

아들아! 그리고 새아가야!
둘이 부부가 됨을 한아름 꽃다발로 축하한다.
하고픈 말 어찌 다 언어로 표현할 수 있겠니
그래도 꼭 해야 할 말이 있다면

여기 너희들의 하나 됨을 축하하기 위해
바쁘신 일 접어두고 자리를 빛내 주신
가족, 친지 분의 깊은 뜻을 잊지 말거라
그분들에게 하나의 꽃으로 피어나라
변치 않고 반짝이는 하나의 별이 되었으면 좋겠다.

아들아!
그간 너에게 주지 못한 사랑이
못내 아쉽구나 네 어미와 내가 못다 준 사랑
이제 너희들이 더 값진 사랑으로 꽃 피워라

못다 준 사랑 함께 모아 모아
둘이 하나 됨을 진심으로 축하하며
뜨거운 갈채를 보낸다.
오순도순 행복하게 잘 살아라.

* 병술년 삼월 스무엿새 아비가

향기로운 원앙이 되소서

계사년 삼월 초나흘
연둣빛 잎이 보내는 갈채의 함성
꽃소식으로 가득한 오늘
세상은 아름다워라

세상에서 가장 행복한 이름
신랑님! 각시님! 그 이름 위에 설레는 사랑을 더해
나란히 함께한 그대들은
꽃보다 더 아름다워라

봉황산 자락 매봉 배움터
예쁜 인연 한마음으로 고여
부부되길 맹세하는 오늘
벚꽃보다 환한 진욱 신랑님!
목련보다 밝은 수현 각시님!

세월의 이랑마다 사랑의 꽃씨 심어
서로가 더 큰 사랑 하소서
나의 기쁨보다 상대를 기쁘게 하는
그런 사랑 하소서
미움과 아픔까지 사랑으로 승화하소서

행복이란 이름의 집 한 채 지으며
향기로운 부부 되소서
풍기는 향기 이웃까지 취케 하는
그런 집 지으소서

사랑의 전설로 길이 빛날 원앙이 되소서

   * 진욱, 수현 선생님 부부되는 날에

헌시

학의 날갯짓으로
청송의 푸르른 마음의 빛으로
한평생 걸어온 외길 반세기
오늘 임의 모습은 한결 더 고고하니이다.

대한민국 정부수립 혼탁한 그 시절에
어둠 밝히실 한 낱의 불씨이고자

아픈 가슴 올올이 꿰매어온 인생
때로는 밀려오는 유혹의 불길에
묵묵히 비에 젖는 바위의 인고로
때로는 노도로 부딪쳐오는
얽혀진 생활의 실타래를 풀면서
상아탑에 피우신 교육이란 꽃 한 송이
장미보다 모란보다 더 곱더니이다.

임이시여!
당신이 피우신 꽃 한 송이
소중한 열매로 여무는 날
대견한 미소를 띠소서.

임이시여!

오늘은 지난 세월 개켜두시고
새로운 옷을 입고 출발하는 날
학의 날갯짓으로
푸르디푸른 청송의 마음 빛으로
또 하나의 등불이 되어주소서.

* 연무대기계공업고등학교 임영규 교장선생님 정년퇴임에 부처

방학을 맞으며

사십오 곱하기 이는 구십
구십에서 하날 빼니 팔십 구
오늘이 정유년 칠월 스무닷새

교사 시절 방학 팔십 번에
지킴이 방학 아홉 번째
합이 팔십 구

그런 방학 팔십팔 개가
팔팔하게 날아가 버렸지

오늘 팔십아홉 번째 방학 하는 날
지나간 방학을 생각하며
이번 방학 계획은 무계획

이젠 몇 번 남지도 않았을 방학인데
아내와 함께 목적지도 없이 가며 쉬며
1박 2일이라도 해야겠다
소주 한 잔 걸치며…

산사의 아침

산사의 아침은
온갖 향기로 묻어난다.
솔 향으로 밤 새워 목욕한 솔새 한 마리
아주 작은 몸짓으로 기지개 켜면
자세 낮춰 은신했던 향기들
계곡에서 산자락 산등성까지 은밀한
속삭임으로 피어오른다.

산사의 아침은
온갖 소리로 피어난다.
고단한 몸 누웠던 솔바람 잠꼬대에
풀잎들 앙증맞은 몸짓으로 피어나서
세상사 모두 헛것으로 시작해서
그 끝도 다 헛것으로 닫힐 뿐이라는
노스님 새벽 예불 낭랑한
독경 소리로 피어오른다.

보리 내음

아직 보리가 익기까지는
뻐꾸기 진한 울음이 독작골짜기
더욱 구슬피 울려 퍼져야 하련만

한낮 푸장 나뭇잎이 졸음에 겨워
뙤약볕 피해 다소곳이 합장한
솜털 이불 보송한 보금자리
놀랜 눈망울 둥글둥글

물댄 논 건넛산에 수평으로
솟아오르는 꿩! 꿩! 울음소리에
졸음 겨운 닭들의 눈꺼풀

아직도 햇님은
반나절도 못미처
보릿고개 해 길다

시(詩)가 뭔가유!

시는 그저 시이쥬
절간의 스님들 말씀 같은
그냥 착한 사람들의
가슴이쥬

그저 순한 사람들의
마음을 푸는
한풀이쥬!

그냥 시는
가슴에서 솟아오르는 샘물의
언어유, 랭귀진가 뭐 그런 거 있잖아유

그래서
나는유
좋은 시에 가슴이 열리고
눈시울이 적셔져유

에구! 또 눈이 먹먹하네유!

고향

오늘
고향
다녀오는 길
필링 소 굿
넘
행복했다

호주 정부영

내 이름이 와 닿는다
호주 정부영
부자 부자에 자맥질할 영
일천 구백 오십년 시월 어느 날
용케도 살아남았군!
등록번호 5010 …

그 땐 포성이 심했었지
그래도 넌 할머님 보호 밑에
토굴 속에서 웃고 있었지
잇몸에 치아도 없을 때
그리고
세월은 흘러 양곡리 65번지 호주 정부영

여직도 심한 포성이
나의 가슴을
찢는다.

그렇게

지구는 돈다.

봄눈 내리는 날

춥지 않은 바람이
옷깃을 스친다.

그렇게 몸을 움츠리게 하던
칼바람 매서움이
따스한 봄의 기운에
뒷걸음 친다

그렇게
난 무술년 봄을 맞는다

3월 어느 날에 십 몇 년 전 어느 해처럼
눈이 내린다
내리면 쌓이기나 할 일이지
쌓이지도 않는 눈이 내리고
녹고 내리고 또 녹는다.

이름하여
춘삼월 봄눈이다.

급식시간

학교생활 46년째다
매봉중 여기서만 11년
교사로 5년, 배움터 지킴이로 6년

올 춘삼월 급식실이 지어져
애들은 현대식 식당에서 식사를 한다
먹고 싶은 걸 먹고 싶은 만큼 가져다
빛나는 커다란 식탁에 앉아
친구들과 도란도란
맛있게 먹는다.

오늘 풍요의 애들을 보며
모낼 무렵 보릿고개가 아련히
떠오름은 왜일까

신호등

우리 모두에게 기회가 주어진다면
그 기회는 균등해야 한다
어느 쪽으로도 기울어선 안 된다.

그리고 우회전의 문은 항상 열려 있어야 한다
누구라도 그 길을 가로막아선 안 된다
그건 법의 심판을 받아야 된다.

어떤 이들은 가로막고도 되레 큰소리인
사람인지 짐승인지 모를 것들이 있다.

화날 땐 언뜻언뜻 떠오르는 생각으론
그런 짐승인지 사람인지 모를 것들은
그저 소리 안 나는 거시기가 있다면
겨누고 싶을 때가 있다.
그들을 심판할 자격도 없지만

세상엔 그런 일이 많다
그래서 난 한쪽 눈이 찌그러졌다
내 눈이 바로 자리했으면 좋겠다.

제발 그런 날이 빨리 왔으면.

사랑하는 선생님들!

이제 떠날 때가 되어 떠나야 한답니다
아니 떠나는 연습, 이별 연습하러 떠납니다.

마흔 번의 지나간 세월이
활동사진처럼 오버랩 되어
스쳐지나갑니다.

열 번째 학교가 우리 매봉이네요
봉황산 자락의 우리 배움터에서
너무 많이 행복했습니다.

아직은 이별연습이지만
그간 너무너무 감사했습니다.

오늘 윤정민 님이 기타를 치며 안녕이란
노래를 불러 주셨어요. 그래 일단 안녕이지만
내내 건강하시고 행복하소서
하얀 눈이라도 내릴 것 같은 하늘이네요

안녕! 안녕!

지킴이 보람

丁酉年 三月 二日
오늘 다시 신학기
첫 출근을 했다
교사가 아닌 지킴이로
이름하여 배움터 지킴이

그래도 간밤엔 뜬눈으로 새웠다.
새로운 출근이 나를 설레게 했다.

기상 후
출근을 위해 세안을 하고
머리를 감고 빗으로 다듬고
몸을 지탱해 줄 영양분을 섭취하고
그래서 아침은 바쁘고 찬란하다

출근시간, 등교시간
아이들부터 어른들까지 바쁘게 빛난다
어느 배움터 정문 앞 도롯가
난 그들 사이에서 덩달아 바쁘다

반짝 바쁘고 빛나는 한 시간여
약속이나 한 듯 한가해질 때
아! 이 여유로운 행복함이여!

부음

미국의 독립기념일 전날 밤
대륙이 바라다보이는 곳 서산
점점이 흩어져 피어난 붉은 꽃들
남해에서 서해의 중부 이곳까지
만나고 흩어지고 또 만나고

어렸을 때 보듬어
살펴주시던 부지런하셨던 한 분이
자상한 미소 남기시고
별의 이웃이 되셨다

문상 온 나도 벌써 육학년, 나 일학년 때
하얀 치아 보이시며 밝은 웃음 주셨지
꽃 속에 묻히신 영정 모습이

그때의 웃음으로 피어올라
눈가에 잔주름 있어도
곱나이다. 편안히
쉬소서!

* 서산 성연 최공진 이모부님 문상 후

아침 산행

놓았던 삶의 끈을 잡으려
몇 해 만에 새벽 산행을 시작했지요
산새소리 반겨주니 더 좋더이다.

밤새 은밀히 속삭이던 새벽안개
계곡에서 피어오르고, 솔 향 가득한
오솔길을 택해 폐부 깊숙이 자리한
속세의 흔적을 뱉으며, 뱉으며

아! 이젠 산새들 놀라지 않게
끊어버리자! 끊어버리자!

짙어가는 녹음의 향연처럼
솟아오르는 희망이여!
용틀임이여!

꽃 향으로 피어

나목에서 피어오르는 꽃보다
푸른 잎을 디딤돌로 피어나는 그런
꽃이 되고 싶소
녹음과 어우러진 꽃들이
현실과 사랑을 함께할 수 있음이니

목련이나 개나리가 아닌
라일락이나 아카시로 피어
찬란한 녹음과 어우러져 짙은
향기 뿜어내는 그런
꽃이 되고 싶소

하늘엔 바람 내 마음엔 비

하늘엔 파란 하늘 한 점 없이
잿빛 구름과 바람만 가득했다.

늘 가까이 있던 봉황산은
점차 멀어져 산 속 숲길은
꿈속인 듯 아득히 멀어져 간다.

정이 그리워
아득히 멀어진 그 길 찾아
똬리 튼 마을 찾아들면
언제 찾아들었는가
보고픈 이 예 있으니

이제사
구름 걷히고 바람 멈추는
아! 여기는
내 마음의 고향이니
이제 구름 바람 걷히고
내 마음 비도 그치려나!

우리 모두

얼마나 비워야 내가
아니 우리가 보일까
여긴 오물 가득한
코리아 ㅇㅇㅇ번지

얼마만큼 버려야
그들이 나를 우리를
볼 수 있을까

아니다
이건 아님이다 안타깝다
바라는 바는 아니지만
개 풀 뜯어 먹는 소리다.

춘분설 1

춘분날에 눈이 내린다.

밤새 내린 눈으로 출근길
힘들어, 힘들어 매사에 조심하라고
그렇게 하얀 언어로 가르치더니
이젠 제법 제 몸을 키우고 있다

함박눈으로 변해 봉황산 정상을
까마득히 삼켜버렸다 어릴 때 숨바꼭질처럼
저기쯤 있어야 할 산이 그 온화한 산 모습이
온전히 숨어버렸다.
내 모습도

저 산처럼 어디론가
사라질 수 있다면 지금은
그 길을 택하고 싶다
내 그릇된 과거에서 하얗게
지워지고 싶다. 흔적조차 없이

아주 멀리 아스라이
사라지고 싶다
혼자서

춘분설 2

춘분설 분분하니 계절이 어느 땐고
세상이 어수선해 시절도 잊었는가
이럴 땐 임이나 만나 밀린 회포 푸세나

춘분설 어지럽게 날리고 또 날리어
눈앞의 봉황산이 아련히 사라지니
어릴 적 동화나라의 생각이 간절해져

귀밑의 백발이 춘설처럼 성성해도
흩어진 목마 친우 모두 다 안녕하길
이 마음 전해 볼까나 날리는 눈발에게

옛말엔 인생들 칠십이 고래희라
오늘날 의술들이 동의보감 그때보다
더하여 어딘가 있을 그립다 친구들이

눈발에 전하여진 내 소식 어찌 듣고
그대들 소식이 어쩌면 올 듯하여
희미한 잿빛 하늘로 고개만 젖혀보네

추락

명예를 가졌으니
물욕은 없으려니 우리는 그를
우리 모두의 임으로
가장 큰 임으로 모시었다
불이물희(不以物喜)*려니 하는 마음으로

아니었다 그는
가진자였지만 인간의 욕심은
끝이 없이 추락하여
이제는 우리에게
추악한 속살까지 까발리고

되레 우리를 원망하며
바다 깊이 심해로 깊이깊이
숨으려 한다.

* 不以物喜 : 물질로 기뻐하지 않는 마음

하루, 그리고 또 하루

오늘이 새롭다
누구에게나 오늘은 새롭다
이제사 오늘이 새롭게
다가오는 건 세월 때문인가 보다

마흔 해째
새 학기를 맞았다
이제 나에게 봄 학기는
없다. 영원히 아스라이 없다

아직도 아침 바람은 차다
아이들과 함께 어우러져
함박웃음 펼칠 오늘은 없다

차가운 아침 공기 가르며
현관을 나서면
오늘이 새롭다
나에게 오늘은 새롭다.

숲속의 배움터 매봉중학교
이제 곧 떠나야 할 이곳에서
오늘이 마냥 새롭다.

차라리 태풍이라도

끈적이는 더위가
추적거리는 후텁지근함이
떼어버리려 애태우는 몸짓이어도
끈질기게 달라붙는 인연의 끈이 되니

차라리 우리네 정성껏 지은
농토를 망쳐버릴 태풍이라도
기다리고 기다려져 휩쓸어 버리라고
악다구니의 바람이라도 소식이 없어

돌았구나! 돌았나 봐!
우리의 삶의 터전인
이 지구가 이 행성이

숨쉬기 운동

어릴 때
맨손체조는 운동도 아니었지

라디오 틀고
마이크 확성기에 대면
딴따라라라 딴따라라라라 '국민체조 시~작!'

마지막은 언제나처럼
숨쉬기 운동으로 마무리했지
두 손 벌려 비행기 모양으로 들~숨
두 손 내리며 제자리에 날~숨

이제 숨쉬기 운동도 내겐 큰 운동이다
조그만 언덕을 오를 때도 숨이 가빠
한참을 멈추어 숨을 골라야 숨을 쉴 수 있다.

이제 육학년인데 칠학년 팔학년 땐
어떻게 숨쉬기 운동을 하려고
육학년인데 숨이 자꾸만 턱까지
턱까지 차오르는지

육학년인 지금
맨손체조도 내겐 큰 운동이다

02
——

회상의 즐거움

토끼풀 소년

바닷가 가까운 마을에 소년이 살고 있었다. 소년의 집 주위엔 아름드리 소나무들이 하늘을 향해 솟아있었다. 누구 키가 더 큰지 자랑이라도 하듯이…

소년이 살고 있는 소나무 동산 아래에 대나무 숲에 둘려진 오래된 기와집이 있었다. 기와집에서 샛길을 따라 내려가면 동네 우물이 있었다.

우물은 물이 좋기로 널리 알려져 온 동네 사람들이 사용하는 우물이었다. 둥글게 벽처럼 낮게 쌓은 돌 위로 물은 항상 철철 흘러넘쳤다. 흘러넘친 물이 잠시 머무는 소가 있었다. 그곳에서 동네 아낙들은 빨래를 했다. 방망이질을 할 수 있도록 잘 다듬어진 평평한 돌이 몇 개 있었다.

우물 주위에는 하늘 향해 시원하게 뻗어있는 미루나무가 사이좋게 서 있었다. 나무 꼭대기에 왜가리 집들이 있었다. 잿빛과 흰색이 어우러진 옷을 입은 왜가리들은 큰 날개를 펼치며 둥지에 앉곤 했다. 왜가리 가족이 둥지를 틀고 왜가리 새끼를 키우는 초여름에는 왜가리들이 어지럽게 우물 주위로 날아다녔다.

왜가리 가족이 둥지를 튼 우물가를 지나면 마을 앞에 한길이 있었다. 한길은 마을 중심을 지나 왼쪽으로 해미면, 오른쪽으론 서산으로 향한다. 한길의 맞은쪽에는 넓은 들판이 펼쳐져 있었다. 들판 끝은 높다란 둑으로 가로 막혀있고 둑을 넘으면 바로 강이었다.

강이라기에는 폭이 좁았다. 내(川)보다는 넓었다. 그 강이 서산읍과 해미면을 가르는 자연적 경계였다. 사람들은 그 강을 덕지천이라 불렀다. 덕지천은 마을 앞 넓은 들판에 물을 공급하는 급수원이었다. 강이 끝나는 곳에서 바닷물과 만났다.

덕지천과 해미천이 만나는 곳에 오푼강 마을이 있었다. 오푼강 마을에는 항상 어선들이 정박해 있는 때가 많았다. 어선 위에는 울긋불긋한 깃대들이 바람에 펄럭이고 있었다. 소년은 오푼강 마을까지 혼자서 걸어오곤 했다. 배 위에 펄럭이는 깃발을 바라볼 때면 소년은 배를 타보고 싶은 생각이 굴뚝같았다. 배를 타고 먼 바다까지 나가보고 싶었다.

어느 때는 꽤 여러 척의 배들이 한꺼번에 깃발을 나부끼며 오푼강 마을에 머무는 때도 있었다. 그럴 때면 그 마을은 잔치라도 하는 듯 시끌벅적했다. 마을 귀퉁이에 있는 집에는 모르는 사람들로 가득했다.

언젠가 집에 찾아온 손님과 아버지가 나누는 대화를 들었다. 오푼강이란 이름이 지어진 이야기였다.

소년의 동네 앞에 펼쳐진 넓은 평야에선 많은 벼가 수확 되었다. 서울에 사는 대지주의 마름이 마을에 살았다. 마름이 받는 벼가 일 년에 4000여 석이나 되었다. 이 곡식을 배가 닿을 수 있는 포구까지 900미터 정도를 지게로 져냈다. 한 섬을 져 나르는 값이 오푼으로 오푼강이라는 이름이 생겨났다고 했다.

오푼강에 일제 강점기 때 정기적으로 배 두 척이 운항되고 있었다. '서산환' '해미환' 이라는 이름의 화물선이었다. 이 화물선은 이곳에서 생산되는 쌀, 약재 등을 실어 갔다. 입항 때는 광목, 의약품, 석유, 비료 등 서산지역에서 사용되는 생활에 필요한 물품을 싣고 왔다. 오푼강은 서산지역에 필요한 물품을 보급하는 포구였다. '서산환', '해미환' 화물선은 마포항, 인천항, 군산항, 목포항, 멀리는 부산항까지 교역을 했었다. 그때의 오푼강은 성시를 이루었다. 여덟 가구의 집이 있었다. 두세 집이 술집이었다. 술집엔 두세 명의 접대부가 있었다. 때로는 서산읍내에서 술을 먹으러 왔었다.

60년대에도 덕지내에 선적을 둔 배가 열두 척에서 열다섯 척 정도 있었다. 대부분 어선으로 칠산 연평도까지 왕래가 잦았다. 특히 새우젓 배, 황석어젓 배가 많았다. 당시에 덕지내 오푼강으로 배가 들어오는 풍경을 '덕포귀범' 이라 해 서산8경 중 제1경으로 알려졌었다.

소년의 집에서 오푼강 마을까지는 소년이 혼자 터벅터벅 걸어 반시간도 채 걸리지 않는 거리였다. 소년은 심심할 때면 이곳을 찾곤 했다. 찾아온 오푼강 앞 바다는 썰물 때는 물이 없어 갯고랑이 벌거벗은 아이처럼 바다 밑을 내보이고 있었다. 옷을 벗어던진 갯고랑은 갯벌로 가득 차 있었다. 갯고랑 밑바닥은 바닷물이 조금 남아 있었다. 조금 남은 물속에는 갯벌 색깔의 옷을 입은 망둥이가 펄쩍펄쩍 뛰어다녔다. 소년과 친구들은 그 망둥이를 송장망둥이라 불렀다. 먹지도 못하는 송장망둥이를 보면 돌멩이를 주워 던지곤 했다.

갯고랑 위에는 갯벌 언덕이 넓게 펼쳐져 있었다. 넓은 갯벌 밭에는 나문재가 붉은색 또는 푸른색으로 펼쳐져 자라고 있었다. 어른들 말로는 단옷날이 되면 게들이 밤에 집에서 나와 나문재 풀에 매달려 그네를 뛴다고 했다. 소년은 그 말을 들을 때마다 단옷날에 그네를 뛰는 게들을 확인해 보려 마음을 다지곤 했다. 실제로 소년은 게가 그네 뛰는 걸 이제껏 확인을 못했다.

어른들은 나문재가 어릴 때 뜯어다 삶아 나물을 무쳐서 먹기도 했다. 소년은 나문재나물을 좋아하지 않았다. 입안에 넣으면 미끈거리는 것이 싫었다.

오푼강과 덕지내의 넓은 벌판 사이에 큰 둑이 있었다. 그 둑에는 이름 모를 많은 풀들이 자라고 있었다. 많은 풀 중에 소년이 즐겨 찾는 풀도 많았다. 소년은 토끼풀과 바다씀바귀를 찾아 구럭에 가득 담아 어깨에 메고 집으로 오곤 했다.

소년은 아기 토끼 한 쌍을 키우고 있었다. 토끼들은 소년이 풀을 뜯어 토끼집에 넣어주면 앙증맞게 작은 입으로 풀을 먹었다. 입은 쉴 새 없이 계속 움직였다. 소년은 토끼집 앞에 앉아 토끼가 풀을 먹는 모습을 바라보는 것이 재미있었다. 귀여운 토끼들이 제일 잘 먹는 풀이 바로 토끼풀과 바다씀바귀다. 학교에서 돌아오면 토끼풀을 주고 토끼들이 풀을 먹는 모습을 바라보는 것이 좋았다.

소년의 집에 아무도 없어 조용할 때는 토끼가 풀을 먹는 소리가 사각사각 들렸다. 토끼가 풀을 먹을 때 사각거리는 소리가 잘 들리는 풀이 바다씀바귀였다.

바다씀바귀 잎에서 우윳빛 액이 나왔다. 토끼들은 그래서 씀바귀를 좋아하는가 보았다. 토끼는 물을 싫어했다. 귀에 물이 들어가면 죽는다 했다. 비가 왔을 때 물기가 있는 풀을 먹으면 반드시 설사를 했다. 씀바귀에서 나오는 우윳빛 액은 먹어도 설사를 하지 않았다.

소년은 비가 올 때에 대비해 토끼에게 줄 풀들을 미리 준비해야 했다. 토끼집 옆에 포대를 준비해 풀을 넣어 두곤 했다. 토끼풀을 넣어둔 포대를 확인하고 오푼강으로 풀을 뜯으러 가는 것이 소년의 일과 중 하나였다.

비가 많이 내리는 장마철에는 비에 젖은 잎을 뜯어다 토방에서 말려야 했다. 비 때문에 오푼강까지 가지 못할 때는 집 옆 아카시 잎을 따 빗물을 털어 토방에 말려 먹이로 주었다. 겨울엔 배춧잎, 뭇잎을 말린 시래기로 먹이를 주었다.

초등학교 저학년 때 저녁밥을 먹은 소년들은 오푼강 가까이 있는 옛날 염전 자리에 모였다. 달리기 시합을 위해 삼삼오오 짝을 지어 모였다. 동네 골목대장격인 6학년 형의 명령이었다. 덕지내 자연부락 단위로 한 팀이 되었다. 달리기 시합에 참여하는 팀은 4팀에서 5팀이었다. 큰말 동쪽, 큰말 서쪽, 뒷골, 숫돌, 죽터 등 다섯 부락이었다. 소년은 큰말 동쪽 팀으로 뛰곤 했다. 한 팀에 4명씩 1번부터 4번까지 이어서 달리는 계주였다. 대부분은 소년이 속한 큰말 동쪽 팀이 우승하는 날이 많았다.

그렇게 낮에는 토끼풀을 뜯으러, 밤에는 달리기를 하러 오푼강에 자주 다녔다. 오푼강에 가려면 마을에서 제일 집이 많은 큰말 서쪽에서 방향을 왼쪽으로 돌아야 했다. 그곳엔 상점이 있었다. 그 상점의 맞은편에 소녀의 집이 있었다.

소녀의 집은 큰말 서쪽 마을의 끝부분에 있었다. 소녀의 집 동쪽엔 동네의 수호신격인 커다란 느티나무가 서 있었다. 느티나무 위로 조금 올라서면 여러 집들이 옹기종기 모여 있었다. 대부분의 집들은 초가집이었다. 느티나무 곁의 소녀의 집은 넓게 자리한 기와집이었다. 집 곁에 돌로 둥글게 쌓은 우물이 있었다. 이 우물에는 두레박이 놓여있었다. 두레박에는 길게 끈이 달려있어 우물 속에 넣고 물을 길어 올렸다.

여름이 되면 오푼강엔 끝없이 이어진 강둑으로 무수히 피어난 보라색 지장풀꽃들이 서로의 키를 자랑하듯 바람에 펄럭였다. 지장풀꽃들은 누웠다 일어서기를 반복하며 둑의 가운데 길 양옆에 널부러지게 나부꼈다. 지장풀꽃을 뽑아 목에 대면 그 감촉이 부드러웠다. 때론 간지러웠다. 적당히 자라면 지장풀꽃 대를 쑥쑥 뽑아 모았다. 모은 붓꽃 대를 적당히 건조시켜 방에서 사용하는 빗자루를 만들었다. '지장풀꽃 비'로는 가는 먼지도 잘 쓸 수 있었다.

둑 안쪽은 염전이었다. 소년은 보았다. 어렸을 때, 햇살에 빛나던 염전의 물을. 태양이 하늘 한가운데 올라오면 그 물들은 하얀 결정체로 되어 물위에 둥둥 떠 다녔다. 물위에 떠 있던 결정체들은 하얀 소금으로 되어 염전 바닥을 하얗게 수놓았다. 마치 겨울에 눈이 내리기라도 한 것처럼….

염전 가에는 소금을 실어 나르는 밀차가 있었다. 한낮엔 밀차들이 레일 위에 한가롭게 서 있었다. 소년과 친구들은 그런 밀차를 보면 타보고 싶은 마음을 참을 수 없었다. 염전에서 일하는 아저씨들의 모습은 보이지 않고, 태양이 강하게 내리쬐고 있어도 더위쯤은 문제가 되지 않았다. 두세 명이 힘을 모아 밀차의 뒤에서 온힘을 다해 밀며, 달리다 속도가 붙었다 생각되면 올라타곤 했다. 달리는 밀차에 올라 탈 때는 위험을 감수해야 했다. 소년은 달리다 밀차에 오르는 것이 재미있었다. 누구도 소년의 날랜 동작을 따를 수는 없었다.

염전 소금이 하얗게 내려앉으면 해질 무렵에 긴 장대에 연결된 커다란 고무래로 소금을 긁어모았다. 염전엔 곳곳에 소금을 저장해 놓는 창고가 있었다. 겉은 나무 송판으로 만들어 새까맣게 칠을 해 검은 창고였다. 가끔 소금 창고 앞을 지날 때면 창고 안에 산더미처럼 쌓여있는 소금 산을 볼 수 있었다. 그 창고의 옆면 벽의 밑자락엔 소금에서 흘러내린 소금물을 모으는 웅덩이가 파여져 있었다. 그 소금물을 간수라 했다. 마을 사람들은 간수를 퍼다 두부를 할 때 사용했다.

염전의 중간엔 마을에서 바다로 통과할 수 있는 길이 있었다. 여름에 그 길을 지날 때는 신발을 벗어들고 맨발로 걷는 것이 좋았다. 발바닥에 닿는 고운 모래와 갯벌이 섞인 흙의 감촉은 부드러웠다. 부드러움과 뜨겁게 달구어진 흙의 감촉은 발걸음을 재촉하게 했다. 염전을 통과하면 사람들은 신발을 신어야 했다.

소금기와 태양의 열기로 달구어진 신발을 신고 마을에 도착하면 발바닥은 견디기 힘들게 화끈거렸다. 소녀의 집 옆에 있는 우물에서 물을 길어 발등에 부으면 그 시원함은 진저리를 칠 정도였다. 소년은 등에 짊어진 구럭을 우물가에 내려놓고 발을 씻고 있었다. 우물 속에는 누군가 담가 놓은 오이가 망사에 담겨있었다. 신발에 묻은 갯벌을 닦고 시원한 물을 머리에 쏟았다. 머리에 묻은 물을 훑어 내릴 때였다. 인기척이 느껴지며 소리가 들렸다.

"앞 골 동쪽에 사는 정씨네 집 애구나! 니가 공부를 잘 한다며…"

"…"

아주머니는 소녀의 어머니였다. 곁에는 소녀가 따라와 두레박으로 우물 안에서 오이를 건져 올리고 있었다. 힘들어 하는 소녀를 돕고 싶었지만 마음뿐이었다.

"얘! 숙아! 오이 좀 이 애에게 주지 그러냐?"

"아녜유! 괜찮유!"

소녀가 오이 하나를 건넸다. 받으라는 아주머니의 말을 들어야 했다. 그리곤 소녀는 오이 뭉치를 들고 집으로 들어갔다. 소녀의 어머니에게 잘 먹겠다는 말도 하지 못하고 고개만 꾸벅했다. 우물 옆 커다란 느티나무에서 매미들이 울어대고 있었다.

소녀에게 오이를 받았던 뜨거운 여름이었다. 장맛비가 내리고 있었다. 소년은 지루했다. 토끼풀도 얼마 남지 않았다. 미리 준비하지 못한 자신이 미웠다. 주위에는 아카시 잎도 없었다. 비를 맞아도 토끼에게 먹이는 주어야 했다.

비료포대 우비를 만들었다. 머리에 뒤집어썼다. 허리엔 새끼줄을 동여맸다. 밑엔 반바지 차림이니 비를 피하기에 충분했다. 토끼풀을 넣을 구럭은 어깨에 메지 못하고 손에 들었다.

오푼강까지 가지 못하고 한길에서 토끼풀을 뜯었다. 생각했던 것보다 한길에 토끼풀이 많이 자라고 있었다. 한길 양쪽으로 토끼풀들이 자라 꽃을 하얗게 피우고 있었다. 비는 계속 내리고 있었다. 한길에 있는 토끼풀은 줄기며 뿌리까지 잘 뽑혔다. 상점이 있는 곳을 지나 소녀의 집이 있는 곳으로 향했다. 빗줄기가 서서히 가늘어지고 있었다. 어느새 구럭엔 토끼풀이 넉넉히 채워졌다. 이만하면 며칠은 토끼를 굶기지 않아도 될 만큼이었다.

한길 바로 곁에 소녀의 집이 있었다. 소녀네 마당과 한길은 도랑을 사이에 두고 붙어 있었다. 몇 그루의 전나무가 울타리로 심어져 있었다. 마당 안쪽의 사랑방 옆 마루는 텅 비었거나 어른들이 앉아 있곤 했다. 전나무 사이로 마루가 보이고 소녀와 동생이 있었다. 비가 와서일까? 자매는 마루에서 소꿉놀이를 하고 있었다.

소녀에게 오이를 건네받은 후로 소년은 가슴이 뛰었다. 소녀를 떠올리면… 아무런 약속도 없는데 괜히 소녀네 집 근처에 가고 싶었다. 오늘 한길에서 풀을 뜯게 된 것도 그런 마음에서였다. 자매는 무엇이 그리 재

있는지 깔깔대며 웃었다. 웃다가 몸을 한길로 틀었다. 비료포대를 머리에 쓴 소년은 몸이 굳은 채 서있었다. 소녀를 훔쳐보다 들킨 것이 마냥 창피하기만 했다. 어디 숨을 곳이라도 찾아야 했다. 몸은 말을 듣지 않았다. 우두커니 서서 고개만 돌렸을 뿐….

소녀의 집 옆에 있는 우물에서 두레박으로 물을 퍼 흙투성이의 신발위에 뿌리고 비료포대도 걷어버리고 뛰어서 집으로 돌아왔다. 돌아와 보니 토끼풀 넣어둔 구럭이 없었다. 비를 맞으며 소녀네 우물가에서 구럭을 찾아 어찌 돌아왔는지? 등에는 구슬땀이 흐르고 있었다.

그해 여름은 유난히 더웠다. 더위도 한풀 꺾인 듯 서늘한 바람이 불어왔다. 소년은 여전히 소녀의 집 앞을 지나려면 가슴이 두근거렸다. 오이를 건네받은 후부터 소년의 마음에는 소녀가 있었다. 전에는 소녀가 어디에 사는지 어떤 집 딸인지 전혀 알지 못했다. 소녀와는 같은 학년이었다. 소년이 다니는 학교는 남학생이 한 반 여학생이 한 반이었다. 한 학년에 두 반씩이었다. 소녀의 동생은 3학년이었다. 그해 가을부터는 등하교시에 우연히 소녀와 만나는 횟수가 많아졌다. 가슴의 두근거림이 적어졌다.

소녀도 소년을 보면 반가운 표정이었다. 그러던 어느 날이었다. 앞서가는 소녀를 본 소년은 걸음을 재촉했다. 용기를 내 말을 건네 보았다.

"얘! 너 오푼강 자주 가니?"

"아니! 우리 배가 들어올 때는 꼭 가는데!"

"느이 집 배 있냐?"

"그래!, '덕성호'가 우리 배 이름야!"

"그렇구나!…"

몰랐다. 소년은 소녀네 집에 배가 있는지를. 오푼강을 자주 가던 소년은 바람에 나부끼던 배안의 깃발을 자랑하려 했다. 이제 배의 깃발을 본 것은 자랑거리도 아니었다. 소녀네 집은 깃발이 나부끼는 배의 주인집이 아니던가?

"너 그럼 밀차 타 봤어?"

"밀차가 뭔데?"

소년은 어깨가 으쓱해졌다.

"염전에 가면 있다. 소금 나르는 기차!"

"사람도 탈 수 있는 거니?"

"탈 수 있지! 내가 밀차 타는 선수야!!"

"에이! 밀차 타는 선수가 어딨어?"

"여기 있잖아!, 언제 한 번 보여줄까?"

소년은 신바람이 났다.

"그래 언제 한 번 보여줘! 나도 탈 수 있을까?"

"그럼 탈 수 있지! 내가 태워 줄게!"

소년의 발걸음이 가볍다. 소녀의 집에 벌써 다 왔다. 인사를 하고 소년은 발걸음이 더욱 가벼워졌다. 금세 집에 도착했다. 토끼집에 풀을 넣어주고 풀을 먹는 토끼를 보며 앉아 있었다. 토끼는 많이 자라 어느새 중토끼로 자라 있었다. 맛있는 바다씀바귀를 한웅큼 더 넣어주었다.

소년과 소녀는 오푼강을 향하여 걷고 있었다. 논에는 벼들이 누렇게 익어가고 있었다. 여기저기 참새들이 떼를 지어 날아다니고 있었다. 논 중간 중간에 참새들을 쫓기 위해 허수아비들이 서 있었다. 오푼강엔 배가 없었다. 마침 썰물이어 바다는 벌거벗고 바닥을 내어 보이고 있었다.

갯고랑 갯벌 언덕 위에 나문재들이 붉은색 옷으로 갈아입고 있었다. 나문재는 어릴 때는 푸른색 옷을 입고 있었다. 나문재 사이사이로 게들이 게걸음으로 기어 다니고 송장 망둥이가 갯고랑에 뛰어다니고 있었다.

"야! 너 단옷날이 되면 게들이 그네 뛰는 거 알어?"

"어른들에게 말은 들었는데 보지는 못했다."

"나도 그렇다. 언제 같이 보러 올까?"

"에이! 밤에 무서워서 어떻게 와 보니?"

'뭐가 무서워?'라 생각하면서도 소년은 어두운 밤중에 소녀와 둘이서만 게가 그네를 뛰는 걸 확인해 보러 와 볼 용기가 없었다. 염전이 보이기 시작했다.

바다와 염전을 가로 막는 큰 둑 사잇길로 들어섰다. 길 양 옆에는 갈대 잎, 억새풀, 붓꽃들이 어우러져 바람에 나부끼고 있었다. 키가 작은 풀들은 갈대 억새 붓꽃들 밑에 그들끼리 도란거리며 누워 있었다. 하늘은 구름 한 점 없이 파랗게 물들어 있었다. 고추잠자리들이 바람에 휩쓸려 어려운 날갯짓으로 하늘을 유영하고 있었다. '야! 씀바귀 풀 많은데 구럭이 있으면 뜯어 가면 좋겠다.' 속으로 생각하며 소녀에게 물었다. '야! 너 토끼가 무슨 풀 잘 먹는지 알어?' 소년은 소녀에게 토끼에 대해 자랑스럽게 얘기해 주었다. 어느새 염전이었다.

뜨거운 여름이 아니라서 염전엔 소금이 많지 않았다. 바둑판처럼 나눠진 염전 안에는 아저씨들이 많지 않았다. 한가롭게 서있는 밀차를 보았다. 바퀴가 네 개 달린 밀차는 다른 때보다 초라해 보였다. '소금 기차라 했는데… 밀차는 한 간밖에 없어서 어쩌지?'

"이게 밀차야!, 위에 소금을 싣고 나르는 거야!"

"소금 기차는 어딨어? 이게 기차야?"

소년은 할 말이 없었다. 기차는 여러 간으로 연결된 긴 것인데….

"이게 소금 기차 맞아! 여러 개를 이어주면 기차가 되잖아!"

"어떻게 타는데, 의자도 없잖아!"

"의자는 무슨…. 그냥 앉으면 되잖아! 자! 내가 타는 거 봐아!"

소년은 밀차를 밀기 시작했다. 예의 방법대로 멋있게 타는 모습을 소녀에게 보여주고 싶었다. 밀차가 속력이 빨라졌다. 마음속으로 '하나!, 둘!, 셋!'을 세며 소년은 밀차에 가볍게 올라탔다. 밀차는 저 혼자서 레일 위를 미끄러져 달리고 있었다. 속도가 줄어들며 밀차가 멈추었다. 반대 방향으로 소년은 돌아섰다. 다시 밀차에 가볍게 올라탔다. 밀차는 정확히 소녀가 있는 곳에 멈추었다.

"이제 네가 타 봐! 혼자 탈 수 있지?"

"어떻게 타지 나 혼자 못 타겠는데!"

소년은 다시 밀차에 올라탔다. 그리곤 한쪽 옆에서 소녀에게 손을 내밀었다. 소녀는 한동안 머뭇거리다 소년의 손을 잡았다.

"꽉 잡아야 돼. 내가 힘껏 잡아당길 테니 펄쩍 뛰어봐!"

"자! 당긴다! 하나, 둘, 셋!!"

소년은 있는 힘을 다해 소녀를 당겼다. 소녀의 몸이 허공에 뜨는가 싶더니 소년이 당기는 곳으로 다가왔다. 소녀가 가까워지는 걸 보는 순간 소년은 눈을 감았다. 소년이 뒤로 넘어졌다. 소녀가 소년의 몸 위에 있었다. 둘은 말없이 누워있었다. 소년이 눈을 떴다. 소녀가 가까이 있었다. 부끄러웠다. 순간 소년은 소녀에게서 빠져나왔다. 소녀가 밀차의 바닥에 엎어졌다. 한참을 둘은 말없이 서있고, 누워 있었다. 소녀가 하늘을 보았다. 파란 하늘에 하얀 구름이 떠가고 있었다. 소년이 헛기침을 하며 큰소리로 말했다.

"야! 다쳤냐? 괜찮아?"

한참 후에 소녀가 일어나 앉으며 손바닥을 털었다. 너무 세게 당긴 것이 미안했다. 소년은 엉거주춤 서 있었다. 소녀도 아무런 말없이 고개를 숙이고 있었다. 얼마쯤 지나자 옷을 털며 일어섰다.

"괜찮아! 어디에 앉으면 되냐?"

"아무데나 앉아서 중심을 잘 잡으면 돼"

"여기 가생이 밀차 끝을 잡아도 되니?"

"괜찮아! 너 편한대로 앉아봐! 내가 밀께!"

"준비! 자! 간다!!, 하나, 둘, 셋!!"

소년 혼자서 타려고 밀 때보다 힘이 들었다. 힘이 든다는 모습을 보이고 싶지 않았다. 레일 밑에 깔린 나무도막에 발끝을 모아 온 힘을 쏟았다. 밀차가 서서히 움직이기 시작했다. 점차 속력이 빨라지며 밀차는 레일 위를 미끄러져 달리고 있었다. 소년은 밀차에 올라타고 싶었으나 그냥 밀차의 곁에서 달렸다. 조금 전 소년이 혼자 달려온 곳을 좀 지나쳐 밀차가 멈췄다. 밀차는 소금창고 앞에 멈췄다. 아저씨 한 분이 창고에서 나오며 소리쳤다.

"야! 느이덜 뭐 하는거야! 어? 누구냐?"

"안녕 하세유! 얘가 밀차 좀 타보고 싶다 해서유!"

"이제 아까 있던 곳으로 갖다 놓거라! 알았지?"

"예! 예! 금방 갖다 놓을게유!"

아저씨가 크게 화를 내지 않아 신이 났다. 뒤로 돌아서 밀차를 밀기 시작했다. 밀차가 훨씬 가벼워져 있었다. 밀차의 속력이 더 빨라졌다. 소년도 신이나 밀차 곁을 달렸다. 바람 소리가 귓가를 스쳤다. 소녀가 밀차에서 내렸다. 손을 잡아주지 않아도 잘 내렸다. 소년의 이마에 땀방울이 맺혀 있었다.

염전 위 하늘로 한 무리의 고추잠자리 떼가 날고 있었다. 시원한 바람이 불었다. 둑의 억새풀과 갈대가 바람에 몸을 맡긴 채 흔들리고 있었다. 소년의 마음도 시원한 바람처럼 가벼워졌다. 소녀를 보았다. 소녀도 입가에 미소를 띤 모습이 좋아 보였다. 어느덧 가을 햇살에 서쪽 하늘이 붉게 물들어 가고 있었다.

어느새 어미가 된 토끼가 새끼를 낳았다. 일곱 마리나 낳았다. 소년은 더욱 정성을 들여 토끼풀을 뜯으러 다녔다. 풀을 뜯으러 가는 시간은 하교 후로 일정했다. 소녀네 집 앞을 지나는 시간도 일정했다. 소녀가 시간을 맞춰 마당가에 나와 있었다. 소년은 소녀가 나와 있는 걸 확인하면 발걸음이 가벼워졌다. 토끼새끼들은 풀을 쉴 새 없이 먹었다. 새끼를 낳고 한 달쯤 되어 젖을 뗐다. 이젠 새끼들이 풀만 먹고도 살 수 있게 된 것이다.

소년은 엄마에게 부탁했다. 토끼새끼 한 마리를 달라고. 소녀에게 줄 생각이었다. 무언가 소녀에게 주고 싶었다. 소녀에게 말했다. 소녀는 토끼를 키울 수 없다 했다. 토끼새끼를 주고 싶다 했다. 소녀가 고맙다 했다. 키우고 싶지만 어른들이 반대한다 했다.

소년이 6학년이 되던 해 이사를 하게 되었다. 소녀를 만났다.
"우리 집 이사 간다. 난 가고 싶지 않은데 가야한대"
"어디로 가는데? 멀리 가냐? 전학도 가냐?"
"아니, 같은 동네야! 죽터라구 알아?"
"말은 들었는데 가보진 않았어! 전학은 안 간다구?"
"그래 토끼풀 뜯으러 매일 올 거야! 학교에서 보자!"
그렇게 이사를 하고 토끼풀을 뜯으러 오푼강에 다녔다. 해가 짧아지면서 오푼강에 다니는 횟수는 줄었다. 어느덧 눈이 내렸다. 소년은 소녀가 생각날 때면 6학년 2반 교실 복도를 기웃거렸다. 소녀의 모습을 확인한 날은 공부가 잘 되었다. 졸업식 날 소년은 전체 일등에게 주는 도지사상을 받았다. 소녀는 졸업생 대표로 답사를 읽었다. 졸업식장이 눈물바다로 변했다. 소녀네 집에서는 여러 식구들이 꽃다발을 들고 학교에 왔다.

소년은 외롭게 학교에서 산길을 혼자 걸으며 돌아왔다. 차가운 겨울바람이 휑하니 불었다. 이런 날은 눈이라도 펑펑 쏟아졌으면 좋으련만….

입학에 관한 에피소드

국립국악원 응시

어린 시절 우리 모두는 왜 그리도 못 살았을까? 하루 세끼 해결하기가 그렇게 힘이 들었던 걸까? 초등학교를 어렵게 졸업한 나는 중학교 진학은 엄두를 낼 수가 없었다. 초등학교 시절엔 공부를 꽤 한다고 주위 사람들이 말을 했었다. 실제로 공부에 재미가 들려 책을 가까이 하며 지내긴 했다.

아버지가 초등학교 1학년 때 지병으로 돌아가시고 어린 두 동생과 어머니 네 식구는 끼니 해결이 어려웠다. 초등학교 1학년 성적표를 받아갔을 때 '네 성적표엔 수가 하나도 없구나!' 라고 말씀하시던 아버지의 생전 말씀이 가슴에 꽂혀 돌아가신 후에야 공부에 신경을 쓰기 시작했다.

학교가 끝나면 집에 돌아와 집안일을 도와야 했다. 얼마 되지 않는 논농사와 밭농사가 우리 식구들 목구멍에 풀칠을 하게 했다. 그것도 농사가 풍년이 들어야 해결이 되었다. 지금 생각해보면 그 시절의 농사 기술은 지금만 못했다. 벼나 보리의 품종도 오늘날만 못했으리라. 더구나 농사를 지을 줄 아는 사람이 없고 엄마와 어린 나뿐이니 농사를 잘 지을 턱이 없었다. 다만 곁에 둘째 외삼촌이 계셔 많이 도와주셨다.

우스운 표현일지 모르나 공부에 목이 마른데 시간이 없었다. 혼자서 쩔쩔 매시는 엄마를 그냥 힘들게 할 수는 없었다. 그때만 해도 농기계도 없을 때라 매사 사람의 손으로 해결해야 했다. 논 댓 마지기가 조그만 산 너머에 있어 추수를 하려면 볏단을 지게에 지고 날라야 했다. 산꼭대기까지 지고 와선 한참을 쉬어야 했다. 저 산 아래 집을 바라보며 한숨을 쉬면서… 얼마 안 되는 볏가리는 줄어들 줄을 모르고 어느새 시간은 저녁이 되고…밤이 되면 책을 봐야 했다. 졸며 보며 책상에 엎어진 채 아침에 깨어보면 콧구멍이 새까맣게 그을려 있었다. 등잔불에서 나온 그을음 때문이었다.

그렇게 주경야독을 하며 초등학교를 졸업이라도 했으니 이제는 집안 농사에 전념해야 했다. 어머니는 중학교에 보내고 싶지만 집안형편이 허락하지 않는다고 걱정이셨다. 6학년 졸업이 가까워졌다. 아이들은 입학원서를 어디로 써야 할지 걱정할 때였다. 난 그런 아이들을 부러운 눈으로 바라만 볼 뿐 그들에게서 멀어져야 했다. 이사하기 전 살던 덕지천 마을에 J라는 2년 선배가 살았다.

J라는 선배가 응시했던 학교를 알려주었다. 그 선배는 입시에서 떨어지긴 했지만 서울에 있는 중학교에 합격하면 모든 게 공짜로 나라에서 가르쳐 준다는 것이었다. 그것도 J라는 선배에게 직접 들은 것이 아니라 이웃 아저씨에게 들은 소식이었다. J의 집으로 찾아가 J의 아버지를 만날 수 있었다.

그렇게 알게 된 학교의 이름이 '국립국악원'이었다. 국악을 가르치는 학교로 중고등학교가 같이 있고 합격하면 고등학교까지 공짜로 다닐 수 있다 했다. 국악이 무엇인지도 모를 때었다. 졸업하면 무엇이 될 수 있는지도 몰랐다. 기왕지사 진학을 할 수 없는 일, 우선은 시험이라도 응시해 보고 싶었다. 지금 기억에 원서는 어떻게 구입하고, 접수하고 시험까지 응시했는지? 기억이 자세히 나지 않지만 시험 장소까지 가서 응시는 했었다.

　2박3일 정도였으리라 금호동에 사는 넷째 작은집에 머물게 되었다. 난 그때 서울이 처음이었다. 홍성역에서 기차를 타고 서울 서부역에서 마중 나온 삼촌을 따라 간 곳이 금호동 고개마을이었다. 입학시험에 응시하러 간 내가 아니었다. 모든 게 신기했다. 넷째네 식구들과 식당에 갔다. 뭘 먹겠느냐 물었다. 벽에 메뉴판이 붙어있었다. 살펴보니 처음 보는 것들이 많았다. '백반'이 눈에 들어왔다. '백반유!' 한참을 기다린 후 식탁에 차려진 것은 '흰쌀밥'이었다. '나 이거 안 시켰는듀~! 백반 시켰슈!' 주위 사람들이 한바탕 웃었다. 난 어안이 벙벙했다. 나중에 알고 보니 백반은 그냥 밥이었다.

　내일 시험은 뒷전이었다. 지금 생각하니 너무도 무모한 도전이었다. 무슨 과목이 시험과목인지 점수 비중은 어떻게 되는지 전혀 몰랐다. 그냥 시골 학교에서처럼 시험지에 답안을 작성하면 되는 줄 알았다. 작은 댁의 위치를 확인한 후 밖으로 나왔다. 혼자서 서울구경이 하고 싶었다. 물론 멀리까지 가지는 못했다. 언덕에 위치한 넷째네 집에서 내려와 반대편 언덕을 오르면 버스가 다니는 큰길이었다. 두 정거장 정도를 걸었을까? 너무 멀리 왔는지 겁이 났다. 되짚어서 돌아오는데 길가에 많은 상점들이 있고 상점마다 간판이 붙어있었다. 호기심이 발동했다.

　'복덕방'이라 쓴 간판이 많았다. 주머니엔 약간의 돈이 있었다. '복덕빵'을 잘못 썼나보다고 생각했다. 배도 고프고 복덕빵을 한 개라도 먹어볼 심사였다. 용기를 내어 문을 열고 들어서니 안경을 쓴 할아버지들 세 분이 있었다.

　"복덕빵 하나에 얼마래유!~"

안경을 벗으며 할아버지들이 바라봤다. 그중 한 할아버지가

"이놈! 여기가 어디라구 장난하는 거여! 이놈이!"

"아녀유! 장난 아뉴! 배가 고파서 그래유!"

할아버지들은 그제야 얼굴에 웃음을 띠시며 어디서 왔느냐 물으셨다. 난 스산서 왔다 말하고 머리를 긁으며 복덕방을 나왔다. 난 복덕방이 실제로 먹는 빵으로 알았었다. 집에 돌아오니 삼촌이 길을 잃었을까 걱정이 많으셨다. 있었던 얘기를 했더니 식구들이 웃었다. 빵이 그렇게 먹고 싶으냐며 '호떡'을 사오라 했다. 전에는 보이지 않던 호떡 가게가 가르쳐 준 곳에 가니 있었다. 호떡을 시켰는데 얼마 후 '군 빵'을 주는 것이었다. 이건 군 빵이니 호떡을 달라했다 또 한 번 웃음거리가 되었다. 호떡이란 이름도 그때 처음 알았다.

이튿날 작은어머니가 시험장까지 데려다 주셨다. 내 수험번호를 확인하고 시험을 치룰 교실까지 안내해 주시고 작은어머니는 시험 끝날 시간에 맞춰 오신다 하고 가셨다.

국립국악원은 종로구 운니동이란 곳에 있었다.(지금은 서초구에 있으며, 중학교와 고등학교가 분리되어 있다.) 알아보니 국립국악원 부설 국악사양성소였다. 기악전공으로 가야금, 거문고, 대금, 피리, 해금, 아쟁 등이 있었다. 성악전공에는 판소리, 민요, 정가 등이 있고 그 외에 타악전공, 한국무용전공 등이 있었다. 1차는 필기시험이었다. 국어, 국사, 음악 등으로 기억되는데 난 전혀 준비를 하지 못했다. 음악 이론이 많이 출제되었는데 난 모르는 문제가 많았다. 정말로 무모한 도전이었다. 나의 생애 처음의 시험은 그렇게 치렀고 확실하게 인생 첫 번째의 낙방을 보기 좋게 먹은 것이었다.

지금 생각해 보면 그때 준비를 잘해 합격했더라면 지금쯤 나는 국악의 어느 분야를 하고 있을까? 터무니없는 생각을 해보기도 한다. 아마도

판소리가 아니었을지?

중학교

서울에서 시험을 치르고 내려온 어린 나는 어떻게라도 배워야 한다는 사실을 깨닫고 있었다. 시험에 미역국을 먹었지만 견문을 넓힌 것이 어린 나의 생각을 바꿔놓고 있었다. 어머니에게 사정을 하였다. 학교에 다니며 열심히 집안일을 도울 것이니 학교에 진학할 수 있게 해 달라 조르기 시작했다. 지금 생각하니 국악원은 특차로 일반 중학교 시험보다는 시기가 빨리 실행되었다. 담임선생님도 좋아하셨다.

그렇게 입학하게 된 서산중학교는 군내에 있는 모든 초등학교에서 학생들이 입학하는 지방에서는 명문 학교였다. 그래서 동기들 중에는 안면도, 태안, 대산 등 멀리서 입학한 학생들이 많았다. 멀리서 진학한 학생들은 시내에 하숙, 자취를 하며 등하교를 하였다.

나는 집에서부터 도보로 등하교를 했다. 거리는 시오리 6-7Km쯤 되었다. 아침 7시쯤 집에서 출발했다. 빨리 걸어 시간 반 정도 걸렸다. 학교까지는 산길로 가는 길과 한길로 가는 길이 있었다. 바쁠 때는 한길로 걸었다. 친구들도 대부분 큰길로 다녔다. 그때만 해도 버스가 다니지 않아 도보로 다녔다. 좀 여유가 있는 학생들은 자전거로 통학을 했다. 큰길에는 서산중, 서산여중, 서령중, 서산여고, 서령고, 서산농고의 학생들이 통학을 하던 길이었다. 러시아워엔 학생들의 물결이 넘쳤다. 교복을 보면 어느 학교 학생인지 멀리서도 가늠이 갔다.

당시에 급당 학생수가 60명이었다. 내가 다닌 학교는 각 학년 6학급으로 360명 정원이었다. 난 1-4, 2-3, 3-2반이었다. 당시만 해도 읍내에 사는 학생들은 과외를 받았다. 서울에 있는 고등학교로 진학하기 위해서였다. 그런 학생들이 우리 반에도 여러 명 있었다. 첫 중간고사 시간표가 발표되고 난 그들을 이기기 위해 산길로 혼자 하교를 하곤 했다. 노트 필기가 많았다. 난 산길을 택해 걸으며 노트를 들고 외우기 시작했다. 집에 도착하면 그날 필기 내용은 다 외울 수 있었다. 영어는 교과서 전체를 외웠다. 1학년 영어교과서가 'UNION'이었다. 두꺼운 교과서를 본문은 다 외웠다.

서울대 출신 홍순계 선생님께서 영어를 가르쳐 주셨다. 선생님 지론이 무조건 외우는 방식이었다. 외우지 못하는 아이들은 많이 맞았다. 맞지 않은 학생이 드물었다. 난 예외였다. 재미가 있었다. 한번은 수업을 하고 있는데 영어선생님이 날 부르셨다. 1학년 2반 교실로 데려갔다. 영어 13과를 외워보라 했다. 얼떨결에 외웠다. 그때부터 난 영어를 잘하는 학생으로 소문이 났다.

첫 번째 중간고사 성적표가 나왔다. 난 2/60으로 석차가 나왔다. 읍내 서점 아들인 H가 일등이었다. 난 더 열심히 했고 학년말 성적은 2자를 1자로 바꿀 수 있었다. 읍내 아이들은 과외를 계속 받았지만.

홍순계 선생님께서는 총각이셨다. 턱수염이 더부룩해 시골 촌부처럼 보였다. 숙직실에서 생활을 하셨다. 식사를 혼자 해결하면서. 나는 어머니께 부탁해 김치를 갖다드린 적이 있었다.

수업료 때문에 걱정을 했는데 다행히 성적이 좋아 면제를 받았다. 극빈자 증명서를 첨부하여. 대전에서 5.16장학생 선발 시험이 있다해 시험을 준비했다. 날짜가 되어도 연락이 없었다. 음악선생이었던 담임에게 여쭈어 보았더니 다른 학생이 추천되었다 했다. 속으로 서운한 마음을 감추는 수밖에 없었다. 6월부터 교복을 하복으로 갈아입었다. 교모에는 흰 커버를 씌워 썼다. 때에 따라 동복, 하복 갈아입는 것도 부담스러웠다.

점심시간에는 도시락을 먹었다. 어쩌다 도시락을 싸서 등교했다. 도시락이 없는 날이 많았다. 시오리 길을 걸으면 아침을 두둑이 먹었어도 학교에 도착하면 배가 고플 때였다. 점심시간이 되면 교실에서 운동장으로 나갔다. 운동장 가 수돗가에서 물로 배를 채웠다. 물은 무료라 배불리 먹을 수 있었다.

체육시간에 당번은 교실을 지켰다. 두 명이 지켰다. 언젠가 체육시간에 당번이 되어 교실을 지켰다. 4교시였다. 같이 지키는 아이가 도시락을 까먹자 했다. 남의 도시락을. 배에서는 꼬르륵 소리가 났다. 고개를 끄덕인 친구와 나는 좋은 반찬을 싸오는 친구의 도시락을 선택하여 까먹었다. 대여섯 개의 도시락을 꺼내 책상 위에 거꾸로 엎어놓고 젓가락으로 조심조심 한두 수저 파먹고 부스러지지 않게 원위치 해놓는다. 잘하면 걸리지 않을 수도 있었다. 눈치를 챈 도시락 주인들은 모르는 체 넘어가기도 했다. 당번이 누구인지 확인을 하고도.

1964년에 일본 동경에서 올림픽이 열렸다. 우리는 그보다 24년 늦은 1988년에 서울올림픽을 개최했다. 동경올림픽 때 텔레비전은 없었고 라디오도 있는 집이 드물었다. 마을에는 가는 철사로 연결된 스피커가 있었다. 외가에 스피커가 있었다. 라디오로 올림픽 중계방송을 했다. 당시에 임택근, 이광재 아나운서의 중계멘트 듣기를 좋아했다. 난 아나운서 멘트 흉내를 내는 것을 좋아했다. 하교하는 길에 큰길로 아이들과 함께 하교할 때 난 중계멘트를 하곤 했다. 아이들의 호응이 좋았다. 역사 교과담임인 차종구 선생님께서 넌 책도 잘 읽고 목소리도 좋으니 아나운서로 진로를 결정하는 것이 좋겠다 말씀하셨다. 말씀에 고무되어 난 틈틈이 연습을 했고 같이 등교하는 친구들은 나의 열렬한 팬이었다. 중학시절 나는 꽤 많은 팬을 확보하고 있었다. 현직에 나와서도 젊은 시절엔 운동회나 체육대회가 개최되면 마이크는 내 차지였다. 실제로 아나운서가 못된 것이 아쉽다. 그렇게 3년의 세월이 빠르게 지나갔다.

고등학교 진학을 위한 몸부림

여러 사정으로 고등학교에 진학은 엄두도 낼 수 없었다. 서울에 사업으로 성공했다는 삼촌이 살았다. 오장동 중부시장에서 '제일상사'란 잡화상을 운영하시어 돈을 꽤 벌었다고 알려졌었다. 그 삼촌의 사업이 잘 되었다면 내 인생도 바뀌었을까? 하시던 사업이 망하여 다시 일어서려고 어려울 때 나를 부르셨다. 졸업을 얼마 남겨둔 12월쯤이었다. 난 어차피 고등학교 진학은 어려웠다. 어머니와 함께 농사를 짓거나 취직을 하여 집안 살림을 도와야 했다. 서울에 올라와 삼촌을 도우며 같이 성장하자는 취지였다. 마음은 뛸 듯이 기뻤다. 시골에서 힘들게 농사에 종사하는 것보다 좋겠다는 생각이 앞섰다. 졸업식도 하지 못하고 서울행 기차에 몸을 실었다.

초등학교 졸업을 앞두고 국악원 시험을 보러 왔었다. 이번엔 중학교 졸업을 앞두고 다시 서울에 왔다. 어떤 일이 내 앞에 펼쳐질지 두려움과 설렘으로 서부역에서 내려 버스를 타고 을지로 5가에서 내렸다. 알려준 중부예식장을 찾으니 쉽게 가게를 찾을 수 있었다. 연탄과 얼음, 음료수, 빙수 등을 파는 가게였다. 셋째 삼촌과 작은 어머니가 반갑게 맞아 주었다. 중부시장의 입구에 있는 가게였다. 옛날식 1층 건물로 5개의 가게가 붙어있었다. 옆과 앞은 5층 건물로 둘러싸여 있었다.

내가 앞으로 지낼 가게는 양장점과 곱창집의 사이에 있었다. 건물이 들어설 사각 땅이었다. 안쪽에는 넓은 마당과 주인집이 있었다. 주인은 이북 출신으로 넓은 땅에 리어카보관소를 운영하고 있었다. 리어카를 보관해주고 보관료를 받고 있었다. 밤이면 수많은 리어카들이 손잡이가 하늘을 향하게 세워져 있었다. 주인집 마당에 수도가 있었다. 물이 필요할 때는 가게마다 이용하는 수도였다. 셋째 삼촌 가게에는 얼음 창고와 약간의 연탄을 보관하는 창고가 가게 밖에 있었다. 첫날 잠자리는 가게

안의 다락방이었다. 판자를 깔아 혼자 잘 수 있도록 사다리를 타고 올라가는 온돌도 없는 일어설 수도 없는 무허가 다락방. 첫날 삼촌부부는 가게 문 닫는 방법, 문 여는 방법을 가르쳐 주고 '잘 자라!'며 들어가셨다. 그날부터 4년 6개월의 서울 생활이 시작됐다.

다음날 알게 된 사실이지만 난 연탄과 얼음의 배달부로 채용된 것이었다. 그 시절엔 가정집, 사무실 모두 겨울 난방은 연탄이었다. 연탄은 소, 중, 대탄이 있었다. 소탄은 구멍이 19개라서 십구공탄이라 많이 불렸고, 중탄은 31공탄, 대탄은 49공탄이었다. 소탄은 주로 가정집의 연료로, 중탄은 조그만 사무실 난방용, 대탄은 큰 사무실 난방용이었다.

리어카에 실리는 장수가 달랐다. 소탄 100장, 중탄 50장, 대탄 30장이었다. 당시에 중부시장에는 모직회사 사무실이 밀집해 있었다. 대탄을 사용하는 사무실이었다. 제일모직, 경남모직 등의 사무실이 있었다. 그렇게 중3 겨울방학부터 연탄과의 인연이 맺어졌다.

그때는 냉장고가 없었다. 더운 여름에는 얼음공장에서 얼음을 받아다 톱으로 잘라 판매를 했다. 얼음 큰 것 1장은 36관이나 되었다. 짐자전거를 잘 타는 사람은 54관을 실어 날랐다. 날씨가 더워 얼음이 부족할 때는 공장에서 오랫동안 기다려야 했다. 기억으로는 얼음 큰 것 한 장에 400원이었다. 가게에서 톱으로 썰어 소매로 팔면 3200원까지 받을 수 있었다.

여름엔 얼음 배달 판매, 겨울엔 연탄 배달이 나의 주 업무였다. 1960년대 연탄가스에 중독되어 많은 사람이 생명을 잃기도 했다. 서민들 대부분 연탄에 의존해 난방을 하고 음식조리를 하고 했다. 연탄파동이 나면 연탄공장에서 대기하는 시간이 더 길었다. 하루에 한 리어카밖에 분배를 못 받을 때도 있었다. 당시에 서울에서는 대일연탄, 삼표연탄, 삼천리연탄을 알아주었다. 연탄의 품질이 좋아 화력이 좋고 타는 시간이 길었다. 연탄은 배달할 때도 힘들지만 배달 후에 몸을 씻는 것도 힘들었다. 장갑을 끼고 배달해도 손에 낀 연탄가루의 흔적은 잘 지워지지 않았다. 수세미로 여러 차례 박박 문질러야 흔적을 겨우 지울 수 있었다. 수세미도 새끼를 풀어서 짚으로 만든 수세미가 연탄가루를 닦아내는 데는 최고였다. 내가 기관지가 약해진 이유가 한창 성장할 나이에 연탄가루를 많이 호흡했기 때문인지도 모른다. 탄광 광부들에게 많은 진폐증처럼. 그렇게 난 연탄배달부가 되어 서울 시내를 누비었다. 연탄가게는 중구 오장동에 있었지만 배달은 성북구 삼양동까지 갔었다. 돈암동을 거쳐 한 많은 미아리 고개를 넘어 대지극장을 지나 삼양동까지 미아리 고개를 넘을 때는 정말 힘이 들었다. 혼자서 소탄 100장을 실은 리어카를 끌고 넘어 다녔다. 그래서 미아리 고개는 나에게 '한 많은 미아리 고개'였다. 지인이 부탁했다고 그 먼 길을 배달을 해야 했을까? 지금도 난 이해가 가지 않는다. 그곳에도 연탄가게는 있었는데, 힘든 과정을 거치게 했었는지? 삼천리 연탄공장은 신당동에 있었다. 당시엔 시구문이 옛 모습으로 존재할 때였다. 시구문을 지나면 양쪽에 몸을 파는 여자들이 있는 판자촌이 있었다. 이름하여 창녀촌, 그곳을 지나면 연탄공장이 있었다. 맞은편에는 성동체육관 바로 위에 한양공업고등학교가 있었다. 그 지역이 앞으로의 나의 활동무대가 될 줄이야?

리어카를 끌면서 교복을 입고 지나다니는 학생들을 보면 부러웠다. 눈에서 불이 났다. '나도 공부를 해야지! 꼭 그렇게 될 거야!' 난 항상 그런 결심을 마음속에 다짐하곤 했다. 그래서 배달이 끝나고 저녁엔 독서실에 나가기 시작했다. 독서실 좌석을 끊어놓고 틈틈이 시간을 내어 책을 보러 다녔다. 중학교 과정을 잊지 않으려 보고 또 보고 하면서 속으로 서울학생들보다 뒤지지 않으려고, 중3 재학생인 학생들보다 뒤지지 않으려고 무던히도 신경을 많이 썼었다.

그렇게 세월이 흘러 겨울이 가까워 올 무렵이었다. 삼천리 연탄공장에서 연탄을 받아 한양공고 앞을 지날 때였다. 교문 옆에 '신입생 모집 공고문'이 붙었다. 자세히 읽어보았다. 주간과정, 야간과정도 있었다. 진학에 대한 꿈을 놓지 않았던 나에게 희소식이었다. 삼촌과 상의를 했다. 삼촌은 나에게 같이 장사하는 것을 배우든지 야간이라면 진학을 하든지 선택하라 했다. 난 당연히 진학의 길을 선택했다. 연탄배달을 하며 오후 4시 30분에 시작되는 야간학교에 다니기로 했다. 수업료는 삼촌이 부담하기로 했다. 그래서 원서를 제출하고 시험을 보았다. 당시엔 박정희 대통령께서 산업역군들을 양성하는 데 비중을 많이 둘 때라서 공고가 인기가 있었다. 과도 많았다. 기계과, 전기과, 화공과, 자동차과, 토목과, 건축과 등이었다. 난 혼자 생각했다. 어떤 과가 좋을지? 결론은 전기과였다. 입학원서에 1지망 전기과 2지망 기계과라 기록했다.

시험을 보았다. 시험지를 받아들고 자신감이 생겼다. 거의 아는 문제들이었다. 영어 과목은 너무 쉬웠다. 합격자 발표가 기다려졌다. 발표날도 연탄공장에 연탄을 받으러 왔다. 대기하는 시간이 길었다. 같이 온 분에게 리어카를 순서가 오면 당겨주실 것을 부탁했다. 합격자 명단이 게시되었다. 전기과에 아무리 찾아보아도 나의 이름은 없었다. 난감했다. 시험은 잘 보았는데 떨어진 줄 알았다. 돌아서 오려니 아무래도 믿기지 않았다. 2지망인 기계과를 살펴보았다. 기계과는 인원이 많아 A반, B반이 있었다. 한참을 찾아보니 기계과 B반에 내 이름이 있었다. A반도 아닌 B반에 있었다. 간신히 붙었구나! 서울학생들은 역시 실력이 좋구나! 그렇게 생각했다. 학교에 입학을 하고 내용을 알고 보니 그게 아니었다. 실업학교이긴 했지만 진학실적을 높이기 위해 입학성적이 좋은 학생들을 한 크래스를 뽑아 인문계와 같은 교육과정으로 운영하는 것이었다. 한 학년이 600명 그 중 60명을 뽑았으니 시험을 잘 본 편이었다. 그렇게 고등학교에 입학을 하게 되었다.

고등학교

　우여곡절을 겪고 고등학교에 입학하여 주경야독의 시절이 시작되었다. 학교에 입학하면서 몸을 더 움직여야 했다. 배달이 많은 날은 더 뛰어다녔다. 늦어도 3시까지는 배달을 마쳐야 했다. 늦어도 4시에는 학교를 향해 출발해야 했다. 수업이 끝나는 시간은 21시 30분에서 22시였다. 토요일은 13시 30분에 수업이 시작되었다. 수업을 마치면 부지런히 하교하여 수금을 다녀야 했다. 연탄배달이 적은 여름철은 시간여유가 있었다. 얼음은 배달이 없고 가게에서 소매를 주로 했다. 얼음파동이 나면 공장에서 분배받아 오는 일이 어려운 일이었다. 1학년 신학기에는 이리저리 뛰어 다니느라 바빴다. 시간이 지나며 적응이 되었다.

　학교에서 친구들도 사귀게 되고 솔솔 재미가 붙었다. 야간과정이라고 했지만 실제로 주간에 일을 하며 다니는 학생은 많지 않았다. 사무실에 출근하며 심부름이나 간단한 업무를 보는 학생들은 있었다. 나처럼 힘든 노동일을 하며 다니는 학생은 없었던 것으로 안다. 친구들을 사귀게 되면서 야간에 수금이 없는 날에는 수업이 끝나고 친구들과 함께 거리를 걷는 여유도 생겼다. 을지로7가에서 계림극장, 장충단공원 등이 주된 산책코스였다. 계림극장과 학교 사이에는 길 양편에 프레스공장들이 많았다. 소규모 공장들로 그릇이나 공구들을 만들었다. 때론 용접을 하느라 불빛들이 반짝이곤 했다. 계림극장 밑에는 국립의료원이 있었다. 의료원 뒷골목에는 돗자리를 깔아놓고 사주, 관상 등을 보는 사람들이 전을 벌리고 있었다. 어떤 이는 종일 눈을 감고 있었다. 검은 안경을 낀 채로. 난 가끔 연탄을 배달하느라 그 뒷골목을 지나곤 했다. 야바위꾼 아저씨들이 끌고 다니는 리어카도 있었다. 자주 지나 다녀서인지 낯이 익은 야바위 아저씨가 아는 체 인사를 하며 격려를 해주기도 했다.

고등학교 2학년 때였다. 같은 과의 친구들 중 뜻을 같이하기로 하고 '도원결의'로 맺어진 모임이 생겼다. 난 바쁜 중에도 친구들과 뜻을 같이하기로 했다. '靑'이란 모임이었다. 모두 일곱 명으로 구성 되었다. 모임 친구들이 힘들 때 많은 도움이 되었다. 방황하던 시절의 나침반이 되어주기도 했다. 지금도 우리는 희로애락을 같이하며 함께 늙어가고 있다. 종곡이란 친구는 시카고에 살고 있지만 변함없이 왕래하고 소식을 주고받으며 살고 있다.

오장동에서 길 하나를 건너면 광희동이다. 광희동 지하에 '천지카바레'가 있었다. 그땐 카바레가 무엇을 하는 곳인지도 몰랐다. 난 그곳에 맥주를 배달할 때였다. 자전거에 맥주 세 상자를 배달하던 날이었다. 카바레 주위엔 건달들이 많았다. 마지막 상자를 지하 카바레에 배달하고 올라왔다. 자전거가 없었다. 서성이던 세 명의 애들도 없어졌다. 그 중에 늘 보아오던 애가 마지막으로 눈을 마주쳤었다. 며칠을 서성여도 나타나지 않았다. 일주일쯤 지났을 때 익히 보던 놈이 나타났다. 친하게 지내던 '영대'란 친구와 함께 놈을 잡을 수 있었다. 자백을 받고 돈이 없다 하여 면허증을 압수하고 그 면허증을 자동차상담소 직원에게 맡겼다가 분실하고. 얼마나 많은 애를 태웠었는지? 옛날 고생하던 때가 떠올라 어쩌다 그곳을 찾아보았으나 어찌 많이 변했던지 격세지감을 느끼지 않을 수 없었다. 그렇게 세월은 흘러 고3이 되었다. 삼촌과 상의하여 3학년 때는 주간으로 옮겼다. 하교 후 수금이나 바쁜 일손을 돕기로 하고. 대학 진학에의 꿈을 포기할 수 없어서였다. 마음은 그렇다 해도 모아둔 돈이 없으니 돈이 많이 드는 대학엔 입학할 엄두도 내지 못했다. 그래 생각한 곳이 사관학교였다.

사관학교 시험은 특차였다. 정규 전기대학보다도 빠른 특차였다. 다행히 필답고사에 합격하고, 처음 생긴 예비고사를 치러 합격하면 체력검사와 신원조회 과정을 거쳐 통과하면 합격이었다. 체력검사를 일주일여앞두고 맹장에 걸려 고생만 하고 최종 불합격 통보를 확인했을 때의 절망감을 어찌 다 말로 표현할 수 있을까? 그렇게 나의 고교시절은 아웃.

　진학을 하지 못한 난 서울에 머물 수가 없었다. 누구도 나의 진로에대해 진지한 대화를 나눌 사람이 없었다. 세상은 그랬다. 나 혼자였다.시골에 계신 어머니와 동생들은 대화 상대가 아니었다. 그들에게 내 진로를 상의하는 건 오히려 사치였다. 남산 한남동에 외인아파트를 짓는공사가 시작되었다. '그래 날 시험해 보는 거야! 두두 두두 둥 공사장 일자리 시작!' 그렇게 난 노동판, 당시의 노가다라 불리는 노동판에 뛰어들었다.

　열심히 곡괭이를 휘둘렀다. 돌산이었다. 찍고 또 찍고 힘든 아픔의 곡괭이질이 계속되고 하루가 지나 이틀 사흘, 십장이 곁에서 일의 상황을지켜보았다. 곁에 있는 아저씨가 말했다. '젊은이! 그렇게 며칠을 버틸까?' 난 일을 할 수 있으면 된다 생각했다. 모두들 십장의 눈치를 보았다. 요령껏 구부리고 펴고 그래야 하루를 버틸 수 있었다.

　당시엔 10일 만에 일한 노임을 주었다. 노가다 용어로 간조였다. 열심히 뛰었더니 십장이란 분이 날 불렀다. '젊은이 왜 이런 델 나오는 건가?',
'일을 배워 보려 나왔죠!'

　그렇게 시작된 나의 공사판 생활은 반년 정도 계속됐다. 당시에 경부고속도로가 개통되었다. 고속도로 주변 경지정리를 하는 노동판에 따라갔다. 남산에서 알게 된 십장을 따라서. 경기도 용인이었다. 여러 명이팀을 이뤄 일정량의 일거리를 맡았다. 시골집의 사랑채를 숙소로 빌리고. 일하고 자고 일하고 자면서. 난 십장의 배려로 힘든 일보다 심부름을 많이 했다. 먹거리를 사오고 장부에 기재하고 밥값을 계산하고. 그렇게 세월은 흘렀다.

학교의 학기로 2학기가 되면서 마음이 자꾸 불안해졌다. 이러다 영영 대학에 가지 못하는 게 아닌지 걱정이었다. 찬바람이 불어오면서. 난 그때 부산 동래 노포동에서 함바 생활을 하고 있었다. 골프장을 만드는 공사현장이었다. 허름한 가건물에서 노동자들이 낮에는 현장에서 일을 하고 밤에는 현장 함바에서 잠을 잤다. 공사판에서, 난 전국에서 모인 많은 사람들과 잘도 어울렸다. 그들은 습관적으로 입에서 쌍시옷 소리를 내었다. 처음엔 이상하게 거부감으로 다가왔지만 나중에는 별로 어색하지 않았다. 아무래도 안 되겠다 싶었다. 보따리를 쌌다. 고향 앞으로였다. 그때 처음으로 고속버스를 타보았다. 그레이하운드였다. 간조 탄 돈으로 고속버스를 탄 것이다. 부산에서 천안까지. 그리고 고향 서산 시내 변두리에 자취방을 마련하고 후배들 두 명을 가르치면서 낮엔 내 공부에 매달렸다. 밥은 내가 하고 아이들은 방세와 쌀을 가져오고 난 그들의 식모와 선생을 겸했다. 그리고 다시 입학시즌이 다가왔다. 이번엔 육사가 아닌 공군사관학교에 응시했다. 파일럿이 꿈이었다.

원서를 쓰고 필답고사에 합격하고 체력검사도 완전무결했다. 이제 합격자 발표만 기다리고 있었다. 70년 1월 5일 영장이 나왔다. 사관학교에 합격하여 입교를 기다리던 나는 실의에 차 조치원으로 입영을 하였다. 초등학교 동기인 광회와 함께 1월 4일 천안으로 출발했다. 그날은 정말 대단히 춥고 눈이 많이 내렸다. 어머니와 동생들에게 인사를 하고 버스를 타러 한길을 달리며 난 하늘을 향해 용두질을 했다. 신은 없다. 아니 신은 죽었다. 천안 역전 나폴리 여관에서 하룻밤을 자며 광회는 머리를 삭발을 했다. 난 그러고 싶지 않았다. 그리고 5일 아침 기차로 조치원 51

사단으로 입영했다. 입영심사를 받았다. 호명을 하고 주민등록증과 여비를 교환해주고. 내 이름을 끝내 부르지 않았다. 입영한 장정들이 다 사라지고 남은 인원은 몇 명 없었다. 내 이름은 부르지 않았다. 이유를 물었다. '넌 사관학교에 합격인데 왜 입영을 했는가?' 라며 '귀향증'을 발급해 주었다.

버스를 타고 고향으로 돌아오며 옆자리에 앉은 분과 대화를 나누었다. 공주교육대학에 다니는 학생이었다. 그 사람에게 교육대학에 관해 안내를 받았다. 그것이 인연이 되어 난 신원조회에서 사관학교에 낙방을 하고 교육대학을 다니게 되었다. 6.25 전쟁 때 아버지가 의용군으로 끌려가셨는데 그것 때문에 조회에서 떨어졌다는 것이었다. 그때만 해도 연좌제 등이 심했다. 교대에 가면 수업료가 아주 저렴하고 병역이 면제된다는 것이 나의 마음을 사로잡았다. 장교로 군에 가려던 계획이 틀어지자 아예 안 가는 길을 택하게 된 것이다.

이상했다. 어제 입영을 하면서 춥고 내린 눈이 싫었었는데 귀향증을 받고 고향으로 돌아오는 버스 차창으로 보이는 설경이 그렇게 아름답게 보일 수가 없었다. '일체유심조'란 불교 용어가 떠올랐다.

대학교

사관학교의 최종 발표가 있기 전 난 교육대학을 찾아다녔다. 서울교대, 인천교대 RNTC 학훈 단장을 만났다. 만약에 사관학교에 떨어지면 받아줄 수 있느냐고? 두 대학의 학훈 단장에게 반가운 답을 얻지 못하고 공주교대로 왔다. 207 학훈 단장 김재열 중령을 만났다. '좋다 합격만 하거라!!' 그렇게 난 공주교대와 인연을 맺어 다니게 되었다. 3월 15일 재입영 영장은 그렇게 무시되고 난 RNTC생도가 되었다.

당시만 해도 교육대학은 2년제 초급대학이었다. 교사가 부족하던 때라서 재학기간이 짧은 건 나에게 큰 도움이 되었다. 1학년 때는 11반이었다. 그곳에서 난 평생의 반려자 아내를 만나게 되었다. 경상도 말을 하는 아내가 나에게 기쁨으로 다가왔다 같은 반이었다. 2학년 때 전공과로 나누었다. 아내는 가정과, 난 영어과였다. 매주 금요일에 교련복으로 갈아입고 군사훈련을 받고 여름방학에는 입영을 하였다. 내가 귀향증을 받은 바로 51사단이었다. 입영훈련기간에 면회하는 날이 하루 주어졌다. 그날은 일반식의 음식을 맛볼 수 있는 날이었다. 선배들도 오고 부모들도 찾아오는 사람도 있었다. 가장 기쁜 것은 사랑하는 사람의 방문이다. 아내가 면회를 왔었다. 난 기분이 좋았다. 남은 훈련기간은 가볍게 소화할 수 있는 원동력이 되었다

짧은 2년간 난 하숙과 자취집을 옮기며 방황했다. 1년간은 금학동에서 하숙을 했다. 2학년에 올라와 친구 셋이 자취를 해보자해서 자취생활을 했다. 자취생활은 생각처럼 쉽지가 않았다. 당번을 정해 교대로 식사당번을 하려했지만 마음대로 되질 않았다. 아침 당번은 시간에 맞춰 밥을 해서 먹었으나 오후에는 세 사람이 함께 식사를 하는 경우도 드물고 당번의 임무를 다하지 못하는 경우가 많이 생겼다. 오래가지 못하고 난 다시 하숙생활로 옮겼다. 이번엔 아주 시골로 찾아갔다. 그곳에서 같이 하숙을 하게 된 친구가 이류회원인 수룡 친구다. 2년이란 짧은 기간이었지만 난 여러 친구들과 사귀고 돌아다녔다. 그리고 마음을 맞춰 사회생활을 한다는 것이 쉽지 않다는 것을 느끼기도 했다.

공주는 역시 교육도시였다. 큰 도시는 아니지만 많은 학교들이 산재해 있다. 대학이 둘, 교대와 사대였다. 두 대학 모두 교육자를 양성하는 대학이니 교육도시였다. 교대에 부속초등학교, 사대 부속고등학교도 교육도시라서 있는 학교이다.

난 69학년도에 재웅이, 복렬이, 나 셋이서 공주라는 낯선 도시를 방문했었다. 사대를 가기로 하고 원서를 사고 접수는 시키지 않았지만. 그때 접수를 시키고 같이 사대에 다녔더라면 내 인생은 어떤 길을 걸었을까? 생각해 본다. 결국 재웅 친구는 서울시립대로 난 사관학교 낙방 후 교대로, 복렬 친구는 별나라로 갔지만 제일 안타까운 친구이다. 복렬 친구를 위해서는 공주로 왔어야 했다. 다 지나간 일이긴 하지만.

교대엔 오르간박스가 있다. 초등학교에서 아이들에게 음악을 가르치려면 풍금을 칠 줄 알아야 한다. 오르간 교본이 있어 일정 번호까지 연습을 하여 검사를 받아야 했다. 정해진 번호까지 연주를 하지 못하면 학점을 받을 수가 없었다. 나에겐 무던히도 어려운 과정 중 하나였다. 오르간 박스에서 아내의 도움을 청해 연습하고 정이 들고 그렇게 우리들은 CC로 알려졌다. 아내가 그림을 그렸다. 빌리잔 회원이었다. 4H활동도 했었다. 영남학우회까지 세 모임은 내가 신경을 썼던 모임이었다. 사랑하는 마음은 별일 아닌데도 질투심을 발동하게 했다. 그래서 난 아내를 포함 9명의 회원을 모집해 '성아탑'이란 모임을 조직했다. 전국 16개 교대를 아우르려 했으니 꿈은 야무졌다. 결국 인천교대 학생들을 공주까지 초청하기는 했지만 거기까지였다. 허나 난 나의 본 목적은 달성한 셈이다. 아내인 박경희와 좀 더 가까워질 수 있었으니 말이다.

교육대학의 등록금이 많지 않았으나 나에겐 버거운 일이었다. 시골에서 동생이 농사를 짓고 일하면서 하숙비를 보내주니 용돈은 내가 벌어서 써야 했다. 그래서 비지집 사장님이 소개해준 중학생 과외지도를 하게 되었다. 학생이 영리하여 별로 어렵지 않게 지도할 수 있었고 성적이 좋아 환영을 받았었다.

대학생활의 꽃은 역시 동아리 활동이다. 선배들과 함께 활동한 동아리 명이 '유토피아'였다. 말 그대로 이상을 추구하는 동아리였으나 특별한 활동을 많이 하지는 않았다. 그때 모인 친구가 지금까지의 귀중한 친구가 되었으니 그게 보람이라면 보람일까? 특별한 활동을 한 기억은 없다. 2년이란 세월은 짧았다. 아쉬운 작별들. 그리고 73년 난 바로 발령을 받았다.

모교의 교사로

　초임지 황도초등학교에서 2년차, 6학년을 담임하여 첫 졸업생들의 졸업이 얼마 남지 않은 75년 2월 1일자로 뜻하지 않은 발령이 났다. 난 내신을 낸 일도 없거니와 섬을 떠나고 싶은 생각은 꿈에도 생각하지 않을 때였다. 공무원이란 사령장에 의해 움직여야 함은 익히 알고 있는 당연지사다. 발령지는 나의 초등학교 모교인 오산초등학교였다. 내막을 알고 보니 이해는 할 수 있었다. 당시 교사들 중에는 방위, 지금의 공익으로 병역의 의무를 하며 교사 겸직이 허용되었었다. 지역적 특성이었을까? 낮엔 교사로 저녁엔 오푼강에 있는 초소에 경비병으로 근무하는 형식의 겸임교사가 있었다. 나의 초등학교 동기인 M선생이 바로 그 겸임교사였다.

　당시에는 반공에서 멸공으로 남북이 적대적으로 대치하는 상황이 심할 때였다. 당연한 것이 68년 1월 21일 김신조 일당이 청와대를 폭파하기 위해 서울 청와대 가까이 침투했었으니 당연한 시국상황이었다. 예비군이 창설되고 전국 곳곳에 방공호를 파고 그랬던 시절이었다. 해안지대는 간첩선의 침투에 대비해 해안 초소를 운영하고 있었다.

　나의 유년이 숨어있는 오푼강도 해안 초소에 방위병들이 경계근무를 서고 있었다. 모교의 교사로 근무하며 해안초소에서 병역의 의무를 하고 있던 친구인 M교사도 법령이 바뀌면서 겸직이 금지되었다. 그래서 모교에 공석이 생겼다. 은사님이신 K교장선생님께서 나를 추천하여 모교에서 근무하게 되었다. 그분께서는 집을 떠나서 객지인 섬에서 근무하는 것을 안타깝게 생각하셨다 했다. 내 의사와는 달랐으나 은사님의 뜻을 거역할 수는 없었다. 그리고 벌써 발령은 떨어졌다. 그렇게 난 모교에서 층층시하인 상태에서 근무를 하게 되었다.

당시에 시골학교는 고향에서 농사를 지어가며 근무하시는 선생님들이 많았다. 내가 모교에 근무하게 되었을 때 교장선생님을 비롯하여 거의 모든 선생님들이 은사님들이었다. 직접 은사님은 물론이요 간접 은사님도 많으셨다. 은사님의 은사님이신 교장선생님, 은사님, 나, 3대가 한 학교에 근무를 하게 되었었다. 매사 어렵고 조심스러웠다. 은사님이면서 학교의 선배요, 고향 선배님들이었다.

당시에는 교사가 숙직을 할 때였다. 난 총각이었고 은사님들은 모두 가정이 있었다. 웬만하면 오후 퇴근 전에 숙직을 부탁하시는 은사님이 많았다. 어떤 때는 미리 알아서 숙직을 하겠다 말해야 했다. 5학년 6학년 때 직접 담임을 하셨던 K은사님의 숙직은 내가 도맡아서 해드렸다. 그래서 학교 근처에 사는 동기들이 숙직실에 많이 놀러오게 되었다. 내가 숙직인 걸 학교 정문 앞 이발소에서 확인할 수 있었다. 이발소는 후배인 Y가 운영했다. 대부분의 교사들이 자전거로 출퇴근을 했다. 나도 마찬가지였다. 하교한 후 동네를 돌아다닐 때도 조심스러웠다. 고향이었기 때문에…

친구들과 친목회도 만들고 재미있고 보람찬 일들의 연속이었다. 내 친구의 동생들이 제자인 애들도 있었다. 광희 친구 동생 철희, 병희 친구 동생 난희, 남수 친구 동생 선희, 인란이 친구 동생 미란이 등이었다. 다

115

른 제자들도 그 형들 삼촌 부모들이 거의 아는 사람들이었다.

눈이 하얗게 내리는 겨울이면 밤이 왜 그렇게 길게 느껴졌던지? 내가 숙직인 것을 알고 친구들이 어김없이 찾아오곤 했다. 겨울에 밤이 길어서 그랬는지? 배고픈 시절이어서 그랬는지? 지금으로선 상상도 못할 일도 했었다. 친구들 중 닭을 많이 키우는 친구가 있었다. 그 시절엔 배가 왜 그리 고팠던지? 시장한데 닭서리를 하자는 제의가 들어왔고, 친구들이 동의를 하고 결론은 닭서리였다. 학교의 숙직실에서 조리해 먹기로 하고. 닭은 친구네 닭을 잡기로 했다. 난 묵인하는 수밖에 없었다. 한참을 지나서 친구들이 닭을 잡아왔고 물을 끓여 닭털을 뜯어내야 했다. 닭털의 뒤처리를 깔끔히 했다 생각했는데 다음날 급사로 있던 여동생의 친구인 인희가 하는 말 '간밤에 닭 잡으셨어요?', '미안! 다른 선생님들께는 비밀!' 그렇게 고향 모교에서의 겨울밤은 깊어 갔었다.

그 후로도 몇 번을 닭서리를 하여 영양보충을 했었다. 큰 문제가 되지는 않았으나 지금으로서는 생각할 수도 없는 사건 일터이다. 나에게는 그리운 추억이 되었다.

모교에서 근무하는 3년은 40년 교직생활의 7.5%에 불과하지만 내 일생에서 매우 중요한 시기였다. 모교생활 2년차인 75년 겨울방학에 난 결혼을 했다. 아내가 음암초등학교에 근무할 때였다. 서산 시내에 신혼집을 마련하고 자전거로 출퇴근을 하였다. 30분이면 출퇴근을 할 수 있었다. 중학교 등하교 하던 그 한길로 난 자전거를 타고 출퇴근하게 되었고 아직도 많은 학생들이 도보로 등하교를 하고 있었다.

그 당시에 우리 부부는 맞벌이를 했으니 아이를 돌보는 일이 큰 걱정이었다. 고향집에는 어머니가 계셨으나 동생과 함께 농사를 지어야 했고, 아이를 돌볼 사람이 필요했다. 아이를 돌보는 일은 참 힘든 일이었다. 아이를 돌볼 사람을 구해도 오랫동안 견디는 사람이 드물었다. 참 힘든 때였다. 서산시내보다 더 멀리 시골에 근무하는 친구에게 부탁해 초등학교를 졸업하고 진학을 못하는 착한 아이를 추천받아 큰아들 상룡을 돌볼 아이를 구하기도 했다. 초등학교를 갓 졸업한 아이들이니 오래 견디기가 어려웠다.

그래서 돌봄 아이가 없을 때도 있었다. 그럴 때에는 난 아들을 자전거에 싣고 고향집에 데려다 주고 출근을 했다. 그러기 위해 자전거 앞에 아이를 앉힐 수 있는 좌석을 만들어 붙였다. 아이를 태우기 위해 개조한 자전거였다. 내 신혼집은 서산성당 근처에 있었다. 난 아들을 자전거에 태우고 서산 시내를 통과해 중학교 때 등하교하던 한길을 지나 모교인 오산초등학교를 지나 고향집에 도착했다. 아이를 내려놓고 왔던 길을 되짚어 학교까지 출근하곤 했다. 처음에는 아들은 떨어지지 않으려고 칭얼거렸으나 곧 적응을 했다. 퇴근을 하면 고향집에 들러 아들을 자전거에 태우고 집으로 돌아오곤 했다. 날씨가 좋은 날은 문제가 없었다. 비나 눈이 오는 날은 그야말로 출퇴근 전쟁을 치러야 했다. 그렇게 지내길 3년, 내 맘속에선 공부를 더 하고 싶은 잠자던 욕망이 고개를 들고 일어서고 있었다. 아내와 상의하고 교장선생님과 의논하여 대전으로 내신을 냈다. 78년 3월 1일자로 대전으로 전입하게 되었다.

대전 초등에서 근무

대전에서의 첫 근무지는 천동초등학교였다. 아내와 상룡과 떨어져 학교 앞에 하숙생활의 둥지를 틀었다. 처음엔 잠이 오질 않았다. 아내와 아들이 눈에 밟혔다. 학교에 출근하면 정신없이 하루가 지났다. 동기들과 동문 선배들이 많아 학교생활은 외롭지 않았다. 근무하면서도 난 대학편입의 꿈을 놓지 않았다. 천동에는 숭전대학교 야간에 편입하여 다니는 사람이 아무도 없었다. 숭전대와 가까운 동산초등학교에는 낮엔 교사, 밤엔 학생인 선배들이 많았다. 그래서 공부를 더하려는 사람들은 동산초등학교를 선호해 내신경쟁이 치열했었다. 난 천동에서 그대로 자전거로 다니기로 하고 편입 준비를 했다. 다음해 난 숭전대학교 국어교육과에 편입할 수 있었다.

당시엔 취학아동들이 많았다. 내가 근무하던 대전 시내 초등학교는 대부분의 학교가 오전, 오후반으로 학급을 편성해 운영했다. 학생 수는 많고, 교실은 부족하기 때문이었다. 한 반의 학생수가 60여 명이었다. 말 그대로 콩나물 교실이었다. 교실 하나를 두 학급이 사용했다. 물론 담임도 두 명이었다. 아이들이 등교하는 시간은 1주일씩 교대로 했다. 1주일 오전반, 1주일 오후반 순으로 운영했다. 교실의 환경정리는 담임끼리 협의해 구성하였다. 대부분은 후배교사가 처리하는 경우가 많았다. 야간대학에 편입한 나는 바쁘긴 했지만 맡은 일을 미루는 일은 없었다. 대선배인 여선생님과 같은 교실을 사용하니 매사가 조심스러웠다. 더구나 학교에 다닌다는 구실로 소홀히 할 수는 없는 일이었다.

아이들을 하교시킨 후 난 자전거를 타고 대전 도심을 통과해 오정동에 있는 대학으로 등교하곤 했다. 저녁은 학생회관에서 라면으로 해결하는 때가 많았다. 철길 건너기 전 학생들이 많이 이용하는 식당 겸 주점 카페 등이 혼합된 형식으로 운영하는 가게들이 줄지어 있었다. 주말이면 수업이 끝나고 삼삼오오 모여서 한주간의 피로를 풀어주는 장소이기도 했다. 난 아내가 대전에 전입하기 전까지는 그런 사치를 누릴 수가 없었다. 아내와 아들이 있는 서산으로 버스를 타고 달려야 했다.

그 시절엔 토요일도 오전에 근무를 했다. 오전 근무가 끝나면 대학에 교련훈련을 받으러 가야 했다. 교련훈련을 마치고 나서야 서산으로 갈 수 있었으니 몸이 마음의 조급함을 따라가기 힘이 들었다.

아내가 둘째 상욱의 출산이 가까워졌다. 금요일이었다. 산부인과에 입원한 아내는 난산으로 고생을 하고 있었다. 연락을 받은 내 마음은 조급하기만 했다. 교감에게 말하고 달려가려 했다. 당시 교감 L이 허락을 하지 않았다. 내일 토요일 오전 근무를 마치고 가보라는 것이었다. 몰인정한 사람이었다. 난 곧이곧대로 그 말을 따랐고, 금요일 밤에 벼락 천둥이 치고 아내는 난산을 겪고, 결국 장인어른께서 각서를 쓰시고 둘째는 아빠인 내가 없을 때, 제 에미의 배를 가르고 첫울음을 힘차게 울었다 했다.

음력 7월에 태어난 둘째는 서산 고향집 엄마에게 맡겨졌다. 덥기는 하고 모기 등의 물것은 많고 아내와 상욱, 모든 식구들이 고생이 많았다. 땀띠가 많이 나서 고생을 한다하여 대전 약국에서 파우더를 사갔던 기억이 생생하다. 그렇게 힘이 들었어도 세월은 흐르고 흘러 이듬해 9월 아내가 대전으로 전입을 했다. 난 대흥동 대전여중 근처에 살림집을 마련했다. 대전여중 옆에 있는 '대전중앙감리교회'에 다니는 같은 학교의 L선생께서 소개해 준 집이었다. 옛날 주택으로 구멍가게 형식의 가게가 있는 집이었다. 그 시절의 어려웠던 생활환경을 생각하면 정말 어려운 시절이었다. 격세지감을 느끼곤 한다. 그곳에 살며 박정희 대통령의 시해사건이 터져 놀랐던 기억이 아직도 생생하다.

그 후에 아내의 근무지인 갈마동으로 집을 옮기고 둘째 상욱을 대전으로 데려왔다. 어머니도 함께였다. 그렇게 대전에서 어머니, 우리 부부, 아들 둘과 다섯 식구의 대전에서의 삶이 시작되었다. 2층에 세를 들어 살림을 꾸릴 때라 주인집에 눈치가 많이 보였다. 다행히 애들이 소란해도 많이 이해해 주는 집이었다. 얼마가지 않아 가장동 주공아파트를 분양받아 처음으로 내 집을 갖게 되었으니 점차 식구들도 대도시의 생활에 적응을 하게 되었다. 가장동 주공아파트는 아는 선생님들, 선후배들이 많이 첫 입주를 하여 생활하는 그런 곳이었다.

17평형 아파트였지만 방 3개에 좁지만 거실이 있었다. 내가 사는 곳은 3층이었다. 베란다에 연탄을 쌓아놓고 방마다 연탄을 갈아야 할 때였다. 연탄구멍을 맞추기가 쉽지 않았다. 연탄을 가는 동안에도 연탄가스를 많이도 흡입하게 된다. 그 정도의 불편함은 감수해야 했다. 그 시절을 살았던 우리들 모두가 그랬다. 엘리베이터도 없는 5층 건물이었다. 그땐 그런 서민아파트가 많았다.

난 그때 대학원에 진학하여 논문을 준비하느라 불철주야 뛰어다녔다. 내가 살던 207동엔 같은 학교 직원만 세 명이 살고 있었다. 친구 부부도 살았고, 대학원 논문지도교수도 같은 단지에 살았다. 가장동 주공아파트 2단지였다. 1단지는 조금 넓은 평수의 아파트였다. 연탄을 때지 않아도 되는 중앙집중식이었다. 그때는 그곳에 사는 것이 꿈이었다. 아이들은 잘도 자랐다. 몇 년 후 우린 연탄을 때지 않아도 되는 1단지 중앙집중식 아파트로 이사를 할 수 있었다.

대학원 석사학위를 받고 박사과정을 밟았어야 했다. 허나 난 많은 생각 끝에 중등교사로 발령을 신청했다. 서대전초등학교에 근무할 때 중등학교 국어교사로 발령을 받아 중등교사로서의 생활이 시작되었다. 84년의 일이었다.

중등 국어교사가 되어

'서산군 교육장이 지정하는 학교의 근무를 명함'이란 발령 통지서를 받고 서산교육청에서 '부석중학교'로 임지를 배정받았다. 고향이었다. 옛날 황도로 발령을 받고 부석 창리까지 배를 타기위해 통과했던 면소재지의 학교였다. 내 고향에서 멀지 않은 곳이었다. 차부에서 이불보따리를 메고 있는 G선생을 만났다. 부석중학교에 발령을 받았다 했다. 같은 집에 하숙을 정하고 나의 고향 어귀에서의 하숙생활이 시작되었다.

같은 하숙집에는 중학교 교사 4명이 하숙을 했다. 점심시간이 되면 하숙집 아주머니들이 학교로 밥을 배달해 주었다. 네 집 정도의 하숙집이 있었고, 대부분의 아주머니들은 광주리에 점심식사를 담아 머리에 이고 학교까지 배달해 왔다. 마치 논밭에서 일하는 사람들에게 식사를 내어 가듯이. 우린 다른 하숙집들의 반찬을 비교하며 서로 나누어 먹기도 하고, 대부분이 초임발령을 받은 젊은 교사들이었다. 나는 기혼의 경력10여년 된 중년교사였다.

　좋은 고장이었다. 바다와 접하고 있고 '도비산'이 바다 맞은편에 우뚝 솟아있었다. 난 어렸을 때 도비산의 동쪽에서 도비산을 바라보며 자랐다. 이제 장년이 되어 도비산의 서쪽에서 하숙생활의 둥지를 틀게 되었다. 여기에 와서야 알게 된 사실이지만 이 지역의 마늘, 생강은 전국적으로도 유명하다. 토질이 마늘 생강 재배에 알맞기 때문이다. 지금도 이 지역에서는 마늘, 생강 축제가 열리고 있다. 특이한 것은 생강은 굴을 파고 저장했다. 그래서 집집마다 마루 밑에 생강을 저장하기 위해 깊게 파놓은 생강굴이 있다. 마치 방공호처럼 깊고 길게 판 굴이었다. 부석면 소재지는 동네 이름이 취평리다. 취평리에서 천수만 쪽으로 나가면 바다. 현대 창업주 정주영 씨가 폐유조선으로 물막이 공사를 한 간척사업으로 널리 알려진 곳에서 가까운 곳이다. 부석중학교의 학구가 바다 쪽으로 간월도까지였다. 간월도에서 등하교를 하는 제자들이 있었다.

　여름철은 해가 길다. 수업이 끝나고 퇴근을 해도 해가 중천에 있었다. 그럴 땐 바다를 찾았다. 버스를 타고 창리 바다까지 간다. 창리 바다의 끝에 평상을 펼쳐놓은 조그만 주막이 하나 있었다. 밀물이 되어 바닷물이 밀려올 때면 평상의 다리가 물에 잠겼다. 맨발의 발밑까지 바닷물이 출렁였다. 잔잔히 출렁이는 파도를 보며, 파도소리를 들으며 참 평화로웠다. 건너편의 황도를 바라보면, 초임 발령 때의 일이 손짓하기도 하고 연륙교 쪽 바다를 붉게 물들이는 황혼 빛 파도의 너울은 정말 아름다웠다. 시간 가는 줄 모르고 앉아있다 막차를 타고, 어떨 땐 막차를 놓치고 면소재지의 택시를 호출해 귀가를 하기도 했다.

면소재지 시장에 초등학교 동기인 친구 B가 살았다. 월남전에 참전하고 제대를 하고 이곳에 정착하여 꽤 인정받을 만큼 자리를 잡은 친구였다. 친구들 중에는 월남전의 마지막 시기에 파병된 친구들이 있다. 우리가 어려웠던 시절에 그들은 생명수당까지 받으며 우방을 지키려 참전해 따이한 병사로 악명을 떨치기도 하고 맹호부대로, 청룡부대로, 비둘기부대로 참전을 했었다. 그들의 생명수당이 조국건설의 밑바탕이 된 것도 사실임에 틀림없다고 생각된다.

2년여 하숙생활을 하던 나는 바로 학교 앞 농가의 방을 얻어 자취를 했다. 기왕지사 시골생활을 제대로 하고 싶었다. 소의 외양간이 있는 집이었다. 외양간의 누렁 소는 퉁방울눈으로 나를 쳐다보고 쉼 없이 되새김질을 했다. 파리를 쫓느라 방울소리를 내곤 하는 정겨운 고향집 같은 시골집이었다. 난 그 소 외양간 냄새가 싫지 않았다. 논이 있고, 밭이 끝나는 곳에 소나무 숲이 있는 집이었다. 감나무가 있어 여름엔 매미가 우는 곳이었다.

학교 행정실에 근무하는 차 주사가 학교 사택에 살며 양봉을 하고 있었다. 시골이어서, 도비산이 있어서 밀원이 되는 곳이 많았다. 나도 벌을 키워보고 싶었다. 돈을 얼마를 주고 구매했는지 정확히 기억은 나지 않지만 난 벌 한통을 차 주사에게 구입했다. 소비가 4장 정도의 세력을 가진 벌통이었다. 세력이 가장 왕성한 벌통은 한통에 소비가 10장까지 들어갔다. 아침에 일어나 벌통을 확인하는 재미가 솔솔 나기 시작했다. 처음엔 벌에게 쏘일까봐 망사가 달린 모자를 뒤집어쓰고 확인을 하곤 했다. 훈연기로 연기도 반드시 뿜어주면서, 얼마의 시간이 지나자 그런 일들이 번거롭게 느껴져 맨손으로 확인할 수 있었다. 벌들은 참 온순했다. 믿고 찬찬히 다루면 벌들도 나를 믿는지 순하게 따라 저희들 할 일만 하는 것이었다. 벌들은 참 부지런했다. 일벌들의 수가 많이 늘어 세력이 커졌다. 벌통 숫자가 다섯 통까지 늘었다. 겨울철에 보온을 잘해주고 설탕인 먹이를 챙겨주면 따스한 바람이 부는 봄철에 벌들은 잊지 않고 겨울의 신세를 잘도 갚았다.

산수유로부터 봄은 열렸다. 개나리, 진달래, 목련 등 잎보다 꽃을 먼저 피우는 나무에서부터 봄이 열렸다. 아카시 꽃은 정말 좋은 밀원이었다. 아카시 꽃향기가 도비산 자락에 퍼지며 벌들은 분주히 벌통을 오갔다. 해가 지면 창문에 쳐놓은 모기장 작은 틈새로 스며드는 아카시의 그윽한 향은 한적한 시골에 있는 날 행복하게 했다. 아카시 꽃 향이 약해지며 누렇게 퇴색해 모습을 감춘다. 어느새 지렁이 모양의 밤꽃송이가 도비산 자락에 짙은 냄새를 내뿜는다. 밤 꿀 그 진한 색깔의 유혹은 그대로 약꿀로서의 효력이 좋지 않을 수 없다. 난 난생 처음 내손으로 꿀을 채취할 수 있어 좋았다. 차 주사에게 부탁해 꿀을 짜서 대전으로 가져올 때의 기쁨이란 남들은 모르리라. 형제들에게 나누어주는 기쁨도 누릴 수 있었다.

아내가 대전시에서 8년간의 근무가 끝나 대전시를 떠나게 되었다. 역시 서산으로 발령을 받았다. 서동초등학교였다. 집에는 어머니와 아이들만 남겨두고. 그때가 아이들과 어머니 우리 부부에게 제일 견디기 힘든 시절이었다.

충남 도청소재지 대전시 초등학교 교사에서 88년 3월 1일자로 서산으로 발령을 받아 내가 있는 서산으로 합치게 되었다. 내가 자취를 하던 소 외양간이 있는 집에서 아내와 함께 지내게 되었다. 나로서는 잘된 일

123

이었으나 대전에 있는 어머니와 아이들이 걱정이었다. 대전이 89년 1월1일자로 직할시로 승격되면서 충남과 대전의 교원인사 교류는 막히는 것이었다. 대전에 근무하는 교사가 충남으로 나오지 않는 한 자연증가 학급 수만큼의 교사만 대전으로 전입을 할 수 있게 되었다. 전입할 확률은 바늘구멍만큼 좁아지고 아이들이 걱정이었다.

연무대기계공고에 근무하는 L선배에게 연락이 왔다. 국어과 자리가 중간에 비었는데 근무지를 옮길 의향이 있느냐는 것이었다. 생각하고 말고 할 겨를이 없었다. 아이들 때문에 대전으로 전입을 못한다 하더라도 우선은 대전에서 통근할 수 있는 곳으로 이동을 해야 했다. 어쩜 사람이 죽으란 법은 없는 것인지? 그렇게 해 89년 5월 중순에 난 연무대로 이동을 하게 되었다.

아내는 서산시내의 방을 얻어 자취생활을 하게 남겨두고 난 대전 집으로 돌아올 수 있었다. 고향 어귀에서 4년 3개월간의 생활이 그렇게 끝났다.

고등학교에서의 근무

연무대읍 마산리에 자리한 연무대기계공업고등학교에 부석중학교의 S교사가 날 데려다 주었다. 부석이 고향인 체육교사였다. 고마웠다. 그는 날 학교에 내려주고 혼자서 되짚어 서산으로 가야 했다. 그 정을 지금도 잊을 수가 없다. 실업학교에서 인문과목은 그리 좋은 대접을 받는 과목은 아니었다. 아이들도 실과 과목에 그들의 노력을 많이 기울였다. 어쩜 그게 당연한 일이었다. 그때만 해도 자가용을 소유한 교사가 50% 정도도 못 미칠 때였다. 학교에 개인이 운영하는 통근버스가 있었다. 월 일정액씩 지불하고 통근을 하고 있었다. 나도 그 통근버스의 일원이 되었다. 약속된 장소로 약속된 시간에 나가서 기다리면 어김없이 버스는 오고갔다. 난 가장동에 살고 있을 때였으니 가장동에서 타고 내렸다. 가장동에서 같이 타고 내리는 직원이 꽤 있었다. 난 힘들지 않게 그들과 동화되어 직원으로 어울리게 되었다. 아이들과 어머니와 지내게 된 시기였다. 집에는 아내는 없었다. 가정엔 역시 주부인 아내가 있어야 했다. 아내가 없는 집은 집이 아니었다. '나'라도 역할을 잘해야 했건만 난 그렇지 못했던 걸로 기억한다. 그래도 어머니나 아이들이 잘 견뎌주었다. 나의 주말부부 생활은 언제나 마침표를 찍을 수 있으려는지?

　아내가 대전으로 전입을 해야 했다. 우리에게 당시로서는 절체절명의 중대한 사명이었다. 그 일에 내가 앞장서야 했다. 그러기 위해 첫 자가용을 마련했다. 현대 엑셀이었다. 토요일이 되면 아내와, 아내가 가르치는 두 아이를 데리러 홍성 차부까지 가야 했다. 아내는 수업이 끝나고 아이들과 같이 서산에서 홍성까지 버스를 타고 왔다. 난 그들이 오기를 기다려 내 차에 태우고 공주까지 왔다. 공주여고 체육관에서 아내의 제자들이 리듬체조를 배우는 것이었다. 개인레슨이었다. 그들의 레슨이 끝날 때까지 난 많은 시간을 기다려야 했다. 끝나면 아내와 아이들을 태우고 대전 집으로 왔다. 그런 세월이 2년여 계속되었다. 충남소년체전에서의 메달을 목표로, 그래야 아내의 이동 가산점을 받을 수 있었다. 다음날 일요일 난 그들을 태우고 다시 공주로 홍성으로 달려야 했다.

　대전 전입을 위한 노력이 또 있었다. 학생과학 발명품전시회에 출품을 하고 입상을 하는 것이었다. 그때 우리 부부를 도와준 친구들이 있다. 같이 늙어가고 있는 대학동기인 C와 P이다. 그들의 도움이 아내가 대전에 전입 하는 데 큰 힘이 되었다. 그 힘이 바탕이 되어 나도 대전으로 전입하게 되었다. 사람들은 살면서 그 누구에겐가 신세를 지면서 삶의 전환을 마련하게 된다. 또 내가 누구에게 혜택을 주기도 하고, 되돌아보니 난 타인에게 받은 은혜가 훨씬 많다. 그 누군가에게 빚을 갚아야 하련만 그렇지 못하니 걱정이다.

기계공고엔 기계들이 많았다. 그래서 학교엔 국가의 재산이 일반학교의 몇 배가 된다 해도 과언이 아니다. 각과 사무실엔 일반학교에서는 상상도 못할 시설들이 많았다. 학교에서는 정해진 시기에 학생들의 기능사 실기시험이 치러지곤 했다. 그럴 때면 시험관들이 학교에 와서 심사를 하곤 했다. 그들을 대접하기 위해 각과 사무실엔 먹거리도 풍부했던 걸로 기억된다. 학교의 오래된 기계를 처분하는 날엔 외부에서 많은 사람들이 경매에 참여했다. 근무했던 중에 공고는 학생들 이외의 외부인의 출입이 많았다. 그래서인지 조용히 학문만 탐구하는 일반학교와는 구분이 되었다. 복합된 사회구조의 요소가 많았다. 나는 그곳에서 6년여 근무하면서 폭넓은 인간관계도 형성할 수 있었다.

학생들은 외지에서 입학하는 학생들이 많았다. 그들을 수용하기 위해 학교엔 기숙사가 있었다. 기숙사 사감교사가 따로 있었지만 교사들이 교대로 기숙사 숙직을 했다. 그런 날은 기숙사에서 학생들과 함께 숙식을 했다. 집을 떠나 객지에서 생활을 시작하는 신입생들과는 많은 상담이 필요했다. 서산, 대천, 청양, 금산, 부여 등 충남 곳곳에서 학생들이 왔다. 그들을 다독이고 상담을 하던 일도 교사로서 보람 있는 일이었다. 기숙사 식당에서 직원들은 점심식사를 했다. 기숙사의 김장김치가 아주 맛이 좋았다. 많은 김장을 하고 땅을 파고 묻어서 숙성시켜 먹는 김장이니 옛날 시골 김치 맛 그대로였다. 겨울방학이 끝나고 이른 봄에 먹는 김치 맛이 참 일품이었다. 요즘에 도시민들은 김치냉장고에 보관하고 김치를 먹지만 땅에다 묻어서 보관하는 김치 맛은 따라갈 수가 없다. 우리 조상들의 생활의 지혜가 새삼 존경스럽게 생각된다.

연무대에 근무하면서 나에게 또 하나 잊을 수 없는 일이 생겼다. 우리 한국춘란을 산채하여 키우게 된 취미생활의 시작이었다. 우리 춘란은 호남지방에 많이 분포되어있다. 소나무가 있는 해안가를 중심으로 분포되어있다. 물론 예외도 있지만 연무대는 난이 자생하는 지역과 거리 상으로도 가까웠다. 그곳에 난 산채를 취미로 하는 교사들을 만나 나도 그 취미에 빠져들었다. 그렇게 세월이 흘러 94년 3월 난 대전으로 전입할 수 있었다.

대전 중등에서의 근무

대전중학교로 발령을 받았다. 구도심에서 대전중학교는 대전교육의 일번지였다. 내가 발령을 받았을 때는 둔산동에 신시가지가 형성되면서 모든 기관들이 둔산동시대를 만들어 가고 있을 때였다. 교육의 중심도 둔산동으로 이동하고 있었다. 대흥동 보문산 밑의 대흥초등학교, 대전 중학교, 대전고등학교는 일직선으로 연결되는 곳에 위치해 있다. 대흥 초에서 조그만 도로 하나를 건너면 대전중이다. 대전중과 대전고는 연결되어 있다. 넓직한 운동장으로 연결되어 있다. 대전중에는 은행나무가 많았다. 운동장 주변과 교사와 교사의 사이에도 은행나무가 많았다. 푸르른 은행잎이 무성한 여름에서 은행잎이 누렇게 물들어 갈 때면 가을이 가까이 왔음을 알려주었다. 그래 지금도 만나고 있는 대중에서 근무하던 옛 동료들의 모임이름이 '행우회'이다.

대중에는 테니스 팀이 있었다. 그래서 테니스코트가 일요일에는 학생들 훈련이 없었다. 체육부장께 부탁하여 일요일 테니스장을 사용할 수 있었다. 둔산동에 있는 우리 아파트들에는 테니스코트가 있었다. 당시만 해도 아파트마다 테니스코트가 한 면씩 있었다. 테니스 동호회 월례회가 매달 열렸다. 테니스코트가 한 면인 아파트에서 월례회를 치르기엔 부족했다. 월례회 때는 코트 면이 많은 곳을 찾아 임대를 했다.

대전중학교 코트를 임대해 대회를 치르기도 했다. 그런 날은 아침 일찍부터 바빴다. 그렇게 우리 아파트 테니스 동호회 회원들은 가까워졌다. 직업군도 많았다. 지금은 많이들 흩어졌지만, 그리고 많이들 늙었지만, 둔산동 개발이 시작되던 때의 우리들 이야기는 그렇게 시작되었다. 지금은 당시에 만들어졌던 코트마저 주차장으로 변하고 테니스코트가 있는 아파트를 건축하지도 않는다. 그렇게 대지가 부족한 모양이다. 아니다 대지 값이 비싸져 흙냄새 맡을 수 있는 테니스코트가 사라진 사실이 안타까울 뿐이다. 우리들 모두 그런 시대에 살고 있지 않은가?

대전중 근무할 때만 해도 학교에 식당이 없었다. 직원들은 점심시간이 되면 학교 가까이 있는 식당을 찾거나 배달을 시켜 해결할 때였다. 근처에는 칼국수집이 많았다. 식당에서 점심시간에만 만나는 사람들도 있었다. 지금은 모든 학교가 학교에 식당이 있어 학생과 직원의 급식을 해결할 수 있으니 우리나라 많이 좋아졌음을 느낀다. 학생들이 학교에서 급식을 해결하니 가정에서 도시락을 싸지 않아도 되어 엄마들의 고충이 줄어져 다행이다.

어렸을 때 노랑, 또는 흰색의 양은 도시락에 뚜껑 없는 반찬통에서 흘러내린 반찬국물이 밥으로 번져서 자연스럽게 만들어진 비빔밥을 몰래 먹어야 했던 모습이 아련히 떠오른다. 겨울이면 도시락을 교실의 난로에 차례로 쌓아놓고 아래 위, 위 아래 도시락을 바꿔놓느라 수고를 해야 했던 그때의 교실 풍경이 그립기도 하다. 시간이 지나며 보온도시락이 생기고 이제는 식당이 통째로 생겼으니 격세지감을 느낄 수밖에….

대중 근무 기간에 교원대에서 3개월간 교육을 받았다. 교원대 기숙사에서 숙식을 해결하면서, 오랜만에 학생이 되어 집을 떠나 생활을 하게 되었다. 전국 국어교사 연수였다. 대전에서 선택을 받았다. 장학사로 있는 K선생의 도움이 컸다. 전국에서 모인 30여명의 국어교사 연수였다. 나의 룸메이트는 제주도에서 온 교사였다. 시원시원한 성격의 G선생이었다. 덕분에 연수가 끝나고 제주도에서 만나기도 했다. 국어교사들이었지만 생활용어는 표준말이 아니었다. 경상도 억양은 우리가 알아듣기 힘들었다. 그들이 학교에서 학생을 지도할 때는 같은 지방의 억양이니 학생들은 잘 알아들을 수 있겠지만, 난 그래도 대전 중심에 위치해 있다 하여 총무를 맡아 일을 보았다. 연수가 끝날 때는 대표로 발표를 했다.

연수과정에 유럽연수가 포함되어 있었다. 서유럽 5개국이었다. 방문 국마다 학교를 방문하여 그들의 학교와 수업하는 모습을 참관하고 학교시설을 견학하는 과정이었다. 각국의 학교방문도 의미가 있었지만 관광에 더 관심이 많았다. 프랑스 파리의 세느강변, 가난한 화가들이 초상화를 그리고 있는 몽마르뜨 언덕, 태양의 왕 루이14세가 절대왕권을 상징하기 위해 건설한 베르사유궁전, 에펠탑, 노트르담성당에서는 배우 안소니 퀸의 꼽추 연기가 떠오르기도 했다.

지하해저터널로 통과한 도버해협, 통과하는 해저 기차에서의 영국경찰의 입국심사, 런던의 템즈강변, 버킹엄궁의 경비병 교대식, 한가롭게 느껴졌던 영국 농촌풍경, 방문한 학교의 잔디가 파랗게 펼쳐졌던 운동장 등도 잊을 수 없는 모습으로 아직도 내 머릿속에 각인되어 남아있다.

이태리 로마의 옛 건물들과 거리 풍경, 나폴리 해변의 골목길, 호텔로비, 폼페이 화산폭발의 옛 도시의 모습들, 고대도시에 살면서 우리 관광객의 현지가이드로 살아가는 늙은 이태리인의 모습, 거리에서 관광객의 뒤를 쫓으며 틈틈이 기회를 노리는 이태리 청소년들의 모습들, 트래비분수에서의 동전투척, 난 다시 로마에 가는 점괘였는데 남은 생애에 다시 갈 수 있으려는지? 로마 교황청 성당의 방문 등 정말 짧은 기간에 많은 것을 보고 느꼈건만 기록으로 남겨놓지 못한 아쉬움이 크다.

스위스로 넘어갈 때의 길지 않은 비행. 알프스 산맥의 설경과 호수들, 유명한 스위스 시계 쇼핑, 융프라우 정상에서의 스키 타는 모습의 구경, 눈 터널의 통과, 스위스 뒷골목의 선술집들 그리고 동남아에서 왔다는 부부의 환대, 밤거리의 찬란함, 모처럼 찾아갔던 카페에서 쇼를 하던 어느 흑인의 한국어 실력이 우리 일행을 놀라게 했다. 스위스 용병들 이야기 한가롭게 느껴졌던 설경의 스위스 시골 풍경은 카렌다에서 보아왔던 아름다운 풍경 그대로였다.

아름다운 푸른 도나우 강의 물결, 예술의 도시 오스트리아 비인에서의 관광, 호텔로비에 전시된 각국 도시의 시간을 알리는 시계들, 우리의 서울의 시간을 확인할 때의 뿌듯함 난 여지없는 한국인이었다. 호텔이 얼마나 컸던지 입구를 찾지 못해 헤맸던 일 등, 지금 생각하면 입가에 미소가 떠오르는 그리움으로 남아있다.

그 시절만 해도 해외여행 자유화가 되어 오래되지 않은 때라 해외에 다녀오는 사람들은 선물보따리를 준비하는 때였다. 조그만 열쇠고리라도 준비하곤 했다. 별스런 것은 아니었지만 그것도 정이었다. 지금은 그런 정을 찾아보기도 힘이 드는 것 같다. 연구부장을 보며 승진의 꿈을 꾸기 시작했다. 대중 근무 4년차였다.

법동중학교에 동기 M이 근무하고 있었다. 마침 법동중이 문교부지정 연구학교였다. 그곳에 근무하면 가산점을 받을 수 있었다. 친구를 통해 섭외를 하고 발령을 받을 수 있었다. 대학동문들이 다섯 명이나 함께였다. 중등에서는 드문 일이었다. 그것도 행운이었을까? 아니었다. 그들은 나보다 승진에 열정이 훨씬 강했다. 나의 승진에 대한 마음은 그들의 열정에 미치지 못했다. 되면 좋고 안 되면 말고 하는 식이었다. 안될 수밖에.

그때 엉뚱한 실로 엉뚱한 방향으로 눈을 돌렸다. 학교가 싫어지는 시기였다. 승진을 하려고 아등바등하기가 싫었다. 학원에 다니기 시작했다. 교직과는 거리가 멀었다. 공인중개사 시험을 보기로 하고 한국고시학원에 등록했다. 학교가 끝나면 학원행이었다. 그때는 공인중개사 시험이 꽤 어려울 때였다. 몇 년씩 학원에 다니고도 합격하는 사람이 많지 않았다. 난 그 학원에서 교사가 아닌 다른 분야의 사람들과 인과관계를 맺어가고 있었다. 2년여 수강을 하고 난 15회 공인중개사 시험에 합격증을 받을 수 있었다. 지금도 장롱면허로 사용하지 못하는 것을 왜 그리도 집착했었는지? 엉뚱한 노력이었다. 지금으로서는 쓸데없는 객기였고 헛된 일이었다. 지금이라도 개업을 할 수는 있겠지만 어디 그게 쉬운 일이던가? 학교가 싫어졌을 때의 나의 방황의 흔적이 아쉽기만 하다. 허나 그것 또한 내 생애 하나의 노력이었고 결실이었다. 난 그런 놈이었다.

송촌중에서 교무부장을 4년 하면서도 승진을 하지 못했다. 나보다 승진에 욕심이 많은 사람들에게 밀린 것이다. 아니 난 그만큼 열정이 부족했다. 그래 결국 승진을 포기하고 매봉중 시대를 열게 됐다. 그런데 그해 대학 후배가 교장으로 발령을 받아 함께 근무 근무하게 되었다. 오랜만에 같은 곳에서 근무를 하게 됐다. 승진을 해보라 했다. 도와준다고, 아는 후배가 교무를 보고 있었다. 그와 힘겨루기를 할 수가 없었다. 아니라고 했다. 아이들 하고 지내며 편히 지내겠다고. 그렇게 세월이 흘러 2013년 난 매봉중학교에서 정년을 맞았다.

지금 매봉중 배움터 지킴이 6년차 매봉중 근무 11년차다. 봉황산 자락에 매봉초등학교와 매봉중학교가 붙어있다. 매봉초가 위에 있다. 내가 사는 선비마을 아파트와 붙어있다. 한때는 아내는 매봉초에 난 매봉중에 근무를 해 편리했다. 지금은 하나밖에 없는 손녀딸 승원이가 매봉초의 재학생이다. 봉황산(계족산) 자락에 둥지를 틀고 공기 좋은 이곳에서 난 잘 지내고 있다. 봉황산은 일반인들에게 계족산으로 불리고 있다. 일제 강점기에 왜놈들이 우리 산하의 격을 낮추려고 봉황을 닭으로 낮춰 부르기 시작해 지금은 계족으로 알려져 안타까운 마음에 나라도 봉황으로 부르기로 하고 아이들에게도 그렇게 가르쳐 왔다. 그 봉황산 자락에서 지금 이 순간에도 세월의 강물은 유유히 흐르고 있다.

03

삶을 돌아보다

산새의 즐거움

삶을 살면서 자기가 좋아하는 취미가 생계수단과 일치하는 사람은 행복한 삶을 살 수 있으리라 생각된다. 노래를 좋아하는 사람이 노래를 업으로 하는 가수가 되어 생계수단까지 해결이 된다면 얼마나 좋을까? 그림을 좋아하는 사람이 화가가 되어 평생을 그림과 함께 하며 돈도 벌고 명예도 얻을 수 있다면 금상첨화이리라. 스포츠계의 프로선수들 중에도 그런류의 삶을 사는 사람이 많지 않을까? 축구, 야구, 골프, 수영 등의 스포츠스타들이 그런 사람들이 아닐까 생각해 본다.

그런데, 어쩜 그 반대로 좋아했던 취미가 삶의 수단이 되면 그 취미가 싫어지는 현상도 일어날 수 있지 않을까? 그래서 취미는 취미로 즐길 수 있을 때 더 즐기고 싶어지지 않을까? 어쩜 일상에서 맛볼 수 없는 정상적인 것으로부터의 일탈이 오히려 짜릿한 쾌감을 불러오는 것은 아닐지? 그래서 큰 부담 없이 즐기는 취미가 재미있고 즐거운 것일 수도 있으리라. 삶을 살아가며 업으로 삼고 있는 나의 일상에서 벗어나고 싶은 마음은 현대생활에 지친 사람일수록 더욱 갈망하는 것일지도 모른다.

사람들은 스포츠, 사육, 재배, 예능 등 다양한 취미생활로 일상의 무료함과 지루함에서 탈출해 새로운 활력을 얻으려 한다. 그런 취미들은 그간에 모르고 지냈던 새로운 세계에 대해 흥미를 일으키며 점차 그 세계에 빠져들게 만든다. 취미생활이 시작될 때 미지의 세계에 대한 새로운 흥미의 문이 열리게 되는 것이리라.

연무대에 근무할 때였다. 산으로 난을 채집하러 다니는 직원들이 있었다. 난 그 이전에는 우리의 산야에 난이 자생하는 걸 몰랐었다. 난 자연스럽게 직원들과 어울려 산으로 난을 채취하러 다니게 되었다. 그렇게 시작한 난에 대한 나의 취미는 나의 휴일을 온전히 반납해야 할 지경에 까지 빠져들게 되었다.

대전에서 난 산채의 즐거움을 함께 나누는 사람들은 주로 휴일에 봉고차를 타고 산채 길에 오른다. 난 산채를 다니는 봉고차의 수만도 꽤 많았다. 나는 그 중에 허 사장과 조 사장의 봉고차를 주로 이용했다. 일요일에 산채를 가기 위해서는 늦어도 산채 가는 휴일 전 목요일까지는 예약을 완료해야 했다. 그렇지 않으면 자리가 없어 시간적 여유가 있어도 산채를 갈 수가 없었다. 그만큼 애란인이 많아 인기가 많은 취미생활이었다. 난 산채는 여름이나 겨울이나 연중 가릴 것 없이 다녔다. 내가 80년대 후반에 산채를 시작했으니 그 시절만 해도 하루 봉고차비가 만원 정도였다. 석유파동이 있기 전이니 봉고차에 10여명 정도 승차하면 봉고를 운영하는 사장도 그럭저럭 생활을 할 수 있었던 모양이다. 거기에 산채 할 때 만난 귀물의 값이 만만치 않았으니 봉고차의 사장님은 그런 수입도 있었으리라. 빈손으로 돌아오는 날은 휴게소 난 가게에서 난을 구입해 오는 날도 있었다. 주머니에 여유가 있는 날은 그랬다. 그렇게 난의 수집에 빠져들었다.

산채 가는 날은 항상 새벽 6시에 출발했다. 하절기나 동절기나 마찬가지였다. 나는 고속도로 진입로에서 가까이 집이 있어 6시 10분경에 도로에 나와 있으면 봉고차가 도착하여 일행들과 합류하고 즐거운 하루 일과가 시작되곤 했다. 산채 장소는 주로 전주 밑에 있는 호남지방이었다. 정읍의 태인, 고창, 임실, 오수, 영광, 구례, 광양, 장성 등 서남해안 지방은 두루 산채의 대상이었다. 이름조차 모르는 호남의 많은 산들을 헤매며 우리 춘란의 변종을 찾는 것이었다.

회비 만원과 도시락을 싸서 배낭 속에 넣으면 준비는 끝이다. 그러나 항상 만약을 대비하기 위해 더 준비해야 할 사항이 있었다. 귀물을 찾았을 경우 소중히 모시기 위한 신문지와 플라스틱 통이 있어야 했다. 최악의 상황에 처했을 때를 위해 얼마간의 비상금도 있어야 했다. 날씨가 좋지 않을 때는 우비나 장화도 준비해야 한다. 귀물이란 난의 변이종을 일컫는 것으로 귀한 사람을 만나게 되는 경우 '귀인'을 만나는 것과 같은 표현이다. 대부분 귀물인 변종은 세력이 약한 난인 경우가 많아 약한 난을 보관할 신문지나 통을 준비해야 하는 것이다. 초보자들이 간혹 하산하는 방향을 잘못 잡아 길을 잃는 경우도 간간 있었다. 그럴 경우를 대비해 비상교통비가 필요했다. 물론 나는 최악의 경우에 처해진 경우는 한 번도 없었다. 일행 중에 그런 경우에 처해 모두가 고생을 한 일이 있었다.

목적지에 도착하면 산 밑의 기억하기 좋은 지형지물이 있는 곳을 택해 일행 모두가 모여 산의 전체 형상에 대해 경험이 있는 사람의 설명을 듣고, 하산할 때의 방향 선택 등을 점검하고 입산을 한다. 입산을 할 때는 일행들이 함께 입산을 하지만 흩어져 있는 난을 하나하나 유심히 살펴가며 지나다보면 어느새 혼자가 되곤 했다. 익숙하지 않은 산에 입산했을 때는 그 산에 대해 익숙한 일행을 놓치지 않고 동행해야 했다. 그럴 때는 난 관찰에 집중력이 떨어져 변종을 찾을 확률도 그만큼 줄어들 수도 있었다.

산채 할 때 난에 집중만 한다면 산채의 매력에 빠지더라도 쉽게 피로

해지기 쉽다. 마음을 굳게 먹고 열심히 집중한다고 귀물이 만나지는 것도 아니었다. 매사 그렇듯이 마음을 비우고 자연과 호흡을 같이할 때 몸은 가벼워지고 마음도 편해진다. 산행할 때 우리를 즐겁게 하는 세 가지와 만날 수 있으면 그날 산행은 성공이다. 바람소리, 물소리, 새소리를 만나면 귀물을 만나지 못했어도 몸과 마음은 가벼워져 산행이 즐거움으로 느껴진다. 정말 산행 중의 바람소리는 지친 도심생활의 피로를 날려버리기에 충분하다. 그 바람은 도시의 바람과는 천양지차다. 소나무 사이에서 맞는 시원한 솔바람이 얼마나 시원한 바람인지는 청향의 솔바람을 만나 본 사람만이 느낄 수 있는 것이다. 그 바람 사이에 간간히 들려오는 이름 모를 산새소리는 우리의 기분을 한결 좋게 한다. 거기에 산 하나를 넘었을 때 만나는 골짜기에서 흘러내리는 시원한 물소리는 도시에서 찌든 우리의 마음속에 있는 답답함까지 말끔히 씻어내는 짜릿함의 카타르시스를 느끼게 한다. 이런 맛의 느낌이 있음은 우리가 이른 새벽부터 서두른 노력의 대가가 아니겠는가.

산행 중에 만나는 산나물은 산채의 즐거움을 배가시켜준다. 연한 취나물을 뜯어 흐르는 계곡물 바위에 걸터앉아 준비한 도시락을 펴고 곁들이면 그 향이 또한 일품이다. 오랫동안의 산채경험은 산야에 자생하는 약초가 되는 풀들에 관한 지식도 저절로 얻게 되는 소득이다. 대부분 산행은 오후 3시면 하산을 한다. 약속된 장소에 하산하면 일행들이 모이게 되고 산채 해 온 난들의 품평회가 열린다. 확연히 알 수 있는 귀물이 아니면 관찰하려고 캔 난들이 품평의 대상이 되는 경우가 많다. 난분에 앉혀서 키우면 어떤 귀물로 발전할 확률이 몇 %일지 등 난상토론이 벌어진다.

돌아오는 길에 산채한 난중에 제일 좋다고 인정된 난을 캔 사람이 장원이 된다. 고속도로에 진입하기 전 주막에 들러 간단히 마시는 장원주의 맛 또한 그만이다. 전주지방의 막걸리 맛은 익히 알려졌다. 그래서 지금은 전주 한옥마을에 막걸리 촌이 형성되었나 보다. 막걸리 맛도 맛이지만 곁들여 나오는 서비스안주가 풍부했다. 호남지방의 먹거리는 정말 우리의 입맛을 만족시키기에 충분하다.

변종 난을 산채한 날은 집에 도착하여 바로 난을 정리하여 분에 앉히기 전에 그늘에서 휴식을 시킨다. 뿌리를 깨끗이 닦아내고 그늘에서 꼬들꼬들해지도록 습을 조절한다. 그런 후에 난분에 정성껏 앉힌다. 심은 난은 바로 양지에 놓지 않는다. 심어놓은 화분에 물을 흠뻑 준다. 그런 후에 그늘에서 한 5일 정도 휴식을 취하게 한 뒤에 난 대에 올리게 된다. 그렇게 수집한 난 화분이 200여 분 되었으니 꽤 많이 수집했었다. 그중에는 관찰품도 많았지만….

둔산동에 거주할 때는 아파트가 15층이라 난 배양에 좋은 환경이 되지 못했다. 혹자들은 식물은 땅의 기력이 미치는 곳에서 배양하는 것이 좋다고 한다. 아파트로 말하면 최소한 7층을 넘으면 좋지 않다고 말했다. 그래서 나는 난 배양에 좋은 환경을 택하기 위해 송촌동의 저층아파트로 이사하게 되었다. 베란다를 꽉 채울 크기의 원목 난대를 맞춤형식으로 조립하여 설치하니 보기에도 좋았다. 마음은 그 무엇을 소유했을 때보다 풍족해져 포만감을 느낄 수 있었다. 지금은 어쩌다 취미가 바뀌어 난 배양을 계속하지 못한 아쉬움이 크다.

모든 취미는 서서히 시작하여 오랫동안 지속되는 것이 바람직할 것이다. 나는 그렇지 못해 지금도 못내 아쉽다. 누구든 취미를 새롭게 시작할 때는 오래 지속할 수 있는 취미인가? 나의 처지에 알맞은 취미가 될 수 있는가? 다른 사람과 함께 정을 나누며 누릴 수는 있을까? 등도 생각해 보고 시작하면 좋을 것으로 생각된다. 모든 취미활동이 마찬가지이리라.

복륜과 만나다

 오늘은 변동의 '옥천난집' 배 사장이 운행하는 봉고차를 타고 함께 산행을 하게 되었다. 요즘은 대전시청에 출근하며 난 산채의 고수로 알려진 한 주사와 동행을 하는 날이 많아졌다. 한 주사는 갈마동 공무원아파트에 살면서 난을 베란다에 200여 분 소유하고 있다. 명품을 많이 소장하여 항상 부러워하던 애란인이다. 산채를 일찍 시작하여 좋은 난도 많이 소장했을 뿐만 아니라 난 관리를 잘하여 배울 점이 많았다. 그의 난대가 있는 베란다는 환풍기며 가습기가 자동으로 작동하도록 씨스템화 되어있어 여름에도 쾌적한 온도와 습도를 유지하고 있었다.

 5시30분에 기상하여 간단한 식사를 마치고 준비해 둔 배낭을 메고 변동에 도착하니 출발 10분 전이다. 도착하는 순서에 따라 차에 승차하니 오고가는 동안 편안한 자리를 확보하기가 쉽지 않다. 오늘은 기사 바로 뒷자리 창가 자리로 내가 좋아하는 자리를 확보할 수 있었다. 6시에 어김없이 차는 출발하여 시내를 거쳐 이제 호남고속도로에 접어들었다. 잠이 부족한 사람들은 이쯤에서 몸을 차의 움직임에 맡기고 잠을 청할 때이다. 나는 차창을 스치는 차량들을 보며 행운을 점쳐본다. 산행을 할 때 장의차를 보면 재수가 있다는 속설이 있어 행여 지나는 차량 중에 장의차는 없는지 살피기도 한다. 여산휴게소에 차량이 미끄러져 들어가며 주차공간을 찾을 때였다. 주유소 가까운 곳에 장의차가 주차해 있었다. 난 맨 먼저 소리쳤다. '장의차다!', '오늘은 내가 장원이다. 귀물을 만나게 해주십시오!' 장의차를 맨 먼저 보는 사람에게 행운이 찾아온다는 속설을 우리는 완전히 믿는 것은 아니었지만 어느 정도는 믿고 있었다. 난 괜히 기분이 좋아졌다. 장의차를 먼저 봤다는 이유만으로… 그렇게 산행할 때의 마음은 즐겁다.

　오늘의 산행 목적지는 고창 선운사 맞은편 산이다. 전에 두어 번 왔던 곳이다. 어느 산에 입산을 할 때나 마찬가지이나 입산하기 전에 산의 전체 형상이나 주위의 촌락들을 살피게 된다. 미당 서정주님의 「국화 옆에서」란 시비가 있는 선운사 입구에서 조금 내려가면 냇가가 나오고 그 내를 건너면 정상쯤에 바위가 우뚝 솟아있는 산이다. 차는 내를 건너기 전에 주차 공간을 찾아 주차했다. 내를 경계로 양편에 산이 위치해 있다. 나는 내를 건너서 정상에 바위가 보이는 곳으로 향했다. 내를 건너려면 돌로 된 징검다리를 건너야 했다. 돌 사이로 흐르는 물소리를 들으며 내를 건너니 구불구불 펼쳐진 둑 너머에 농가 서너 채가 자리하고 있었다. 아래쪽으로는 내가 끝나는 곳에서 바다 갯고랑과 마주하고 있는 곳이다. 고창은 민물장어로 널리 알려진 곳이다. 바로 이 냇가가 민물과 바닷물이 만나는 곳으로 옛날에는 장어들이 많았던 곳이란다. 지금은 장어를 양식하는 곳이 있는 모양이다. 곳곳에 장어집들이 서로의 간판을 내걸고 손님들을 부르고 있었다. 식당의 유리창마다 빠지지 않는 글자가 '고창 복분자, 풍천민물장어'였다.

　산 입구에 소나무들이 들어서 있고 작은 길로 들어서니 양편 길 사이사이로 난 대주들이 보인다. 이곳에도 난은 지천으로 깔려있다. 내를 건널 때는 여섯 명이었다. 이제 입산을 하고 산허리쯤에 도착하니 숨도 가빠오고 곁에는 한 주사와 나 둘 뿐이다. 양 옆으로 다시 산이 다가오고 갈래 길이다. 난 오른쪽 산으로 들어섰다. 한 주사는 왼쪽으로 들어선다. 난 바위가 있는 곳까지 갈 참이다. 이곳으로 방향을 잡았을 때부터 그럴 심산이었다. 솔바람이 시원하게 나무 사이를 통과한다. 경쾌한 꾀꼬리 소리가 들린다. 오늘은 산행을 시작하자마자 물소리 바람소리 새소리가 반겨주는 산행이 되고 있다. 허리를 굽혀 연녹색 난들을 자세히 살핀다. 오래된 진녹색의 난보다 올해 돋아난 새순에서 변종을 찾을 확률이 높기 때문이다. 이곳도 손을 많이 탔다. 불과 며칠 전에 사람들이 다녀간 흔적이 곳곳에 산재해 있다. 한참을 살피며 산을 오르니 평평한 자리가 큰 나무 아래 펼쳐지고 오른쪽으로 또 산이 갈라지는 골짜기이다. 평평한 자리에는 먼저 왔던 이가 쉬었던 흔적이 보인다. '에라! 모르겠다. 나도 여기서 쉬어가야겠다.' 자리에 털석 주저앉아 구부정한 소나무에 기대어 물을 한 모금 들이켜니 꿀맛이다. 한줄기 바람이 또 지나친다. 시원함 그 자체다. 오늘도 귀물을 만나기는 그른 모양이다. 마음을 비우기로 하고 스스로를 위로한다. 이제 바위가 있는 정상이나 올라 도시락을 먹고 반대편으로 서서히 하산하면 시간이 적당할 것이다. 난을 일찍 포기하고 마음을 비우면 다른 것들이 보였다. 보이지 않던 취나물이 여기저기 산재해 있다. 아직 꾀꼬리가 우는 철이니 나물도 많이 억세지 않아 아직은 연하다. 보이지 않던 취나물을 꽤 뜯었다. 가쁜 숨이 턱까지 차오른다. 멀리에서 바라보이던 바위가 바로 코앞이다. 가까스로 바위에 오르니 건너온 징검다리 냇가를 지나 바다가 흐릿하게 눈에 띈다. 시원한 바람이 이마의 땀줄기를 닦아 내린다. 정말 넓게 펼쳐진 시야가 좋다. 그리고 이런 날씨여서 고맙다. 바위의 평평한 곳을 찾아 도시락을 펼쳤다. '고시레'를 세 번 반복했다. 그렇게 하는 것도 산에 다니면서 습관이 되었다. 그런 행위를 하는 마음속에는 귀물을 만나게 해주십사 하는 의미도 담겨있으리라. 또 무탈하게 산행을 마치게 해달라는 바람도 담겨있을 터였다.

　이제 하산이다. 산바람 강바람을 맞으며 서서히 하산이다. 배낭을 반쯤 채운 취나물로 위안을 삼으며 솔바람 소리를 들으며 하산하였다. 한주사와 헤어졌던 곳까지 하산해 이제는 오솔길이 바로 밑이다. 그래 인생 자체가 이런 것이다. 아무것도 건지지 못하고 빈손으로 이렇게 터벅터벅 하산하는 것 그게 삶인지도 모를 일이 아니던가? 시간은 아직 2시 반이니 20여분 여유가 있다. 차가 있는 곳까지 3시까지 도착하면 된다.

　이제는 완전한 하산 타임이다. 마음을 비운 지는 이미 오래전이다. 배낭을 바르게 메었다. 오솔길로 접어들었다. 길옆으로도 난들이 있다. 길가에 있는 난들은 진녹색의 오래된 대주들이다. 지나는 숱한 사람들의 눈이 훑고 지났을 난들이었다. 스틱으로 습관처럼 난을 툭툭 치면서 지나칠 때였다. 스틱에 스친 난 잎 끝이 하얗게 빛났다. 짧은 순간이었다. 다시 자세히 보고 싶은 마음이 스쳤다. 자세를 낮추고 난 잎을 하나하나 살피기 시작했다. 엄지와 인지 사이에 난 잎을 끼고 차근차근 훑어나갔다. 난 잎의 끝에 갓줄무늬가 있었다. 조복륜이었다. 다른 난 잎을 살폈다. 오래된 대주의 모든 잎 끝에 복륜의 무늬가 선명했다. 눈을 씻고 다시 확인했다. 틀림없는 복륜이었다. 행운이었다. 조심스럽게 배낭을 내려놓고 난 주위를 파 들어갔다. 난 뿌리가 상하지 않도록. 워낙 세력이 좋은 난 대주라서 뿌리가 한둘 상하는 건 일도 아니었다. 묵은 진녹색의 난 잎을 6개나 달고 있었다. 그리고 묵은 밸브가 4개나 달려 있었다. 참으로 세력이 왕성한 복륜이었다. 산행을 시작하고 3년여 만에 처음 상봉하는 자연산 복륜 대주와의 상봉이었다. 뿌리는 이끼를 채취해 감싸고 잎이 꺾이지 않도록 신문지로 감싸서 배낭에 넣으니 간신히 배낭에 담겨진다. 실로 가슴은 콩닥콩닥 뛰고 걸음은 가볍게 봉고차가 있는 곳까지 도착했다. 일행들이 차 주위에 앉아서 한담을 나누고 있다가 나를 보고 소리친다. '임자를 만났습니까?' 난 배낭에서 신문지에 고이 모신 난을 꺼내 품평회에 자신감 있게 내놓았고 모두들 이런 대주가 길섶에 있었다는 사실에 아연실색이었다. 돌아오는 길에 전주 막걸리 주막에서 큰 소릴 치며 장원주를 한 턱 냈다. 실로 오랜만에 사는 장원주였다. 밸브를 탐내는 일행들이 있어 한 주사와 배 사장에게 밸브 2촉씩 선물했다. 아침에 여산휴게소에서 본 장의차 덕분이었을까? 여하튼 오늘의 산행은 즐거움 그 자체다.

난을 산채하고 키우는 취미생활의 장점은 발견한 명품들을 잘 가꾸어 서로 교환하여 소유할 수 있다는 점일 것이다. 즉 나눔의 정을 가질 수 있다는 것이다. 수석의 취미는 나 혼자만이 세상에 하나뿐인 유일한 작품을 소유하는 것이라면, 난은 좋은 명품을 서로 나누어 가질 수 있으니 그게 장점일 것이다.

143

둔산동에서 사성암까지

　난 산채의 경력나이테 숫자가 많아지면서 변이종 난에 대한 소유욕은 점차 강해지는 것이었다. 산채를 함께하는 사람들과의 안면식이 넓어지면서 많은 사람들과 알게 되고 난에 관한 정보의 획득 과정도 점차 다변화되는 것이었다.

　대전에서 한국춘란 산채를 다니는 차량도 많았다. 고속도로 휴게소에 들를 때 사람들의 옷차림을 보면 산채를 다니는 사람을 알아볼 수 있었다. 지나치는 사람들 중에는 휴게소에서 매주 마주치는 사람도 있었다. 산채의 세월이 많아질수록 애란인들 간에 서로들 알게 되는 것이다. 정식으로 주고받는 인사는 없어도 휴게소나 난 가게에서 또는 산채 현장에서 조우하는 경우가 많아지면서 서로 알게 되는 것이었다.

　단골로 다니는 난 가게에 늦게 연락을 하거나 주말에 다른 볼일이 있어 예약이 늦어지는 경우가 있다. 그럴 경우 이미 좌석이 만석이 되어서 여기저기 연락을 하다보면 단골이 아닌 다른 차량에 좌석을 확보해 승차하는 경우가 생기게 마련이다. 그런 경우에 새로운 애란인과 알게 되고 그들을 통해 더 많은 난에 관한 정보를 얻을 수 있었다. 그렇게 알게 된 사람들이 많아지면서 명품을 소유한 사람들도 많이 만나게 된다. 따라서 명품을 감상하게 되는 기회도 많아지게 된다. 그런 기회가 많아질수록 건물생심으로 명품 난에 대한 소유욕도 높아지게 마련이다.

같은 직장에 있는 신 선생과는 난 취미는 같으면서도 산채를 함께할 기회는 많지 않았다. 그는 내가 잘 다니지 않는 지리산 방향으로 많이 다녔다. 그의 안내를 받아 지리산으로 산채를 갈 수 있었다. 그렇게 알게 된 애란인 중에 지리산 자락에 사는 일엽스님을 알게 된 것은 나에게 색다른 경험이 되었다.

일엽스님은 구례 화엄사에서 수행을 하다 내가 만났을 때에는 구례읍 내에 있는 어느 문중의 사당에 기거하면서 '부사의' 부처님을 모시고 구도에 정진하고 있을 때였다. 不思議란 사유, 즉 생각이나 의논이 없는 것 즉 무사유, 부사유와 같은 의미였다. 내가 만났던 스님은 사당의 방 한 간에 부처님을 모시고 있었는데 그 부처님은 두상이 잘리어 나간 모습이었다. 조그만 좌상의 청동으로 된 부처님이신데 그 두상이 잘리어 없었다. 목과 턱의 경계선에서 잘리어 진 모습을 상상하면 된다. 그의 설명을 들으니 무념, 무상의 경지에 다다라 그 어떤 인간의 감정에도 흔들리지 않고 치우치지 않는 경지에서도 도달할 수 없는 정신세계를 일컫는 것이었다. '부사의'의 의미를 쉽게 생각할 수도 있겠으나 그렇지 않았다. 불교에 문외한인 나에게 일엽스님은 아래와 같이 설파했다.

'부처님의 몸은 광대무변하여 시방세계에 꽉 차 없는 곳이 없으니 저 가없는 허공도 대해중의 좁쌀 하나와 같이 적습니다. 부처님의 수명은 영원무궁하여 우주가 생기기 전에도 우주가 없어진 후에도 항상 계셔서 과거가 곧 미래요 미래가 곧 현재입니다. 부처님의 지혜는 무사자연하며, 부처님의 자비는 무장무애하시니 이는 석가만의 특징이 아니오. 일체에 평등하여 유형무형이 전부 완비하여 있으니 참으로 부사의 중 부사의이십니다.'라는 표현에서 부사의의 의미를 가늠할 수 있지 않을까?

생각한다.

不思議는 不可思議와도 의미가 상통한다 할 수 있지 않을까? 즉 불가사의의 뜻이 '과학 수준이 미비하여 인간이 이해할 수 없는 현상을 일컫는다'와 '자연의 신비한 현상, 말로 표현하거나 마음으로 헤아릴 수 없는 현상'의 의미도 갖고 있다. 한자의 숫자 단위로 '10의 64승을 불가사의'라 하며 그보다 더 큰 수의 단위로 '무량대수'는 10의 68승을 말한다 하니 의미가 조금은 이해되기도 한다. 인간의 지혜와 능력으로는 뜬구름을 잡는 것 같은 불확실함이기도 할 것이다.

신 선생과 나와 둘이서 구례를 처음으로 찾아갔을 때 일엽스님을 만났다. 스님이니 머리는 완전히 파르라니 깎은 머리였다. 나이는 나와 비슷하게 보였다. 그때 내 나이가 40대 초반이었으니 스님도 그랬다. 이승에 대한 속세의 연이 그리울 때의 나이였으리라. 그 후에 안 일이지만 일엽은 문학에도 관심이 많아 농민문학을 통하여 작품도 발표하고 있었다. 그러니 나는 그에게 더 많은 관심을 갖게 되었다. 스님의 첫 인상은 스님 그 자체였다. 자애롭고 인자해 보이는 미소가 일품이었다. 적어도 나에게는 그렇게 보였다. 그와의 에피소드가 적지 않으나 난에 얽힌 얘기만을 소개하기로 한다.

신 선생은 마치 도인처럼 생긴 사람이었고 구례에서는 신도사로 불리고 있었다. 나도 이제부터 이 글에서는 그를 신도사라 부르기로 한다. 내가 구례를 찾기 전에도 신도사는 일엽과 만남을 갖고 있었다. 신도사가 氣치료를 한다하여 구례를 방문하는 날에는 일엽이 머무는 사당에 육체적인 고통을 겪고 있는 중생들이 많이 모이곤 했었던 모양이었다. 나와 신도사가 구례에 도착한 날도 많은 사람들이 신도사가 도착하기를 기다리고 있었다. 신도사와 내가 도착하여 일엽스님과 인사를 나누기 바쁘게 신도사는 순서가 정해진 환자들의 손이나 머리, 어깨에 손을 얹고 氣치료를 시작했다. 그런 氣치료 하는 걸 나는 믿는 둥 마는 둥 했다. 대전에서도 신도사는 간혹 신경통이나 관절염 환자들에게 치료를 하는 모습을 몇 번 목격했었으나 나는 그의 氣力의 효험을 많이 신뢰하진 않고 있었기 때문이었다.

생각해보니 난 산채를 하러 지리산에 갔던 신도사가 일엽을 만나게 되었고 氣치료에 대해 말을 하여 스님을 알게 되었다. 스님은 신도사의 氣力을 빌려 신체적으로나 정신적으로 불안한 사람들을 불러 모아 치료를 하게 하였고 어느 정도 효험을 보게 된 것이었다. 하여 일엽스님은 신도들을 확보할 수 있었던 것이었다. 실제적으로 과학적인 치료가 되었는지는 확인할 수는 없으나 효험을 보았다 느낀 사람들은 마지막 단계에서 의지할 곳이 없어 신도사의 氣力과 신통력을 어느 정도 믿는 사람들이어서 일시적으로 효험이 사실로 느껴졌던 모양이었다. 일엽스님은 난에 관해서는 신도사 보다도 더 앞서 있었다. 나는 그날 치료가 끝나고 신도들이 가져온 눈치라고 하는 섬진강에서 잡힌다는 물고기의 매운탕과 함께 곡차를 즐길 수 있었다. 물론 신도사와 함께였다. 스님은 곡차는 한잔 했으나 생선은 먹지 않았다.

그날 난 스님의 세력이 약한 난을 키우는 '난 인큐베이터'를 처음 접하게 되었다. 난 인큐베이터는 자동으로 자외선과 온도 습도를 조절하게 되어있는 시설이었다. 귀한 품종의 난초의 '생강근'과 '밸브'나 '퇴촉'을 이용하여 신아 즉 새 촉을 틔워 키우는 시설이었다. 사람들이 미숙아 즉 칠삭둥이나 팔삭둥이를 인큐베이터에서 성장시키듯이… 알고 보니 신도사의 난에 대한 열망과 일엽스님의 신도 확보가 맞아떨어져 상호간에 부족한 점을 보충해 주는 보완적 관계였는지도 몰랐다. 하여튼 나는 그날부터 생강근을 틔우는 방법이나 퇴촉 밸브에서 새 촉을 발아시키는 고난도의 난 배양 기술에 관심을 갖게 되었다. 그렇게 알게 된 일엽스님과 연락을 하며 지내는 사이가 되었고 신도사가 없을 때에 내가 모임을 주선하여 지인들과 함께 구례까지 방문하는 기회도 갖게 되었다. 그때 스님께서 친절하게도 난을 산채 할 수 있는 장소와 암자까지 소개를 해 주어 방문한 곳이 사성암이란 곳이었다. 지금은 사성암이 많이 변했겠지만 내가 방문했을 때는 관광객의 발길도 많지 않은 때이었다. 스님과 함께 차가운 마루에서 하룻밤을 보내고 아침에 산채 길에 올랐다. 구례읍에서 섬진강을 건너야 사성암으로 향할 수 있다. 구례읍에서 가까운 섬진강을 건널 수 있는 다리가 둘이 있는데 우리는 문척교가 아닌 구례1교를 선택하여 건넜다. 스님께서 택시를 타고 사성암 입구까지 안내해 주시어 쉽게 사성암으로 향할 수 있었다.

사성암 입구에서 산길을 선택해 올라가며 어느 위치에서 난을 유심히 살필 것인지도 안내해 주었다. 차가운 날씨였지만 산을 오르면서 추위는 달아나고 난을 살피면서 1시간 반 정도를 지나 사성암에 도착했다. 암자에는 보살 할머니 한분이 스님의 연락을 받았다며 반겨주었다. 지금도 잊히지 않는 것은 고양이를 많이 키우고 있는 놀라운 광경을 목격하게 되었다. 정확히 기억은 나지 않으나 아마 20마리는 족히 되었다. 떼를 지어 몰려다니며 울부짖는 소리와 바람소리가 어우러져 스산한 분위기를 자아내고 있었다. 약사전 옆의 암자에는 고시공부를 하는 선량들이 몇 명 정진을 하고 있었다.

사성암은 본래 백제 성왕22년에 연기조사에 의해 건립되어 오산암이라 불리다 원효, 의상, 도선, 진각 스님 등 고승 네명이 수도를 한 후에 지금의 '사성암'으로 불리게 되었다 한다. 사성암의 약사전 암벽에는 음각으로 된 '마애여래입상'이 3,9미터 정도의 크기로 조각되어 있다. 일설에 의하면 원효대사께서 손톱으로 그리셨다하니 놀라울 뿐이었다.

약사전 왼편에 소원을 비는 소원바위가 위태롭게 자연의 힘으로 세워져 있고 소원바위 곁에서 밑을 내려다보면 깎아지른 절벽과 저 건너편에 구례읍의 전경과 섬진강이 한 폭의 동양화로 다가온다. 구례읍내 뒤편에는 지리산이 자리하고 노고단이 바라다 보인다. 하산하며 올려다본 약사전은 긴 기둥 3개에 의존해 절벽에 세워져 보기에도 아슬아슬하다.

하산하면서도 바람이 너무 심해 산채는 할 겨를이 없었다. 그저 오르기 어려운 사성암에 올라 약사전과 도선굴 위에서 내려다본 섬진강과 구례 시가지의 전경에 만족해야 했다. 언제 또 오를 수 있을는지 아쉬운 마음으로 하산을 하였다. 사성암은 해발 503미터의 오산의 정상 가까이에 있는 암자였다. 아파트의 테니스 동호인들과 함께한 사성암까지의 1박2일의 여정은 지금도 아름다운 난 산채 시절의 추억으로 자리 잡고 있다. 더 늦기 전에 다시 오르고 싶은 명소이다.

蘭에 대한 少考

난 산채를 강산이 변할 만큼 다녔다. 취미생활에 빠지면서 난 채집과 재배, 물주기와 햇볕관리, 통풍관리, 온도와 습도조절 분갈이 등 관심을 가져야 할 사항들이 많았다. 특히 난 변종은 세력이 약하기 때문에 세심한 주의를 기울이지 않으면 키우기가 힘들었다. 어렵게 손에 넣게 된 난이 하루아침에 무너져 내릴 때는 억장이 무너져 내렸다. 식물도 주인의 발자국 소리를 듣고 자란다는 말이 사실임을 느꼈다. 텔레비전에서 어떤 이들은 식물배양을 잘하기 위해 음악을 틀어준다는 프로를 시청했다. 그 또한 인간과 자연이 교감하고 있음을 보여주는 것이며 난을 키워보니 그 프로그램의 내용에 전적으로 공감할 수 있었다. 농부들이 농작물을 가꾸며 자연재해가 닥쳐 그들이 키운 작물을 상하게 할 때의 안타까움이 얼마나 가슴 아픈 일인지 실감할 수 있었다.

蘭 난초 난자(字)의 구성은 풀草변 밑에 門안에 동녘 東자로 되어 있다. 이는 난의 특성을 잘 나타낸 표현으로 즉 난이란 풀은 문이 동쪽으로 나 있는 곳을 좋아한다는 뜻이다. 즉 아침에 떠오르는 햇빛을 좋아하는 식물이라는 뜻이다. 우리의 전통 가옥은 출입하는 문이 동쪽이나 남쪽으로 주로 배치되어 있다. 이는 양의 기운이 솟아오르는 아침 햇살을

조상들이 중히 여겼음을 나타낸다. 난은 이렇게 떠오르는 햇살을 좋아해 그런 환경에 맞게 관리를 해 주어야 한다. 지는 해는 난에게도 좋지않아 차양을 하여 석양을 막아주어야 한다. 현대의 많은 아파트들도 베란다의 향이 동남향이어야 환영을 받고 대부분 그렇게 설계되고 시공을하는 것이리라.

난은 생산되는 지역에 따라 크게 동양란과 서양란으로 나눈다. 동양란은 주로 중국, 일본, 대만, 한국의 산야에서 자생하는 난을 산에서 채취하여 기르는 '자연종'과 재배하여 품종으로 고정된 난을 구입하거나분양받아 키우는 '원예종'으로 나눌 수 있다. 서양란은 아열대 지방이나아프리카 유럽 등이 원산지인 난을 통틀어 양란이라 부른다.

난의 꽃이 피는 시기에 따라 춘란, 하란, 추란, 한란으로 나눌 수 있다. 우리나라에서 자생하는 난은 춘란과 한란이다. 물론 난과의 꼬리난초라불리는 심비디움류의 풍란도 있다. 우리의 산야에 가장 많이 분포하는난이 춘란이다. 우리의 춘란 꽃은 옅은 향이 있기는 하나 동양란의 향에는 미치지 못하고 무향이 많다. 우리의 자생 풍난은 대엽, 소엽으로 나누며 꽃이 피는 시기도 봄, 여름으로 나눌 수 있다. 우리의 자생 한란은제주한란이 유일하며 개화 시기는 물론 겨울이다.

하란은 동양란 중 중국이 산지인 '건란' 계통의 잎이 길고 큰 난으로'옥화', '동이' 등이 있으며 무더운 여름에 꽃을 피워 간간이 불어오는 바람에 풍겨오는 난향이 일품으로 더위를 잊게 해 주는 淸香이다.

추란은 가을에 꽃을 피우는 동양란의 소심계통의 난이다. 우리나라에가장 많이 재배되고 있는 원예종으로 '철골소심', '천향', '용암소심' 등이있으며 그 향이 바람에 언뜻언뜻 묻어올 때의 향은 그야말로 맑고 고귀하여 뛰어나다 할만하다.

한란은 겨울에 꽃을 피우는 난으로 보세계통의 난과 한란계통의 난이 있다. 보세는 잎이 넓고 크며 억세다 할 만큼 단단하다. 꽃은 세모에 피어 보답한다는 의미에서 보세라 불려진다. 보세와 함께 겨울에 꽃을 피우는 한란이 있다. 우리나라의 제주도 자생인 '제주한란'도 명품의 대표적 겨울 난이다.

난의 꽃이 꽃대에 피는 숫자에 따라 일경일화와 일경다화로 나눈다. 일경일화는 꽃대 하나에 꽃송이 하나가 매달리는 경우로 우리의 춘란 꽃이 대표적인 일경일화다. 일경다화는 일경구화로도 불리는데 꽃대 하나에 여러 송이의 꽃이 달리는 것을 말한다. 대부분의 동양란과 우리의 제주한란이 일경다화다. 겨울철 세모에 꽃을 피우는 보세종류의 꽃도 일경다화로 핀다. 대엽 풍난도 일경다화로 핀다.

우리 춘란의 변종은 잎의 변이에서 구분하는 잎변 즉 병물과 꽃의 변이에서 구분하는 화물로 나눌 수 있다. 병물은 잎에 나타나는 무늬의 종류에 따라 그 명칭을 나눈다. 무늬가 잎의 어디에 어떻게 어떤 색으로 나타나느냐에 따라 무늬 斑(반)자를 사용해 호반, 산반, 호피반, 사피반, 서반 등으로 불려진다. 무늬가 잎의 가에 갓줄 모양으로 덮여진 것을 복륜이라 한다. 그 색이 흰색이면 백복륜, 황색이면 황복륜이다. 황복륜이 훨씬 귀하며 복색화가 필 확률이 많다. 잎 끝에만 복륜무늬가 있으면 손톱 爪(조)자를 써 조복륜으로 부른다. 백색, 황색의 긴 무늬가 잎에 새겨진 것을 호, 중투호라 부르며 그 색에 따라 백중투호, 황중투호, 녹색호, 압호 등 명칭도 다양하다.

난 잎이 전체적으로 빳빳하게 서 있느냐 늘어져 있느냐에 따라 입엽과 수엽으로 나누는데 애호가의 기호에 따라 다르겠으나 수엽보다는 입엽이 선호되고 있다. 立(입)葉(엽)은 한자 뜻대로 잎이 곧게 서는 난을 말한다. 동양화의 사군자중 난을 쳐 놓은 것을 보면 입엽 보다는 수엽을 즐겨 그리고 있음을 알 수 있으니 수엽인 난의 개체수가 많았음을 나타

냈음이며 한 폭의 동양화로 보기에는 수엽의 모습이 보기에도 좋았음이
리라.

난 꽃은 그 색에 따라 백화, 황화, 자화, 주금화, 홍화, 복색화 등으로
구분하는데 복색이란 녹색을 제외한 둘 이상의 색이 꽃에 물려있는 것
을 말하며 그만큼 희귀해 그 가치 또한 높으니 우리 춘란 중 등록된 명
품으로 '태극선'이 있다. 난 꽃잎이 붉은색인 것이 홍화인데 역시 희소해
등록된 명품엔 '화랑'이 있다. 자주색화인 자화로 '자봉'이 있으며, 황화
에는 '살구'가 있다. 꽃의 색에 따라 분류하는 이외에 화형에 따라서 분
류하기도 한다. 꽃의 주판과 부판이 만들어 내는 꽃잎의 모양과 두 요소
가 만들어 내는 전체적인 조화가 화형을 결정한다. 화형은 크게 셋으로
구분한다. 매화꽃을 닮은 매판, 연꽃 모양의 하화판, 수선화꽃 모양의
수선판으로 구분한다. 매판 꽃이 화형이 흐트러짐이 없고 단아하여 환
영을 많이 받는다. 꽃의 허 즉 설판이 흰색인 것이 素心이라 해 그 순결
하고 깨끗함에서 애란인의 마음을 사로잡는다. 화형이 매판 중에서 손
가락 다섯 개를 아담하게 오무린 형태의 앙증맞은 수줍음의 형태인 豆
花가 있다. 꽃잎의 모양이 둥근 콩을 펼쳐놓은 것처럼 작고 귀여워 콩
두자 두화다.

2017년에 처음 시행된 춘란경매는 음성화 돼 있던 한국춘란 소비의 저
변을 확대하고 주부, 직장인, 은퇴자들에게 새로운 소득원이 될 수 있는
도시농업창출의 취지에서 주목받고 있다고 한다. 한국춘란의 연간거래
액이 2500억에 달하며 난 애호가도 50만 명에 이른다 한다. 난 경매사상
최고액은 단엽중투호인 '태황'이 한 분에 1억5000만원에 거래되었다 하
니 실로 놀라지 않을 수 없다.

난에 관한 취미는 도시농업창출의 취지에서 은퇴자인 우리도 관심을
가져도 좋으리라. 그러나 재물의 가치보다 자연과 조화를 이루며 나눔

의 정을 나눌 수 있는 취미생활이 될 수 있어야 좋다고 생각한다. 난에 관한 지식과 정보는 월간 '난 세계'와 '난과 생활'에서 얻을 수 있다. 최근엔 인터넷에 애란인의 카페가 존재해 가입하면 쉽게 정보를 공유할 수 있어 옛날보다 많이 편리해졌다.

손녀딸 능원이!

자녀들 혼사를 일찍 시켜 손주들을 본 친구들을 만나면 휴대폰에 손주들의 사진을 저장하고 다니며 자랑을 하곤 했다. 난 그런 친구들의 행동을 이해하지 못하고 이상하게 생각했다. 세월이 흘러 이젠 나도 큰놈 장가를 보내고 며느리를 맞아들여 드디어 손녀딸 승원을 만나게 되었다. 아기다리고기다리던 손주가 나에게도 와 준 것이다. 2009년 9월 17일의 일이었다. 산기가 있어 산부인과에 입원했던 며느리가 출산을 했다는 소식을 듣고 병원으로 아내와 함께 달려갔다. 딸이란 소식이 약간 서운하긴 했지만 크게 실망하지는 않았다. 첫딸은 살림밑천이라고 하지 않았던가? 며느리를 본 후 손녀딸과 첫 상면을 위해 아들의 안내로 손녀딸이 있는 곳으로 가 누워있는 아이를 바라보았다. 손녀는 눈을 감고 자고 있었다. 그 모습이 어찌나 귀엽고 안쓰럽게 보였던지! 뭐라 형용할 수 없는 감정이 복받쳐 올라옴을 느낄 수 있었다.

丞(승)媛(원)이라 이름을 지었다. 약간 어렵게 느껴지는 이름이긴 하나 여자 아이니 아름다움을, 예쁨을 이어나가라는 의미로 그렇게 지었다. 처음부터 끝까지 아름다움을 잃지 말고 크기를 바라는 마음이 담겨있는 작명이다. 아이가 커 나가면서 나는 어느새 나도 모르게 핸드폰에 승원이의 모습을 담기 시작했다. 손녀 앞에만 서면 휴대폰을 꺼내 사진을 찍게 되는 행동이 멈추지 않는 것이었다. 지금도 내 핸드폰에는 손녀딸 승원이의 사진이 90프로 이상이나 저장되었다. 처음에는 사진 찍기를 싫어하더니 이제는 제법 포즈까지 취해준다.

돌잔치 때의 일이었다. 우리 부부에게 첫손녀의 돌잔치는 많이 기다리던 행사였다. 서울과 인천에서 처남 내외들까지 와주었으니 우리의 손님을 맞는 일을 소홀히 할 수는 없었다. 예약된 행사장에 인천 충용형네 가족이 도착했다는 전화연락을 받고 부랴부랴 행사장으로 향했다. 행사장에 도착해 인사를 나누는데 아내가 다가오더니 집에 도시가스를 껐는지 기억이 정확하지 않다는 것이었다. 미심쩍은 마음으로 행사장에 앉아 있을 수는 없었다. 나는 차를 몰고 집으로 와 현관문을 여니 연기가 자욱했다. 창문을 열고 환기를 시키고 정리를 마친 후에 행사장으로 갔다. 한바탕 소란을 피웠으나 개운한 마음으로 행사를 치를 수 있었다. 다행이었다. 어쩜 손녀 승원의 돌잔칫날 우리에게 매사를 조심하라는 경고의 메시지를 전해준 것이 아니었을까? 옛날 말씀에 화재가 있고 난 후의 집안은 불같이 일어난다고 했었다. 화재가 난 것은 아니었지만 그런 일 이후 우리 집은 매사 탈 없이 잘 풀리고 있으니 그것도 손녀가 가져온 행운으로 생각된다. 그날 손녀딸 승원은 돌잡이에서 마이크를 잡았다. 그래서인지 자라면서 음악에 유별나게 뛰어난 능력을 소유한 행동들을 보여주어 예술계통으로 성장시키면 어떨까 하는 생각도 해본다.

아이들이 신탄진에 살림집이 있어 손녀를 자주 볼 수가 없어 답답했다. 아침엔 며느리가 출근하며 집 앞의 돌봄 집으로 데려오는 시간에 내가 근무하는 학교 앞을 지나면서 만날 수 있었다. 그렇게 지내다 선비 3단지로 이사를 왔고 내가 사는 아파트 유치원으로 입학을 해 3년간의 과정을 마쳤다. 5세반을 마칠 때 발표회에서 발표를 할 때의 모습은 단연 으뜸이었다. 누구나 자기의 손주들이 잘 한다 보일터이지만 승원은 정말 달랐다. 배운 동작 하나하나 원리원칙대로 정확히 해내는 것이 대견했다. 아이들이 성장하듯 우리가 늙어간다면 난 벌써 꼬부랑 할배가 되어 있어야 할 것이다. 그처럼 아이들은 잘도 자랐다. 승원이가 이제는 주로 내 집에서 생활을 많이 한다. 아들과 며느리가 함께 맞벌이를 하니 이웃에 사는 우리가 몰라라 할 수는 없는 일이다. 물론 나는 여벌이고 아내가 수고를 많이 한다. 그래서인지 승원과 할매는 사이가 아주 좋다. 좋지 않은 할머니와 손녀가 어디 있으랴마는 승원과 아내는 유별나다 할 만하다.

이젠 벌써 열 살이나 되어 매봉초등학교 3학년이다. 일학년 때 학부모 초청 수업하는 날 손녀딸 교실을 방문해 손녀의 교실과 좌석을 확인하고 아무런 탈 없이 자라주어 초등학교 학생이 된 것이 대견하게 생각되어 가슴이 뿌듯했다. 지금 난 매봉중학교 지킴이로 승원이 학교 바로 밑에서 근무를 한다. 가끔 승원이가 담장 위에서 '할아버지!' 라고 부른다. 때론 제 친구와 함께 손을 흔들어 주기도 하고… 내가 선생님이 아닌 지킴이로 근무하는 것이 부끄럽지 않은 모양이다. 그래서 더 좋다. 나를 이해해 주는 것 같아서… 내 핏줄인 모양이다.

그나저나 요즘 날씨가 너무 더워 걱정이다. 111년 만의 폭염이라니 더 걱정이다. 우리들 어렸을 때 그리고 얼마 전까지도 우리 금수강산은 사계절이 뚜렷한 전형적 온대지방이었다. 겨울엔 삼한사온 날씨가 반복되어 우리 힘없는 서민들 견딜만하게 적당히 춥게 또는 덥게 만들어 주셨었다. 이제는 우리들 보다 손녀딸이 살아갈 우리의 금수강산이 걱정이다. 그 옛날 정겹게 견딜 수 있었던 봄, 여름, 가을, 겨울이 와 주었으면 좋겠다. 그런 날이 오도록 우리가 자연과 교감하며 더 많은 노력을 해야 할 것이리라.

눈 치우기

아침에 일어나니 새하얀 눈이 거짓말처럼 많이도 내렸다. 이런 날은 학생들 등교하는 길이 미끄러워 걱정이다. 송촌중학교에 근무하던 몇 년 전 삼월 신학기에 폭설이 쏟아져 직원들이 눈길에 갇혀 출근시간이 늦어졌을 때 제설차량이 눈을 치워줘 얼마나 고마웠던지 그 고마움의 감정이 아직도 생생하게 남아있다.

아침에 일어나서 나와 더불어 다니는 사람들 편하게 다니라고 입김 내뿜으며 손 호호불면서 눈을 치우는 모습은 정겹고 아름답다. 어렸을 때는 눈 내린 아침이면 할아버지께서 이불을 뒤집어쓰고 일어날 시간을 늦추고 있는 나를 깨우셔서 눈을 치우라고 호통을 치시곤 하셨다. 그 어릴 때 사립문을 나서며 우선은 옆집으로 가는 길의 눈을 치웠다. 그러고 나면 옆집과 우리 집을 이어주는 선명한 길이 뚜렷해졌다. 그리고 오른쪽 선태네 집으로 이어진 길의 눈을 치우다 우리 집 가까이로 눈을 치우며 다가오는 선태와 만나면 서로 마주보며 미소를 짓고 우리 둘의 입가에선 입김이 한없이 피어나오곤 했다.

그렇게 표가 나게 길을 치워놓고 낮에 선태를 만나면 적당히 잘 뭉쳐지는 눈을 뭉쳐 눈싸움을 하곤 했다. 그러고 나면 아침에 치운 그 길에 또 눈이 쌓여 길이 끊어지기도 했다. 한참을 눈싸움에 뛰고 달리다 보면 추위는 어디론지 사라져 버리고 우리는 서로를 바라보며 미소를 짓고 다시 비를 들고 눈싸움의 흔적을 함께 지워버렸다. 그 어린 시절엔 눈도 많이 내리고 추위도 더 추웠던 것 같다. 물 묻은 손으로 문고리를 잡으면 문고리에 손가락이 쩍쩍 달라붙었다. 한낮엔 이 겨울을 대비해 물을 가두어둔 논으로 가서 얼음이 얼었는지 확인 하느라 한쪽발로 쾅쾅 두드려 보았다. 물이 언 걸 확인하면 썰매들 다니는 길을 생각해 눈을 쓸고 담배철사 줄로 만든 썰매를 타고 시운전을 해보곤 했다.

난 아직도 학교에 출근하는 행복을 누리고 있다. 배움터 지킴이가 되어서이다. 봉황산 숲속의 배움터 매봉중학교에서.

9월에 새로 부임하신 교장선생님은 우리학교에서 제일 먼저 출근하신다. 항상 어김없이 7시 15분이면 출근하신다. 처음엔 오해도 했다. '직원들 어렵게 하려고 저렇게 일찍 출근하시는 건 아닌지?' 허나 나의 그런 생각은 기우였다. 지금이 12월 초이지만 아직도 변함없이 일찍 출근하신다. 들은 이야기지만 직원들 힘들게 하는 일은 전혀 없다고 한다. 내가 관여할 일도 그럴 처지도 아니지만 말이다.

오늘 출근길은 많은 눈이 내려 길이 미끄러웠다. 차량들이 완전히 거북이걸음이다. 나도 현직에 있을 때나 지금이나 출근은 빠른 편이다. 출근을 하니 교장선생님과 유 주사가 눈을 치우고 있었다. 보고만 있을 수는 없지 않은가? 빗자루를 찾아서 눈 치우는 일에 합류했다. 내가 머무는 지킴이실 앞에서부터 우선 학생들이 많이 이용하는 교내 통로부터 눈을 치웠다. 다음에는 차량들 통로다. 그것도 힘이 들었다. 나이테의 숫자가 많아지면서 기관지가 나빠져 기온이 내려가는 겨울철이 되면 더 고역이다. 그래서인지 오랜만에 해보는 눈치우기도 만만치 않다. 그래도 좋았다. 얼마나 오랜만에 비를 들고 쓸어보는 눈이던가? 눈을 치우는 사람들은 자기를 위하는 마음보다는 다른 사람을 생각하고 위하는 마음이 더 큰 것이다.

아이들이 많이 등교하는 시간대에는 선생님들 몇 분과 또 다른 아이들이 가세하여 눈을 치운다. 한참을 치우다 허리를 펴고 내가 치운 자리를 뒤돌아보면 눈이 쌓인 곳과는 확연히 구분이 된다. 서로를 바라보며 미소를 짓는다. 눈이 내려 불편한 아침이지만 남을 배려하는 선생님들과 아이들의 따뜻한 마음이 그 불편함을 편안함으로 바꾸어 놓았다. 숨이 가쁘고 힘이 들었지만 상쾌한 아침이었다.

우리 모두가 이런 마음이었으면 좋겠다. 낚싯배 실종선원이 모두 구조되었단다. 국회에서는 지난밤 어느 한 당의 불참 속에 새해예산안이 자정 넘어 통과되었단다. 모두들 남을 배려하는 삶을 살았으면 좋겠다. 더구나 고위층에 있는 사람들이 우리학교 교장선생님처럼 어려운 사람을 돕는 생활인이 되었으면 좋겠다. 그런 날이, 그런 사람들이 꼭 올 거라고 믿는다. 기온이 오르며 쌓인 눈들이 서서히 녹고 있다. 올해는 따뜻한 겨울이 되었으면 좋겠다.

누석의 즐거움

　승진에의 꿈을 갖고 학교 살림을 꾸리던 송촌중학교에서의 5년은 참으로 바쁘게 보낸 세월이었다. 교무부장이란 보직을 4년 동안이나 맡아보면서 승진을 하지 못하고 이웃 학교인 매봉중학교로 발령을 받았다. 결과야 어찌되었든 송촌중 근무 시절은 바쁘게 보내느라 개인적 취미생활도 하지 못하고 보냈었다. 매봉으로 옮기면서 모든 걸 내려놓고 지내려 마음먹었고 그렇게 생활을 하게 되었다. 마지막 근무학교라 생각하니 모든 것에 더 정이 갔다. 아이들, 직원들, 학교의 구석구석이 그랬다.

　교장과 함께 전입을 했다. 교장은 대학 후배였다. 교감은 나보다 연배였다. 전입한 나에게 친절히 잘 대해주셨다. 직원 중에 수석에 취미를 갖고 생활을 하는 박 선생님이 있었다. 학교의 적당한 공간을 활용해 직원 공예실을 만들어 수석활동을 하고 있었다. 허허로운 마음을 달랠 겸해서 같이 활동을 하기로 했다. 모든 취미가 그렇지만 그간에 모르고 지냈던 새로운 세계가 서서히 나에게 열리고 있었다. 난의 산채가 산을 오르고 산과 함께 어울리는 취미라면 수석은 강과 물과 어울리는 취미다.

　공예실을 방문했을 때 박 선생님과 안 선생님은 좌대를 깎고 있었다. 보기 좋은 돌을 앉힐 좌대를 조각칼로 깎고 사포지로 문지르면서 좌대

161

깎기에 여념이 없었다. 박 선생님은 수석에 조예가 깊었다. 그들과 함께 퇴근하며 수석에 대한 안내를 받고 시간을 내어 돌을 찾으러 함께 가기로 약속을 했다. 공예실에 놓여있는 돌의 모습이 좋게 보였다. 돌에 무늬가 선명히 박혀있는 것이 신기하기만 했다. 그런 돌을 문양석이라 했다. 주로 가까운 강으로 수석 채취를 간다는 것이었다. 금강, 남한강, 무주, 제원 등으로 다닌다는 것이었다. 학교생활에 적응을 하며 수석이란 취미생활에 입문을 하게 되었다.

처음으로 돌을 주우러 가는 날이다. 도시락은 아파트 상가에 있는 꼬마김밥으로 준비했다. 물통에 물을 얼려 준비를 했다. 여름이니 뜨거운 태양의 가림막이 될 모자도 준비해야 했다. 박 선생님의 차로 가기로 했다. 학교에서 9시에 만났다. 세 명이 출발하고 조 선생님은 충북 문의에서 만나기로 했다. 문의 근처의 금강줄기로 가기로 했다. 나는 처음 따라나선 길이라 생소했고 나름 기대가 컸다. 조 선생님이 합류하여 우리 네 명은 박 선생님이 안내하는 대로 자리에 앉아 차창에 스쳐 지나는 한가한 시골 풍경을 감상한다. 문의에서 강둑을 따라 연결된 길을 차량은 흔들흔들 서행으로 달리고, 왼편에 유유히 흐르는 강물이 마냥 평화롭게 느껴진다. 얼마쯤 지났을까? 차를 길가에 비켜 세우고 우선 강가로 내려갔다. 차량이 있는 반대편으로 강을 건너야 돌들이 널려있다. 다시 차에 타고 마을을 하나 지나 강을 가로지르는 다리를 건너니 강물이 오른편으로 흐르며 널찍하게 모래와 자갈들이 많이 널려있는 곳이 보였다. 지나는 차량이 지나칠 정도로 길가에 차량을 주차하고 우린 배낭을 메고 강가로 내려갔다. 박 선생님의 손에는 조그만 괭이가 들려있었다. 자루는 길어서 마치 스틱처럼 느껴졌다. 돌들을 들춰보는 도구로 사용한다 했다. 조금 내려가니 완전 돌밭이었다. 가뭄이라서인지 물이 완전히 빠진 돌밭엔 온통 돌투성이다. 박 선생님 곁에서 돌 하나하나를 보며 설명을 들었다. 돌 자체가 어떤 형상으로 생긴 것을 '문형석', 돌에 무늬가 새겨진 돌을 '문양석', 돌의 생긴 모양이 기괴하게 생긴 돌을 '괴석', 돌 전체의 생김이 산과 물의 경치와 같으면 '산수경석', 바다에서 채집하는 여러 모양의 돌들을 '해석' 등으로 크게 분류하며 형상이나 무늬의 생김에 따라 각각 이름을 붙이고 있다 한다. 예를 들어 산수경석 중 호수의 모양이 있으면 '호수석', 겨울 산의 모습이 보이면 '겨울 산수경석' 등으로 작명을 하는 것이라 했다. 또한 산지에 따라 '남한강 경석'이니, '무주 호피석'이니, '금산 제원 호피석' 등으로도 부른다 했다. 초보자에게 하나하나 알기 쉽게 설명을 해주는 박 선생님이 고맙다. 돌에 관해서도 신기했지만 이렇게 강가에 나오니 더위를 피해 피서를 온 것 같아 마음이 한결 시원하기만 했다. 강의 오른쪽 귀퉁이로 흐르는 강물이 수량은 많지 않으나 여유롭게 천천히 흐르고 있어 내 마음까지 느긋해진다.

강물이 깊지 않으니 걱정은 없다며 각자 돌을 줍기로 하고 흩어진다. 나는 얕은 곳을 택해 물을 건너는 박 선생님을 따라 가기로 하고 뒤를 따랐다. 반바지 차림이었으나 막바지에는 반바지 이상으로 물이 깊어 속옷까지 젖어야 했다. 기왕지사 버린 몸이라 생각하고 물속으로 잠수하니 그 시원함이 말할 수 없다. 돌을 줍는 것보다 물속에서 자맥질하기에 신이 났다. 물이 흐르는 곳을 건너니 모래벌판에 돌들이 펼쳐져 있었다. 여기서부터 차근차근 살펴보라는 박 선생님의 말에 돌들을 살피기 시작했다. 강바람이 시원하게 불어와 젖은 옷을 말려주며 온몸이 날아갈 듯이 시원해진다. 얼마간 설명을 들은 것을 참고로 하여 돌을 하나둘 살피기 시작한다. 정말로 돌들의 형상도 가지가지였다. 형태도 갖가지였고 색깔도 여러 색이다. 수석의 색은 검은색 오석일수록 좋다했다. 엎드려서 돌을 들고 살피고 제자리에 놓아주고 다시 돌을 주워 살피기를 반복했다. 시간가는 줄 모르고 살피기를 한 시간여 난 확신을 할 수는 없지만 괜찮다 생각되는 돌 세 개를 주워 가지고 나왔다. 파란색을 띠는 돌인데 그 모양이 마치 스핑크스처럼 생겼다. 머리를 늘어뜨린 형상이며 눈동자도 보이는 물형석이며 문양석이다. 또 하나는 회색빛깔의 초가지붕의 형상을 한 돌이고, 세 번째는 역시 회색빛의 해태를 닮은 돌이었다. 해태 형상석은 가운데에 구멍이 뻥 뚫려있는 것이 신기했다. 나중에 알고 보니 구멍이 뚫린 돌은 관통석이라 해 집안에 두면 만사가 형통한다는 의미로 '만사형통석'이라 했다.

　첫날 채취한 세 개의 돌은 평가를 받으니 좌대를 깎아도 될 정도의 수석이라 하여 좌대에 앉히기로 하였다. 좌대 깎는 방법을 익히고 정성을 모아 첫 작품을 좌대에 앉히니 그 또한 흐뭇한 일이었다. 조각칼을 마련하고 사포질을 하고 여러 차례 색을 입혀 돌을 올리니 그럴듯하다. 지금도 몇 개의 수석 소품을 장식장에 놓아두고 가끔 살필 수 있으니 수집하던 강과 냇물이 다시 떠오르며 물의 흐름을 느낄 수 있어 좋다. 수석은 한바탕 태풍이 몰아쳐 물난리를 겪은 후에 수집함이 뜻하지 않은 횡재를 만날 수도 있었다. 좌대를 깎는 수고도 숱한 세월을 인고하고 마모된 수석의 역사를 떠올리며 상념에 잠길 수 있어 견딜 수 있는 즐거움이었다. 허나 기관지가 약한 나로서는 좌대를 깎아 앉히는 즐거움도 건강을 해치면서 지속하기에는 옳지 않았다. 그렇게 생각되어 그저 입문하여 몇 개의 소장품이나마 소유하여 맛만 보는 취미로 접어야 해 섭섭했다. 하지만 몇 안 되는 작품 속에 간직한 수집 당시의 자연이 지금도 함께 호흡하고 있음이니 작은 자연이 내 곁에 있어 행복함이리라. 또한 만사 형통석이 가정의 만사가 막힘이 없게 풀어주고 호피석이 내 가정에 악귀가 근접하지 못하도록 지켜주고 있으니 항상 든든한 벗임에 틀림없다.

팔불출 얘기

– 내 아내이기에 고맙다

1970년대 후반에 유행했던 노래가사가 생각난다. 하수영의 '아내에게 바치는 노래'로 77년도에 10대 가수 가요제 대상을 받은 노래다.

'젖은 손이 애처로워/ 살며시 잡아본 순간/ 거칠어진 손마디가/ 너무나도 안타까웠소/ 시린 손끝에 뜨거운 정성/ 고이접어 다져온 이 행복/ 여민 옷깃에 스미는 사랑/ 땀방울로 씻어온 나날들/ 나는 다시 태어나도/ 당신만을 사랑하리라!' 1절 가사의 내용을 적어보았다.

그 시절에 난 고향 모교의 초등학교에 근무를 할 때였다. 75년도에 결혼을 하고 가정을 꾸렸다. 아내와는 캠퍼스 커플로 대학 재학시절부터 동기들 중에는 아는 사람은 다 알 정도로 우린 열렬히 사랑을 했고, 졸업 3년 후 결혼에 골인을 하게 된 것이었다. 모교의 같은 학구에 나의 고향집이 있었지만 완전 시골이었다. 그래 우리는 서산 시내에 살림집을 마련하였다. 잘 아는 교육 가족의 선배님 아래채에 전세를 들어 보금자리를 마련했다. 내가 마련한 사랑의 보금자리는 서산 시내 성당이 있는 근처로 학교까지는 자전거로 통근을 해야 했다.

출퇴근할 때는 시내의 한복판을 가로질러야 내가 근무하는 학교까지 통근을 할 수 있었다. 출근시간에는 모두들 바쁘니 거리낄 것이 없었다.

165

페달을 열심히 밟아 시작시간까지 늦지 않는 것이 목적이니 곁눈질할 겨를이 없었다. 하지만 퇴근 시간은 달랐다. 퇴근을 하고 곧바로 집으로 오는 경우가 드물었다. 서산 시내까지는 잘 왔다. 시내에서부터가 문제였다. 시내도 고향땅이니 지인들이 많았다. 주로 중학교 동창들이었다. 동창 중에 나처럼 시내 변두리 모교에서 근무하는 친구가 있었다. 그 친구와 난 잘 통했다. 퇴근시간에 맞춰 만나는 곳이 있었다. SD라고 하는 친구였다. 지금은 자주 만나지는 못하지만 같은 대전에 살고 있어 소식을 전하며 살고 있다. 그 친구는 음악에 취미가 있으며 기능도 뛰어났다. 지금도 기타강사로 나갈 정도이니 참 좋은 취미를 가꾸어온 친구다.

그 친구를 만나면 막걸리를 마시며 노래를 부르곤 했다. 그때만 해도 노래방이란 것이 없을 때이니 주막에서 상을 두드리며 한가락씩 뽑아대던 시절이었다. 그 친구는 장단을 잘 맞춰 두드렸다. 드럼을 치듯이 두드리면 흥에 겨워 노랫소리가 커지곤 했다. 그 친구가 즐겨 부르던 노래가 바로 '하수영의 아내에게 바치는 노래'였다. 신혼 초에 듣던 노래 가사가 이제 칠학년 빵 반이 되어서 새삼 가슴에 와 닿는다. 난 여직 아내의 젖은 손을 한 번도 만져본 일이 없는 것 같다. 아니 고생한다는 의미에서 정말 우리 가족을 위한 거룩한 그 손을 잡아준 적이 없다는 의미이다. 나도 참 무심한 놈이었다. 그리고 이기심만 많은 놈이었다. 아내에 대한 배려 같은 건 생각하지 않고 살아왔다. 그게 잘난 무슨 자존심이라고 참 못난 놈이다. 하긴 지금이라도 생각을 하게 되었으니 다행이라면 다행일까?

대학시절 CC로 사귀면서 아내를 내편으로 만들기 위해 꽤 많은 정성을 쏟았었다. 언젠가 아내는 내가 대학 시절에 프러포즈한 노트를 보여주며 '이 노트에 녹아있는 사랑의 마음이 지금 얼마나 남아있기나 한 거냐?'고 묻는 거였다. '아주 많이 남아있지 이 사람아!'라 답을 하며 그 노

트를 보게 되었다. 내가 육필로 쓴 대학노트 한 권 분량의 일기형식의
글이었다. 어떤 날은 수필형식으로 또는 시로 혹은 그림으로 표현되어
있었다. 경희에 대한 나의 마음이 잘 나타나 있었다. '내가 이런 정도였
었나!' 할 만큼 적나라하게 표현되어 있었다. 그리고 아내와의 연애시절
이 떠올랐다. 새로운 밀레니엄이 시작하기도 전인 20세기인 그때 그렇게
열렬한 사랑을 할 수 있었다니 우리들 자신에게 그런 적도 있었나 하고
머리가 갸우뚱해졌다.

　그 당시는 너나 나나 모두가 가난한 시절이었다. 우리나라 전체가 살
기 어려운 때였다. 그러니 기껏해야 데이트를 한다는 것이 뚝방 길 걷기,
오르간 박스에서 만나기, 탁구장 탁구치기, 큰맘 먹어야 극장가기, 찻집
에서 차 마시며 성냥으로 탑 쌓기, 그렇게 행복했었다. 그러다 '빌리쟌'
이란 그림 그리는 회원이었던 경희가 그림 그리러 가느라 시간을 내주지
않으면 캠퍼스의 미술실 앞 어정거리기, '영남학우회'에 나가면 모임장소
미리 알고 주변에서 기웃거리며 기다리기 등으로 시간을 보낼 때의 마음
은 초조하고 지루했었다. 아내가 보여준 고백노트엔 아련하게 떠오르는
아름답던 그런 일들이 나타나서 이제 칠학년이 다 된 나에게 손짓하고
있었다.

　대학시절이었다. 아내와 난 열심히 만나며 졸업을 앞두고 있을 때였
다. 발령 희망지역을 어디로 써야 할지 고민을 앞두고 있을 때였다. 공
주에서 천안까지 아내와 함께 갔다. 아내는 서울로 나는 서산으로 가기
위해서였다. 공주에서 서울과 서산으로 직행을 하면 될 일이었다. 함께
있고 싶었다. 주말동안 잠시 볼 수 없게 된 것이 못내 아쉬웠다. 그래 천
안역까지 같이 가서 역 앞 나포리 다방에 앉아 있었다. 기차표를 가능
한 늦은 표로 끊어놓고 다방에서 같이 있는 시간이 왜 그렇게 짧았던지!
그리고 입장권을 끊어 플랫홈까지 들어가 아내가 탄 기차가 떠나는 것

을 보며 손을 흔들 때 뭐가 그리 슬프던지 눈이 흐려졌었다. 그리고 난 시간을 기다려 장항선 열차에 몸을 맡기고 하행선 열차를 탔었다. 어느 가수의 유행가처럼 경희는 상행선 나는 하행선이었다.

그리고 원했던 대로 우린 서산으로 발령을 받을 수 있었고 주말이 되면 내가 주로 경희에게 찾아가 일주일간 보지 못한 걸 보고 또 보면서 지냈다. 둘 다 바다가 가까운 학교로 발령이 났었다. 난 바다로 둘러싸인 황도란 섬마을이었다. 난 이미자의 노래처럼 섬마을 총각선생이었다. 섬 처녀들의 유혹도 많았지만 난 아내만을 생각했고 주말이면 빠지지 않고 아내와 바다와 파도와 함께 했다. 그런 우리이고 나였다.

구차했던 과거는 떠올리고 싶지 않지만 기왕지사 팔불출 얘기니 한마디만 한다면 아내 경희는 나를 만나 무던히도 고생을 많이 했다. 없는 집안의 나를 택한 때부터 희생의 길로 들어선 것이었다. 그러면서도 집안 대소사를 묵묵히 견뎌주었다. 떡두꺼비 같은 두 아들을 낳아 잘 키웠다. 한 놈은 모 금융회사 대전지점장으로 한 놈은 정형외과 전문의로 키웠으니 아내의 공이 크지 않을 수 없다. 아들들은 그렇다. 그저 든든한 울타리 같은 존재랄까? 딸이 있었다면 아내는 고생을 덜하며 더 즐거울 수 있으련만 하는 아쉬움이 있다.

없는 집안에 제사는 또 왜 그렇게 많던지? 명절까지 합해서 일곱 번을 치러야 한다. 내가 맏이라 그렇다. 아내는 고생에 관해서는 복도 많다. 퇴직을 하고 또 하나의 행복한 짐을 떠안기를 자청한 것이다. 자청이기보다 어쩔 수 없이 손녀딸 승원을 맡아서 키우지 않을 수 없게 되었다. 그래 핏줄이라곤 승원 손녀딸 하나라서 승원을 보는 재미로 살고 있지만 말이다.

요즘 시대에 아이들 키우기가 쉽지 않다. 옛날에는 흙을 주워 먹어가며 발가벗고도 애들이 잘도 자랐지만 지금은 사정이 많이도 달라졌다.

너나 할 것 없이 애 키우는 일이 막중한 집안대사다. 그래서 젊은 사람들이 애를 낳으려 하지 않으니 우리나라의 인구감소가 세계에서 엄지척일 정도로 걱정이다.

결혼을 하고 난 정말로 고생하는 아내에게 다정한 말 한마디 건네지 못한 것이 미안하다. 연애할 때의 반에서 반만큼이라도 아껴주었더라면 지금처럼 미안하지 않아도 될 것을 그렇지 못했던 것이 못내 아쉬움으로 다가온다. 하수영의 아내에게 바치는 노래 가사를 떠올리며 이제라도 늦지 않았다는 생각이 드니 다행이라면 다행일지? 나이테의 숫자가 많아지면서 아내가 있어주어 고마울 뿐이다. 감사하다. 아니 경희가 내 아내이어서 감사하다.

서로 아프지 말고 오래오래 같이 있어야 할 텐데… 제발 그래야 된다. 한때 유행했던 건배사처럼 우리 모두 건강하게 '구구 팔팔 이삼 사' 했으면 좋겠다.

'무술년 폭염을 견딘 우리 모두에게 감사한다.'

수도암을 다녀와서

실로 오랜만에 산에 올랐다. 예의(3월에서 4월) 그 산이 아니었다. 여기저기 농사일을 보는 촌부들의 모습이 방관자의 입장에서 보아서인지 한가롭게 보였다. 저들의 진실한 삶의 방식이 좀 더 후한 대가를 받았으면 좋겠다.

부석이라는 조그만 시가지 아니 시장을 지나 새로 포장된 한길을 가로질러 밭과 논의 경계를 이룬 두렁길을 뛰었다. 아니 뛴대야 경보 정도의 속도도 되지 않겠지만.

낯선 사람 때문인지 밖에 매어둔 셰퍼트 잡종개가 짖어댔다. 논틀길을 지나 송림은 아니지만 숲속에 접어들었다. 참나무, 푸장나무, 상수리나무, 오리나무 등이 저마다 푸른 잎을 자랑하듯 힘껏 손을 펴고 있고 진달래 사태는 어느새 사라졌다. 왼편으로 빠지는 길이 나타났다. 그 길로는 가보지 않은 길이다. 어디쯤으로 연결되는지 잘 알지 못하는 길이다. 저만큼 앞에 몇 채의 집에서 솟아오르는 굴뚝 연기로 보아 그 마을로 연결되는 길인가 보다. 조금 더 달려가니 또 한 차례 논들이 나타났다. 가뭄을 극복하기 위해 설치해 놓은 양수기에서 지하수가 뿜어지고 있었다. 아래 논 위 논 할 것 없이 두루 다 양수기에 연결된 비닐관이 논의 한가운데로 가로 질러져 있고, 어떤 양수기에서는 끼르륵 끼르륵 소리가 나고 있었다. 지하수가 다 되어서인지 양수기만 공허하게 돌아가는 소리는 정말로 목이 마를 지경이었다.

천수답의 아랫부분에 위치했던 우리 집 논배미가 생각났다. 어머니와 함께 물을 댈라치면 온통 물꼬 싸움뿐이었다. 산 밑에 위치한 물 잘 나오는 '샘' 하나에 그 골짜기엔 논도 많았다. 어렸을 적 생각에 많았을 뿐이지 실은 열두서너 집에 논은 80여마지기 정도 되었을까? 여하튼 위 논에서부터 물을 대기 시작하여 우리 논이 위치한 아래턱까지 차례가 오려면 줄잡아 일주일 정도는 걸렸다. 하루씩 돌려가며 물을 대었는데 우리집 논배미는 물길이 닿았는가 하면 어느새 하루가 다 지나가는 것이었다. 그 놈의 논까지는 왜 그리도 먼 거리였는지? 밤사이에 몰래 나와 물길을 돌려놓는 이도 있었다. 그래서 한밤중에도 몇 번씩 논에 나가 물길을 지켜야 했다. 그때 어머닌 30대 초반의 홀어미셨으니 곤히 잠자는 날 깨우셔서 동행을 해야만 했다. 곤한 잠속에서 깨어 일어나야 하는 고충은 어린 마음엔 굉장한 고충이었다. 하지만 이슬을 털며 다녀오면 정신이 맑아져 책을 대하고 싶은 생각이 들곤 했다. 그 덕분에 학교 성적이 그리 뒤지지 않았다.

수도암이 가까워지니 얼마 전까지만 해도 없던 이름 모를 꽃들이 온통 수놓아져 있다. 수줍은 듯 피어난 연분홍 작은 풀꽃의 무리들이 저마다 발돋움하며 양탄자를 깔아놓은 듯 군데군데 진 보라색 풀꽃들이 가슴이 섬뜩하게 피어 있었다. 때늦은 산 벚꽃의 낙화가 길 위에 흩뿌려져 있고 수도암 큰 바위는 예나 변함없이 굳게 뿌리를 내려 골짜기 위에 우뚝 솟아 위용을 자랑하고 있었다.

171

얼마 전 까지만 해도 암자엔 스님과 아이들이 있어 인적이 함께 있었는데 이제 인적이 끊어지고 주인 잃은 암자만이 덩그마니 외롭게 골짜기를 지키고 있었다.

약수터에 올라 약수 물을 들이켰다. 여기까지 올라온 보람을 이 약수 맛에서 느낄 수 있었다. 이 약수는 스님이 계실 때는 '스님의 지성어린 새벽 예불이 담겨진 물이라서 약수로서의 효능이 좋습니다'라고 말씀하시던 산행 길에서 만났던 어느 할아버지의 말씀이 떠올랐다. 하지만 지금도 그 맛은 변함이 없으니 아마도 수도암 큰 바위가 이곳을 지키고 있어 그 밑으로 흘러나오는 물이기 때문이리라. 수도암 큰 바위를 덮고 있는 담쟁이 넝쿨에서 강한 생명력을 실감하며 "야호!!" 소리 지르니 산새들이 놀랐음인지 여기저기 퍼덕이고 난 어쩐지 미안한 마음이 들었다. 산정의 큰 바위 위에서 바라보는 우리의 부석, 아늑하고 평화스런 고장이다. 강한 생명력으로 피어나는 온갖 풀꽃들 이제 나도 나무처럼 이 봄을 맞아 새로운 삶을 설계해야겠다. 수도암 큰 바위의 깊은 인내를 배워가며 쉽게 흔들리지 않는 한 개 바위가 되어 나의 사랑하는 아이들과 주변 사람들에게 좀 더 많은 사랑을 인내를 베풀며 살아야 하겠다. 산을 내려오니 벌써 등굣길에 오른 우리학교 학생들이 보이기 시작한다.

'참! 부지런하기도 하지. 나도 빨리 출근을 서둘러야겠다!'

애들아! 우리 얘기하자

궁금했던 영미에게서 소식이 날아 온 것은 라일락 향기도 그윽한 4월의 어느 날이었다. 영미의 목소리를 듣는 순간, 난 지금껏 무심했던 내 마음속의 회한이 무너져 내리는 소리를 들으며 한편으로 반가운 마음을 감출 길이 없었다.

그러니까 내가 영미와의 인연을 맺은 것은 1987년의 봄이었다. 그때 난 서산의 부석중학교에서 4년째 근무하고 있었고 영미는 3학년 6반, 내 반의 학생이었다.

그해로 부석중학교에서만 연 3년째 중학 3학년 여학생만 담임을 하게 되었으니 어느 정도 여중 3학년 정도 되는 아이들의 심리를 파악하고 있을 때였다. 50여명의 학생들 중에도 나에게 특별히 관심을 갖게 한 것이 영미였다.

'부모님을 모두 여의고, 남동생 둘과 함께 가정을 이끌어 나가고 있는 김영미, 이른바 소녀 가장, 전년도 성적 우수함, 1학년 입학 후 2학년 초 가정 형편상 1년 휴학 후 복학, 별로 말이 없으며 제 할 일을 잘 처리하며 친분 있는 교우는 우리 반에는 없고 공주사대부고 재학 중인 유용옥,

성격은 약간 차가운 듯한 인상을 줌'

이상이 내가 체크했던 영미에 대한 신상명세서다.

별 탈 없이 3월을 넘기고 4월 초가 되었을 때였다. 영미가 학교를 무단 결석을 한 것이다. 학년 초 진단평가에서 학급 2위, 무서울 정도로 공부를 파고 들던 영미였다. 이틀째 소식을 알 길이 없었다. 영미와 이웃하고 있는 학생을 찾기도 힘이 들었다. 영미네 동네의 학구가 이웃 인지중학교의 개교로 변경되었기 때문이었다. 자전거를 탈 줄 아는 연숙이, 성미와 함께 방과 후 영미네를 찾아가기로 했다.

온갖 불길한 생각들이 머리를 스쳤다. '별 일 없겠지'라고 속으로 자위하며, 들과 산을 지나가며 계절의 변화를 실감할 수 있었다. 자전거로 40여분을 달렸으니 족히 10Km는 되었을 터였다. 그 먼 길을 매일 다녔을 영미를 생각하니 안쓰러운 생각이 들었다.

서산군 인지면 산동리, 도비산 밑에 도착하니 반대편에서만 보아왔던 도비산이 더욱 웅장하게 보였다. 도비산의 품안에 안긴 크고 작은 바위들이 저마다 설 자리를 찾아 우뚝우뚝 서있고, 혹은 편안하게 누워 있기도 했다. 영미네 집은 바로 도비산 자락에 자리 잡고 있었다.

인가라고는 영미네 집과 개울 건너 한 집, 두 채 뿐이었다. 집안에 들어서니 집은 텅 비어 있었다. 다시 밖으로 나와 마당가에 있는 우물에서 바가지로 물 한 모금을 들이켜니 간담이 서늘하도록 물맛이 시원하고 좋았다.

잠시 후 초등학교 3학년쯤 되어 보이는 머슴아가 도비산 쪽에서 나타났다. 그 아이는 영미의 동생이었다. 안내를 받아 영미의 방에 들어섰다. 판자를 엮어서 만든 간이 책상이 한편 구석에 놓여있고, 플라스틱 통 한 개가 놓여 있었다. 쌀통으로 사용하는 플라스틱 통에는 몇 개의 쌀알이 놓여 있을 뿐 텅 비어있었다. 영미의 동생인 용준에게 물으니 누나가 집을 나간 이후로 라면으로 끼니를 때웠다는 것이었다. 라면도 빈 봉지뿐 어제 저녁부터 아무것도 먹지 못했다는 것이었다. 연숙이와 성미를 시켜 라면과 먹을 것을 사오도록 했다.

용준에게 말을 들으니 집에 세 들어 있는 아저씨와 아주머니께서 영미와 다투었다는 것이었다. 학교에서 늦게 들어온 영미에게 밭일이며 아저씨네 식구의 빨래까지 시킨다는 것이었다. 동생들의 뒷바라지와 자신의 공부하기에도 바쁜 영미에게 세 들어 사는 아저씨 댁에서 마치 하인을 부리듯 했다는 것이었다. 삼일 전 아주머니와 말다툼을 한 후 가방을 들고 나갔다는 것이었다. 동생들에게 친구네 집에서 자고 바로 학교에 가겠다고 한 후에 돌아오지 않고 있는 것이었다.

영미는 작년까지만 해도 아버지와 함께 살고 있었다. 아버지가 세상을 떠나셨고, 서산읍에 살고 계신 외삼촌이 돌보고 계셨는데, 아이들만 외진 곳에 살고 있는 것이 안쓰러워 집이 없는 아저씨에게 집 관리와 얼마 안 되는 밭을 가꾸어 반씩 나누기로 하고 입주를 시켰다는 것이었다.

불쌍한 아이들을 보살피지는 못할망정 학대를 해 가출하게 만든 아저씨와 아주머니에게 분노를 느끼며 밭으로 나갔다. 밭에서 영미네 집에 세 들어 사는 부부에게 자초지종을 말했더니, 그들은 그들대로의 의견을 말하며 걱정을 하고 있었다. 영미는 너무 차갑고 인정이 없다는 것과, 하여튼 결과적으로 일이 잘못되어 미안하다는 것이었다.

밭에서 돌아오면서 서로의 오해가 빚어낸 영미의 가출을 생각하며, 서로를 이해하기 위해서는 대화가 필요하다는 것을 실감했다. 오해의 골이 깊어지기 전에 솔직하고 진실한 대화가 있었던들 이런 일이 있을 수 있었을까? 좀 더 영미와 대화를 하지 못한 것을 후회했다. 전혀 예기치 못한 성적이 우수하고 모범생인 학생들에게도 많은 관심을 보여야 한다는 새로운 사실을 알 수 있었다.

영미의 집에 돌아오니 고맙게도 연숙이와 성미가 동생들의 빨래를 하고 있었다. 집안청소며 설거지를 마치고 돌아오는 길에 용희의 동생인 인지중학교 김영남을 만날 수 있었다. 어떻게든 영미를 찾을 테니 그동안 동생을 잘 돌봐주라는 부탁을 하고 돌아서는 발길이 무거웠다.

다음날부터 영미를 찾기 위해 얼마나 헤매었던가? 수소문 끝에 서산군 음암면에 있는 '한국마벨'이라는 회사에 다니고 있는 전년도 졸업생을 통해 영미가 이틀간 머물고 서울 공장으로 옮겼다는 소식을 들을 수 있었다.

영미의 외삼촌에게 부탁해 서울에 다녀오도록 한 후에 영미의 집을 다시 찾았다. 반 아이들이 정성을 모은 쌀과 반찬 등을 준비해 갔다. 동생들에게 영미가 곧 돌아온다는 반가운 소식을 전할 수 있어서 좋았다. 그동안에 연숙이가 들러서 김치도 담가주었다는 것이었다. 아저씨와 아주머니도 영미의 동생들에게 전보다 많은 관심을 가져주었다는 동생들의 말을 들으니 한결 마음이 가벼워졌다.

이틀 후 영미가 돌아왔다. 외삼촌과 함께 영미가 학교로 돌아온 것이다. 돌아온 영미의 얼굴은 초췌하기 이를 데 없었다. 측은한 마음과 반가운 마음이 교차되었다. 간이 상담실로 사용하는 숙직실로 영미를 들여보낸 후 영미 외삼촌과 먼저 얘기를 했다. 그때 알게 된 사실이지만 그분은 영미의 친 외삼촌도 아니었다. 그런데도 그 분의 영미에 대한 성의는 대단한 것이었다. 그 분을 보내며 진실로 고마움을 느끼지 않을 수가 없었다.

영미와 마주하게 되었을 때 난 할 말을 잊고 있었다. 대개는 가출 등의 큰 사고는 엄한 벌이 내리기 때문에 멋모르고 친구의 유혹에 빠져 가출했던 학생들이 학생과나 선생님의 처벌이 두려워서 후회를 하면서도 돌아오지 못하는 학생들이 많은 것을 난 알고 있기 때문이었다. 기실 처음부터 영미에게 잘못을 따지고 싶은 생각은 전혀 없었다. 오히려 무언가 위로의 말을 해 주어야 한다고 생각하고 있었다. 부모님을 모두 여의고 의지할 곳 없는 영미, 그러면서도 두 남동생들을 보살피며 꿋꿋하게 살아왔던 영미가 아니던가? 어느 부유한 집 아이들보다도 학업에 열중하며 성실하게 살아왔던 영미였다. 오히려 담임인 나나, 세 들어 사는 아저씨, 아줌마… 아니 우리 모두들의 관심이 없던 탓에 쓰러지려했던 영미에게 무슨 말로 위로를 할 수 있단 말인가? 더구나 어른들에게 어쩌면 지쳐있을 영미에게, 아니 굳게 닫혀져 있을 그녀의 마음의 문을 어떻게 열게 할 수 있단 말인가? 영미를 보니 반갑다는 말과, 친구들이 걱정하던 이야기, 어려운 사정을 일찍 알지 못하고 도움이 되지 못했던 나의 마음을 얘기한 후, 말하기 어려운 얘기들을 글로 쓰도록 했다. 본래 영미는 타고난 글재주가 있었다. 그의 글 속에는 동생들과 선생님 친구들에게 미안하다는 내용이 가장 많았다. 실은 아주머니의 귀찮게 하시는 것이 싫어서 그 성질을 꺾으려 했던 것이 우선 돈부터 벌어야 한다는 생각으로 바뀌어졌고 시간이 흐를수록 후회가 되면서 동생들이 걱정되어 돌아오고 싶었지만 선뜻 마음이 내키지 않았다는 것이었다.

학생과와 교감선생님께 사정을 말씀드리고 처벌 없이 그 일을 마무리 지을 수 있었다. 처벌만이 능사가 아니라는 나의 뜻에 호응해 준 선생님들께 난 지금도 감사한 마음을 잊을 수가 없다.

그 후로 난 영미와 글을 통한 대화의 시간을 많이 갖게 되었다. 영미는 운문과 산문 모두 소질이 있었다. 그 해 6월 서산군 반공글짓기 대회에 영미의 작품이 출품되었고 중등부 우수상을 타게 되었다. 영미와 나의 기쁨만이 아닌 우리 모두의 기쁨이었다. 이듬해 1월 서산교육청에서 '우수 작품집'이란 문집을 만들었다. 영미의 작품이 그 책에 실리게 되어 더

할 수 없는 기쁨이 되었다.

영미는 그 일이 있고 난 후에는 더욱 성실하고 우수한 학생이 되었다. 소녀가장으로 추천되어 면사무소의 생활보호를 받게 되었다. 서산경찰서에서도 굳건한 소녀가장으로 표창을 받게 되었다. 더욱 반가운 일은 서울에 있는 어느 독지가가 영미의 고등학교 학비보조와 생활을 돕겠다고 나선 일이었다. 하마터면 중학교 졸업도 못하게 되었을지도 모르는 영미에게 용기를 불러 일으켜 준 분들에게 난 항상 감사하는 마음을 잊지 못하고 있다.

고등학교 입학원서를 쓰게 되었을 때 영미는 말했다.

"저는 상업학교를 택하겠어요. 제가 고등학교 졸업하고 빨리 취직을 해야 동생들을 돌볼 수 있으니까요."

"그래, 네 실력은 아깝지만 네 뜻이 그러니 반대는 않겠다. 아니 잘 생각했다."

영미는 가까운 태안여상에 진학하게 되었다. 올해 고교 3학년 이제 내년부터는 어엿한 사회인으로 활동을 시작하게 될 영미에게 신의 가호가 있길 빌 뿐이다.

그리고, 내가 부석을 떠나온 지도 벌써 만 2년이 되었다. 그 후의 소식이 끊어진 지 2년 만에 영미에게서 소식을 받았으니 나의 회한과 기쁜 마음의 교차는 어쩜 당연한 것인지도 모른다.

지금 근무하고 있는 연무대기계공고에서 난 올해 2학년 담임을 하게 되었다. 학년 초 재적 51명, 지금 현재 50명, 한명의 학생을 자퇴를 시키게 되었다. '지영근' 실은 난 영근이의 얼굴조차 모른다. 학적서류만 넘어왔을 뿐 학교에는 하루도 나오지 않은 학생이기 때문이다. 1학년말부터 무단가출하여 여직 학교에 오지 않는 학생. 전년도 담임에게 얘기를 들은 즉 착하고 성적도 좋은 학생이었다는 것을 알 수 있었다. 그러던 어느 날 한통의 주소 없는 편지가 날아왔다. 바로 영근에게서 였다.

'선생님이라 부르기가 한없이 부끄럽고 죄송합니다'로 시작한 편지는 편지지로 장장 일곱 쪽의 내용이었다.

아버님, 어머님 두 분이 몸이 좋지 않아 앓아누우시고, 기숙사 비를 타러 갔다가 돈을 달라는 용기가 나지 않아 그 길로 돈을 벌기로 결심하고 서울로 올라갔다는 영근의 편지는 이렇게 끝을 맺고 있었다.

'외지로 올라가 돈을 벌어야 되겠습니다. 선생님 전 꼭 해내겠습니다. 야간 고등학교라도 다녀서 졸업장을 꼭 품에 안겠습니다. 그리고 참다운 인간이 되겠습니다. 선생님께 말씀드리고 중퇴를 하려고 했지만 말로는 들어주실 것 같지 않아서… 선생님 전 진짜 인생의 낙오자가 되는 것일까요? 저의 무례함 용서해 달라고 하느님께 기도드립니다. 선생님 건강하시고 앞날에 행운이 가득하시길….'

이런 내용의 편질 받고 난 말할 수 없는 연민의 정을 느끼지 않을 수 없었다. 편지를 읽으신 교감 선생님께서도 눈시울을 적시며 도울 수 있는 방법을 찾았으면 좋겠다고 하셨다. 여러 차례 연락을 했으나 찾을 수 없었다. 결국은 자퇴로 처리하여 내년에라도 돌아올 수 있게 되길 지금도 기다리고 있을 뿐 뾰족한 수가 없으니 안타까울 뿐이다. 한번쯤의 대화라도 있었던들 학교에 다닐 수 있었을지도 모르는데.

지금도 어느 하늘 밑에서 헤매고 있을지 모르는 영근이, 다만 바라건대 악에 물들지 않고 마음먹은 뜻을 실행할 수 있는 힘과 의지를 잃지 않기를 빌 뿐.

내 주위에는 왜 이렇게도 불행한 사람들이 많은 것일까? 영미와 영근이 허나 그들은 분명 불행을 행복으로 바꿔놓을 수 있으리라.

오늘날 영미와 영근이보다 윤택하고 행복한 처지에 있는 학생들의 수

많은 탈선행각을 보면서 교사로서 책임을 통감하지 않을 수 없다. 더 많은 이해와 진실한 대화만이 청소년의 탈선을 막을 수 있는 유일한 길이 아닐까? 아이들의 입장에서 생각해야겠다. 무서움과 두려움의 대상이 아닌 친우로서 동반자로서 존경받는 어른들이 되어야 하겠다. 내 아이들 뿐만 아니라 모든 아이들이 우리들의 아이들이 아니던가? 우리 조국의 희망이요, 이상이요, 포부요, 기대가 아니던가? 푸르러가는 5월의 신록처럼 저들이 밝고 힘차게 성장해야만 되지 않겠는가?

'얘들아 오너라! 와서 우리 정답게 얘기 하자꾸나!'

우리들의 보람

바닷가의 가을은 유난히도 짧다. 그러기에 겨울은 더욱 빨리 찾아오는가 보다. 내륙에선 아직도 춘추복이면 족하련만 이곳에선 벌써부터 동복을 입어야 한다.

그날도 수업이 끝나고 독서실의 도서정리를 위해 아이들 몇 명과 함께 남아 있을 때였다. 은실이가 들어오더니

"선생님, 웬 군인아저씨가 찾아오셨는데요."

라는 말을 듣고 운동장으로 나가 보았더니 정말 건장한 체구의 상병 계급장을 단 푸른 제복의 사나이가 다가오더니,

"선생님! 안녕하십니까?"

라며 거수경례를 하지 않는가? 언뜻 알아보지 못하는 날보고 그는 다시 말을 이었다.

"전 황도국민학교를 졸업한 김창규입니다. 하숙집 윗집의 그렇게도 속을 태우게 했던 창규입니다."

그말을 들으니 분명 낯설지만은 않은 얼굴이었다. 계란형 얼굴에 움푹 패인 이지적인 눈, 약간 튀어나온 광대뼈의 박박머리 소년, 언제나 외톨이로 바닷물에 돌을 던지곤 하던 창규 그의 모습이 바로 군모의 그 밑

에 있었다.

　난 하던 일을 간단히 정리한 후에 창규와 함께 교문을 나섰다. 추수를 끝낸 논둑 위로 몇 송이 남지 않은 코스모스가 바람에 흩날리며 황도리의 갯내음을 싣고와 코끝을 스치고 지나면서 난 10년 전의 황도리의 길을 걷고 있었다.

　73년 2월 교육대학을 졸업한 나는 3월이 다 가도록 지루한 시간을 보내야만 했다. 발령을 기다리며 새마을 운동의 일환으로 전개되었던 농로 넓히기 작업에 참여하여 지루하지만 보람있는 시간을 보내고 있을 때 발령통지서를 받을 수 있었다. '서산군 교육장이 지정하는 초등학교의 근무를 명함'이란 글귀는 이제 나를 하나의 교사로 만들어 주는 실질적인 말이었다. 그날 밤은 왜 그리도 긴 밤이었던지? 막상 집을 떠난다는 섭섭함보다는 미지의 세계에 대한 설렘이 더 큰 것이었다. 어떤 학교이든, 어떤 어린이들이든, 어느 곳이든 열심히 해야겠다는 각오는 초임자에겐 누구나 가질 수 있는 마음일 것이련만 난 잠을 설치며 줄곧 그 생각뿐이었다.

　교육청에서 안내해 주는 길로 창리 바닷가에 도착하니 배가 없었다. 창리와 황도리를 운항하는 도선은 하루에 두 차례씩 있는데, 아침 배는 놓쳐버렸고 저녁 배는 세 시간 이상을 기다려야만 했다. 저만큼 건너다 보이는 섬, 천수만의 안쪽으로 깊숙이 자리 잡은 섬이었다. 구멍가게 아저씨의 말을 듣고 바닷가 모래밭에 불을 피워 연기를 올렸다. 그렇게 하면 섬 쪽에 가 있는 도선이 온다는 것이었다. 한참을 기다리니 정말 조그만 배가 물살을 가르며 다가왔다. 바로 앞에 보이는 섬이련만 배가 느린 탓도 있겠지만 쉽게 도착하지 않은 건 내 마음이 조급했던 때문인가 보았다.

　마침 썰물이어 배를 선착장에 댈 수 없다기에 혼자서 찾아야만 했다.

사공이 일러준 대로 산허리를 돌아가니 마을이 있었다. 허나 좀체로 학교처럼 생긴 건물은 눈에 들어오지 않았다. 몇 번을 훑어본 후 창고 크기만한 국기가 펄럭이는 곳을 찾을 수 있었다. 학교를 다니지 않는 아이들 몇이서 이상하다는 듯 뒤따르고 있었다. 교문을 들어서 보고 난 놀라지 않을 수 없었다. 운동장엔 아이들 십여 명과 선생님인 듯한 어른이 체조를 하고 있었는데, 실로 그 운동장은 운동장이라기보다는 마당이라는 표현이 알맞았기 때문이었고 학생들의 숫자와 학교의 규모가 너무나 작았기 때문이었다.

난 그렇게 조그만 학교에서 몇 명 안 되는 어린이들과 교편생활을 시작하게 되었다.

교장선생님의 인사소개가 있은 다음 난 단상도 없는 아이들 앞에 나와 첫 부임 인사를 해야 했다. 전교생이라야 모두가 백십사 명, 교장선생님, 교감선생님, 평교사 세 명 모두 다섯 명에 청부아저씨까지 우리는 백이십 명의 조촐한 식구들뿐이었다. 그러면서도 섬마을 본교가 될 수 있었던 것은 건너 섬 간월도가 있기 때문이었다. 나는 간밤에 잠을 못 이뤄 가며 뒤척일 때에도 이런 미지의 세계는 상상을 하지 못했었다. 마이크도 필요 없이 간단한 대면식을 끝내고 나는 교실로 안내 되었다. 자상하신 교감선생님께서 나를 소개한 후 돌아가시고 난 삼십칠 명의 내 아이들과 마주설 수 있었다. 사학년이 십구 명, 오학년이 십팔 명, 간 막이도 없이 같은 교실에서 두 학년을 가르치는 복식학급이었다. 그때만 하여도 난 실망의 늪을 헤어나지 못했었는데 그들과의 하루하루가 지나면서 나는 교사로서의 보람을 느끼기 시작했고 이곳에 나를 보내준 운명에 감사하게 되었다. 금요일에 자유학습의 날이 있었다. 그날은 책가방이 없이 등교하여 탐구학습, 관찰학습, 예능과목의 수업 등으로 보내게 되었는데 좁은 섬 마을에선 견학을 갈 수도 없고 고작해야 바다로 나가는 것이었다.

첫 번째 자유학습의 날 나는 아이들과 함께 바다로 갔다. 나에게는 생소한 것들뿐이어서 아이들에게 이것저것 묻기 바빴다. 그때 창규는 나에게 꽤 도전적이었다.

"선생님이 왜 그렇게 몰르는 게 많대유?"

"선생님은 바다가 처음이라서 그렇단다. 아마 바다에 대해서는 너희들이 제일 많이 알 수 있을걸."

"아녀유, 우리 아버지도 잘 몰랐었는 걸유 뭐."

그 후에 안 일이지만 창규는 어렸을 때에 아버지를 바다에 빼앗겨 버린 소년이었다. 주꾸미 낚시를 갔다가 그만 난을 당해야 했고, 창규는 어렸을 때부터 아버지의 사랑을 받지 못하고 자라온 아이였다.

그날 오후에 학교에 돌아오려고 인원을 점검해 보니 틀림없이 한명이 부족이었다. 한참 후에야 바다를 향해 돌팔매를 던지고 있는 창규를 발견할 수 있었다.

"창규야! 너 왜 혼자 여기에 있지? 선생님하고 친구들이 얼마나 찾았다구."

"난 친구두 선생님두 다 싫단 말예유."

그러면서 창규는 조약돌을 하나 집어서 허리를 옆으로 구부리더니 잔잔한 바닷가 수면을 향해 던지는 것이었다. 넓적한 조약돌은 물속에 쉽사리 잠기지 않고 수면 위로 재주를 넘듯 언제까지고 나아가는 것이었고, 조약돌이 지나간 수면에는 파문이 일어 퍼져 나가고 있었다. 창규는 그 파문을 물끄러미 바라보고 있었고, 나는 그때 그 소년의 모습을 그 후에도 언뜻언뜻 떠올리곤 하였는데 그것은 소년답지 않은 창규의 태도 때문이었다. 그날 이후 나는 창규의 행동에 관심을 가지게 되었고, 다른 아이들에게도 수업에만 신경을 쓰는 교사가 아닌 생활상담자 아니 친구로서의 내가 필요하다는 것을 알 수 있었다. 창규는 삼남매의 막내둥이였다. 맏형은 집안 형편상 어선을 타면서 집안 살림을 돕고 있었고 어머니는 조개 채취나 게잡이이로 생계를 이어가고 있었다. 창규가 2학년 때 동네 사람들 몇몇이 가까운 바다로 주꾸미라 불리는 고기를 낚으러 갔다. 아침에는 날씨가 화창하여 아무런 생각 없이 나갔다가 갑자기 날씨가 흐려지며 폭우가 몰아치는 바람에 가까이에 있는 죽도와 안면도로 피신한 사람도 있고 그렇지 못한 사람도 있었는데 창규 아버지는 그때 불행히도 난을 당하셨던 것이었다. 그날 이후 창규는 바닷가를 혼자 거닐게 되었고 친구들과 잘 어울리지도 않게 되었다는 것이었다.

옆자리의 고 선생님에게 창규 이야기를 하였더니 '그놈이 벌써 시작했나요?' 하는 것이었다. 창규는 담임이 바뀔 때마다 유난히 한번씩 선생님을 시험하기 위해 엉뚱한 짓을 한다는 것이었다.

초여름의 신록이 싱그럽게 섬마을에도 찾아와 갯바람의 고마움을 느끼게 하던 유월 달이었다. 황도리 섬마을에는 농토라야 논은 얼마 되지 않고 낮은 산을 일구어 만든 밭들이 많았다.

그때쯤 밭에는 보리들이 익어가고 있을 무렵이었다. 40분 수업 중 20분은 4학년의 지도에, 20분은 5학년에게 시간을 할당해야만 했다. 4학년의 수업을 마치고 5학년 수업을 시작하려는데 어느새 빠져 나갔는지 창규의 모습이 보이지 않았다. 아이들 말로는 조금 전에 살금살금 기어서 나가더라는 것이었다. 반장인 종관이를 시켜 잡아오도록 했으나 오지 않더라는 것이었다. 다른 아이들은 이 일의 처리를 놓고 관심 있게 나의 눈치를 살피고 있었다. 고 선생님의 말씀이 머릿속에 맴돌았다. '창규는 처음에 잘 다루어야 합니다. 섣불리 다루었다가는 일 년 동안 편하지 못 할 테니 말입니다.' 여기서 창규를 다루지 못하면 다른 아이들에게도 생활지도에서 문제점이 있을 것이란 생각이 문득 떠올랐다.

나는 회초리를 찾아들고 밖으로 뛰어나갔다. 반장의 말대로 창규는 웅거지로 넘어가는 길가에 앉아 땅에다 무언가를 그리고 있었다. 급한 김에 실내화를 벗어던지고 뒤따랐다. 느티나무 밑까지 뛰어가니 숨이 턱까지 차 있었다. 헌데 창규가 없어진 것이 더 문제였다. 한참을 서서 있을 만한 곳을 찾아보았으나 나무 위에는 없고 보리밭뿐이니 보리밭의 어딘가에 숨어있는 것이 분명했다. 한 점 바람이 스쳐가며 보리이삭을 흩날리게 해 놓았다. 마음을 진정시킨 후에 창규를 불렀다.

"창규야 나와라! 화를 안 낼 테니까 빨리 나와라!!"

그래도 기척은 없고 좀 더 강한 바람에 보리이삭이 부딪는 소리만 사각거렸다. 언덕에서 뒤를 바라보니 아주머니들 몇 분이 다가오고 있었다. 맨발로 뛰어나왔으니 내 꼴은 꼭 미친 사람 그것이었다.

"선생님이 웬일이셔유?"

"예!··· 저 아무것도 아닙니다."

아주머니들은 아무래도 이상하다는 듯 이따금씩 뒤 돌아보며 멀어져 갔다. 그때까지도 창규는 나와 주질 않았다. 난 허공을 향해 다시 말했다.

"창규야! 창규야! 약속할게. 절대로 때리지 않고 화를 내지도 않을 테니 어서 나오너라."

"선생님! 약속 꼭 지키실거쥬?"

약속한다는 다짐을 받은 후 창규는 밭이랑에서 나왔고, 난 그 약속을 지키느라 한참을 참아야 했다. 하늘을 바라보니 흰 구름 한 점이 한가롭게 떠있었다. 그날 방과 후에 나는 창규를 데리고 집 너머의 바닷가로 갔다.

"창규야! 넌 내가 싫으니?"

"전 사람은 다 싫어유 엄마두, 형두, 친구두, 선생님두 다 싫어유!"

5학년인 창규의 입에서 그런 말이 거침없이 나왔다. 인간은 모두 싫고 차라리 동물들과 살았으면 좋겠다는 것이었다. 나는 온갖 생각을 동원하여 창규를 설득하기 시작했다. 엄마가 창규보다 이웃집 아저씨에게 더 관심이 많은 것같이 보이는 것은 어른들이 살아나가는 의논을 나누기 위해서이며, 친구들과는 서로 도와가며 어울리며 놀아야 네가 따돌림을 받지 않을 수 있다고 했다. 그러나 창규의 성격은 그런 말만으로 설득할 수 없음을 알았다. 무언가 가슴에 닿을 만한 행동으로 꽉 닫혀 진 그의 마음을 열어주어야만 했다. 그날 저녁을 먹고 창규를 찾았다.

창규 어머니에게 낮에 있었던 일과 그동안의 일을 말씀드리고 이런 얘기는 절대로 창규에게는 알리지 않을 것과 어렵더라도 매일 학교에서 있었던 일에 관해 저녁밥을 먹으면서 한가지씩이라도 창규에게 묻고 어머니의 있었던 일도 말씀해주시라는 부탁을 드렸다. 밖에서는 창규가 기다리고 있었다. 지루하지 않도록 일찍 밖으로 나오며 창규 어머니에게 다시 한 번 다짐을 받아두었다. 창규를 데리고 하숙방으로 왔다. 미리 준비해 놓았던 음료수와 과자를 들며 온갖 이야기를 늘어놓았다. 그중에서 나의 어린 시절의 이야기는 다소 창규의 마음을 돌릴 수 있었던 것으로 생각되어졌다. 정말 나는 초등학교 일학년 이학기 초에 아버님이 돌아가셨기 때문에 나의 유년 시절이 생각나지 않을 수 없었다. 나는 아버지께서 일학년 일 학기 성적표를 받았을 때 "넌 '수'가 하나도 없구나"란 말씀을 하시며 섭섭해 하시던 모습을 지금도 기억하고 있었다. 이상하게도 그 말씀은 어린 내 가슴에 못을 박아 놓았던 것이라는 얘기도 해주었다. 그해에 이 학기 성적표를 받아 보여드리기도 전에 아버님은 세상을 떠나셨기 때문에 후회한다고도 했다.

어려서 아버지를 여의었다는 창규와 나와의 유사점은 내가 부여잡은 창규의 손에 피부만의 촉감 이외에 그 무엇인가를 전할 수 있었다.

노트 두 권을 샀다. 하나는 창규에게 하나는 내가 가졌다. 그 노트에는 창규가 나와 나눈 이야기, 엄마와 나눈 이야기를 하루에 한가지씩은 꼭 기록하기로 약속을 하였다. 물론 나의 노트에는 창규와 나눈 이야기와 내가 창규에게 바라는 내용 등을 기록해서 서로 교환해 읽기로 하였다.

그날 이후 난 창규와 나와의 일기에서 공통되는 사항이 나올 수 있도록 특별한 말이나 행동을 미리 생각해 두어야만 했다. 그것은 창규가 나의 일기장에서 제가 기록해놓은 내용과 같은 이야기를 찾아내고는 가장 즐거워하며 하숙방에 찾아와 그 사실을 몇 번이고 되풀이하는 날이면 나도 덩달아 즐거웠기 때문이다. 처음에는 간단한 이야기 한가지씩만 써지던 일기장이 페이지를 더해감에 따라 내용들도 많이 좋아지고 있었다. 창규는 다른 친구의 이야기도 쓰게 되었고 나의 일기에서 바라는 내용에 대한 자기의 생각이나 실천에 옮기려고 노력했던 일들도 기록되고 있었다. 삼주일이 지나고부터는 창규와 나의 일기장에는 그날 있었던 일에 대해 ○×표시와 △표시를 하게 되었고 물론 △와 ○의 표시가 많아지게 되었다.

이런 창규와의 인간적인 맺음은 창규의 성적 향상에도 많은 도움을 주었다.

이듬해 나는 6학년을 맡게 되었다. 일학년과 육학년은 단식학급이었는데 나는 십팔 명의 학생만을 반쪽 교실에서 40분 동안 계속해서 지도할 수 있어서 무엇보다 기뻤다. 남자 10명에 여자 8명, 이건 정말 완전히 개인지도를 할 수 있었다. 창규의 실력도 향상되어갔다.

그 무렵에 황도국민학교에서는 안면중학교로만 진학을 할 수 있었는데 같은 면이라고는 해도 황도는 또 동떨어진 섬인 관계로 진학을 한다 해도 하숙을 하거나 자취를 하지 않으면 안 되었다. 고맙게도 당시 교감이셨던 김기철 선생님께서는 많은 학생들이 진학하지 못하는 것을 안타깝게 생각하시고 야간 재건중학교를 설립할 것을 말씀하셨다. 교회의 장로이기도 하셨던 그 분의 뜻에 모두 찬사를 보냈고 이장님과 무선전화국 김 기사님의 협조를 얻어 야간중학교를 개설하게 되었다. 그때나는 영어와 국어 음악을 담당하게 되었는데 총각선생이어서인지 많은남녀 졸업생들에게 인기도 좋았었다. 말만한 처녀들도 많이 참여했는데특히 음악시간에는 정규 학생이 아닌 사람도 함께 나와서 노래를 부르곤 하였는데 이것은 낮 동안의 피로를 풀 수 있었기 때문이었다고 생각됐다.

낮에는 육학년 십팔 명의 학생들과 밤에는 야간 중학생들과 열심히배우며 가르치던 그때를 지금도 잊을 수 없다. 내 자신이 많이 알아서가르치는 것이라기보다는 나 자신도 책을 보고 연구를 해야만 했고 그러다보면 잊혀졌던 지식들을 나도 다시 알 수 있어서 좋았다.

74년 가을 가슴 설레는 수학여행의 날이 왔다. 교감 선생님과 청부아저씨 아이들 열여덟 그리고 나, 스물 한명의 여행단이었지만 우린 누구들 못지않게 즐겁기만 했다. 아침 배에 오르는 우리를 보기 위해 주민들이 선착장까지 나와 주어 우리들 마음은 더욱 즐거웠다. 창규 엄마도 나와서 창규에게 뭔지 봉투를 전해주고 가셨다. 창리에서 첫차를 타기위해 일찍 출발하는 바닷길이련만 아이들은 하나도 춥지 않다고 했다. 통통거리며 배가 출발하자 그렇게들 좋았던지 저마다 먹을 것을 오물거리면서도 내 곁에 와서 이것저것 묻기도 했다. 창규가 옆으로 다가오더니기차도 탈 수 있느냐는 것이었다. 실은 차 시간 관계로 버스만을 이용할계획이었다. 창규에게 잘하면 탈 수 있다고 말했더니 꼭 탔으면 좋겠다는 것이었다. 우리의 목적지는 수덕사와 현충사였다. 다른 육지 어린이들은 관광버스를 전세 내어 여행을 하련만 우린 그렇지는 못했으나 마냥 즐겁기만 했다. 버스 안내양과 다른 손님들이 어디에서 왔느냐며 호의를 베풀어주어 고맙기도 했다. 아이들은 정말 천진스럽기만 했다. 어떤 때는 너무 상식 이하의 것을 아무에게나 묻는 바람에 나는 그 아이들의 선생님으로 낯을 붉혀야 했지만 아이들의 호기심과 기쁨에 비하면 그건 아무것도 아니었다. 현충사에서 하루를 숙박하게 되었다. 온양역에서 기차시간을 보니 온양에서 홍성까지는 탈 수 있을 것 같았다. 교감선생님과 상의하여 기차를 타기로 아였다. 아이들이 무척 좋아했다. 기념품 가게에서 조그만 선물을 몇 개 준비했다. 현충사 경내에서, 박물관에서, 활터에서, 우물가에서, 잉어장에서, 기차가 도착하여 기차에 오르며, 기차 안에서, 황도리 섬마을 아이들 모두 얼마나 즐거워했던가?

선착장에 도착하니 주민들이 손에 손에 횃불을 들고 기다리고 있었다. 창규가 다가오더니 종이에 싼 물건을 들고 아무 말 없이 나를 바라보고 있었다. 나도 준비했던 조그만 선물을 주었다. 창규 어머니가 들고 있는 횃불이 환하게 우리를 비춰주고 있었다. 나는 언뜻 돌멩이 두 개를 집어 들었다. 창규에게 하나를 건네주고 잔잔한 수면을 향해 던졌다. 창규도 던졌다. 그 돌이 떨어진 지점을 알 수 없었지만 창규의 돌이 더 멀리 날아갔을 것이었다.

황도리를 떠나오던 날은 온통 하늘이 잿빛이었다. 못내 섭섭해 하며 조그만 점이 될 때까지 손을 흔들어 주던 인정 많은 그분들, 그리고 아이들, 창규, 나는 하늘처럼 흐려오는 시야를 감추기 위해 고개를 돌려야만 했다.

76년 3월은 무척이나 기쁜 달이었다. 안면중학교로는 진학이 어려웠던 창규가 서산읍에 있는 친척집에서 가게 심부름을 해 주면서 서산중학교에 입학할 수 있기 때문이었다. 지난 일 년 동안 나는 서산읍에서 생활하면서 자전거를 타고 물건을 배달하는 창규를 여러 번 만날 수 있었고, 가끔 성당 앞에 있는 나의 방으로 찾아와 주기도 하였다. 그 고생을 감수하며 꿋꿋하게 살아온 창규의 일 년 동안의 결실이 이제 어엿한 중학생 교복을 입게 되었으니 그보다 더 감사하고 기쁜 일이 어디에 있을까?

"선생님, 황도에 계실 때보다 많이 노숙해지셨는데요."

"노숙해진거냐? 늙은 거냐? 분명히 말해라. 하긴 빡빡머리 창규 네가 이렇게 훌륭한 군인이 되었으니 세월도 적지는 않은 것 아니냐?"

꼭 10년 만의 재회였다.

그동안 창규는 빡빡머리 개구쟁이 소년에서 나보다도 키가 더 크게 성장하여 대견스럽게 국토방위의 임무를 다하고 있고, 나는 중학교 교사가 되어 옛날 황도 건너편 육지 부석중학교에서 근무하고 있다.

아무리 인정이 메마른 세상이어도 아무리 가난하게 살아가는 우리 교사들이어도 때론 집을 떠나 만년 하숙생이어도, 창규와 같은 제자가 있는 한 난 외롭지 않다. 나는 이제 또 다른 창규를 키우기 위해 주어진 나의 길을 묵묵히 걸어갈 것이다.

오늘은 나의 하숙방에서 창규와 함께 추탕에 탁주라도 들면서 그 옛날의 황도 골목을 가보리라 생각하며 하늘을 보니 까치 한 쌍이 저녁노을을 박차고 비상하고 있었다.

― 충남교육회 교단수기 공모 금상 당선작 ―

04

길에서 답을 찾다

40년 만의 수학여행

오늘이 2013년 하지이다. 그래서인지 날씨는 푹푹 찌고 있었다. 퇴근 후 시원한 물을 뒤집어쓰지 않고는 견딜 수 없을 정도로 날씨는 온몸이 축 늘어지도록 푹푹 찌고 있었다.

더위 속에서도 친구들을 만날 마음에 내 마음은 벌써 대전역으로 달려가고 있었다. 대전역에서 5시 31분 KTX에 몸을 실었다.

45년 만의 고등학교 친우들과의 국내 여행 오늘부터 2박3일이지만 실은 난 며칠 전부터 마음이 설레고 있었다. 오래전 아주 오래전에 청의 멤버 기정이, 재웅, 종곡, 세빈, 지문, 완영, 나 이렇게 일곱 명이 청(靑)모임을 만들었다. 그러니까 고2때였으니 정확히는 1968년 여름에서 가을로 접어들 무렵이었던 걸로 기억이 된다.

그 때만해도 난 일곱 명 중에서도 가장 바쁘게 학교에 다니고 있었던 걸로 기억된다. 본래 서해안 서산이란 촌에서 서울로 올라와 낮에는 직

장에서 일을 하고 야간에 야간고등학교에 다니고 있었다. 그러니 靑모임이 만들어질 때에도 난 그런 모임에 신경 쓸 겨를이 없었다. 지금은 시카고에서 미국 시민으로 살고 있는 종곡이, 기정이, 지문이 들이 중심이 되어 모임을 만들기로 하고 우리 학급에서 인물을 물색 하던 중 나는 그들에 의해 회원으로 선택을 받았고 그렇게 해서 靑이란 모임이 결성되었다.

그렇게 45년 만에 빡빡머리 고등학생들이 60대가 되어 시쳇말로 6학년 중반에 2박3일의 일정으로 설악산 일원으로 여행을 떠나기로 했다.

마침 종곡이가 귀국하여 우리 모두가 시간을 내기로 해 벼르던 여행이 성사가 되었고 오늘 뜻 깊은 여정에 오르게 된 것이다. 알뜰살뜰 짐을 챙겨주던 아내의 마음을 가득 담은 배낭이 가볍게 느껴지는 건 내 마음 때문이리라. 하지라서 넘어가는 햇볕이련만 아직도 뜨겁기만 하다.

어느새 검푸르게 자라난 모들이 참 보기 좋다. 마치 녹색 양탄자를 깔아 놓은 듯. 이 산 저 산 밤꽃들이 무성하다. 밤꽃 필 무렵은 지났고 아마 밤꽃이 질 무렵인가 보다.

친구들을 빨리 만나고픈 마음에 호응이라도 하듯 KTX는 내 마음을 싣고 미끄러지듯 달려가고 있다. 차창 밖 풍경이 정겹게 다가오며 고향 마을이 눈에 아른거린다.

초등학교에 다닐 때였다. 그 때만해도 보릿고개가 있었다. 가을에 추수한 쌀이 다음해 보리를 수확할 때까지 저장되어 있지 않아 식량이 부족한 집이 많았다. 보리를 수확하려면 아직도 갈 길이 먼데 식량은 떨어지고 아이들은 배가 고프다 보채기는 하고. 산에는 봄이 되어 온갖 나무들이 녹색 옷으로 갈아입고 나뭇잎, 풀잎들이 무성히 자라는 늦봄에서 초여름이 되어갈 즈음이었다. 배고픔을 해결하기 위해 덜 익은 보리이삭을 잘라 삶아서 말리느라 마당에 널어놓으면 그 녹색의 보리알들이 어찌 그리도 싱그럽게 보이던지? 그리고 허기진 배에서는 쪼르륵 소리가 나며 식욕을 불러일으키던지? 아이들은 내 집 청보리가 아니어도 한 웅큼 집어서 먹을 수밖에 없었다. 그 맛이란 얼마나 싱그럽고 고소하던지 입 안 가득 씹으며 샘으로 달려가 물 한바가지 들이키고 나면 허기짐도 사라지고 따가운 햇볕에 졸음이 엄습하곤 했다. 이웃집 상호란 놈하고 동네 어귀에 있는 영란네 집 보리를 한 움큼씩 훔쳐 먹다 그 사나운 영란 할머니에게 두고두고 야단을 맞았던 생각이 떠오르며 그 보리가 익어 보리를 베던 날이 떠올랐다.

동네 아줌마들과 우리 집 보리밭에서 보리를 수확할 때였다. 나도 하교 후에 일손을 보태기 위해 한 이랑을 맡아 보리를 베고 있을 때였다. 내가 베어 나가던 앞에서 나는 내 눈을 의심할 수밖에 없는 광경을 목격했다. 낫을 들고 있는 나의 바로 앞에 까투리 한 마리가 주저앉아 날아갈 생각도 하지 않고 눈만 멀뚱거리며 나를 바라보고 있는 게 아닌가! 내가 꿩보다 더 놀래서 소리쳤다.

"여기 꿩이 있슈!"

내가 소리를 지르자 함께 일하던 아줌마들이 모여들었다. 그렇게 소란을 떨고 있는데도 까투리는 날아갈 생각이 없는지 그 자리에 주저앉아 있었다. 까투리의 뒤로 살며시 다가가 손으로 살며시 잡을 때까지도 까투리는 날아갈 생각은 하지 않고 순순히 잡혀주는 것이 아닌가? 손 안에 포근한 털의 감촉이 느껴지며 꿩을 들어 올려도 다리를 몇 번 퍼덕일 뿐 큰 저항이 없다. 들어 올린 그 아래에 꿩의 보금자리가 있었다. 그 보금자리 안에 계란보다 작은 꿩알들 열두 개가 동그마니 서로를 의지하며 놓여있었다. 지켜보던 옆집 아주머니가 소리쳤다.

"꿩 먹구 알 먹으면 못 쓴 댜! 둘 중에 하나만 가져야 헌댜!"

"맞는 소리구먼 둘 다 가져가면 큰일 난다."

아주머니들의 말을 들으며 엄니를 바라보았다. 엄니도 별다른 생각이 없으신지 긍정하는 표정이셨다. 상황이 그렇게 펼쳐지자 알과 꿩을 가져다가 닭장에 꿩의 집을 마련하여 키워보려고 했던 생각은 사라지고 꿩이냐 알이냐 선택의 기로에서 갈등을 할 수밖에 없었다. '꿩여! 알여!' 하는 아주머니들의 채근에 나는 꿩이라 답을 했고 놀란 꿩을 안고 닭장에 넣어두었다. 잘 키우면 꿩이 또 알을 낳을 것이고 그렇게 되면 꿩 새끼들도 보게 되리라 생각했다. 그렇게 야무진 꿈은 단 하루도 못가서 무너지고 말았다. 안절부절 사방으로 부딪히며 날아올랐다 떨어지기를 반복하더니 얼마 견디지 못하고 자결을 하고 말았다.

어른들 말에 의하면 꿩은 성질이 몹시 급하며 모성애가 강하여 새끼들을 생각하며 자결할 수밖에 없었다는 것이었다.

그렇게 나의 꿩 농장에 대한 꿈은 날아가 버리고 보릿고개는 힘들게 넘어야 했다.

나의 조급한 마음을 아는 듯 기차는 빠르게 미끄러져 어느새 도심 속을 달리고 있다. 서울역 홈에 내려 서울 메트로 지하철로 바꾸어 타고 제기동역에 내리니 기정과 종곡이가 반갑게 맞아주었다. 지문과 재웅이 오고, 여섯 명이 청주에서 올라오는 완영을 기다리며 들 떠 있는 마음만큼이나 시끄럽다.

이번 행사는 처음부터 세빈이 추진했다. 세빈의 제안에 우린 동의했고 숙소 옆의 제기 고기 뷔페 집으로 자리를 잡았다. 모두들 시장했던지 고기는 굽기가 무섭게 자취를 감춘다. 거나하게 취하면서 고등학교 다닐 때의 이야기들이 쏟아져 내린다. 기억력들이 좋은지 나는 기억에 없는 이야기들이 많다. 술을 잘 마시지 못하는 지문과 재웅도 몇 잔씩 들이키더니 얼굴이 붉으레하다.

　어느 정도 배를 채우고 노래방으로 자리를 옮겼다. 고등학교 다닐 때에 십팔 번지들이 변함이 없었고 완영이는 나훈아의 신곡을 잘도 불렀다. 최근에 노래방을 자주 다녔나 보다. 종곡이의 노래 실력이 꽤 늘었다. 하긴 시카고에서 고향이 생각 날 때마다 지하에 차려 놓은 노래방에서 노래를 부르곤 하니 노래 실력이 좋아지는 건 당연한 일이었다. 회장인 기정이와 세빈이가 학생 때는 음치끼가 있었는데 이제는 음치의 영역을 벗어났고 세빈이는 아주 적극적으로 노래를 부르려 한다. 학생 시절에 재웅이에게 배웠던 고전 팝 'all for the love of a girl'을 부르니 모두들 따라 불러 합창이 되고 모두들 반세기 전의 모습으로 돌아간 듯하다.

　세빈이가 정해놓은 숙소로 돌아왔다. '한양여관'이었다. 비좁은 곳이었지만 별 문제는 아니었다. 방 세 개를 잡아 놓았고 나는 세빈이와 같은 방을 쓰기로 했다.

　6시 반에 기상하여 간단히 샤워를 하고 친구들을 깨웠다. 아침 식사를 하러 근처 식당으로 옮겨 해장국으로 속을 달래야 했다.

　9시 10분 청량리역 출발 원주행 무궁화호 열차가 예약되어 있었다. 오랜만의 기차여행, 각자 정해진 자리에 앉으니 철커덩 철커덩 아니 덜커덩 덜커덩 기차가 달리기 시작한다. 도심을 지나 차창에 들판과 산의 모습이 나타나니 강원도가 가까워진 모양이다. 평지를 내지르던 기차가 갑자기 어둠속을 달리는 횟수가 많아지며 확연한 강원도였다.

　원주역에 도착하니 10시 30분 역 앞에 버스가 대기하고 있었다. 이 버스로 오대산 월정사까지 1시간 정도 걸린다고 한다.

　일곱 전사들이 각자 자리에 앉아 안내양의 안내를 듣고 이른 시간임에도 날씨는 푹푹 찌는데 마음만은 모두가 가볍다. 온 천지가 밤꽃 투성이다. 역시 강원도라서 내가 살고 있는 대전보다는 계절이 늦은가 보다.

산은 또 산으로 이어지고 꽃은 꽃으로 이어진다. 이제 이곳은 어느새 강원도의 한 복판이다. 안내양의 말로는 강릉에는 비가 내렸다고 한다. 이 좁은 땅덩이도 이렇게 차이가 있는가 보아 신기하기까지 하다. 산에서 산으로 이어지는 구릉과 능선의 계곡 그곳에 우리들 사람의 힘이 곁들인 끝없이 펼쳐진 황토색의 계단들 그리고 그곳에 점점이 보이는 것이 무엇인가 했더니 채소를 심고 있는 우리네 삶의 친구들이었다. 아 이것이 우리들의 삶이었구나 라는 생각이 들며 가슴이 뭉클해졌다. 우리는 예부터 이렇게 살아왔었는데, 라는 생각이 들며 내 어릴 적 시골과 다른 모습에 우리나라도 꽤나 차이가 난다는 생각이 들었다.

열한 시 반쯤에 오대산 입구에 도착했다. 우선은 금강산도 식후경이라고 오대산 관람에 앞서 예약된 식당으로 향했다. 안내양의 말로는 각종 나물이 준비되어 있는 산채정식 전문식당으로 가는 길이라 했다. 우리 팀 일곱 명이 한 자리에 앉을 수는 없는 식당이었다. 옆 테이블에 함께 자리를 잡고 준비된 나물이며 반찬들을 보니 생각나는 것이 있었다. 바로 알콜 코리안 트래지셔날 와인 소주였다. 난 은근 속으로 마음이 있어가면서도 선뜻 말을 꺼내지 못했다. 헌데 우리들 마음은 이미 같았다. 그 숨어있는 마음의 굴레를 벗긴 것은 역시 외국에서 오래 살아온 종곡이었다. '우리 소주 한 잔 어때유', '오케유'라고 말한 건 당연히 나였고 회장인 기정은 흐뭇한 듯 미소를 내쏘고 있었다. 그렇게까지 내쏘지 않아도 되었는데, 해서 일곱 명이 소주 세병을 눈 깜박할 사이에 해결했다. 이런 것이 해장이고 낮술일 터이었다. 그 낮술이 술이 아닌 기분으로 업그레이드되어 와인쯤으로 바꾸어 생각하게 해 준건 오대산 입구의 멋진 풍광이었다.

그렇게 오대산에서의 오찬이 끝나자 이제 서서히 한국에서 제일 아름다운 숲 오대산 전나무 숲 걷기가 시작되었다. 버스 안에서는 다른 여행객들도 있고 폐쇄된 공간이어서 내면 깊숙이 숨어있던 우리들의 우정은 이 신선하고 오붓한 오솔길에서 스멀스멀 고개를 들고 밖으로 내닫고 있었다. 친구들의 목소리도 커지고 마음도 한결 가벼워졌다. 한참을 걷다 꽤나 오래된 전나무 고목이 있는 곳에 도착했다. 가이드의 말로는 포토 포인트라 했다. 천년은 된 듯 우람한 고목의 중앙엔 성인 두어 명이 들어설 만한 큰 구멍이 뚫리어 있었다. 우린 종곡과 기정이가 그 안에 들어서고 나머진 나무 둘레에서 사진을 찍었다. 마음은 빡빡머리 고등학생들로 돌아가 있었다. 오대산 월정사 경내에 들어서기 전 큰 내를 건너야 했다. 숲길도 시원했지만 물을 만난 우리들은 탄성이 절로 나오며 양발을 벗고 하나같이 물속에 발을 담갔다. 그 계곡물의 시원함이란 오장육부가 시원해져 옴을 느끼기에 충분했다. 그 계곡의 물소리, 전나무 숲길, 일컬어 한국에서 가장 아름다운 숲길 오대산 전나무 숲길 그리고 그 돌다리 건널 때의 물소리 내 심장을 간지럽힐 듯. 아님 아프게 혹은 쓰리게 흐르는 그 물소리, 그 소리의 어울림이 일품이었다. 계곡 앞에서 내 몸을 감싸고도 남을 그 큰 통나무 동굴! 그리고 그 어귀에 이런 선계가 있었던가! 과연 '별유천지비인간('別有天地非人間)'이로다.

　장난기가 발동한 내가 조약돌로 재웅이 앞으로 물을 튀겼고 그게 신호라도 된 듯 여기저기서 물 세례다. 하긴 하지의 한여름이니 물 세례는 물의 시원함의 축복이었다. 그렇게 계곡물에서 마냥 즐길 시간은 없었다. 이제 경내를 관람할 시간이 30여분 다시 버스에 승차해야 한다.

　국보 제48호 팔각 구층 석탑이 있는 천년 고찰 월정사다. 경내에 들어서기 전 입구에 망루처럼 생긴 2층을 오르니 빙글빙글 돌리는 커다란 회전불경이 있었다. 모두들 잘되기를 비는 마음으로 나도 마음속으로 바람을 빌며 몇 바퀴 돌렸다. 생각보다 경내가 무척 넓었다. 불교 서적 및 소품들을 파는 가게도 있었다. 약속된 시간 13시 40분에 버스로 돌아오니 대부분의 여행객들이 승차해 있었다. 맨 늦게 승차한 완영을 향해 일행들이 박수를 치니 완영은 멋쩍어 한다. 다음 행선지는 삼양목장이다. 15시경 도착 예정이라 한다. 1시간여를 다시 우리는 강원도의 산속을 달린다.

1시간여를 달려 삼양목장 주차장에 도착했다. 처음 와 보는 곳이었다. 목장이라 하여 양들과 말들이 평화롭게 풀을 뜯고 끝없이 펼쳐진 평원을 상상했는데 상가로 이어진 건물과 상상을 초월하게 많은 관광객의 인파와 차량들을 먼저 접하게 되니 나의 상상과는 완연 다른 경관이 펼쳐져 은근 당황해야 했다.

이곳 삼양목장에서 주어지는 시간은 1시간 40여분 동양최대의 목장이란다. 최대 600만평의 초지목장 특히나 한류의 원조가 된 영화 '태극기 휘날리며, 가을동화, 연애소설'의 촬영지로도 알려져 있는 곳이라 한다. 그 크기가 엄청나 관광객들을 위해 셔틀버스를 운영하고 있고 승차하거나 걷거나 선택은 관광객의 몫이라 했다. 우린 우선 셔틀버스로 정상까지 가기로 했다.

정상은 해발 1150m라 한다. 버스는 서서히 중간 중간에 손님을 승하차시키며 정상을 향해 달린다. 가까이에 풍력발전을 위한 거대한 바람개비들이 빠르게 혹은 느리게 원을 그리며 회전을 한다. 젖소와 양들이 한가롭게 누워있고 풀 뜯는 모습이 눈에 뜨이며 이제 목장에 있음을 실감케 한다.

정상이 가까워졌는지 버스는 어느새 구름 위를 달리고 있다. 정상에서 발아래 굽어볼 수 있는 우리네 산들의 어울림과 구름 그리고 거대한 바람개비의 파노라마 마치 내가 어느 영화의 주인공이 된 듯한 착각에 잠시 머물렀다.

우리나라 참 좋다. 맑은 공기 산들의 옹기종기 어우러진 모습, 쌍쌍이 걷는 선남선녀의 모습이 참 보기 좋다. 그간 고생만 해 온 아내의 모습이 안쓰럽게 오버랩 된다.

우린 정상에서 포토타임을 갖고 하산할 때는 걸어 내려오기로 했다. 굽이굽이 산허리를 맴 돌아 계곡 물소리도 들으며 하산하여 주차장에 도착하니 30여분의 여유가 있었다. 이럴 때 생각나는 것이 있다. 우린 이번 여행에서 너 나 할 것 없이 주태백이가 아니어도 그늘과 술을 찾아도 어색하지 않았다.

이럴 때 기지를 발휘하는 게 바로 회장 기정이었다. 등나무 그늘인 곳을 찾아 자리를 마련했고 집에서 준비해 왔다는 양주 한 병을 내놓았다. 그 준비성에 고마워하며 술을 마다하는 이는 없었다. 독주를 아니 술 자체를 즐기지 않는 재웅이까지도 즐거워한다.

그렇게 삼양목장을 관람하고 이제 주문진 어시장을 향해 출발했다. 1시간여를 달리면 그 유명한 주문진 어시장이란다. 오늘이 하지 뒷날 날씨는 푹푹 찌련만 우리가 달리는 계곡마다 맑은 그야말로 1급수 물이 오른쪽으로 흐른다.

고랭지 채소밭이 보이기 시작한다. 파와 감자밭이 끝없이 펼쳐진다. 15년 전인가 중국 북경을 갈 때였다. 항공편이 없었던지 텐진 공항에서 북경까지 버스로 이동했는데 그 끝없이 펼쳐지던 옥수수 밭과 양어장의 모습이 떠올랐다.

중국 대륙의 끝없는 옥수수 밭과 우

리의 산등성이 산허리에 펼쳐진 감자밭과 파밭의 끝없음이 비교가 될 리는 없으나 우리의 산하의 이 아름다움이 그 거대함보다는 얼마나 더 정감이 가는지!

감자밭의 감자 꽃이 일품이다. 푸르른 밭에 흰 감자 꽃의 색채의 대비. 온통 흰 감자 꽃이다. 옛날에는 자주색 꽃도 많았었다. 어릴 때 하지 무렵에 감자밭에 감자 꽃이 필라치면 자주색 꽃과 흰 꽃이 어우러져 그런대로 조화로웠다. 이제는 녹과 백의 조화로다.

도로 밑은 온통 안개다. 이것이 바로 운해다. 그래서 산도 바다도 나무도 그들의 자태를 모두 송두리째 감추어버렸다. 가까이 있는 나무들 모습만 검게 거뭇거뭇 보일 뿐 온통 희끄무레한 안개의 바다다 그리고 연이어 간간이 나타나는 터널들….

안개의 굴 속 어디로 가고 있는지? 아니다 이 운해의 터널을 지나면 틀림없이 신선들이 노닌 다는 별천지 '別有天地非人間'인 곳이 나타날 것만 같다. 실로 우리 일곱 용사의 추억여행 그 자체가 현실을 떠난 別天地를 찾아가는 여행이 아니던가?

1시간 여를 달리니 이제 바다가 나타나기 시작한다. 17시 40분경에 주문진항에 도착, 1시간 반 동안의 자유 시간이다. 자유 시간을 통해 항구와 시장 구경 그리고 석식을 해결해야 한다. 우리는 어시장 구경을 하다 횟집을 정해 저녁식사를 했다. 기대했던 바와는 달리 회 맛은 별로였다. 실은 음식 맛보다는 분위기에 끌려 우리들의 기분은 들떠 있었다. 옆에는 같은 버스로 여행 일정을 함께해 온 여성들 한 팀이 식사를 하고 있었다. 회와 함께 식사를 마친 우리들은 다시 약속된 시간에 버스에 승차했다. 버스는 왼쪽으로는 바다, 오른쪽에 호수와 육지를 끼고 달리고 있다. 이제 숙소로 향하며 오늘의 일정이 마무리 되어가고 있다.

도착한 숙소가 있는 곳은 허허벌판에 위치한 모텔 급 숙소였다. 저녁

식사는 마쳤고 이제부터 본격적인 우리들 여행의 하이라이트를 기대했건만 이 허허벌판에선 찾을 재미란 없어 보인다. 텅 빈 허허벌판에 이제 숙소들이 들어서고 있었다. 주위엔 식당도 수퍼도 전혀 없었다. 가이드와 모텔 주인에게 물으니 저녁에 술과 음식을 즐기려면 경포 신도시로 택시를 타고 다녀와야 된다고 했다. 협의한 결과 이대로 잠만 잘 수가 없다고 택시를 불러 나가기로 했다.

우리들은 결국 택시로 경포 신도시에 있는 노래방으로 향했다. 전날 청량리역에서 오랜만에 노래 실력들은 확인한 바 있고 그래도 즐기며 술도 시켜 먹을 수 있었다. 특히나 지문이의 춤 실력은 놀라웠다. 물론 옛날의 사교춤이 아닌 댄스 스포츠인지 스포츠 댄스인지 그런 춤이었는데 인상적이었다. 난 평생 몸치라서 배우고 싶고 부럽기도 했다. 예약된 시간에서 서비스 시간을 두 번이나 받고 우리들은 숙소로 향할 수 있었다. 친우들 사이의 약간의 견해차도 있었지만 내일의 일정을 위해 숙소로 향하자는 데 의견을 모았다. 한 방에 모여 얘기들을 나누며 남은 정들을 나누고 자정이 넘어서야 잠자리에 들 수 있었다.

5시부터 7시 30분까지 경포대 개별 해돋이 관람 및 아침식사가 제공되었다. 과음 탓으로 해돋이는 보지 못하고 아침식사를 위해 400년 전통의 초당순두부 집으로 향했다. 아침 일찍 일출을 보려고 나섰던 팀들의 이야기를 들으니 구름과 안개가 많아 일출을 보지 못했다 한다. 우리들에게는 다행이었지만.

좀 이른 시간이지만 식사를 마치고 다시 버스에 승차했다. 추암 촛대바위가 있는 곳까지 1시간여 달린다고 한다. 비가 내린다. 왼편으로 바다가 펼쳐진다. 가족들과 함께 승용차도 없이 동해를 여행 왔던 기억이 났다. 그리고 그때만 해도 문학의 열정에 사로잡혔을 때라 「임원항에서」란 시를 썼던 생각이 떠오른다.

'아해야 아해야/ 여기가 동해란다./ 코리아의 동쪽 땅 끝
바로 그 동해란다./ 니 엄마 아빠/ 결혼 전부터 오고파 하던
바로 그 동해란다./ 아해야 아해야/ 여기가 동해란다./ 보이느냐,
넘실대는 저 물결/ 아느냐, 파도의 울렁이는 몸짓의/ 의미를, 그리고,
우리가/ 너희를 데불고 여기에 온 뜻을. (중략) 우리의 해가 찬연히/
솟아 오르는, 여기가 동해란다./ 이제 너희는 저 망망대해를/ 너희들
의 삶의 터전으로 삼고/ 우리의 웅지를 펼쳐야 한단다. (후략)

「임원항에서」란 시의 일부분이 생각
난다. 그 시절 난 주경야독을 하며 낮
에는 선생으로 야간엔 학생으로 열심
히도 뛰었었다. 지금 결과야 이렇게 초
라한 모습의 무명교사이지만, 그런 생
각을 하는 사이 동해시를 통과하고 있
다. '망상' 인터체인지를 지나고 있다.
아침 7시 50분 동해시를 통과해 철길
을 가로질러 삼척으로 향하고 있다.

추암역에 도착하니 8시20분 정도다. 이곳에서 촛대바위를 관람하고 바
다열차를 타고 정동진을 거쳐 강릉으로 향하게 된다. 추암역에 도착하
니 추적추적 비가 내리고, 난 아내가 준비해 준 우산을 쓰고 촛대바위를
관람하고 바위를 배경으로 포토타임을 가졌다.

예약된 바다열차에 승차하니 8시 50분 기차는 57분에 출발했다. 기차
의 방송실에선 갖가지 사연들과 함께 음악이 흐르고 차창 밖으로는 아

름다운 동해바다의 풍경이 펼쳐진다. 비오는 날씨라도 의미 있는 모습들로 다가오고 스쳐지나가고 네모난 차창에 비친 활동사진으로 지나간다. 열차내의 DJ의 재치 있는 멘트가 우릴 즐겁게 한다. 우리들은 열차내의 이벤트에는 참여하고 싶은 마음만으로 시간은 빠르게 지나간다. 정동진역에 도착하여 10분간 자유 시간이 주어졌다. 이제 다음은 강릉역으로 바다열차의 종착역이다.

아쉬운 마음이었지만 그렇게 또 하나의 추억의 사진을 남기고 우리는 다시 버스에 승차 가까이에 있는 안목커피거리로 향했다. 우리나라에서 재배한 커피도 있다한다. 정말이지 커피는 전 세계인들의 음료임에 틀림이 없다. 지금은 우리의 시골에 가도 할아버지 할머니들이 커피를 즐겨 마신다고 한다. 격세지감을 느낀다.

커피는 본래 우리의 것이 아닐진대 우리의 관광코스에 커피거리라니 이상한 마음까지 든다. 우리의 전통음료 식혜거리, 누룽지거리라면 모르겠으나 호기심 반 아쉬움 반의 마음으로 한 커피카페에서 커피를 마셔 보았다. 커피 값도 꽤 비싸다. 한 가지 더 놀라운 것은 커피숍만 400여개라 하니 그리고 10월 20일경에는 커피축제도 열린다 한다. 그야말로 내 18번지의 말이 튀어나온다. '별꼴 다 보겠네.'

다시 주문진으로 향해 '주문진 생선구이'에서 점심시간이다. 12시 10분부터 13시까지 50분 우리는 아쉬운 마음으로 다시 소주 세 병을 생선과 함께 비웠다. 이제 마지막 여정인 설악산으로 향한다. 이번 여행 코스 중 가장 익숙한 행선지이다. 학생들을 인솔하여 설악산 코스는 많이 와 본 곳이다.

쭉쭉 뻗은 적송의 숲 정말 볼만한 풍치다. 강릉 바닷가의 해송, 해당화, 밤꽃 숲, 감자꽃밭 정든 그 모습들을 뒤로하며 이제 고속도로로 북쪽으로 북으로 설악을 향하여 달린다.

설악산에 도착하니 14시, 16시까지 2시간 동안 자유시간이다. 종곡이는 이민을 떠나기 전 설악산 근처에서 병역의무를 하던 때의 애기를 힘주어 했다. 우리도 그런 종곡이가 자랑스럽다. 어떤 이들은 병역의무를 회피하려고 갖은 수단을 다 쓰는데 말이다. 우리는 가까운 권금성에 오르기로 했다. 케이블카 개인 승차료 9,000원 그곳에서 바라보는 설악의 묘미를 맛보려 했으나 불행히도 케이블카의 운행이 되지 않아 볼 수가 없었다. 설악동의 많은 가게를 지나 흔들바위 쪽으로 향하다가 애주가임을 자처하는 종곡이, 기정이, 세빈은 설악동의 주막으로 향했다. 아쉬움을 한 잔 술로 달래려는 마음들이었다. 나도 그 자리에 빠질 수는 없는 일이다.

16시 버스에 승차 이제 원주역을 향해 출발이다. 설악동에서 본 것들이 머리를 스친다. 적송, 금강 송, 권금성의 안개, 신흥사, 일주문 통과, 빈대떡 주막 등 그중에 입에 쩍쩍 달라붙던 쫄깃한 감자떡과 어울어진 동동주의 맛도 붉은 치마에 녹색 저고리를 입은 조선의 색시 같은 감칠맛이었다. 이런 저런 생각으로 우리들의 여행 행적을 돌이켜 보는 사이 버스는 어느새 원주역에 도착했다. 19시 39분에 예약되어 있는 기차 시간까지는 20여분 여유가 있었다. 드디어 1608호 무궁화 열차가 도착하고 우리들은 아쉬운 마음을 안고 기차에 올랐다.

원주에서 기차로 청량리역 그 설렘의 추억여행이 이제 서서히 막을 내린다. 청량리역에 도착하니 밤 8시 45분이었다. 지하철 1호선으로 환승하여 서울역에 도착하니 밤 9시 40분이었다. 길눈이 어두운 나는 출구를 잘못 찾아 헤매다 간신히 서울역 홈에 도착하니 그래도 시간은 여유가 있다. 밤10시 30분 서울역발 KTX에 몸을 싣고 아내에게 전화를 하고 잠속에 빠져들었다. 다행히 기차는 대전역이 종착역이다.

그 설레던 45년 만의 우리들의 추억여행은 그렇게 끝났다. 이제 우리들은 각자의 생활전선에서 뛰어야 한다. 2018년경 캐나다 록키 산맥에서 만나기로 약속했다. 그 때는 부부여행이다. 그 때까지 건강을 관리하며 건강하게 멋지게들 살게! 그 때에 봄세!!

전주 한옥마을 관람 노견

명절은 어렸을 때나 젊어서나 나이를 먹어서나 우리를 설레게 하는 그 무엇이 있다. 어느 해인가는 중국의 유커들이 우리나라를 무더기로 찾아온다는 보도를 접하며 '괜찮은 관광수입이 되겠는데' 라는 생각을 하기도 하고, 그들의 돈 씀씀이가 보도되는 내용을 보며 우리의 화장품 기술이 저 정도인가 은근히 놀라기도 했다. 그러면서 우리의 발전상이 조금은 자랑스럽게 생각되었다. 자연경관 자원은 땅덩어리가 좁아 중국만 못하겠지만 인공관광 자원은 우리가 만들어 낼 수 있는 것이구나 하는 생각을 하기도 했다.

그러면서도 얼마 전엔 명절 무렵이 되면 명절 대이동이 국내가 아닌 외국으로의 이동이 많은 것에 대해 못마땅하게 생각되기도 했다. '어떤 이들은 차례를 외국에서 지낸다'라는 보도를 보며 그럴 수는 없다고 생각했다.

그런 보도도 이젠 귀에 많이 익숙해졌다. 우리 신체 부위의 기능들은 외부에서의 자극에 대해 처음에는 익숙하지 않다가 어느 정도의 같은 자극이 반복되면 그에 대한 반응은 무디어지는 경향이 많다. 그리고 그 반응은 우리의 생각까지 지배하게 된다. 그래서인지 나도 이젠 명절대이동이 '국내여야만 된다'는 고정관념에서 '국외면 어떠랴?'는 식으로 무디어져 가고 있다.

올 해의 추석명절은 그 휴가 기간이 꽤나 길다. 계절적으로 약간 늦은 10월 추석이면서 2일이 임시공휴일로 지정되어 장장 10일 동안이 보장된 것이다.

정부에서는 국내 경기를 호전시키려는 생각에서 임시공휴일을 지정했지만 외국으로 휴가를 나가는 사람들이 많다는 보도다. 그런 현상에 대해 부정적이던 나도 '어디 나갈 수 있는 데가 없을까?'란 생각을 잠시 하게 되었다.

알아보려 하니 명절에 외국에 나가려면 몇 개월 전에 예약을 해야 하며 경비도 평소의 3배 정도는 각오해야 한단다. 그렇게 많은 투자를 하며 나갈 수는 없다. 하여 국내로 이동하기로 하고 생각을 바꾸기로 했다. 여기저기 생각을 하던 중 선택하게 된 곳이 아내가 가보지 않았다는 전주 한옥마을이 낙점된 것이다.

아내는 단 둘이 오붓하게 다녀오는 것이 어떠냐고 했지만 내 생각은 달랐다. 달랑 둘이라는 생각이 들며 그래도 한 팀 정도 더 있다면 덜 심심할 거라는 생각이 앞섰다. 그렇게 생각이 멈춘 것이 막내처남 광용 부부와 함께 전주로 떠나게 되었다.

아내는 늘 형제들 생각이 많았다. 아내의 형제가 7남매이다 보니 상·하의 나이 차이가 만만치 않다. 그래서인지 많은 형제들 사이에 바로 위의 충용 처남과 바로 밑의 광용 처남과의 성장 과정이 더 그리운 것으로 보였다.

나는 장모님을 뵙지 못했다. 아내가 중학교 2학년 때 돌아가셨으니 내가 뵐 수가 없었다. 아내는 내 선친을 보지 못했다. 선친은 내가 초등학교 1학년 때 돌아가셨으니 보지 못한 건 당연지사다. 우린 그렇게 반쪽 아픔을 안고 있는 사람들로 만나서 결혼을 하게 된 것이다. 그런 짝을 찾은 것이 아니었는데 찾고 보니 그런 짝이 되어 있었다.

그래서 아내는 연령적으로 위아래 처남들과 함께 성장을 했고 더 어렸을 때 엄마를 여읜 손아래 하나 뿐인 남동생에게 더 정이 갔었는지 모른다.

그간엔 사는 게 고달프고 바빠서 마음에 있으면서도 하지 못한 일들이 많았다. 그런 것들 중 하나가 나이가 들면서 가슴속에 새록새록 떠오르는 것이 혈육의 정이다. 그간에 몇 번은 형제들 모두가 참여하는 1박 2일의 모임들이 있었다. 손아래 광용 처남 부부와 우리와 두 팀만 하는 여행은 이번이 평생 처음 함께하는 여행이었다.

전화로 추석 휴가 기간 중에 함께할 날짜를 정하고 장소를 정하고 하는 것들이 일사천리로 진행되었다. 매사는 마음을 결정하기가 힘들지 정해지면 바로 직진이다. 그리고 난 이미 한옥마을을 다녀온 경험이 있어서 그 일정과 교통수단과 먹거리 구경거리 등을 정하기가 편했다.

휴가가 시작되는 첫날 9월 30일에 출발하기로 했다. 광용이 예산에서 출발하고 처남댁은 서울에서 대전으로, 그래서 우리는 그들이 도착하기를 기다렸다. 광용이 전화로 10시 반쯤 도착한다는 전갈에 맞추어 도착했다. 처남댁은 일찍 도착하여 광용과 만나는 시간차를 메꾸느라 지루했을 터였다. 집에 들러 차 한 잔을 나누고 여기저기 집 구경을 하고 이젠 출발이다.

차는 나의 차로 움직이기로 했다. 지금 여기까지 운전해 온 수고도 수고지만 내가 아무래도 전주까지는 편하게 운전할 수 있으리란 생각이 들어서였다. 물론 편하게 해 주려는 나의 배려의 마음도 있었다. 우선 차로 광용이 정해 놓은 호텔까지 가기로 했다. 그곳에 차를 주차해 놓고 택시로 움직이기로 했다. 나중에 알게 된 사실이지만 그렇게 하길 참 잘했다. 지리를 잘 모르기도 했지만 차를 가지고 움직였더라면 훨씬 더 많은 필요 이상의 노력과 시간을 소비했을 터였다.

우선은 점심을 해결해야 했다. 난 옛날에 들렀던 '고궁'이란 식당으로 가려했으나 택시 기사의 제안을 받아들여 전주회관으로 향했다. 전주라서 비빔밥으로 메뉴를 정했다. 육회비빔밥 두 그릇, 전주비빔밥 두 그릇을 주문했다. 내가 기대했던 맛에는 미치지 못했다. 허나 그냥 먹을 만했다. 어느 텔레비전 프로에서 '먹을 만 했다'는 표현은 맛이 없었다는 표현이란 말이 떠오른 건 왜였을까? 다음부터는 좀 거추장스런 과정을 감내하더라도 애초에 결정한 대로 추진해야겠다.

그리고 이제부터 관광이다. 그 첫 번째가 한옥마을 관람, 그중에 '경기전' 입장이다. 매표소에서 광용 부부는 입장권을 구입했다. 나와 아내는 이제 65세 이상이어 3,000원씩의 혜택을 보았다. 어진 박물관, 서고, 그리고 그늘진 나무 아래에서 난 잠시 타임머신을 타고 조선시대에 와 있는 것 같은 착각에 빠졌다. 관람객 중 70프로 이상이 한복으로 입고 있는 것이 그런 착각에 빠지게 했다. 아니 여기저기 안내를 하는 사람들이

나 경기전을 지키는 사람들이나 관람객들 모두 한복을 입고 있는 것을 보니 그런 착각에 빠진 것도 당연한 일이었다.

그렇게 경기전을 관람하고 한복을 입은 무리들에 휩쓸려 '전동성당'으로 향했다. 옆문을 통해 입장해서 의자에 앉아보았다. 성당 내부의 규모는 그렇게 크지 않았다. 나로서는 처음으로 성당 의자에 앉아본 것이다. 아내가 옆에 와 앉았다. 그리고 속삭였다. 자기는 종교를 믿게 된다면 성당을 다니고 싶다고. 아내는 오래전부터 성당을 다니고 싶단 얘기를 하곤 했다. 성당에서 나오며 여기저기의 조각상들을 보고 한옥마을 거리로 한복을 입은 사람들과 함께 빨려 들어갔다.

그리고 전번 왔을 때는 들러 보지 못한 '오목대'로 향했다. 이성계가 고려 우왕 6년 운봉 황산에서 왜구를 무찌르고 개선하는 길에 들렀던 곳이라 한다. 대한제국 광무 4년에 비석을 건립했다 한다. 우린 오목대에서 보기 드문 광경을 목격했다. 고양이가 풀을 뜯어먹고 있었다. '고양이 풀 뜯어 먹는 소리 하네'라느니, '개 풀 뜯어 먹는 소리'라느니 하는 얘기는 들어왔는데 이곳에서 정말 고양이가 풀 뜯어먹는 모습을 볼 수 있었다. 나중에 의사인 아들에게 물어보니 개나 고양이들이 소화기관에 이상이 있으면 풀을 뜯어 먹어서 소화를 돕는 행동으로 그럴 수 있다고 한다. 그렇게 보기 드문 고양이 모습을 보고 전망대에서 한옥마을 전체를 조망할 수 있었다. 올라올 때 숨이 가빴지만 올라온 보람을 느낄 수 있었다.

이젠 내가 가보고 싶었던 '최명희 문학관'이다. 전주 중앙초등학교 맞은편에 위치한 최명희 문학관을 찾는 데 약간의 시간을 허비했다. 지나간 길임에도 좀 전에 발견하지 못하고 몇 번을 돌아서야 찾을 수 있었다.

지리산을 경계로 남쪽자락에 자리한 영남 하동의 최 대감댁을 배경으로 한 작가 박경리의 『토지』란 작품이 있다면 지리산 북쪽에 자리한 남원을 배경으로 한 이씨 일가 며느리 삼대의 대하소설 『혼불』이 있다.

혼불이란 우리가 영면할 때 육신에서 혼이 빠져나오는데 그 순간에 파란 불빛이 밝게 빛나며 공중으로 날아오르는 그 빛을 '혼불'이라 한다. 혼불이 육신에서 빠져나가고도 육체는 짧게는 사흘에서 길게는 삼 개월 정도 숨을 쉬고 살아있다 한다.

혼불이 빠져나간 육신은 살아있는 삶이라 할 수 없지만….

아쉬운 것은 최명희씨의 '혼불'은 미완성 작품이라는 것이다. 다 읽지 못한 작품을 여행 후 읽어보았다. 청암부인 사후에 몰락해 가는 매안이씨 일가의 이야기, 강모와 강실의 이루어질 수 없는 사랑, 현실을 회피하는 강모의 태도와 강실의 처지, 그리고 완전히 회피처로 택한 만주에서의 강모와 오유끼의 삶, 강모가 떠난 후 몽롱한 상태에서 하층민 춘복에게 대밭으로 옮겨져 몸을 유린당해야 했던 강실 그리고 임신… 그 뒤처리 과정 등 꼭 있어야 할 강실의 출산과 춘복과의 관계, 강모의 귀국 등은 미완으로 남아있다. 스토리를 대하로 엮다보니 실제로 썼어야 할 부분을 미완으로 남긴 아쉬움, 암으로 세상을 떠나야 했던 작가 최명희가 1998년 작고하면서 전 10권으로 출간되었으나 미완으로 남아있는 그 부분의 완결을 누가 완결 지을 수는 없을까? 어쩜 우리 독자들 가슴에서 각자가 그 뒷부분을 완결해 보라는 작가의 배려는 아니었을까? 생각해 보기도 한다. 그것이 제일 아쉬움으로 다가온다.

두 작품 모두 근대 우리의 시대적 배경과 그 시대의 변화에 적응해 나가는 양반 가문과 민초들의 이야기가 적나라하게 펼쳐진다. 우리 문학사에 없어서는 안 될 대기록으로 그 가치는 높은 것일 수밖에 없다. 문학에 관심이 있는 나로서는 다시 이곳에 들러 아내와 광용 내외에게 소개할 수 있어 좋았다. 나중에 처남댁이 최명희 문학관에 들른 것이 제일 인상 깊었다 해서 더욱 보람을 느꼈다.

이젠 먹거리를 찾아 삼천동에 있다는 막걸리촌으로 향했다. 난 전에와 봤던 곳이라서 '용진식당'으로 안내를 했다. 예나 마찬가지로 다른 집들은 파리를 날리고 있는데 용진식당은 대기하는 사람들이 많았다. 대기 번호를 뽑고 보니 대기7번이었다. 그래도 한 삼십여 분을 기다린 후 자리를 잡으니 흐뭇한 미소가, 밖에 기다리는 사람들을 보니 나도 모르게 미소가 나온다. 자리를 잡았다는 뿌듯한 마음에서일까?

옛날과는 영업방식이 약간은 변했나 보다. 기본이 5만원에서 8만원으로 인상되었다는 것과 2차 3차 주문을 따로 하지 않고 풀코스 주문이란 것이 생겨 8만원이었다. 반찬 가짓수는 무려 28가지 정도다. 마지막에 나온 보리굴비가 압권이었다. 그 옛날에 먹는 자린고비만은 못했지만 옛날이 떠오르게 하는 메뉴였다.

막걸리 관광이 끝나고 택시를 잡아 숙소를 향했다. 시간은 9시가 채 못 되었으니 적당한 시간에 숙소에 도착했다. 하긴 한옥마을을 하루 종일 걸었으니 걸음도 꽤 많이 걸었다. 몸도 피곤함을 느꼈다. 라임호텔 숙소가 마음에 들었다. 숙소는 광용이 정했다. 잘 선택했다고 말해주고 싶다. 샤워를 하고 자리에 누우니 몸이 고단한지 잠속으로 빠져들었다. 아침엔 그리 서두르지 않아도 된다. 여유로운 마음에 늦잠까지 즐겼다. 아내는 이곳에서도 드라마 시청이다. 소주를 준비하여 한 잔 더한다는 계획은 취소하기로 했다. 그만큼 몸이 고단했다. 옛날과는 다르다. 그래서 여행은 몸이 하루라도 젊었을 때 다녀야 한다고 하나보다.

아침에 일어나니 호텔에서 토스트를 주문하면 따끈하게 서비스해 준
단다. 우린 토스트를 맛만 보고 콩나물 해장국을 먹기로 했다. 전주에서
알려진 먹거리 코스를 빠뜨릴 수는 없는 일이다. 한참을 헤매고 찾은 식
당이 '삼백집'이다. 옛날에는 준비된 삼백그릇만 팔았다고 해서 붙여진
이름이라 한다. 식당 앞에 도착하니 대기하는 사람들이 길게 늘어서 줄
을 서 있다. 부슬부슬 아침 비를 맞으며 우산을 쓰고 대기하고 있는 줄
을 보니 유명한 집인가 보았다. 그렇게 자리를 잡고 콩나물 해장국으로
속을 달래니 헤매긴 했지만 잘 왔다는 생각이 들었다. 해장국으로 속을
든든히 하고 내비의 안내에 따라 전주 시내를 벗어나 외곽도로의 이정
표를 보며 진안으로 향했다.

이젠 2일차 진안 마이산이다.
내비를 찍고 마이산을 향해 달
린다. 날씨가 흐리고 비가 오락
가락 심하지 않은 걸 다행으로
생각해야겠다. 50여분을 달려
마이산 남부 주차장에 도착했
다. 주차장에서 탑사까지는 40
여분을 걸어올라 가야 한다. 폐
가 나빠진 이후로는 어디에 가
든 오르막을 걷게 되면 겁부터
난다. 주차장에서 출발하여 호
수가 있는 언덕을 오르는 곳이
고비였다. 그 언덕을 오르니 이
제 생각보다 잘 걸어졌다. 몸도

걷는데 적응이 되어 다행이었다. 아내에게 내 걱정은 말고 앞서가라 했지만 함께 걷는 데 큰 무리는 아니었다. 참으로 다행이었다.

그렇게 탑사가 있는 대웅전 뒤의 원통형의 큰 탑사에서 인간의 능력과 그 의지를 생각하며 탑을 쌓은 그 가상한 의지에 머리가 숙여졌다. 그리고 섬진강 발원지라는 샘터에서, 바위를 뚫고 올라간 능소화 나뭇가지와 그 뿌리에서, 탑사 곳곳의 그 정성의 결실들에서, 그리고 내려오며 시원한 탄산수 한 잔의 약수 물로 목을 축이니 간담이 서늘해진다. 가게에서 안마를 할 수 있는 두드림 기구를 사며 손녀딸을 주려 인형을 하나 사고 이제는 내리막길이다. 거리낌 없이 내리막을 걸어오다 호수에서 배를 타고 있는 사람들이 먹이를 뿌려주고 엄청 큰 잉어들이 먹이를 받아먹고 하는 광경을 바라보고, 그렇게 내려오며 우리는 마이산의 특별한 음식 등갈비를 먹기로 했다. 등갈비도 먹을 만했다.

그러고 보니 이번 여행은 먹거리 여행이었다. 전주비빔밥, 막걸리 집에서의 풀코스 요리들, 콩나물 해장국, 진안 마이산의 등갈비, 대전의 낙지볶음 등 실로 다양한 먹거리가 함께해 우리의 입을 심심하지 않게 했다. 술을 잘 하지 못하는 아내가 좋아했던 '모주'까지….

오는 길에 광용 내외의 동의를 얻어 적상산에 들렀다. 적상산은 가을 단풍이 뛰어나게, 가슴 시리게 아름다운 곳이다. 붉을 적 치마 상 적상산, 가을에 단풍이 들면 여인의 붉은 치맛자락과 같다 해서 적상산(赤裳山).

안개 낀 언덕길을 오르며 내리며, 하지만 적상산 양수 발전소 정상에서는 날씨가 흐려 전망을 구경하지 못했다. 먹거리도 일기가 불순해 그대로 꼬부랑길을 천천히 하산하여 대진 고속도로로 진입, 대전으로 향했다. 광용 부부도 피곤했던지 일정을 하루 연장해 우리 집에서 하루를 유하기로 했다. 하긴 광용 동생 부부가 우리 집에서 하루를 머문 것은 처음인 것 같다.

광용 내외는 집에서 하룻밤 묵은 후 다음날 아침에 상경했다. 우리는 1박2일 광용은 2박3일이 된 여행이었다. 차가 밀리지 않아 1시간 30여 분 후 도착했다는 전화를 받고 난 깊은 잠의 수렁 속으로 빠져들었다.

오랜만에 아니 평생 처음으로 광용 부부와의 오붓한 여행이었다. 내 느낌으로는 모두들 만족했던 것 같다. 이번 여행이 시간이 지나면 더욱 그리워질 것이다. 모든 것은 지난 세월이 길면 긴만큼 그리움은 커진다 는 걸 난 알고 있기 때문이다.

마음을 먹으면 이렇게 행동으로 옮길 수 있는 것을⋯ 그간에 그렇게 못했던 일들이 벌써 아쉬움으로 생각된다. 이제 나와 아내의 앞에 얼마 만큼의 함께할 수 있는 시간이 주어져 있는지는 모르지만 이런 기회를 자주 만들어야 하겠다. 시쳇말처럼 '세상 뭐 있어 되는대로 이렇게 서로 정을 나누며 살면 되는 거지?'

이번 추석 연휴는 모처럼 여행을 하며 귀향의 맛을 느껴볼 수 있어 좋 았다. 텔레비전에선 귀경 차량들의 행렬이 자정은 되어야 풀릴 것 같다 한다. 소파에서 세상에 제일 편한 자세로 푹 쉬어야겠다.

황도리 방문 소견

실로 45년 만의 황도 방문은 전날 밤부터 내 맘을 설레게 했다. 추석 연휴가 길어서 생각한 여행이었다. 역시 아내와 단 둘이서는 심심할 것 같아 나이를 먹어 사귀게 된 친구 만준 부부와 여행을 하게 되었다. 1박 2일 일정으로 금요일에 출발했다.

전국적으로 비가 온다는 예보가 있어 아침에 창밖을 보니 아니나 다를까 부슬비가 내리고 있었다. 비가 세차게 내리지 않는 것을 다행이라 생각하고 여행을 강행하기로 했다. 친구의 차로 다녀오기로 했다. 여행은 항상 우리를 들뜨게 하는 그 무엇이 있다. 먼 곳으로 가는 여행이든 가까운 거리이든 떠나기 전의 설렘은 마찬가지다. 전날 밤 잠의 설침, 아침에 기상하여 날씨의 확인 등.

펜션에서의 1박이라 조금의 준비는 필요했다. 매사 준비는 아내의 몫이다. 그래 어디를 가기 전에는 항상 아내를 피곤하게 한다. 저녁에 안주겸 반찬으로 먹을 수육을 준비하라 부탁하고 제대로 삶아지는지 시간은 부족하지 않을지 안절부절 했다.

사실은 사십여 년 전 황도에서 근무할 때 그곳 사람들은 돼지고기를 좋아하기는 하지만, 그곳에서는 돼지를 기르지도 않았고 고기를 파는 가게도 없을 때였다. 그래서 황도의 덕성씨나 아는 그 누구를 만나더라도 그들이 좋아했던 음식을 준비하고 싶었다. 옛날에 그곳 사람들은 음력 정월달이 되면 돼지고기를 먹는 것이 금기시 되었고, 혹 육지에 나갔다 돼지고기를 먹은 사람이 그들의 집을 방문하는 것조차도 싫어했다. 그것은 그들이 당제에서 모시는 신을 배신하는 것이고 그 결과 그들이 바다에 나갔을 때 좋지 않은 일이 일어날 수도 있다고 믿는 것이기 때문이었다.

그런 그들이지만 정월달을 제외한 때에는 돼지고기를 무척 좋아했다. 이번에 황도를 방문하게 된 연결고리가 된 덕성이 형도 돼지고기를 좋아하여 가끔 통화를 하면 돼지고기를 사가지고 놀러오라는 농담을 하곤 했다.

10월 6일 금요일은 대체 휴일이고 아직도 토, 일, 한글날 9일까지는 3일의 여유가 있는 여행 일정이다. 그리고 거리도 가까워 서둘 일이 없다. 친구 만준의 차가 아파트 앞까지 왔다. 이것저것 준비한 것들을 싣고 승차했다. 내가 조수석에 아내는 친구 부인과 뒷좌석에 자리했다. 대당고속도로 수덕사IC에서 지방 국도를 타고 간월도 경유하여 점심 식사를 한 후에 안면도 관람에 들어가기로 일정이 그려지고 있었다.

날씨는 흐렸지만 오랜만에 황도를 찾는 나의 환한 마음을 어둡게 할 수는 없었다. 그리고 만준 친구 부부와 처음 하는 여행이라 설레는 마음은 배가 되었다. 경부고속도로, 회덕JC, 호남고속도로, 불과 10여 분만에 고속도로 두 개를 거쳐 세 번째 오늘의 메인도로 대당고속도로에 들어섰다. 우리 국토를 가로지르는 도로가 사통발달로 건설되었다는 것을 실감할 수 있었다. 차창에 보이는 산야가 날씨 탓에 환하지는 못하나 잿빛 강산이 휙휙 스쳐 지나며 여행에 대한 기분이 업 되고 있음을 느낄 수 있다.

　얼마를 달려 공주를 지나고 예산휴게소다. 잠시 쉬어가기로 하고 멈추니 차량들이 연휴라서 꽤 많다. 야외 파라솔에 자리를 잡고 앉아 커피를 한잔하며 주위를 둘러보니 나지막한 산과 산 사이에 자리 잡은 휴게소이다.

　대당고속도로가 생긴 후로는 고향이 서해안인 우리에게는 아주 긴요한 도로가 되었다. 생각해보니 우리의 도로를 만드는 기술은 정말 놀랍다. 전국 어디를 가보아도 도로가 사통팔달로 잘 연결되어 있다. 곳곳에 있는 터널을 지날 때 우리의 터널을 뚫는 기술도 가히 세계적이라 할 만하다는 걸 느낄 수 있다.

　잿빛하늘 아래에서 마시는 커피 향은 더욱 그윽하게 코끝을 스친다. 다시 출발할 때쯤 하늘이 맑아지며 비는 서서히 그치고 있었다.

　수덕사IC에서 홍성 국도로 접어들어 제한속도 80km의 도로를 1,2차선을 오가며 차는 미끄러져 어느덧 홍성을 지나고 있다. 홍성읍을 오른쪽으로 끼고 외곽도로가 시원스럽게 뚫리어 시간이 많이 걸리지 않고 차량 통행도 줄어들며 차는 쾌속으로 질주한다.

　아련히 고3때의 일이 떠오른다. 대학을 어느 곳으로 진학해야 할지 방황하고 있을 때였다. 아직은 졸업 까지 시간이 남아서 선택의 여지는 있었으나 뒤를 밀어주는 사람이 없으니 돈이 드는 대학엔 진학할 수 없는 형편이었다. 그래서 우선 선택한 곳이 사관학교였다. 사관학교는 합격만 되면 국비로 대학과정을 마치고 장교로 임관까지 하니 일석이조라 생각했다. 그래서 응시하게 되었고 필답고사에 합격하여 이젠 직업군인이 될 일만 남았으니 남은 기간은 체력관리만 잘하고 있으면 될 때였다. 다른 친구들처럼 입시공부에 매달리지 않아도 되고 남은 과정인 예비고

사 정도는 문제가 되지 않았다.

그때 배가 살살 아파 병원에 갔더니 맹장이라는 것이었다.

사관학교 체력검사를 일주일 정도 남겨놓은 시점에서 수술을 할 수는 없었다. 한약처방으로 맹장을 가라앉힐 수 있다는 것이었다. 그래서 고향으로 내려가 한약을 지어 복용하며 맹장을 가라앉혀야 했다.

서울 서부역에서 장항선에 몸을 싣고 홍성역까지 내려와 버스로 옮겨타고 서산까지 가야 했다. 홍성에서 서산까지는 비포장 도로여서 자갈길을 부연 먼지를 일으키며 차량들이 달릴 때였다. 간신히 걸어가 버스의 뒷좌석에 자리를 잡아 앉을 수 있었다. 사람이 많을 때는 좌석에 앉지도 못하고 서서 가야만 했던 시절에 그래도 자리를 잡았으니 천만다행이라 생각했다. 버스가 출발하고 시내를 벗어나 외곽도로를 달리기 시작했다. 비포장의 자갈길 맨 뒷좌석에 앉은 나는 배를 움켜쥐고 앉았다. 버스가 달리기 시작했다. 배를 움켜쥐고 얼마나 고생을 했던지 옆에 있던 어른들의 도움으로 간신히 고향집에 도착했다. 그때는 정말 사경을 헤맸다는 표현이 맞았다.

그 어려웠던 길을 지금 미끄러지듯이 달리고 있으니 그 시절의 도로형편이 원망스럽게 생각됨은 왜일까? 그때 결국 마지막 최종합격자 발표에서 체력검사 때문에 낙방을 하고 방황했던 일이며, 지금 세종에 위치했던 51사단에 입대했던 일 등 젊은 시절의 일들이 주마등처럼 스쳐지나간다.

어느덧 갈산에 도착하여 좌회전으로 간월도로 향한다. 여행을 떠나기 전부터 친구 부부에게 자랑했던 '복어식당'이 갈산에 있다. 시장근처의 '삼삼 복집'이라고 복 매운탕이 정말 다른 식당과는 다른 맛으로 즐길 수 있는 곳이다. 오찬을 즐기기에 이른 시간이어 돌아올 때 맛보기로 하고 간월도를 향해 논스톱으로 달렸다. 짧은 굴다리를 지나 도로가에 한우들이 한가롭게 풀을 뜯고 있는 곳을 지나며 '도로 가까이 소들이 위험하게 풀을 뜯고 있을까?' 하고 의아스럽게 생각했다. 자세히 살펴보니 사실은 살아 있는 한우가 아니라 조각품들이었다. 마치 살아 있는 한우의 모습이어서 그 조각솜씨에 속은 것에 놀랐다. 왼편으로는 서부면이다.

서부면사무소가 있는 이호리는 나의 청소년시절에 많은 사연과 관계가 있는 곳이다. 원적지가 서부면 양곡리였다. 나는 필요한 서류를 갖추기 위해 이호리 면사무소에 다녀와야만 했다. 갈산에서 이곳까지 버스를 타야 했다. 배차 시간이 맞지 않아 갈산에서부터 걸어야 하는 때가 많았다. 그때 낯선 이 길을 걸으며 많은 것을 생각했었다. 그 당시엔 본적지에서만 발행하는 호적등본이 필요한 경우가 많았다. 이 길을 걸으며, 배는 왜 그리도 고팠던지? 여름철에 오려면 날씨는 왜 그리도 덥게 느껴졌는지? 한줄기 소나기라도 내려주길 바랐던 때가 한두 번이 아니었다. 언젠가 내를 건너는데 물이 하도 좋아서 징검다리 위에 털썩 주저앉아 물장구를 치다가 신발을 잃을 뻔 했던 일도 있었다.

남당리를 지나 현대 창업자 정주영 회장의 일생일대의 노력으로 바다를 막은 대역사의 현장 천수만 서산AB지구 간척사업 현장이 눈에 들어오며 바다가 보인다. 대역사의 현장 오른쪽은 간월호로 민물이 담긴 호수이고 왼쪽은 바닷물이다.

바다 가운데 간월암이 우뚝 솟아있다. 무학 대사가 달을 보고 깨우쳤다는 간월암이다. 난 여러 번 와 본 곳이나 이번에도 그냥 지나칠 수는 없다. 간월도에 나의 오늘 방문 목적지인 초임지 황도국민학교 간월분교장이 있었다. 이곳에 교대 동기가 근무했었다. 난 그래서 친구가 근무하는 이곳에 두어 차례 방문을 했었다. 그때만 해도 간월도 어리굴젓은 지금보다 훨씬 유명했었다. 그래 친구에게 부탁해 어촌 가정에서 직접 담근 어리굴젓을 구할 수 있었다. 그때의 그 맛이 그리워 가끔 간월도 어리굴젓을 구입해 맛을 본다. 그때 그 맛은 찾을 수도 구할 수도 없어 안타깝다.

70년대 초반 물막이 공사가 있기 전 천수만 간월도의 굴을 따서 어촌의 아낙들의 손으로 정성들여 만든 간월도 어리굴젓 맛이 그립다. 그 물막이 공사가 한창일 때 난 마침 근처 부석중학교 교사로 재직할 때였다. 감회가 더욱 새롭게 다가온다.

간월암에서 바라볼 때 건너편 손에 닿을 듯 가까이 보이는 곳이 황도다. 내가 근무할 70년대 초반의 그 모습은 찾을 수가 없고 펜션마을의 도시로 변한 듯 여기저기 들어선 펜션의 모습들이 확연하게 눈에 띤다.

점심은 굴밥으로 먹기로 했다. 원래의 나의 계획은 갈산의 '삼삼 복집'의 복국으로 생각했었으나 시간이 좀 이른 탓에 이곳 간월도의 굴밥을 먹기로 했다. 굴밥은 지난번 겨울에 아내와 손녀 승원과 셋이서 맛있게 먹었던 집에서 먹기로 했다. 이것저것 김과 굴젓, 굴적 등이 나온다. 썩 맛있다 생각은 되지 않았으나 괜찮았다. 굴젓을 밥에 비벼 생김에 싸 먹으니 맛있게 먹을 수 있었다.

간월도 식당에서 식사를 한 후 부석 창리까지 잘 닦여진 도로 위를 차량은 미끄러지듯이 달린다.

우리는 철새를 관찰할 수 있도록 마련해 놓은 곳에 멈추어 주위를 살펴보았다. '간월호'와 '천수만' 사이에 쌓아 만들어진 도로를 달리기를 5분여 이제는 서산B지구로 접어든다. 안면도 쪽으로 달리게 된다. 곳곳에 들어선 가게들이며 펜션, 낚시 도구 매점을 보니 이곳도 삶의 방식이 많이 변화되었음을 알 수 있다. 얼마를 달려 안면도와 태안으로 갈라지는 남면쯤의 지역에서 다시 좌회전이다. 이곳 어디쯤 아내의 초임지인 삼성국민학교가 있었다.

주말이면 황도에서 나룻배를 타고 바다를 건넜다. 창기리까지 걸어 안면도 태안간 국도까지 나와 버스로 아내가 근무하는 남면까지 오면 신온 백사장이 맞이해 주었다. 귀한 조개인 백합이 파도에 쓸려 나와 주울 수도 있는 그런 해변이었다. 나중에 알게 된 사실이지만 그곳은 일찍부터 백합 양식을 했다. 그때부터 우리 어촌이 양식업에 눈을 떴다고 생각된다. 지금은 가히 기르는 어업이 대세를 이루고 있다 해도 과언이 아니다. 물론 일부 어업종이겠지만….

잠시 또 옛 생각에 젖어있는 동안 우리는 연륙교에 다다랐다. 이 연륙교는 이지역의 육지와 섬을 연결해 주는 유일한 다리였다. 물살이 센 이곳에 다리를 놓은 경험이 오늘날 삼면이 바다인 우리나라의 곳곳에 섬과 육지, 섬과 섬을 연결하는 많은 교량들이 건설되고 있는 기술력을 낳게 된 원동력이 된 것인지도 모르겠다.

안면도 꽃지 해수욕장에서 할아버지 할미 바위가 다정히 서 있는 것을 보았다. 가까이 있는 송림 숲을 구경하기로 했다. 쭉쭉 뻗은 소나무들을 보며 '이게 그 유명한 안면도 소나무구나!' 하는 탄성이 절로 나온다. 바닷가에 있는 소나무라 대개는 해송이 아닌가 생각하기 쉬우나 이곳은 완전 적송의 숲이다. 붉은 색으로 철갑을 두르고 시원하게 하늘을 향해, 태양을 향해 길게 팔을 벌리고 서 있는 그 자태는 참 멋지다. 여기저기 마련되어 있는 벤치에 앉고, 때론 누워 솔숲 사이로 보이는 하늘을 보았다. 하늘이 환하게 개어 파란 우리의 전형적인 가을 하늘 그대로였다.

어느덧 저녁 무렵이 되어 배에서 신호가 온다. 여기까지 왔으니 바다의 내음을 입속 가득 품고 싶은 마음이 간절하다. 아내는 회를 별로 좋아하지 않으나 동참하기로 하고 괜찮다는 횟집을 찾으니 사람들로 붐비고 있었다. 생각보다 값이 만만치 않았다. 획일적으로 준비된 상차림에서 기대보다 못하다고 생각한 건 나만의 생각만은 아니었다.

덕성씨에게 연락이 왔다. 기다리고 있는데 왜 이렇게 늦느냐는 푸념어린 말에 서두르지 않을 수가 없었다. 어두워질 무렵 황도에 도착했다.

덕성씨와 오랜만에 만난 곳은 예전에 황도국민학교가 있던 곳이었다. 지금은 학교가 없어지고 공원으로 만들어 놓은 일종의 만남의 장소였다.

반갑게 인사를 나누고 정해진 펜션 숙소로 향했다. 겉보기에는 괜찮아 보이는 펜션이었다. 값을 정산하다 우리가 생각한 것보다 배나 된다는 것을 확인했다. 방을 두 개로 정하려 했으나 한간에 복층으로 된 방으로 정했다.

제자 영복이가 황도에 하나밖에 없다는 슈퍼를 운영하고 있었다. 그곳에서 어릴 적 빡빡머리 소년 영복을 만날 수 있었다. 오랜만에 어른이 된 영복과 회포를 풀고 여러 가지 대화를 나눴다. 황도에 남아 있는 또 한명의 제자 종운이 함께 참여해 같이 얘기를 나누며 잠시나마 옛날로 돌아갈 수 있었다.

20대 중반의 총각선생에서 이제는 정년퇴직을 한 노년이 되어 어렸던 제자들과 황도 갯마을 골목 여기저기를 추억할 수 있어 다행이었다.

마련해온 수육과 과일 등으로 조촐한 술상이 숙소에 차려졌다. 친구부부, 우리 부부, 영복이, 종운, 덕성 형, 종수씨 이렇게 함께 어우러져 준비한 음식을 나누며 대화를 나눴다. 내 친구에게는 미안하고 어색한 시간이었겠지만, 나에게는 참으로 귀한 시간이었다. 우리 사이에 가로막힌 반세기 가까운 시간의 벽은 쉽게 허물어지지는 않았다. 수십 년 동안을 마음속에 두었던 황도에서의 하룻밤은 나에겐 잊을 수 없는 밤이었다. 그 밤을 보내고 아침에 일어나니 친구는 벌써 산책을 나가고 없었다. 하여튼 만준 친구의 부지런함과 성실함은 따를 수가 없다.

나도 새벽 산책을 나섰다. 아내는 고단했던지 한숨 더 자기로 했다. 임경업 장군을 모시는 당이 황도의 맨 위에 자리하고 있었다. 그곳을 가보고 싶었다. 거리가 멀지도 않지만 그곳에 가면 황도 전경을 관망할 수 있기 때문이다. 그 옛날의 모습은 아니었으나 당은 그대로 남아있었다. 이곳에서 옛날엔 음력 정월 초가 되면 당제를 올리며 '붕기풍어놀이'가 열렸었다.

1979년엔가 전국민속놀이 대회에서 대통령상을 수상하며 널리 알려진 보존해야 할 우리의 전통 민속놀이다.

그곳에서 바라본 황도의 전경은 상전벽해란 표현이 어울릴 정도로 옛모습은 거의 찾아볼 수 없었다. 여기저기 자리하고 있는 펜션들이 옛 마을의 모습을 변화시킨 주범으로 생각된다. 큰말, 웅거지, 집 너머 등 옛 지명들도 마을의 변화와 함께 잊혀져 가고 있는 듯했다. 당이 있는 바로 밑은 그대로 옛집들이 많이 남아있었다. 물론 새로 지어진 집들도 있었지만, 그 골목들을 돌아 내가 하숙하던 도현이네 집을 지나 학교가 자리했던 곳 원점으로 다시 돌아왔다. 도현 형 채규가 살고 있다는데 들리지 못해 아쉬운 마음을 안고 돌아서야 했다.

그때 황도엔 전기가 들어오지 않아 자가발전으로 밤에만 전등불을 밝혔다. 흑백텔레비전이 있던 시절이었다. 섬사람들에게 텔레비전은 말 그대로 마술 상자였다. 학교엔 14인치쯤 되는 흑백텔레비전이 있었다. 밤이 되면 마을 사람들이 운동장에 모여 TV를 틀어주기를 기다렸다. 직원이 모두 다섯 명 교사가 세 명이었다. 우리는 교대로 밤이 되어 어두워지면 TV를 켰다. 그림이 바뀔 때마다 박장대소를 하고, 한숨을 쉬기도 하고, 탄성을 지르기도 하는 그들과 한마음이 되어 밤하늘에 빛나는 별빛보다 작은 텔레비전을 뚫어져라 응시하곤 했다.

약국도 없었던 황도에 학교는 비상약을 구비하고 있는 유일한 곳이었다. 제일 많이 이용했던 약품이 진통제였다. 바랄긴 등 누군가가 아파서 견디기 힘이 들면 우리가 하숙하는 집의 방문을 두드려 약을 줄 수 없느냐는 부탁을 많이 했었다. 그때엔 그 일이 즐겁고 재미있었다. 그런 과거의 나는 그래도 순수하고 괜찮았었는데… 지금은 사회에 너무 많이 찌들고 찌든 속된 인간이 되어버렸다.

그 당시 황도와 외부와의 소통은 무선전신전화국을 통해서만 가능했다. 하루에 두세 번 무선전화를 통해 외부와의 통화가 가능했다. 그 일을 주관하는 사람이 재건중학교를 같이 하던 김 기사였다. 마을 사람들은 외부와 통화가 가능한 시간을 기다려 통화 시간에 상응하는 값을 지불하고 통화하곤 했다. 그 무렵엔 황도에 중선배가 많아, 풍어로 풍요를 누리고 있을 때였다. 주로 다른 항구와 외부에 나가있는 가족에게 소식을 전하는 수단으로 사용되는 무선 전화였다. 지금은 개인들 모두가 휴대전화를 휴대하고 있으니 격세지감을 느끼게 된다.

학교 앞에 교회가 있었다. 내가 황도에 재직했던 70년대 초엔 젊은 전도사 부부가 전도를 하며 살고 있었다. 같은 직원이었던 김기철 교감선생님도 기독교인으로 장로란 직함이었으니 믿음이 강하셨던 분이었다. 그 교회에서 포교를 위해 부흥회를 여는 때가 있었다. 나는 믿음은 없었으나 교감선생님 체면을 위해 교회를 가는 때가 있었다. 한번은 부흥회 때였는데 기도를 하다 쓰러진 섬 처녀의 천당에 다녀온 이야기(기독교에선 입신했다함) 간증을 한다하여 몇몇이 교회에 갔다. 섬사람들에게는 다른 지역보다 종교 전파가 어려웠다. 어선을 타고 바다에서 생활하는 시간이 많으니, 예의 방식대로 용왕에게 제를 지내는 집이 많았다. 정월이면 풍어와 선원의 안녕을 빌며 안택굿을 거의 모든 집들이 할 때였다. 그래서 사람들에게 포교하기는 힘이 들었던 때였다.

그때 그 교회의 간증에서 천당 얘기를 들었다. 그 천당의 모습은 모든 길이 황금빛으로 휘황찬란하게 빛나고 있고, 집집마다 화단엔 꽃이 만발했고, 하늘에선 빛이 비치고, 천사들이 날개옷을 입고 날아다니고, 온갖 아름다운 소리들이 가득 차 있는 곳이라는 그런 간증이었다. 난 지금도 천당의 모습이 떠오르지 않으니 속된 인간임에 틀림이 없는가 보다.

그 교회 앞을 지나다 궁금하여 안을 들여다보았다. 사람의 기척이 있었다. 나이가 꽤 들었을 아주머니에게 나를 소개했다. 옛날 이곳 학교에 근무했고 슈퍼를 운영하는 영복을 가르쳤고… 그래서 영련의 소식을 알게 되었다. 지금 전화번호는 모르니 집안 아는 사람에게 내 번호를 전해 준다 했다. 그 후 연락이 되어 지금은 통화를 하고 소식을 전할 수 있게 되었으니 교회를 들여다본 기회로 교회가 나에게 베푼 선의로 생각된다.

아침 산책에서 또 한명의 제자 소식을 알 수 있으리란 기대를 갖고 숙소에 돌아왔다. 간단히 준비된 음식으로 아침 식사를 하고 2일차 여행으로 접어들었다.

이젠 만리포로 향한다. 그 옛날 친구 신 선생이 근무하던 파도국민학교, 이름이 너무 아름다워 와보고 싶었던 곳이다. 소원면 파도리 파도국민학교. 바로 학교 뒤편에 바다가 접해있어 정말 교실에 있으면 파도소리가 들리는 곳이었다. 나의 대학시절 겨울방학에 친구가 가르치는 아이들 등교하는 날 방문했었다. 친구는 나보다 교직에 먼저 나와 파도리에 초임발령을 받아 있을 때였다.

아이들과 함께 학교 뒤의 바다로 나갔다. 난 그때 바다가 처음이어서 신기하기만 했다. 양동이 하나를 들고 친구와 함께 바다로 나갔다. 아이들은 신기하게도 해삼, 소라 고동, 돌게 등을 잡아 친구인 선생님에게 확인을 시키고 넣곤 했다. 그 해산물로 그날 밤에 친구와 난 소주 여러 병을 다른 선생님들과 즐길 수 있었다. 간간이 파도소리가 들려오는 학교 앞 구멍가게에서….

낮에 파도리 가내 수공업을 하는 곳에서 파도리 조약돌을 가공하는 것을 보았다. 파도에 씻기고 굴리어져 예쁘게 마모된 돌들이 공정을 거쳐 채색이 되고 있었다. 그 모양이 어찌나 곱던지! 목걸이나 팔찌 등을 만들어 판매하고 있었다. 그때의 추억이 남아 찾아보고 싶었다.

파도리에 도착하여 찾아보았으나 돌 가공하는 곳은 찾지 못하고 파도리 바닷가로 나갔다.

역시 어제 들렀던 황도보다는 바다다운 바다였다. 넓게 펼쳐진 바다 그리고 정지해 있는 듯 멀리 떠있는 거대한 선박들… 때마침 썰물이어서 들어난 갯바위와 돌, 조그만 게, 조개, 미세한 밀가루처럼 부드러운 고운 모래의 감촉을 느낄 수 있었다.

파도리 바닷가 역시 예의 그 바다는 아니었다. 그곳에도 적당한 전망이 좋은 곳은 펜션이 차지하고 있었다. 몇 년 전 이곳에 유조선에서 기름이 유출되어 바다가 완전히 죽었었다. 국민들이 하나가 되어 기름 제거 봉사활동을 했다. 이제는 완전히 바다가 다시 살아나 예의 모습을 찾았다. 주민들도 이제는 다시 어업으로 생업을 삼으며 잘 살아가고 있다 한다.

파도리의 바다를 감상하고 이제는 귀갓길에 들르기로 한 갈산의 '삼삼복집'으로 향했다. 점심시간이 약간 지난 시간이었으나 예나 마찬가지로 많은 대기 번호가 있었다. 30여 분을 기다려 자리가 마련되어 우리는 복탕을 맛볼 수 있었다. 이곳의 복은 아욱 채소를 넣고 된장을 풀어 끓이는 것으로 맵지도 않고 구수해서 다른 곳에서는 맛볼 수 없는 맛이다.

그래서 나는 이곳을 지날 때면 시간을 할애하여 복탕을 먹어 보곤 하는 곳이다. 다른 사람들도 그래서인지 이곳은 올 때마다 만원이어서 기다리는 시간이 만만치 않다. 맛있어 하는 만준 부부를 보니 역시 오길 잘 했다는 생각이 든다.

돌아오는 길에 덕숭산 수덕사에 들를 계획이었으나 친구도 와 본 곳이고, 그간에 벌써 몸이 피곤하여 그대로 대진고속도로로 진입하여 대전에 무사히 도착하였다. 운전을 하느라 고생한 친구와 함께 매봉중학교 앞에 있는 칼국수 집에 들러 면과 조개탕으로 간단히 식사를 하고 헤어졌다.

오랜만에 방문했던 내 직장의 초임지 황도, 늦게 사귄 보물과 같은 친구 만준 부부와 즐길 수 있어 좋았다. 더 큰 기쁨은 나에게는 잃어버린 보물들을 되찾은 값진 여행이었다. 영복, 종운, 영련, 종관, 순봉, 창우, 범석, 상식, 금실 등과도 통화를 할 수 있게 되었으니 이보다 더한 보물 찾기는 없을 것이다. 나의 젊은 시절 교직에서 첫사랑을 쏟았던 그곳, 그 아이들, … 아름다운 추억 여행이었다. 새로 사귄 보물과 잃어버린 보물을 찾은 여행이었다면 너무 과장된 비유일까? 아직 보지 못한 제자들의 어렸을 때 얼굴이 갖가지 모습으로 떠오른다. 언젠가 만날 수 있겠지!

여수 밤바다, 순천만 정원

2018년 오월 온 산하가 푸르다. 아니 요즘은 오월 치고는 덥다. 온난화 때문이리라. 하지만 오늘 여행은 비가 내리고 있어 덥지 않다. 이류회의 국내 여행 계획에 따라 오늘은 여수, 순천, 벌교를 다녀오기로 했다. 여행하는 일행들의 기분을 좌우하는 것이 바로 날씨다. 오래전부터 계획된 여행을 날씨 때문에 미룰 수는 없다.

약속된 월드컵 구장 주차장에 좀 일찍 도착했다. 매번 그렇지만 우리가 만남 장소에 맨 먼저 도착하곤 한다. 주차를 가까이 하려는 마음에서다. 다행히 길가가 아닌 주차장에 주차를 할 수 있었다. 차를 이틀간 주차해야 하니 안전한 곳이 좋다. 비는 계속 내리고 있다. 주차를 하고 시간 여유가 있어 차안에서 빗소리를 듣는다. 비가 그치면 좋으련만….

9시 출발 시간이 되니 성원이 되었다. 교육회 소유 차량 '스타렉스'를 지하 회원이 렌트했다. 이틀간 임대료가 저렴하니 정말 잘한 일이다. 지난번에는 영덕으로 대게여행을 다녀왔다. 회원들에게 이런 혜택이 있다니 교육계에 근무한 보람이 느껴진다. 하긴 혜택이 있어도 유용하게 사용할 수 있어야 되니 지하 회원의 공이 크다. 앞으로도 종종 이용하면 좋겠다.

예정보다 좀 늦은 9시 15분에 고속도로 진입이다. 비가 계속 내린다. 이번엔 내가 조수석에 앉았다. 회원들이 돌아가며 여행을 주선하기로 했다. 이번 여수 여행은 내가 당번이다. 핸들을 잡은 지하가 믿음직하게 고속도로를 주행할 수 있도록 내 역할도 중요하다. 여산휴게소에 도착 커피타임을 갖기로 했다. 비는 줄기차게 내리고 있다.

연무대에 있는 학교에 근무할 때였다. 그때부터 난을 산채하러 산에 자주 다녔다. 그 후 20여년 난을 산채하고 키우는 취미생활을 했었다. 그때 많이 들렀던 휴게소다. 비는 계속 내리고 있지만 차창에 비추는 풍경이 낯설지 않다. 산천은 그대로이나 도로는 많이 바뀌었다. 구례를 지날 즈음 비가 멈추는 듯했다. 도로를 보니 이곳 도로엔 비가 전혀 내리지 않았다. 목적지인 여수에도 비가 내리지 않았으면 좋으련만.

여수에 도착하니 12시 40분이다. 점심을 먹기에 적당한 시간이다. 지난번 아내와 함께 왔을 때 이용했던 식당으로 향했다. '산골장어식당' 아내가 기록해 놓은 전화번호로 예약을 해 놓아 도착 후 바로 식탁에 앉아 음식을 마주할 수 있었다.

내가 추천했던 장어탕이다. 난 통장어탕을 주문했나 했으나 산장어탕이었다. 처음 장어탕을 맛볼 때 비린내가 나지 않나 걱정했으나 전혀 아니었다. 여자 회원들도 처음엔 그렇게 생각했다 한다. 맛을 보더니 좋다 한다. 주선을 한 나로선 기분이 좋았다.

간장게장도 무한 리필로 주니 고마웠다. 지난번에 왔었다 하니 주인이 게장을 넉넉히 주어 체면을 세워주니 고맙다. 때론 말은 하고 볼 일이다. 장어탕에 간장게장으로 안주 삼아 낮술을 몇 잔 마시니 기분이 좋아진다.

아들과 통화하여 '핀란드의 아침' 펜션의 위치를 확인하고 모두의 의견을 모아 향일암으로 향했다. 난 숨이 가빠 오르지 않기로 했다. 본래나의 생각은 여수 엑스포장과 오동도를 관람하는 것이었다. 향일암을오르는 것도 옛날과는 사뭇 다르리라 생각했다. 주차장 위에 있는 주막에서 기다리기로 했다. 다른 일행들은 향일암으로 향하고 난 그 옛날 왔었던 추억을 떠올리며 바닷가 전망대에 섰다.

기억으로는 수많은 거북이 돌상들과 미로처럼 좁은 길, 내려다 본 바다의 전경이 좋았었다. 오르는 동안의 숨 가쁨과 지루함, 내려올 때의짧게 느껴졌던 시간… 오를 때 보지 못한 것이 내려올 때는 보였던 기억들… 난 기억으로만 떠올리며 주막에 자리를 잡았다.

혼자 있게 된 시간에 주막 앞 전망대로 나갔다. 바람이 장난이 아니었다. 멀리 바라보이는 바다에 점점이 떠있는 섬들이 바닷바람에 펄럭이는 듯, 보였다 숨었다 하며 숨바꼭질 하고 휘둘러진 산들이 옷을 벗어던지듯 나뭇잎들도 휘날린다. 여수 바다를 노래한 시가 생각난다.

> 바다를, 품에 안은 여수에서는
> 바람이, 바다보다 먼저 보인다.
> 바람의, 젖을 물고 있는 섬들과
> 바람의, 근육으로 다져진 해안
> 바람의, 등뼈에는 파도 꽃이 하얗게 핀다.
> 바다를, 놓아기르는 여수에서는
> 바람이, 그물 치고 그물 걷는다.
>
> ― 「여수」 강영은

바람이 많은 오늘에 어울리는 시이다. 여수라는 곳 예전엔 이렇게 정감이 가고 좋은 곳이라 생각 못했는데 아들이 이곳에 온 후 생각이 달라졌다. 사람이든 지역이든 인연이 닿아야 하나보다. 바닷바람을 맞고 주막에 돌아와 앉아, 꼴뚜기 한 접시와 '잎새주'라는 현지 소주와 마주했다. 여수의 바람과 바다 냄새도 안주로 곁들이니 앉아서 바라보는 바다도 볼 만하다.

3시 30분쯤 향일암에 올랐던 일행들이 돌아왔다. 우린 펜션으로 향했다. 지난겨울 찾았던 몽돌해수욕장과 해양 과학관에서 멀지 않은 곳이었다. 산을 깎아 만든 곳으로 겉보기엔 전망은 일품이었다.

짐을 정리하고 저녁까지는 시간이 남아 조용한 바닷가 교회가 있는 곳 '두문리 교회' 마을로 향했다. 몇 가구 안 되는 마을에 교회가 자리해 우리나라 기독교 전파의 현실을 볼 수 있었다. 언제부터인지 믿음이 생겨 교회에 다니는 지하부부를 위해서 이기도 했다.

갯바위에서 한가롭게 낚시하는 모습은 한 폭의 수채화로 다가와 우리들 마음마저 여유롭게 한다. 하긴 난 이 모습이 보고파 이곳을 다시 방문하기로 하고 안내를 했다. 갯바위가 바다로 이어진 곳에 등대가 있고, 건너편 가까운 무인도에 동굴이 보이고 고개를 들면 그대로 넓은 바다가 펼쳐져 있다.

여자들은 여자들끼리 모여 담소를 나누고, 멀리서 바라보니 담소를 나누는 그림에선 고소한 냄새가 피어오르고 있었다. 남자들은 갯바위를 걷기도 하고 등대가 있는 곳까지 다가가 멀리 바라보기도 한다. 바닷바람을 피할 수 있는 아늑함이 있는 곳도 발견할 수 있었다.

멀리 수평선과 맞닿은 곳에는 거대한 배가 정박해 있는 듯 바닷물에 선체를 담근 채 서있다. 바닷바람이 점차 세차게 불기 시작한다.

이제 저녁 시간이다. 핸들은 계속 지하가 잡았다. 돌산대교 근처에 있는 '돌산회타운'으로 향했다. 아들 상욱도 함께 식사를 하러 합류했다. 단체 관광객들이 여러 팀이 있어 시끄러웠다. 오순도순 얘기를 나누기엔 어울리지 않았으나 합류한 아들이 친구들과 대화로 진료를 하고, 그런대로 괜찮게 느껴지며 우리들의 목소리도 점차 커지고 있었다.

그렇게 식사를 하고 우리들은 돌산대교를 건너 이순신 광장으로 향했다. 축제는 끝났으나 거북선은 그대로 자리를 지키고 있었다. 안에 들어가 보고, 여기저기에서 축제의 끝을 보며 밤바다를 바라본다. 여수 밤바다 '버스커 버스커'의 노래를 들으며 불빛 찬란한 여수 밤바다를 본다.

여수 밤바다란 어느 시인의 시가 생각 나 적어본다.

너를 부르기로 한 자리에
바다가 먼저 와 있었다.
파도를 한 장씩 꺼내어 볼 때마다
메밀꽃이 하얗게 피어나곤 했다.
나직이 너를 부르면
따라오는 발자국이 커졌다 작아졌다
밤바다를 홀로 걷는 것은
외로움을 닦기 위해서가 아니다.
너를 불러내려는 것이다.
너라는 이름으로 나와 마주하는 것이다.

— 「여수 밤바다」 강경아

여수에는 세 개의 큰 다리가 있다. 돌산대교, 거북선대교, 이순신대교 우린 돌산대교를 건너 숙소로 향했다. 여수 밤바다의 찬란히 빛나는 불빛과, 바닷물에 반사된 출렁이는 불빛을 보며 '핀란드의 아침'으로 향했다. 중간에 편의점에 들러 약간의 음료와 먹거리를 사 들고.

숙박비는 상욱이 해결해 주었다. 그래도 아들인 상욱이 여수에 산다고 아빠, 엄마 친구들에게 잠자리를 제공해 주니 큰 보탬이 되었다. 여자들은 여자들끼리, 남자들은 남자들끼리 잠자리를 잡았다. 간단히 닦고 창가에서 내려다보니 바다가 지척이다.

어느 돈 많은 사람이 산을 깎아 급히 만들어서 안에 들어와 보니 허술한 곳이 발견된다. 그래서일까? 빗소리가 유난히 컸던 것이. 근중과 수룡이 한 룸에 자고 난 지하와 한 룸에 자리를 잡았다. 빗소리 때문일까? 커피를 마셔서 일까? 밤새 잠을 설쳐야 했다.

아침에 일어나니 근중과 지하는 산책을 나가고 비는 멎어있어 다행이다. 이제 일행들과 함께 아침 식사를 하면 여수에서의 일정이 끝난다. 겨울에 찾았던 식당으로 향했다. 여수 지리가 어느새 내 머릿속에 박혀있다. 여수 여객터미널과 이순신 광장 사이의 젊은 부부식당에 갔다. 그대로 있었다.

지난겨울 왔었다 얘기해도 잘 기억을 못했다. 여수밤바다 노래를 켜자 여자가 기억을 했다. 그리고 또 찾아주어 고맙다고 오이무침과 갈치속젓을 서비스로 제공해 주었다. 고마웠다. 그렇게 웃으며 식사를 하고 차를 마시고 이제 2일차 여행 순천으로 향한다.

여수에서 두 번째 큰 다리 거북선대교를 건넜다. 이순신대교는 이번에 건너지 못한다. 멀리 아득히 이순신대교가 눈에 들어왔다. 핸들은 계속 지하 친구가 잡았다.

순천 정원 박람회장까지는 그리 오래 걸리지는 않았다. 역시 박람회장은 복잡했다. 서문에 주차했다. 서문에서 주차를 하고 관람을 시작했다. 서문에 들어서자 아름다운 조형물이 있다. 역시 꽃으로 장식한 것이 볼만 했다. 사진을 한 컷 찍고 한국정원을 관람했다. 분재원이 있어 보려했으나 입장료를 따로 받고 있어 외형으로만 관람을 했다.

'스카이큐브'를 타고 순천만을 관람했다. '스카이큐브 정원역'에서 '스카이큐브 문학관역'까지 5.2km 레일 위를 달리며 주위를 관람할 수 있게 설치한 시설물이었다.

천천히 여유롭게 달리는 스카이큐브로 우리 일행은 순천만을 한눈에 바라보며 천천히 달렸다. 순천만을 왼쪽으로 끼고 동천 하구 습지 보호지역 옆에 순천문학관이 자리하고 있었다. 문학관 역에 도착하니 옛 초가집 아홉 동으로 조성되었고 넓은 흙 마당이 인상적이었다.

우선은 '정채봉' 동화작가 문학관으로 향했다. 잊고 있었던 작가의 약력과 작품에 대해 기억을 되살릴 수 있었다. 관람객이 많지 않아 여유있게 여기저기를 살필 수 있어 좋았다.

정채봉 작가는 간결하면서도 울림이 있는 '생각하는 동화' 시리즈를 샘터에 연재하여 성인들이 좋아하는 성인동화라는 장르를 개척한 작가이다.

순천에서 태어난 작가는 83년에 동화 '물에서 나온 새'로 문학상을 받으며 주목을 받기 시작했다. 11권의 동화, 7권의 생각하는 동화, 11권의 에세이, 시집 등 다작을 한 작가이다. 특히 방정환, 윤석중, 이원수 이후 침체된 아동문학의 부흥발전에 공헌한 작가이다. 생전에 법정 스님, 김수환 추기경과도 교류가 있었으니 종교를 초월한 순수한 그의 인간미에 고개가 숙여진다. 그의 '기도'란 시를 살펴본다.

> 쫓기는 듯이 살고 있는/ 한심한 나를 살피소서
> 늘 바쁜 걸음 천천히 걷게 하시며
> 추녀 끝의 풍경 소리를 알아 듣게 하소서
> - 중략 -
> 꾹 다문 입술 위에/ 어린 날에 불렀던 동요를 얹어 주시고
> 굳어 있는 얼굴에는/ 소슬바람에도 어우러지는
> 풀밭 같은 부드러움을 허락 하소서
> - 중략 -
> 돌 틈에서 피어난/ 민들레꽃 한 송이에도 마음이 가게 하시고
> 기왓장의 이끼 한 낱에서도 배움을 얻게 하소서
>
> ― 「기도」 정채봉

문학관 넓은 흙 마당에는 뜨거운 5월의 태양이 작열하여 열기를 내뿜고 있었다. 그 열기를 식히기라도 하듯 우리는 동천 뚝방 길로 향했다. 간간이 서있는 다 자라지 않은 가로수가 제공하는 좁은 그늘이 더욱 서

늘하다.

뚝방 길 왼편은 갈대가 우거진 순천만 습지다. 새로 자란 갈대의 푸르름과 전년도의 갈대가 색채 대비를 이루며 어우러져 바람에 흔들리고 있다. 뚝방 길 오른쪽은 넓은 평야가 펼쳐지고 순천만 자연생태관이 자리했다.

이제 오른쪽 샛길로 들어서 복잡한 식당지역이 펼쳐지고 주차장에는 많은 차량들이 뜨거운 일광욕을 하며 헉헉거리고 있었다. 호객하는 식당 한 곳을 택하여 자리하고 보니 많은 손님들이 북적거리고 앉아 더위를 피하고 있다. 꼬막 정식과 게장 백반으로 주문해 점심을 해결했다.

커피를 마신다는 일행들 보다 앞서 출발하여 문학관역을 향해 되짚어 온다. 혼자 걷는 길이 더 호젓했다. 뚝방 길의 다 크지 않은 작은 나무가 제공하는 좁은 그늘은 말 그대로 오아시스였다. 그렇게 문학관역에 생각보다 쉽게 도착하여 그늘을 내 것으로 만들고 한가로운 휴식의 단맛을 보았다.

20여분을 기다리니 일행들이 문학관 스카이큐브 역에 도착했다. 합류하여 줄을 서고 큐브 안에서 올 때와는 방향을 바꾸어 보지 못한 풍경을 관람하며 정원역에 귀환했다. 1인당 왕복 8,000원 경로 우대로 할인받은 8,000원이 그대로 사용되었다.

날씨는 푹푹 찐다. 꿈의 다리를 건넜다. 세계 여러 나라의 어린이들이 참여해 그린 그림 수만 점이 앙증맞게 전시되어 있는 다리였다. 그림의 수집과 편집과 전시에 소요된 노력과 시간들이 눈에 보이는 듯 정성이 대단했다.

꿈의 다리를 건너 우선 중국정원과 프랑스정원을 관람했다. 사람들이 많은 곳에서 관람차를 타고 몇 군데 주마간산 격으로라도 구경하려 했으나 차량이 허락되지 않았다.

기다리는 동안 지하 회원이 아이스케이크를 사왔다. 하나씩 분배받고 맛보는 맛이란 시원함 자체였다. 어렸을 때 시골에서 여름에 곡식과 바꿔먹던 아이스케이크 맛이 떠올랐다. 태국 '파타야 해변'에서 '아이스케이크! 얼음과자!'라 외치던 태국 아이스케이크 장수에게 사먹던 얼음과자가 생각난다. 관광 중, 더위 속에 맛보는 시원함 때문일까?

일행들은 서문 주차장에서 다시 만났다. 몸은 지쳐서 녹초가 되었고 이제 다시 대전으로 향한다. 핸들은 계속 지하 회원이 잡았다. 옆에서 미안했지만 지하의 운전이 믿음직하니 핸들을 뺏기도 그랬다. 옆에서 운전하는 지하가 졸지 않도록 최선을 다하는 것이 조수석에 앉은 나의 임무이다. 블루투스 스피커로 신청곡을 계속 받아야 했다.

오수 휴게소에 들러 잠시 휴식을 취하고 유성에 도착하니 18시 10분이다. 저녁식사를 위해 충남대 근처 식당으로 향했다. 두부두루치기와 명태찜으로 소주를 한 잔 곁들이며 여행을 마무리 했다.

애마가 기다리는 곳으로 와 아내가 차를 운전하고 집으로 직행, 피곤이 엄습해 왔다. 오늘은 만사 제쳐놓고 잠속에 빠져야겠다.

친구들과 다시 시작한 국내여행 두 번째 코스는 여수, 순천여행이었다. 그런대로 재미있는 여행이었다. '여수에서 돈자랑 하지 말고, 순천에서 인물자랑 하지 말고, 벌교에서 주먹자랑 하지 말라'던 옛말이 떠오른다. 그곳을 다녀온 이번 여행은 지난번 보다 재미있었다. 물론 1박2일이니 함께 머문 시간이 많아서 이기도 하겠지만….

요즘 국내 여행은 지역별 특성을 살린 축제 형식의 테마형 여행 일정과 시설물들로 관광객 유치를 위해 노력한 흔적을 많이 찾아볼 수 있다.

지역 출신의 역사적 인물의 유적이나 업적도 한 몫을 한다. 특히 문학적 업적을 이룬 인물들이 많다.

경험해 본 지역으로 기억에 남는 곳은 전주 한옥마을 축제였다. 한옥마을은 소리축제기간인 10월이 아니어도 연중 사람들로 붐비니 자리매김을 완료한 지역임에 틀림없다. '혼불'의 작가 최명희 문학관도 한몫을 하고 있다.

여수의 이순신 관련 축제 역시 기간을 초월하여 연중 성시를 이루고 있다. 엑스포를 치른 여수는 그때의 시설물과 바다란 지역적 특성을 이용한 관광 상품 개발로 많은 관광객을 유치하고 있다.

순천도 지역적 특성을 활용한 '순천만국가정원' 축제가 자리매김하여 연중 행사가 그치지 않아 관광객 유치에 성공한 사례이다. 순천문학관도 한몫을 하고 있다.

『태백산맥』,『아리랑』의 작가 조정래 문학관이 있는 벌교의 '태백산맥문학관' 도 같은 지역에서 몫을 톡톡히 하고 있다.

우리가 살고 있는 대전은 이러한 지역적 특성을 고려한 관광객 유치가 좀 뒤떨어졌다. 대전엑스포 현장의 활용도 그렇다.

운전하느라 고생한 지하 친구, 총지휘하느라 고생한 수룡 회장, 순천을 다녀왔던 경험으로 안내해 준 근중 친구, 모두가 화합하여 보람 있는 여행이었다. 난 덤으로 아들을 보고 왔으니 제일 보람된 여행을 만끽한 게 틀림없다. 그래서 더 보람이 있었다.

다음 여행은 지하 친구가 당번이다. 기대를 해본다.

민어(民魚)여행

대학 동기끼리의 모임을 이어 온 지 47년여 반세기가 다가온다. 동기이지만 연배인 승식형, 복현, 도형, 길수, 그리고 나 이렇게 다섯 명이 만나고 있다. 우리의 이 다섯 사람의 모임은 격식이 없다. 회칙이니 회비니 정해진 바 없다. 그저 보고 싶을 때 연락이 되는대로 부담 없이 만난다. 그럼에도 모임이 이어지는 건 서로를 배려하고 위하는 뭐라 꼬집어 말할 수 없는 어떤 끈끈함 때문이리라. 어느 해부터인지 여름철이 되면 1박2일의 여행을 해왔다. 그러면서 나이테의 숫자가 많아지고 함께했던 장소도 늘어가고 있다.

여행이란? 어디를 누구와 함께 어떤 목적으로 하느냐에 따라 그 맛이 다르다. 올해 무술년 여름은 유난히도 더웠다. 더운 정도가 아니라 폭염의 열대야가 27일이나 계속되었으니 정말로 견디기 어려웠다. 다행히 열대야가 끝난 때를 택해서 여행을 하게 되었다. 8월 16일이 말복이었다. 말복 날까지 폭염이 기승을 부렸다. 17일이 음력 7월 7일 칠석날이었다. 견우와 직녀가 평안한 마음으로 만나라고 준비해 주셔서일까? 그 무덥던 폭염이 말복 다음 날 거짓말같이 사라졌다. 다행이었다.

8월 20일 다섯 명이 뭉쳤다. 여행 때마다 길수 친구가 수고가 많다. 이번에도 예외는 아니었다. 길수의 애마가 우리를 여행지로 데려다 주었다. 이상하리만큼 우리는 여행지가 서해안으로 정해지는 경우가 많았다. 올해도 작년에 이어 서해안의 격포였다. 서해안 출신이 많아서인가 보다.

16년 여름 우린 전남 강진 가우도를 찾았다. 강진 달빛 한옥마을에서 하룻밤을 머물며 달빛으로 목욕하고 소의 머리에 멍에를 씌워놓은 형상의 가우도를 찾아 가볍게 트래킹을 했다. 여름철 보양식으로 호남지방에서 엄지척이라는 민어회를 맛보고 싶었다. 강진에는 민어가 없다하여 목포까지 길수 친구의 애마로 미끄러져 내려갔다. 소개받은 집을 찾는 데는 그렇게 어렵지 않았다. 내비의 안내가 있어서였다. 그렇게 민어회의 맛을 본 우리는 여름이 되면 민어가 생각났다.

17년 민어를 직접 낚아서 맛을 보기로 하고 우리의 대표선수로 선발된 도형 친구가 새벽 3시 바다로 나아갔다. 뜨거운 태양 아래 파도와 어우르며 민어와 밀당의 시간을 견디어 배가 회항할 무렵 힘겹게 바다에서 잡아 올린 민어가 우리의 입을 즐겁게 했다. 우리의 손으로 건져 올려서일까 그 맛은 감칠맛으로 보답해주었다. 그렇게 우리는 여름이 되면 민어를 떠올리게 되고 누구도 싫어하는 기색을 보이지 않았다

그리고 17년은 겨울여행도 했다. 여느 해와는 달리 예외적으로 겨울여행도 하려고 마음먹고 '여수 밤바다'를 찾았다. 버스커 버스커의 여수 밤바다 노래를 들으며 즐거웠다. 겨울바람은 차가왔다. 해변을 따라 바닷물이 너울거려 우리를 손짓하고 손짓 따라 길수 친구의 애마가 달리니 두문리 교회가 있는 작은 어촌마을에 도착해 있었다. 바닷가 길을 따라 돌아오는 길엔 홍동백이 붉은 마음으로 피어올라 그들의 한스러운 지난 세월이야기를 들려주었다. 세찬 바람에도 임과의 이별을 늦추려 붉은 마음으로 매달려 있는 동백, 바람의 짖궂은 훼방에 임의 곁에 붉은 마음

을 누인 채로 길가에 널부러져 있기도 했다. 그들 동백꽃은 어디에 매달리고 몸을 뉘어야 하는지를 알고 있었다. 그렇게 겨울바람 속에서 우린 몸을 덥히기 위해 온돌펜션을 선택해 허리를 지짐질했다. 나이를 먹어서일까? 그게 좋았다. 저녁은 아들 상욱과 친구들과 함께 어우러져 귀하다는 복요리 코스로 맛을 보니 그 또한 흐뭇한 재미로 다가와 즐거웠다. 돌아오는 길에 낙안읍성에서 옛날 우리의 모습을 돌아보고 벌교를 찾아 고막정식으로 혀를 즐겁게 하려했으나 기대에 미치지는 못했다. 여수, 순천, 벌교를 돌아보아 좋은 여행이었다.

18년 무술년 그 폭염을 견디고 우린 다시 민어를 찾아 격포로 향했다. 정유년과 같이 무술년인 올해도 대표선수를 선발해 선상체험으로 민어 맛을 보려했으나 태풍 '솔릭' 때문에 출항을 할 수 없어 손맛을 생략한 채 입맛으로 민어를 맞이하게 됐다. 민어를 찾아 격포에서 곰소로 모항으로 겸하여 눈으로 바다를 만끽했다. 뜨거웠던 여름을 견뎌낸 바다에는 여름과의 이별이 아쉬운 몇 안 되는 피서객들이 서해의 흐릿한 바닷물과 짙은 농무를 즐기고 있었다. 곰소에는 민어가 없었다.
격포로 돌아오는 길에 산등성이를 붉게 물들인 백일홍의 군무를 볼 수 있었다. 바다에서 불어오는 바람에 흔들리는 붉은 치맛자락처럼 흩날리며 우리를 유혹하고 우린 그 유혹에 빠져 치마 속으로 숨어들었다. 赤裳의 가장 깊은 곳으로 숨어든 건 복현 작가였다. 역시 치마를 다루는 재간이 뛰어났다. 모기를 물려가면서도 한 가닥 훔쳐온 치맛자락은 일품이었다. 멋진 사진작품 한 컷이 선홍의 모습으로 수줍어하고 있었다.
다시 격포로 돌아와 수산시장의 이집 저집을 둘러보니 수조에 민어가 유유히 그러나 힘겹게 바다 고향을 찾아 맴돌고 있었다. 오전에 보아두었던 집으로 최종 낙점을 하고 찾아갔다. 4kg 정도의 민어였다. 바로 그 자리에서 민어를 입으로 맞아들이기로 하고 우리 다섯은 올망졸망 모여 앉았다. 오롯이 민어를 음미하기 위해 우린 다른 부수적 안주는 거부했다. 뭉턱뭉턱 크게 썰어진 민어를 맞아들인 입이 즐겁다. 세상에 민어만으로 배를 불린 오형제는 그래서 즐거웠다. 그래도 단골이 된 우리를 사장님은 정성껏 벗긴 민어껍질을 살짝 데쳐서 먹을 수 있게 해주어 고마웠다. 껍질을 참기름 소금장에 찍어 맛을 보니 쫄깃한 것이 식감이 그만이다. 민어하면 부레라 양이 많지는 않았지만 부레를 썰어 맛을 보니 쫄깃하며 끈끈한 맛이 씹을수록 감칠맛이 난다. 곁들여 소주도 부담 없이 몸속으로 스며들며 우린 한결 상승일로의 기분이 됐다. 덤으로 썰어준 놀래미 세꼬시의 맛은 깻잎과 어우러져 씹는 맛이 일품으로 혀와 어우러져 입속에서 유영을 즐긴다. 남은 부산물 민어 머리와 뼈, 그리고 앞 손님이 놓고 간 농어 뼈까지 적지 않을 만큼 싸가지고 펜션에 돌아와 힘들이지 않고 능숙하게 끓여낸 승식 형의 맑은 탕 맛은 정말로 김셰프라 별호로 칭해도 부족하지 않았다. 그 민어 맑은 탕에 알콜을 곁들일 때 매봉중의 제자 오상욱의 아시안게임 펜싱 응원은 우리의 여름밤 분위기를 끌어올려 갈수록 우리의 감정은 점입가경이었다. 상욱은 은메달에 만족해야 했다.

그래도 아침엔 모두들 푸르게 싱싱하게 일어나니 건강관리들을 잘하고 있다 생각된다. 나는 예외이지만 나도 이제 관리를 잘 해야겠다. 돌아오는 길에 '백양사'에 들렀다. 단풍철이면 인산인해를 이루는 길을 한가하게 걸어 백양사의 단풍을 미리 감상했다. '애기단풍'으로 유명한 백양사가 아니던가? 그리고 300년 이상 된 갈참나무들이 우뚝우뚝 솟아있고 길가에 떨어진 상수리가 아닌 도토리를 확인할 수 있었다. 입구 쪽에 먼저 하산한 나는 가로수를 보다 '연리지'의 나무들을 확인하고 인증 샷! 주차장 근처에서도 연리지와 연리목을 여러 나무 확인할 수 있었다. 터

가 그런지 연리지로 되어 진한 사랑을 나누고 있는 나무가 여러 그루 있었다.

　고속도로 정읍휴게소에서 점심식사를 골라 먹고 복현 친구가 맛보어 준 '대추차'의 맛은 또한 일품이었다. 생전 처음 맛보는 대추차는 정말 진했다. 수저로 떠먹을 정도였으니 그리고 요기가 될 만한 양의 많음에도 놀랐다. 다음에 들를 기회가 있으면 일행들에게 복현 친구에게 받은 보시를 되돌려 주어야 하겠다.

　우리에게 민어 맑은 탕의 진수를 보여준 승식 셰프님! 끝까지 수고를 아끼지 않은 길수님, 복현 작가님, 링컨 도형님, 즐거웠습니다. 돌아오는 여행까지 건강하시길! 우리들의 무술년 여름 민어여행은 이렇게 막을 내렸다.

05

대양을 건너다

서유럽 견문록

프랑스

　추적추적 내리는 가을비 속에 파리 드골(CDG) 공항에 도착했다. 넋이 없었나? 도착해 있었다. 가이드의 안내로 Hilten Holtel에 여장을 풀었다. 예술과 유행의 나라. 뻗은 야경의 조명이 이채롭다. 기대되는 바 크다. 몽마르뜨 언덕, 콩코드 광장, 에펠탑, 세느 강변의 궁전들, 세계 제일의 간접조명, 그 유명한 상들리제 거리, 베르사이유 궁전 등 기대가 크다.

　베르사이유 궁전이다. 태양왕 루이14세의 권력의 상징인 양 희생되었을 수많은 평민들의 노력의 결정체로 다가옴은 왜일까? 궁 내부의 벽화

와 실내장식, 궁 밖의 정원의 배치와 그 끊임없는 손길, 정원을 다듬어 놓은 그 이름 모를 정원사의 가위질, 그 정원 앞에 펼쳐진 초록의 산, 그리고 그 앞에 흐르는 강물, 지금은 자연처럼 느껴지는 호수와 같은 호수의 흐름이 놀랍다. 그 앞에 세워진 여덟 개의 여신상 그 옛날 건립에 참여했을 이름 모를 그 누군가에게 고개가 숙여진다. 대역사다.

날씨가 좋지 않다. 루이14세 때와 연관된 상이용사의 병원을 기리는 알렉스 3세의 다리를 건넜다. 그리고 나폴레옹의 묘소, 그냥 그랬다.

오늘은 루브르 박물관 견학이다. 세계 제1의 박물관답다. 어쩜 약탈의 결과물을 제일 많이 소장한 것인지 의심스럽다. 비는 계속 추적추적 내리고 있다. 우리로 보아 초등학교 아이들이 미술작품 앞에서 보고 그리고 정말 놀라운 현장체험 학습이다. 우리 일행은 수박 겉 핥기 식으로 보며 지나친다. 그런 와중에 육체미를 감상할 수 있는 비너스 상 앞이다. 과연 천사와 같은 모습이다. 그리고 사진 촬영이 절대 금지된 '모나리자' 앞이다. 늘 보아오던 그림으로만 보았던 그림이다. 여기서부터 모나리자의 모든 모습은 시작된 것이다.

지친 몸으로 갔던 달팽이 요릿집, 루이14세의 정력이 달팽이 요리였다니 우리의 골뱅이 안주는 저렴한 편이다. 몽마르뜨 언덕에서 잠시 휴식을 취하며 내 모습을 맡겨놓고 10여분 후 '아 이게 나인가… 그래 비슷해 아니 똑 같네…' 그랬었지. 그 유명한 에펠탑 찾았을 때 화장이 짙어 너무나 그림 같은 어떤 여인이 다가와 무서웠다. 실은 몸을 파는 호객하는 파리의 여인이었다. 그리고 세느 강변 우리의 한강보다 훨씬 작은 그래도 그 강을 오르내리는 배를 타보았더니 좋더이다. 세느 강엔 다리가 여러 개가 있다. 그중에서 제일 가보고 싶었던 다리가 미라보 다리이다. '기욤아폴리네르'의 시에 나타난 한 구절 '미라보 다리 아래 세느 강은 흐르고…'란 구절 때문이었다. 연녹색으로 칠해진 철제교량이지만 딱딱해 보이지 않고 부드럽게 느껴졌다. 다리 위에서 에펠탑이 멀리 바라다보이고 자유의 여신상도 보였다. 상상했던 것 이상의 뷰였다.

  에펠탑이다. 그 거대함에 놀랐다. 파리의 어디에서도 보였던 탑, 1889년에 프랑스 혁명 100주년을 기념해 개최된 세계박람회를 위한 구조물로 설치되어 철거될 위기를 1909년에 모면하고 이제는 파리의 상징이 되었다. 한동안 파리의 추악한 철 덩어리라 불렸던 괴물이 오늘날 파리의 상징이 되었다는 사실은 아이러니가 아닐 수 없다. 탑의 높이만 320m 3층까지만 1652개의 계단이 있고 2500만개의 못이 사용되어 제작되었단다. 총무게 10,000톤 4년마다 도색작업을 하는데 페인트의 양만도 어마어마하다고 한다. 지상 57m에 제1전망대가 있고 115m에 제2전망대 274m에 제3전망대가 있다. 3층까지는 걸어올라 갈 수 있으나 우린 엘리베이터를 이용해 3전망대까지 올랐다. 274m높이에서 바라보는 파리 시내의 전경을 정말 놀랍고 왜 방사형 도시라 하는지 한 눈에 알아볼 수 있었다.

  저녁에 가이드에게 부탁해 '샹들리제' 그 거리의 생맥주 하우스에서 하나 둘 셋 코리아를 소리쳤지! 아이 러브 코리아!! 그냥 좋았다. 파리에서의 마지막 밤이었다.

잉글랜드

  Eurostar를 타고 해저로 도버 해협을 건너다. 중간쯤인지 가늠이 안되는 지점에서 잉글랜드 폴리스가 나타나 입국심사를 하다. 모르고 심사를 받아서 괜찮았다. 런던에 도착해 여장을 풀다. 어딘지 Great Breaten 이라는 말이 어울리지 않게 느껴짐은 영국이 저물어 가는 국가라서 일까?

  다음날 09시 20분 출발, 타워 부리지 관광이다. 13개의 다리 중 가장 아름다운 다리란다. 그러니 보여주겠지! 1894년에 완공되었다니 꽤 오래되었다. 1894년이면 우리나라는 동학혁명이 일어난 해이다. 그 주변은 오래된 건물들이 많다. 빅토리아여왕 때의 건물이며 도로도 그때의 도로란다.

런던 브리지와 런던 성을 보고 템즈 강변을 거닐었다. 이곳에서 40키로를 지나면 바다와 접한다 한다.

pub이라 불리는 흑맥주 홀이 런던시내에 2000개 정도가 있으며 밤 11시까지 자유롭단다. 그래서 대중적인 사교의 장소라 하니 우리의 대중식당인 모양이다. 삼성, LG, 현대가 진출해 코리아에 대한 인식이 많이 향상되었다 한다.

지구상에 영연방이 52개국으로 영어권인 것은 대영제국도 해당이 되지만 셰익스피어 때문이기도 하리라. 특이한 것은 셰익스피어는 생일날 죽었다는 사실. 또 하나 영국의 Black Cap은 말로만 듣다가 거금을 주며 승차해 보았다. 제복과 모자까지 착용한 택시기사의 멋짐과 그 드라이버의 매너는 본받아야 하리라.

웨스트민스트 사원을 관람했다. 성공회 묘지 및 사원이 있으며 왕의 대관식이 거행되는 곳이란다.

트라팔가 광장에서 넬슨제독과 찰스1세 동상이 영국의 기점이 되는 조형물이라고 영국인들 스스로가 인정한다 했다.

다음날은 버킹검 궁의 경비원 교대식을 관람했다. 너무나 많은 사람들의 물결에 당황했다. 역시 영국은 2층 버스의 천국이었다.

11월 9일 양식으로 기름기를 불리고 오늘은 세계 제1의 대영박물관 견학이다. 봄을 시샘하는 겨울바람처럼 아침은 그렇게 시작되는 것이 런던인가 보다.

영국의 현충일은 11월 11일에서 가장 가까운 일요일이란다. 우리는 6

월 6일로 못 박아 놓았지만.

오후에 'Nunsuch High school for Girl'이란 학교를 방문했다. 그곳에서 한국학생 3명의 안내를 받았다. 좋았다. 여학생들의 모습이 자랑스러웠다. 보기에 너무나 성실하고 착하게 보였다. 착한 기준은 모르지만 그렇게 보였다.

켄징턴 궁전을 지난다. 이곳에 다이애나 비가 산다고 한다. 영국을 떠나며 세계 3대 공항중 하나라는 런던의 히드로 공항으로 향한다. 영국은 현대와 보수 전통이 공존하는 것이 현실이다. 영국 시내 외곽은 3,4층의 낮은 전통적 영국식 건물들이 즐비하게 도로가에 나열해 있다.

특이한 사실 하나, 영국거리에 차가 막히는 곳에는 항상 꽃을 파는 사람들이 있다는 사실, 그 의미는 아무리 차가 막혀도 마음의 여유를 찾으란 의미. 넘 멋지지 않은가? 우리의 도로가 막히는 곳엔 뻥튀기 비슷한 먹거리 장사치들이 차량 사이를 오가는 것과는 대조적이다. 그런 생각을 하며 히드로 공항에서 스위스 클로턴 공항으로 향하는 비행기에 탑승하다.

스위스

오늘이 1996년 11월 9일이다. 스위스 시간으로 15시 25분에 클로턴 공항에 도착했다. 또 짐 분실이다. 다행히 30분 후 찾아 대기 중인 2층 버스에 승차했다. 착석하자마자 안내멘트에 귀를 기울인다. 스위스는 우리나라 경상남북도만한 면적이며 5개국과 접해있고 인구 680만 명중 520만 명이 스위스 토박이, 특이한 것은 4개 국어를 공용어로 사용하며 120만 명이 외국인이라 한다.

'안녕하십니까?'는 스위스에서 '그래찌, 그래써', 감사합니다는 '메씨, 메씨 보꾸' 그래서 우린 유럽 여행 기간 내내 '메르치 보까슈 메르치 보까슈'라고 외치며 다녔단다.

스위스의 아침은 기대했던 대로 상쾌함 그 자체다. 간밤의 숙취도 간 곳 없이 이렇듯 상쾌함은 알프스의 신선한 공기 때문이리라. 이제 그렇듯 오고 싶었던 알프스를 향해 출발, 오전 08시 10분이다.

우뚝우뚝 솟아있는 침엽수림의 삼림 사이로 비단길이 굽이굽이 이어지고 수줍은 모습으로 떠오른 태양은 새색시 볼 그 자체다. 괜히 기분이 좋아 스위스 말로 인사를 건넨다. 그래찌! (안녕하십니까!), 매씨! (안녕하세요!) 찌와 씨는 그 끝을 올려 발음해야 한다.

스위스 사람들의 성격을 나타내는 에피소드 하나, '새벽에 차량이 없을 때 운전 중 신호가 빨간 불이면' *독일사람―차 세우고 신호 바뀌기 기다림 30분간 안 바뀌면 경찰에 전화 후 허락되면 지나감. *이태리 사람―신호등 무시하고 눈치 보며 지나감. *스위스 사람―시동 끄고 기다림. 그 다음날 아침까지 기다림. 우리 코리안은 어떻게 할까요? 각자 자기를 돌아보세요.

스위스 브라운(얼룩소)들이 한가로이 초지에 널려있고 띄엄띄엄 자리 잡은 농가들의 뜰에 쌓아놓은 장작더미, 이건 완전 우리의 조선시대 아니 고려시대다. 스위스의 연평균 기온은 영상 1도, 연 강수량은 1,300미리인데 매일 조금씩, 조금씩 내린다 하니 가뭄에 대한 걱정은 없어서 좋겠다. 우리의 농투성이들이 가뭄 때문에 얼마나 애를 태웠던가! 아직도 태우고 있지 않던가? 하여 하늘 향해 기우제를 지내고, 정말 부러운 자연환경이다. 스위스의 주택들은 창문이 많고 커튼은 모두 흰색의 레이스라 한다. 국민소득이 43,000불이며 개인적 무덤은 없고 마을마다 공동묘지가 있다하니 사후에도 외롭지 않아 좋을 듯하다.

스위스 사람은 죽으면 국가에서 장례비를 지급해 주고 화장장비, 관, 나무십자가까지 제공한다하니 정말로 진정한 복지가 아닌가 생각된다.

255

나이가 들어 양로원에 갈 경우 있는 사람이나 없는 사람이나 대우가 동일하다고 한다. 개인적으로 재산을 모으려고 힘쓸 필요가 없다 한다.

스위스는 알프스 산맥 때문에 터널이 많은데 곡선 터널이 많아 항상 출구와 입구가 에스자로 되어있어 터널 안에서 방향이 갈라지도록 설계되었다 하니 정말 지하세계가 펼쳐진다 해도 과언이 아니다.

정말로 스위스의 자연은 Midas의 손으로 빚은 그 자체이다. 호수, 산, 그림 같은 집, 초원, 젖소 떼 등. 겨울철이 되면 젖소 떼들이 하산을 한다. 젖소 떼가 이동을 할 때에는 경찰의 에스코트를 받는다. 목동과 대장 소가 그 대상이라 한다. 소떼의 이동이 최우선이어 차량도 소떼를 추월하지 못한다.

엥겔베르그 천사의 마을은 해발 1,000m까지 기차가 올라가는 것으로 널리 알려졌다. 비상사태를 대비해 대피소가 많이 설치되어 있다. 대피소의 크기에 놀라지 않을 수 없다. 25,000명을 수용하며 대피소 내부에 학교, 극장, 발전소, 파출소 등 없는 것 빼고는 다 있다 해도 과언이 아니다. 발전은 모두가 수력발전을 하며 비율은 수력 60%, 원자력 40%라 한다. 신기한 것은 물이 풍부해 가장 많은 자원이면서도 물 값이 제일 비싸다고 한다.

오늘 융프라우를 오른다. 엥겔베르그 천사의 마을까지 기차로 올라와 1,000m에서 1,800m까지 루푸트를 이용한다. 1,800m고지에서 3,000m까지 80명이 탈 수 있는 케이블카로 올라왔다.

티톨리스라는 3,020m의 정상에 오르니 펼쳐지는 광경이 장관이다. 눈밭, 그리고 호수, 초원, 그림 같은 집들이 스펙타클한 장관을 연출한다. 더 놀라운 것은 스위스에선 빗물도 정화해서 사용한다고 하니 환경관리에 놀라지 않을 수 없다. 관광 도중에 만나게 되는 외국인들과도 짧은 영어로도 의사소통을 할 수 있는 건 자연에 대한 감탄의 공감이 있기 때문이리라.

마지막으로 방문한 곳이 루쩨른 시이다. 인구가 33만 명으로 호수의 도시이다. 루쩨른의 의미가 호수물이라 한다. 눈앞에 펼쳐진 루쩨른 호수의 물은 스위스 라인강과 합류한다. 1,330년에 건립된 코펠교는 가장 오래된 목조교로 루쩨른 시의 상징이 되었다 한다. 대전의 목척교는 사라졌는데 700여년이나 된 목조교가 아직 건재함에 놀랐다. 호프성당과 사자성 다리를 관람했다.

스위스의 교육제도는 9년제 의무교육으로 학급당 15명, 모든 경비는 학교에서 지급한다. 학급담임은 1학년에서 4학년까지 한명의 교사가 계속 맡는데 이는 책임교육 제도를 선호하기 때문이며 진로지도까지 책임진다 한다. 학생들은 졸업 때까지 의무적으로 악기를 다뤄야 한다. 자녀들의 대학 재학 중에 들어간 비용은 너나할 것 없이 졸업 후에 자식에게 청구한다고 한다. 대학에서는 교수 2명당 학생이 1명이라니 놀라지 않을 수 없다.

저녁엔 스위스의 골목을 구경했다. 길가에 우리의 선술집과 같은 형태의 조그만 술집들이 즐비하게 늘어서 있고 부담 없이 자리를 잡은 사람들이 한담을 나누는 모습이 평화롭다. 마음에 맞는 일행 몇 명이 대규모 클럽을 갔다. 사회를 보는 어느 흑인이 한국어를 유창하게 해서 놀라지 않을 수 없다. 한국 클럽에서 5년간 있었다 하니 그저 반가울 뿐이었다. 내일은 오스트리아 행이다.

오스트리아

비엔나에 입성했다. 종교가 86%가 가톨릭이고 개신교는 6~8%에 불과하다. GNP가 2.5000$이며, 관광수입이 세계 2위란다. 달라로 140억$ 전국이 9개주로 구성되었고 비엔나는 23개 구로 이루어졌다. 18~19세기에 합스부르크 왕가가 지배했고 Clasic 음악의 도시이며 그 대표적 인물이 요한시트라우스다.

비엔나의 야경은 더욱 휘황찬란하고 저만큼 밑으로는 다뉴브 강이 흐른다. 요한시트라우스의 왈츠 곡을 들으며 시내를 지난다. 말 그대로 Clasic의 도시이다. 감미롭게 흐르는 선율에 어울리는 가로등 불빛 그리고 선율 따라 흐르는 차량의 물결, 지금까지 보았던 어느 나라보다 거리가 널찍하게 구획되어 있다.

우리나라의 교민이 2,000명 이중 1/2이 학생이란다. 시민권을 갖고 상주하는 한국인은 400~500명 수준이란다.

셀브런 호텔에서 아침을 맞았다. 간밤의 음주 때문에 약간 늦은 아침이다. 일요일이다. 그래서인지 창밖의 거리는 한산하기만 하다. 창문을 열자 밀려오는 차가운 공기, 그러나 왠지 시원하게 느껴진다. 비엔나의 밤은 그렇게 지나고 여기에도 또 하나의 나의 마음을 남겨 놓은 채 떠나자! 궁궐의 영빈관 길을 잃을 수도 있을 정도로 복잡하고 넓다. 쌍두마차가 여행객을 싣고 거리를 달리고 길 한가운데 인도로 낙엽처럼 길손들이 거닐고 도나우 강의 푸른 물결처럼 시간은 그렇게 흐른다.

셀브런 궁을 산책했다. 코린트식 대칭의 건축양식이 이채롭다. 합스부르크 왕가의 번창했던 당시의 영화를 가히 짐작할 만하다. 신성로마제

국과 빌헬름 텔이 떠오른다.

링거리에 들어섰다. 신고딕, 신고전 역사주의 양식의 건물들이 즐비하게 늘어서 있다. 성터였던 곳을 성벽을 허물고 새로운 거리를 만들었다 한다(1857년) 국립오페라 하우스인 르네쌍스 하우스와 괴테동상 그리고 합브스부르크 왕궁을 관람했다. 지금은 대통령 궁과 국회의사당이 있다. 아테네 여인상, 신고딕 양식의 시청, 신고전주의 양식의 왕궁 극장 등을 보았다.

시청 앞 문화의 거리는 Christmas tree를 만들 준비가 되어있고 연중 음악회가 끊임없이 열린다 한다. Christmas 이후엔 Scate 장소를 만들고 음악을 틀어준다니 이 나라의 여유와 평화의 마음씀씀이가 부럽다. 2,850Km의 다뉴브 강의 끝 줄기 우나 강에서 인공으로 빼낸 물줄기가 시내를 빙 도는 스웨덴 광장은 상권을 이루게 되었다고 한다. 다뉴브 강의 신강에는 여객선이 다니고 강변음악제가 열린다 하니 역시 예술의 도시다운 발상이다. 높이 252m의 도나우 타워가 우뚝 솟아있다. 본강에는 나체촌이 있다하니 그 또한 자유를 구가하는 사람들임을 알 수 있다. 도나우의 푸른 물결을 배경으로 인증 샷! 레오팔트 켈트산 밑의 포도밭을 방문했다. 이 마을은 거의 모든 주민이 포도주를 만드는 마을이란다. 시음으로 마셔본 적포도주 맛이 일품이었다.

오스트리아 여행의 마지막 코스는 성 스테판 사원이다. 최초의 순교자 스테판을 기리기 위해 세워졌으며 2,500개의 기와로 모자이크 되어있는 고딕양식의 건축물이다. 건물의 유리는 로마네스크식이라 한다. 성당 앞에는 면세점이 있어 관광객의 발길을 멈추게 했다. 나도 한 바퀴 돌며 눈으로만 구경했다. 내일은 이탈리아 관광이 기다리고 있다.

이탈리아

*챠오! 본조르노!(오후 6시까지) - 안녕하세요. *그라찌에-감사합니다. 오스티아 호텔에서 이태리어로 인사를 하며 아침을 열었다.

이태리 첫날은 나폴리 관광이다. 오전 7시 40분 나폴리를 향하여 출발이다. 로마에서 브린디시까지 3시간~3시간 30분을 아피아가도(태양의 고속도로)를 달려 도착한단다. 특이하게 펼쳐진 소나무 가로수의 도로다. 쿼바디스란 영화에서 보았던 그 소나무다. 아침 산책길의 이태리 바람, 남부 유럽 지중해의 바람은 달랐다. 바람은 세찼지만 몸에 감겨오는 것이었다. 소렌토로의 음악을 들으며 세계 3대 미항 중 하나인 나폴리로 향한다. 남국의 정취가 느껴지게 간간이 열대나무들이 반겨주고 있다. 북쪽에서 볼 수 없던 소나무 숲 그리고 그 밑에 펼쳐진 초원도 유별나다. 이태리나 유럽 사람들이 '나폴리는 보고 죽자!'란 말이 있다는 그 나폴리다. 아이스크림과 라 스파게티의 나라다. 우리와 비슷한 위도의 나라, 비슷한 온돌권의 나라, 열정의 나라, 마피아의 나라 이태리다. 나폴리 가는 길은 태양의 고속도로를 달린다. 일직선으로 태양을 받고 가서 태양을 받고 오는 길, 태양의 고속도로를 달려서 왔다. 지중해라서 역시 포도주의 나라이기도 하다. 식사 때와 파티 때는 백포도주를, 육류를 먹을 때는 적포도주를 마신다 한다. 이태리 사람들은 노소를 막론하고 식사 때 포도주를 반주로 마신단다. 이는 석회질을 분해하기 위해서이고 음주측정은 없다고 하니 나 같은 사람에게는 천국이 아닌가?

산타루치아 항구의 밖은 산호섬이라 한다. 소렌토로에는 절벽 위에 전망대가 있고 올리브 나무의 숲이다. 절벽에서 절벽으로 끝없이 이어지고 그 끝은 끝없이 펼쳐지는 바다다. 소렌토로는 자개로 장식되는 가구를 많이 만든다 한다. 나도 결혼 때 아내가 자개장을 해왔었는데 지금은 유행을 하지 않는 모양이다. 저녁에 호텔 로비에서 소렌토에 산다는 이태리 사람을 만나 호텔의 클럽에서 함께 대화를 나누었다. 짧은 영어지만 대화가 통했다. 내일은 폼페이로 향한다.

폼페이다. BC 5C의 도시 폼페이다. 베수비우스 산이 저 멀리 바라다보인다. 화산 폭발 당시에 폼페이 인구 중 20,000여 명이 화산가스로 질식사 했다 한다. BC 79년에 폭발하였고 17C에 발굴 작업이 이뤄져 현재의 모습이 되었다 한다. 폼페이에 사는 현지 노인이 현지가이드로 얼굴만 보이고 관광객에게 안내하는 값을 받고 있었다. 관람 후 들린 식당에서 노인들을 다시 만나 인사를 나눠보니 친절한 사람들이었다.

'폼페이 최후의 날'이란 영화에서 소개되었듯이 베수비오스 산의 폭발로 성(性)과 향락으로 허물어진 인류의 현장 모습을 볼 수 있었다. 구획된 도시와 목욕탕의 규모, 몸을 파는 여성들이 있던 곳 등은 소돔과 고모라의 살아있는 역사의 현장이었다. 당시에 화산재를 뒤집어쓰고 숨진 미이라의 생생한 모습에서 그 고통의 현장이 눈에 선하게 보이는 듯 떠오른다. 산타루치아 항구의 카푸리 섬에 나폴리 축구 경기장이 있었다.

산타루치아란 2세기에 숨진 성녀의 이름이란다. 그 산타루치아 항구에서 황혼을 배경으로 사진을 찍었다. 돌아오라 소렌토로가 저절로 흥얼거려지고 우리 모두는 즐거웠다.

제2일차 로마 시내 관광이다. 로마의 거리나 주변의 생태는 유럽 중에서 우리와 가장 비슷한 점이 많다. 아니 많이 흡사하다. 지저분한 거리, 음주형태, 소나무 가로수 등. 간밤에는 로마의 바닷가를 거닐었다. 곳곳에 즐비한 로마의 유적들 거의 모든 도로가 일방통행이다. 떼베레 강은 오스티아에서 시작하여 로마를 감싸고 도는 로마의 젖줄이라고 한다. 채소와 마늘밭을 보니 두고 온 우리의 산하가 생각난다. 초원, 들판, 바둑판처럼 펼쳐진 넓은 경작지, 한가로이 풀을 뜯는 양떼의 무리 등. 학교 방문 길에 로마시의 외곽에 있는 농촌풍경을 보았다. 도로가 거의 모두 일방통행이어링을 돌고 돌아 큰 도로에 접어들고 빠져 나오고 우리 도로도 본받아야 할 점이다.

11세~14세의 학생을 교육하는 중학교를 방문했다. 전교 학생 수 674명 교사가 60명이다. 1인 교사당 학생 수가 겨우 11명 정도니 우리의 교육 현실이 어려움을 알 수 있다. 우리의 교사들이 얼마나 혹사를 당하고 있는 것인가? 그 교육의 힘으로 자원도 없는 우리나라가 이만큼 성장한 것이련만 교사에 대한 대우가 더 향상되어야 하리라. 마침 CA활동 시간이었다. 리듬체조와 발레를 하는 학생들을 참관했다. 또 다른 반에서는 12월 Christmas 행사 준비를 하고 있었다. 행사의 주제는 Peace였다. 학교에서는 영어, 독일어, 이태리어 등을 가르치고 있었다. 과외활동은 년간 10만원 정도의 경비를 부담하여 미술, 무용, 음악 등을 선택하여 배운다 한다. 야간에는 주민들에게 학교의 모든 시설을 개방한다고 한다. 교실도 개방해 회의나 연주회 등도 할 수 있단다.

교사 승진은 5년 이상 경력교사가 희망을 하면 면접과 시험을 거쳐 교감, 교장으로 승진을 할 수 있다고 한다. 그런데 교사들이 많은 관심을 갖지 않는다고 하니 우리의 학교 현실과는 많이 다르다. 우리는 승진을 위해 코피 터지게 경쟁을 하는데? 특활 교사는 교육청에서 이력서를 보고 전문가를 확보한 후 각 학교의 요청에 따라 파견을 한다.

학생들의 안내로 교실을 방문했다. 전체적으로 자유스런 분위기였다. 우리가 방문하자 일제히 기립하여 편안히 맞아주었는데 이는 동양인에 대한 예의 표시라 한다. 교장실은 좁은 공간을 이용한 소규모였다. 교사 연구실도 소규모였고 과목별 교사가 4~6명이 근무하는 공간이었다. 고등학교까지 무상교육이 실시된다. 초등 5년, 중학 3년, 고등 5년, 대학 4년의 학제였다. 시내를 주행하는 차량들은 거의 다 소형차들이고 초소형 차들도 많았다. 이제부터는 시내 관광이다.

'콜로세움' 즉 원형경기장이다. 로마시내는 전체가 석조 건물로 보면 된다. '티베루나 섬'은 섬 자체가 병원이다. '성 요한병원'이 있다. '종탑' 에 들러 진실의 입에 손을 넣어 보았다. 로마의 휴일에서 오드리 헵번의 연기가 떠오른다. 거짓을 말하면 손이 잘린다는 안내를 듣고 손을 넣을 때 나는 순진하게 정말 잘릴까봐 걱정이 되기도 했다. 거짓말을 많이 했 나보다. 다음은 '마로첼로 극장'이다. 이곳이 두 번째 원형경기장이다. '대법원' 건물이 1911년에 건립되었다니 그 역사가 놀랍다. 1910년은 우 리나라가 경술국치를 당해 일제강점기였을 때다. '천사의성'은 흑사병이 물러간 것을 기념하여 건립되었다 한다. '성 베드로 성당'이다. 새해 첫 날 로마교황이 베란다에 나와 새해 인사를 하는 유명한 성당이다. '바티 칸 시'는 내일 입성이다. '14개의 다리'는 왕명을 따서 그 교명을 붙였다 한다. '깜피토리아 광장'은 미켈란젤로가 설계하고 건립했다 한다. 로마 의 중심에 있는 '베네치아 광장'이다.

콜로세움은 BC 72~AD 80년까지 건립되었다 하니 그 공기만 152년이 다. 연못 위에 세운 공법으로 세계적으로 유명하다. 이오니아. 도리아. 코린트 양식의 공법이 혼합된 1~4층의 건축양식이 놀랍다. 지하는 동물 과 사람이 대기하던 곳이며 본래는 실내 경기장이었다. 기독교 박해시에 동물과 경기 후 이기면 살 수 있었으나 지면 그대로 사자 밥이 되었으리 라. 콘스탄티누스 대제가 전쟁 승리를 기념해 건립되었다는 개선문도 놀랍다. 네로 황제의 황궁터가 지금은 공원이 되어 이태리 시민들이 자 유롭게 거니는 곳이 되었다니 여기서도 격세지감을 맛본다.

놀라운 일이 나에게 기다리고 있었다. 기념품들을 사려고 로마시내의 매점에 들렀다. 나도 딱히 살 것은 없었으나 들렀다. 가죽제품을 파는 매점이었다. 매점 점원이 동양여자였다. 나에게 다가오더니 '정부영 선 생님 아니십니까?', '맞는데 누구시죠?', '저 임화자예요 중3때 선생님께서 담임이었어요. 이경자하고 동기예요!' 자세히 보니 그랬다. 임화자 얼굴이 기억이 났다. 공부를 하러 로마에 와서 아르바이트를 하는데 나를 만난 것이었다. 놀라운 반가움이었다. 세상은 넓었으나 좁았다. 로마에서 제자를 만나다니. 감개가 무량했다. 10여분 대화를 나누고 아쉬운 작별, 화자가 나에게 선물을 주었다. 가죽 혁띠 명품이다. 고마웠다. 끈끈한 민족의 핏줄이 생각났다. 어쩔 수 없이 우린 조선인이었다. 로마의 하루가 저물어 가고 있었다.

'오벨리스크 탑'이다. 무솔리니가 BC 5세기에 이집트에서 빼앗아 온 유물이다. '팔라티노 언덕'이다. 로마의 건국신화에서 늑대의 젖을 먹고 자랐다는 로물로스 레물레스였다. 신과 인간 사이에서 태어난 아이는 늑대의 젖을 먹고 자라서 로마를 건국한 것이 BC 750년경이라 한다. '대전차경기장'을 관람했다. 영화 십계에 나왔던 장면이 생생히 떠오른다. '마찌니 장군 동상'을 보고 기대하던 '애천분수'(트래비 분수)다. 로마의 병정이 싸움터에 나갈 때 로마의 처녀가 샘물을 퍼주었다는 그 분수다. 여기에 동전을 던져서 1개가 골인하면 로마에 돌아올 수 있고, 2개를 성공하면 첫사랑을 만날 수 있고, 3개가 골인하면 현재의 Wife와 헤어질 수 있다 한다. 세 개가 골인하는 것은 아이러니한 답이 아닌가? 그러길 바란다는 거야 뭐야? 나는 뒤로 돌아 동전을 투척, 3개를 던져 1개가 골인했으니 다시 로마로 간다는 점괘인데 과연 갈 수 있으려는지? 트래비 분수 바로 앞에 그 유명한 아이스크림 가게가 있다. 맛을 보지 않을 수 없다. 줄을 서 기다리기 10여분 손에 들린 아이스크림은 말 그대로 아이스크림 맛이었다. '본 젤라토'였다. 11월 13일 로마에서 마지막 밤을 보내고 버스에 몸을 싣고 바티칸 시국을 향해 앞으로 나아간다.

바티칸 시국

바티칸 시민은 인구가 2,000명이란다. 화폐와 우표 등을 독립적으로 사용하며 방송국이나 발전소 등은 개인 소유는 없다 한다. 바티칸 시민으로 출생한 사람은 만 18세가 되면 이탈리아 시민권을 자동으로 습득하게 된다. '바티칸 박물관' 500년의 역사가 있으며 28개의 방으로 이루어졌다. 라테리안 궁은 로마 교황청으로 사용된다. 역대 교황의 궁으로 사용되던 바티칸 궁을 개조하여 바티칸 박물관으로 사용하고 있다. 미켈란젤로의 '최후의 심판'과 '천지창조'란 작품이 정말 놀랍다. '시스티나 소성당'의 왼쪽에 6개, 오른쪽에 6개의 벽화는 신약성경에 나오는 예수의 일생을 나타낸 그림이다. 1508년에 그리기 시작하여 1512년에 완성했다는 '천지창조'는 천장화로 높이가 20m에 달한다. 천지창조의 내용은 구약성경의 창세기의 내용을 그림으로 표현했다. '최후의 심판'은 표현 인물군만 300여 명이라 하니 그 웅장함에 놀라지 않을 수 없다. 천국과 연옥, 지옥 등을 표현했는데 미켈란젤로가 그렸을 때는 모두 나체화였다 한다. 미켈란젤로 사후에 옷을 입히는 작업을 했는데 다행히 그 제자들이 참여해 일부 조금씩만 가려졌다니 다행이라 생각된다. '성베드로 대성당'은 바실리카 형식으로 지어졌다. 수용인원만 60,000명이라 한다. 아라베스크 대리석으로 만든 '성령의 비둘기'는 날개 길이만 1.6m란다. 성문의 십자가 위에 천국과 지옥의 열쇠를 들고 있는 베드로 성인이 조각되어 있다. 그 규모에 놀라지 않을 수 없다. 내부의 벽화들 그 화려함 과연 세계 제1의 성당이다. 말로써 감히 표현한다는 것이 잘못인 것 같다. 즉흥의 시 한편으로 갈음한다.

태초에 빛이 있었으니
여기 로마에 천지창조의 빛이 있어라

온 세계 인류 모두 모여
이 땅을 밟으니 그대들 모두에게
축복 있으라!
성당 안 베드로의 발목에 각인된
그대들 인연의 끈으로
세계를 연결하는 평화의 고리되어
빛으로 평화로 그렇게 산화되리라

분수로 피어오르는 물보라의 찬란함으로
우리 모두의 가슴속에 자리하리니
동쪽의 끝 코리아에서
새로운 빛으로 피어나라!

— 「성 베드로 성당 앞 광장에서」 1996년 11월 13일 로마에서

북유럽에서의 사랑

프롤로그

이륙회가 결성된 지 얼마만인가 실로 40여 년 만에 부부간의 이륙이
다. 모임의 이름까지 '육지를 이륙하여 꿈의 세계로 날아오르자'는 뜻에
서 '이륙'으로 정하고 우린 그렇게 같은 대학 출신 동기끼리 뜻을 같이하
여 결성되었다. 이름하여 '이륙회'다. 창단 멤버는 다섯이었다. 지하, 수
룡, 근중, 부영, LH였다. 여기에 뜻을 같이 할 친구의 자리 하나를 비워
두었다. 여섯 명이 육지를 떠나 꿈의 세계로 날아오르자는 의미였다.'이
륙'은, '둘씩 여섯 팀 땅을 박차고 꿈의 세계로 날라 오르자'는 중의적 의
미의 명칭으로 지어졌다. 그렇게 비워둔 자리는 우리가 이번에 북유럽이
라는 꿈의 세계로 이륙할 때까지도 채워지지 않았다. 오히려 다섯 명으
로 출발한 인원이 네 명으로 줄었다. 뜻을 같이 한다는 것이 그렇게 어

려운 일임을 알 수 있다. 중간에 무슨 사연인지 잘 생각나지 않으나 LH 친구가 빠지게 되어 우리는 네 명으로 줄었고, 아니 짝꿍까지 여덟 명으로 줄어들었다.

원래는 서유럽으로 이륙하기로 했으나 IS테러로 취소되어 몇 년을 더 보내게 되었다. 모았던 경비까지 되돌려 주었으니 한동안은 이륙에 대한 얘기는 나오지 않았다. 그리곤 세월은 바람같이 흘러 어느덧 우리들 나이가 시쳇말로 육학년이 되면서 다시 이륙에 관해 생각하게 되었고 그것이 이번 여행으로 추진되었다.

우리들 여덟 명이 처음으로 이륙을 한 것은 근중 친구 내외가 회장단을 맡아 볼 때였다. 이륙 목표는 가까운 중국 장가계였다. 그 때만 해도 여행 자유화가 된 지 얼마 안 되었을 때였다. 비행기 안에는 한국 사람이 가장 많았다. 그런데도 안내 멘트는 중국어와 영어뿐이었으니 우리가 국제무대에서 많은 푸대접을 받을 때였다. 그래도 마냥 즐겁기만 했다. 제일 기억에 남는 일은 장가계에서 숙박을 하던 날 새벽 무렵이었다. 웬 기총사격 같은 소리에 잠에서 깨어 일어났다. 아내와 잠에서 깨어 어리둥절해 있는데 회장을 맡고 있던 근중이 문을 두드리는 것이었다. 아무래도 난리가 난 모양이라며 긴장된 태도였다. 한참 후 날은 밝았고 별일이 아니란 것이 밝혀지고야 우리들은 안도의 한숨을 쉴 수 있었다. 나중에 안 사실이지만 그들은 축하할 일이 있을 때 축포를 쏘아 올린다는 것이었다. 이번 여행에서 그때의 일이 아련히 떠오르며 함께 하지 못한 친구 지하가 생각났다.

이륙
하여튼 벼르고 벼르던 유럽으로의 이륙은 17년 5월 26일부터 6월 6일까지 11박 12일의 일정이다. 이번 여행은 수룡 친구가 추진하여 고생이 많았다. 하긴 그 전에 박경희 총무가 회비를 모으느라 수고가 많았었다. 우린 여행 기간을 이용하여 아파트 수선을 했다. 그래서 여행 출발 전날은 아들 집에서 자고 출발하기로 했다. 그렇지 않아도 설레던 마음이 잠자리까지 바뀌니 25일 밤은 그야말로 뜬 눈으로 새워야 했다. 자는 둥 마는 둥 잠을 설치고 새벽 6시에 일어나 짐을 챙겼다. 아들(상룡)네가 이웃으로 이사한 지 3년 여가 지났지만 이렇게 아들 집에서 잠을 잔 것은 이번이 처음이었다. 그래서 마음은 더 설레었고 잠을 더 설칠 수밖에 없었다.

상룡 차로 7시 25분쯤 약속된 장소 둔산동 예술의 전당에 도착하니 회장인 수룡 친구 내외가 반갑게 맞아준다. 잠시 후 근중 부부가 도착하고 우리는 버스에 승차했다.

출발 전 여행에 참여하지 못하는 지하가 잘 다녀오라고 배웅을 나왔다. 함께하지 못해 아쉬운 마음으로 인사를 나누고 우린 드디어 출발했다. 동부 터미널에서 또 한 팀을 태우고 마지막 팀을 신탄진에서 태우니 성원이 되었다. 이선복 신화여행사 사장님까지 일행 21명이다. 우리 팀에서는 지하 친구를 대신하여 성찬 친구 부부가 참여해 8명이 참여했다.

신탄진 휴게소에서 신탄진 팀을 태우고 버스는 미끄러지듯 고속도로를 질주한다. 청원을 지날 무렵 선복 사장님이 마이크를 잡고 세 팀을 소개했다. 각 팀의 대표들이 인사를 하고 우리들은 인천 공항으로 향했다. 여행이란 어느 곳으로 누구와 함께하느냐가 중요함에 이번에 소개된 팀의 멤버들이 모두가 마음에 들고 즐겁게 다녀올 수 있을 것이란 좋은 예감이 들었다.

인천 공항에 도착하니 11시경이다. 짐을 꾸리고 회장이 준비한 소주를 비롯한 액체 용기와 헤어스프레이 충전기 등 짐을 다시 꾸려야 했다. 아내가 소형 스프레이를 하나밖에 준비하지 못했다. 하여 하나 더 사느라 소동을 피워야 했다. 여행 전 챙기지 못한 게 미안하기만 했다. 눈가의 알러지 땜에 준비했던 알로에가 짐 가방에서 보안 검사에 걸려 약국에 가서 작은 용기를 구입해 다시 넣어 오느라 법석을 떨어야 했다. 출발 전의 요란은 내 탓이다. 그 바람에 아내만 더 애를 태웠다.

어렵게 출국 심사대를 통과하여 탑승 완료하니 13시 10분이다. 13시 15분 이륙예정이었으나 13시 53분임에도 출발을 안 한다. 이륙이 지연되는 모양이다. 진정 이륙회의 이륙은 마지막 순간까지도 어려운가 보다. 지루한 시간을 영화감상으로 보냈다. 우리말 버전을 찾지 못해 음악과 그림만 보는 수준이다.

드디어 14시 비행기가 이륙이다. 그렇게 기다렸던 이륙회의 이륙이다. 저 멀리 북유럽으로의 이륙, 우선은 모스크바다. 우리 조국 분단의 원흉인 도시로 하늘 비행 9시간의 시작이다.

14시 15분 드디어 이륙 성공이다. 모니터를 통해 통과하는 곳의 지명을 열심히 들여다본다. 아직은 낯이 익은 곳의 지명이다. 북녘 땅이다. 해주, 장산곶, 이제 중국 땅이다. 대련, 진쪼우, 뤼순, 뤼순감옥이 있는 곳이다. 안중근 의사가 투옥되었던 곳 그 상공을 날고 있다. 계속해 중국의 지명 탕구, 타이진, 랑팡, 베이징, 미윤, 펭닝… 중국 대륙을 통과중이다. 지금 날고 있는 곳은 역사적으로 고구려의 조상들과 인연이 깊은 땅이다.

시간을 보니 16시 20분, 기내에서 제공하는 식사를 완료했다. 슬라이스 대구로 식사를 했다. 여행에서 중요한 것 중의 하나로 생각되는 식사다. 이제부터 많은 현지식, 한식, 양식 등의 음식이 우리를 기다리고 있어서 여행은 더욱 즐겁고 기대가 되는지도 모른다.

외국 여행 중 식사 때 제일 어려웠던 건 중국에서의 식사였다. 향신료가 많이 들어간 음식을 먹기가 무척 힘이 들었다.

16시 30분경 우리는 이제 몽골리아로 들어서고 있다. 17시 23분 러시아의 이르크츠크다. 식후임에도 졸음이 달아났다. 아내는 깊이 잠속으로 빠져들었다. 내재되어 있는 영화 프로 중 한국어 버전으로 되어있는 '봉이 김선달'이란 영화를 감상했다. 그래도 잠은 오지 않는다. 한 편의 영화를 더 선택했다. '황야의 7인'이란 서부 영화였다. 한국어 버전이라 감상하기 수월했다. 우리의 국력이 이렇게 성장되었음을 느끼며 어깨가 으쓱해진다. 러시아 항공이지만 우리 한국 사람이 3/4은 차지한 듯하다. 한국어로도 안내방송이 나온다. 중국 장가계를 여행할 때와는 많이 달라졌다는 것을 실감할 수 있다. 비행하는 오른편에 '레나' 왼편에 '앙가르스크'다. 다시 오른쪽에 '칸스크', '크리스노 야라스크'다 지금 시각이 18시 50분이다.

이륙한 지 4시간 30분 정도 지났다. 우리시간 10시 30분 'rybinsk' 호수 곁을 지나고 있다. 바다보다도 넓은 호수라 한다. 조금 전 화장실에서 거북했던 내 속의 잔해물을 공중 분해시켰다. 그렇게 북유럽 상공에 흩뿌려서일까? 그 후의 속이 더욱 시원하고 상쾌하다. 기내 방송에서 30분 후에 모스크바 공항에 도착한다는 방송이 있었다.

모스크바에 발을 디디다

우리 시각 23시 05분 모스크바 착륙이다. 현지 시각으로 26일 금요일 오후 5시 5분이다.

한 맺힌 모스크바 땅이 아니던가? 그 옛날 나 어릴 때 동족상잔의 비극을 낳게 한 한이 맺힌 모스크바다. 그 원한의 하늘과 땅을 자세히 보려했으나 야간에 도착했고 밖으로 나갈 수가 없으니 어떤 도시인지 알 수가 없다. 오랫동안 참으로 오랫동안 그 공간에서 기다려야 했다. 한참을 기다린 후 화장실을 다녀오고 그러고도 시간이 꽤나 남았다.

그 긴 시간에 무표정한 러시아 사람들의 행동, 어두워 보이는 얼굴의 모습 모습들…. 아, 무엇이 이들을 이렇게 무표정하게 했는가? 우린 서로가 서로에게, 앞으로의 우리 여행 일정에서 이런 분위기가 사라지기를 바라면서 그 공항 공간에서 그렇게 꽤나 긴 시간을 보내야 했다.

다행히 의자 하나를 차지할 수 있었다. 그때 우리하고 너무나 닮은 동양계의 사람들을 볼 수 있었고 그 중 한 사람의 입에서 터져 나온 소리 '언제 올거유 언니!'란 표현이었다.

이역만리 타국, 그것도 모스크바 공항에서 우리 일행이 아닌 모스크바에 살고 있는 다른 사람에게 듣는 우리말은 실로 우릴 감동시키기에 충분했다. 우린 그렇게 한 시간 이상을 기다린 후 오후 7시45분 코펜하겐발 비행기에 탑승할 수 있었다.

그 평화의 땅 코펜하겐

탑승 후 기내의 분위기는 우리가 지금까지 타고 온 러시아 항공과는 완연 딴 판이다. 우선 언어가 한국어에서 한국어, 영어. 러시아어로 바뀐 것이다. 우린 그렇게 덴마크의 코펜하겐에 도착해 공항에서 기다리던 가이드 우리 한국인, 두 아이의 아빠를 만나 숙소로 향했다. 처음이라서인지 돌고 돌아 공사 때문에 막히고… 덴마크에 대한 첫인상은 그저 그랬다.

그리고 우리의 옛 시골길 같은 길을 돌고 돌아 도착한 곳 우리가 머물 숙소였다. 우리에게 배정된 룸에 우선 짐을 풀었다. 양쪽으로 자리한 자그마한 침대, 나를 맞이한 목욕탕, 확연히 외국에 왔음을 느끼며 시원히 샤워를 하고 잠 속으로 빠져들었다.

이튿날 아침에 일어나니 벌써 날은 밝아있었다. 무슨 영문인지 몰랐는데 그건 바로 백야현상 때문이었다. 오래전 말로만 듣던 백야, 바로 이런 것이었구나 하는 생각이 들었다. 그래도 마음은 너무나 상쾌하다. 아내와 이국에서의 첫 산책을 하러 나섰다. 회장님과 사모님은 벌써 한 바퀴 산책을 한 모양이다. 나는 아내와 호텔 밖으로 나섰다. 근중이 내외와 만났다. 난 내심 반가웠다. 낯선 땅이기에 그런지, 같은 생각을 갖고 나와서인지 산책을 나온 근중이 친구가 반갑게 느껴졌다. 그렇게 우리들의 외국에서의 첫날 아침은 평화롭게 열리었다.

지금도 그 온화하고 평화롭고 신선하고 아늑했던 그 아침을 잊을 수 없다. 그리고 평화롭던 마을의 모습, 깊숙이 자리 잡은 집들 건너편의 또 다른 마을 그 집들의 구조, 마치 우리의 옛 마을인 양 피어있는 꽃들, 회장인 수룡이 말했던 아침의 풀꽃 향기들, 정말 여기는 우리의 고향이었다. 오래도 아닌 내 어릴 적 할아버지와 할머니가 같이 살던 곳 바로 그곳이었다. 그렇게 북유럽에서의 첫날 아침을 열었다.

현지 식으로 아침 식사를 마치고 조금의 여유가 있었다. 아침 9시에 여행 첫 일정이 시작된다. 드디어 마치 우리의 옛 마을 같은 느낌의 그곳을 출발한다. 멀어져가는 마을의 모습이 정말 다정하기만 하다. 모두들 즐거운 마음으로 인사를 나누고 우리 일행을 태운 버스는 코펜하겐 시내로 향했다.

가이드가 덴마크에 관해 안내를 했다. 인구가 520만, 국민소득 56000불, 국회의원 수 179명, 시간당 알바수당 24,000원 알바생도 세금은 납부한단다.

의학, 풍력발전, 해운산업 등이 발달한 나라로 주로 중소기업이 나라의 경제를 이끄는 나라다. 우리가 지금 달리고 있는 지역은 로스킬드 지역으로, 펼쳐진 들판엔 유채꽃들이 만발해 있다. 온통 노랗게 펼쳐진 유채꽃들 간간이 보이는 목장엔 말과 소들이 한가롭게 풀을 뜯고 비스듬히 누워있는 평화로운 모습들, 우리의 옛 시골 같은 느낌으로 다가오는 건 평화로움과 한가함 때문이리라.

덴마크의 복지는 한마디로 '요람에서 무덤까지'로 표현할 수 있다. 임신한 사실이 밝혀지면 태아부터, 산모의 보살핌은 우리가 상상할 수 없을 정도이다. 산모는 슬리퍼 하나만 가지고 가면 모든 것을 국가에서 책임지고 맞춤 서비스가 제공된다고 한다. 노모에게는 인슈린과 후시딘까지 사람들이 사용하는 모든 것의 제도화 시스템화가 잘 되어있다.

국회의원들 대부분이 자전거로 출퇴근을 한다하니 그야말로 특권을 누리는 것이 아니라 국가에 대한 봉사임에 틀림없다. 우리의 정치인들이 본받아야 할 태도가 아니던가?

시내에 가까워지자 여기저기 도심을 달리는 사람들이 눈에 띄기 시작한다. 러닝 복장으로 남자보다는 여자들이 더 많이 달린다. 달리는 사람들은 덩치가 그렇게 크지는 않다. 우리와 비슷하다고 생각된다.

9시 40분쯤 구룬터빅 교회에 도착했다. 약간 서늘하다고 느낄 정도의 기온이다. 잔디가 넓게 펼쳐 있고 교회 주변에 집들이 자리하고 있다. 교회 내부는 고딕형식으로 장식되었고 외부는 표현주의 형식이란다. 화장실에 들렀는데 내부가 깔끔하게 정리되어 있는 것이 인상적이었다.

코펜하겐 시내 관광

코펜하겐 시내로 들어서니 모든 건물들이 5층 건물들이다. 덴마크의 수도임에도 빌딩숲이 없고 일률적으로 거의 5층 건물들 뿐이다. 여기저기 자전거를 타는 사람들이 많이 보인다. 가이드의 안내로는 자전거로 출퇴근 하는 사람들이 60퍼센트라 하니 그야말로 미세먼지나 황사 등이 제로라는 말이 실감된다. 특별히 자전거 도로가 마련되어 있고 사람이나 차량보다도 자전거 우선인 도시였다.

시내의 인어공주상과 게피온 분수를 관람했다. 덴마크 관광의 3대 허당 중 하나라 한다. 가이드의 안내처럼 기대에 미치지 않았다. 코펜하겐을 상징하는 인어상은 안데르센의 동화 인어공주에서 동기를 얻어 1913년에 만들어졌다. 인어상은 덴마크의 유명 발레리나를 모델로 하여 에드바르드 에릭센에 의해 만들어졌다 한다. 하긴 안내처럼 기대하지도 않았지만 기대를 크게 하지 않은 것이 다행이었다.

성 알바스 교회 옆의 게피온 분수대를 관람했다. 이 분수는 1908년에 제 1차 세계대전 당시 사망한 덴마크의 선원들을 추모하기 위해 만들어졌다고 한다. 4마리의 황소에게 채찍을 역동적으로 휘두르고 있는 여신상이었다. 전설에 의하면 길피왕이 게피온과 하룻밤을 자고 나서 왕을 즐겁게 하였으니 보답을 하겠다 하고 지금부터 하루 낮과 밤사이에 황소 네 마리가 경작할 수 있는 땅을 그대에게 주겠노라 약속을 한다. 게

피온 여신은 네 명의 자기 아들을 황소로 바꾸어 밤새 밭을 갈아 일궈진 땅만큼 왕으로부터 얻는다. 그 땅을 바다로 던져 섬이 되었는데 이 땅이 오늘날 코펜하겐에 있는 셀란섬이 되었고, 땅이 파인 곳은 스웨덴에서 가장 큰 베네렌 호수가 되었다는 전설이 전해 내려오고 있다한다.

'아멜리엔보그성' 덴마크 왕궁으로 향했다. 왕궁을 관람하고 점심식사를 하려했는데 근위병 교대식이 있어 모이는 시간이 연장되었다. 점심시간에 식사와 함께 와인을 시켰다. 우리 화폐로 7만 원정도 북유럽의 물가가 비싸다는 말이 실감되어진다.

시청사로 향하는 길에도 자전거 도로가 잘 마련되어 있었다. 자전거 최우선의 정책이 부러울 지경이다. 시청사로 향하는 길가의 리치빌딩에는 '날씨 예보 탑'이 설치되어 있다. 날씨가 맑은 날은 자전거를 탄 여인상이 나타나고 비가 오는 날은 우산을 쓴 여인이 나온다 한다. 오늘은 자전거를 탄 여인이 나와 있다. 용과 황소의 분수탑을 지나 코펜하겐 시청사다. 탑에 있는 종은 15분마다 시간을 알려준다고 한다. 시청사 중앙에는 '압살론 주교 황금상'이 자리하고 있다. 그리고 길가에 '안데르센 동상'이 있었다. 세계적인 동화 작가의 동상이다. 일행들과 함께 인증 샷 한방 찍고 약속된 시간에 버스에 승차했다. 승차하는 동안 한 무리의 자전거를 탄 사람들이 지나고 있다. 그야말로 자전거의 천국임을 확인할 수 있다.

이제 시가지를 벗어나 '프레데릭 성'으로 향했다. 하차를 하

니 아름드리나무들 숲이 펼쳐진다. 양쪽 길가에 펼쳐진 고목의 가로수 그 길가를 걷고 있는 한 무리의 인파들 바로 우리들의 모습이다. 성안으로 가기 전 입구에 호수가 있었다.

호수 안의 새들 그리고 양쪽 숲속의 나무들 그야말로 사람과 더불어 새들의 천국이었다. 호수 한 쪽에는 백조가 한가롭게 정지한 듯 서서히 움직이고 그 백조위에 조그마한 새가 머물고, 그 모습은 마치 악어와 악어새의 공생을 보는 듯하다. 호수에 머물고 있는 새만도 여러 가지다. 백조, 뜸부기, 갈매기, 까마귀, 참새 등이 서로를 보듬어 주는 듯 평화롭게 머물고 있었다. 호숫가에 노란 꽃이 피어있고 그 모양이 아카시였다. 알아보았더니 아카시 꽃이 맞았다. 노란 아카시 꽃 우리나라에선 볼 수 없는 아카시였다. 이제 스웨덴으로 향하기 위해 버스에 승차했다.

스웨덴 예테보리에서

15시 52분 버스 채로 승선했다. 승선 후 차에서 하차하여 윗층의 선창으로 올라가니 멀어지는 덴마크와 맞은편의 스웨덴 도시들이 나타난다. 건너편에 보이는 스웨덴 건물들은 덴마크보다는 높이가 높고 현대화되어 있어 바다를 사이에 두고 그 모습이 사뭇 대조적이다. 20여 분간 항해 후 16시 20분 스웨덴에 도착했다. 국경을 통과했다고 하기는 너무도 짧은 시간이고 거리였다. 간단한 검문 후 스웨덴의 예테보리란 도시를 향해 도심을 지나 고속도로에 들어섰다. 2시간 30분 정도 걸릴 예정이란다.

예테보리는 생동감이 넘치는 도시였다. 덴마크가 평화롭고 고전적인 정적인 도시며 최고 5층 건물, 자전거와 러닝맨의 도시였다면 이곳은 건설의 붐이 일어 현대로의 발돋움을 하는 도시랄까? 그렇다고 뒤처졌던 도시라는 의미는 아니고 평화와 건강의 도시에서 대전환의 탈바꿈을 선택한 곳으로 생각된다. 그러기에 도심에 들어설 때 꽤나 길이가 긴 지하

터널을 북유럽에서는 처음으로 통과했다. 점심시간이 되어 중국집으로 식사를 하러 갈 때 트램을 볼 수 있었다. 우리가 살고 있는 대전에서 제2의 지하철로 트램을 추진하고 있어 관심이 커 유심히 멈추어 바라보았다.

호텔도 덴마크와는 차이가 있다. 세계 여느 곳과 비슷한 빌딩과 룸 수준이다. 이제 3일차 일정이 시작된다. 백야현상은 시차적응을 더욱 방해한다. 밤 9시가 되었음에도 아직 대낮이다. 새벽 2시 30분 무렵부터 아침이 밝아온다. 5월이라서 낮의 길이가 길며 여행객들에게는 좋은 시기란다. 하늘엔 구름 한 점 없다. 미세먼지 황사 0프로다. 새벽 4시 반에 일출인가 보다. 햇빛이 빛난다. 스웨덴 예테보리의 아침은 약간 지저분함이 있었다. 밤을 새운 젊은이가 낯선 이국인인 우리를 힐끔거리며 지나친다. 도심을 가로지르는 강물도 맑지는 못했다. 북유럽 여행 중 이런 모습은 처음이었다. 근중, 수룡, 우리 가족이 함께 사진을 한 컷 남겼다.

노르웨이 오슬로, 릴레함메르까지

오늘은 노르웨이의 수도 오슬로를 거쳐 릴레함메르까지 일정이다. 8시10분 예테보리를 출발했다. 한가롭고 평화로운 편도 2차선 고속도로 좌우에 끝없이 펼쳐진 숲속의 질주! 달려도 달려도 끝이 없다. 가시권의 차량은 5대 미만이다. 그야말로 고속도로이다. 우리의 고속도로와 정말 대비가 된다. 차량이 꼬리에 꼬리를 물고 달리지도 못하는 우리의 도로는 실은 하이웨이라 부를 수도 없는 게 아니던가? 얼마를 달렸을까? 좌우로 펼쳐지는 숲의 모양이 점차 침엽수림으로 바뀐다.

11시 40분에 오슬로에 도착했다. 오슬로 시내의 한식당으로 향했다. 점심 식사를 위해서였다. 그곳에서 3박4일간 우리들을 안내할 가이드를 만났다. 한국인 여성이었다. 혜자 씨! 여동생 이름과 같아 기억에 남아있다. 근중 친구가 손가방에 넣어온 소주 한 병을 몰래몰래 마시는 맛이란

스릴이 있어서인지 더 맛이 있었다.

이제 오슬로 시내 관광이다. 우선 구스타프 비켈란 조각공원으로 향했다.

메멘토 모리 · 죽음의 순간을 기억하라

이곳은 비켈란 조각가의 작품이 전시되어 있는 곳으로 화강암 작품과 수많은 청동 작품들이 전시되어 있다. 입구에서 가까운 곳에 '삶의 수레바퀴'란 작품이 눈에 들어왔다. 힘든 삶의 굴레를 남녀가 함께 굴리고 있는 작품이었다. 한참을 걸은 후 나의 발걸음을 멈추게 한 작품은 비켈란의 최고 걸작품으로 일컬어지고 있는 '모노리스'란 작품이었다. 모노리스란 원래 '하나의 돌'이란 뜻인데 17m의 화강암에 121명의 남녀가 뒤엉킨 채 조각되어 있는 작품으로 인간의 무한한 욕망과 투쟁, 희망과 슬픔을 농축시켜 인생에서 낙오되지 않고 안간힘을 다하여 정상을 차지하려는 원초적인 감정 상태를 역동적으로 표현한 작품으로 조

각에 문외한인 나의 발걸음까지 멈추게 했다. 그리고 잊지 못할 명언 '메멘토 모리' 우리말로 번역하면 '죽음의 순간을 기억하라'는 말이 마음에 박히었다. 우리는 죽음을 맞이할 때 어떤 모습일까? 아니 죽음의 순간을 준비한다면 거창할지 모르겠지만 대비는 하여야 하지 않을까? 버스에

승차하기 전 아내와 함께 유료 화장실을 보고 가벼운 마음으로 승차하여 이제 홀멘콜렌 스키점프대로 향하고 있다.

홀멘콜렌에서 오슬로 그들의 특징

홀멘콜렌은 1952년 동계올림픽 때 스키점프 경기가 열렸던 곳이란다. 굽이굽이 오르는 언덕 요소요소에 자리 잡은 고급 주택들이 눈에 보이기 시작한다. 가이드의 말로는 언덕 위로 올라갈수록 주택 값이 비싸진다고 한다. 역시 대저택들 산장이나 별장형 주택들이다. 위에서 내려다보는 오슬로 시내의 모습은 과연 장관이었다. 이제 다시 시내로 돌아왔다.

노벨평화상 시상식이 열린다(매년 12월 10일)는 시청사를 구경하였다. 청사 앞의 분수대에서 흐르는 물이 인상적이었다. 가끔은 갈매기들이 사람이 무섭지 않은지 그 수로에서 휴식을 취하고 있는 모습도 목격된다. 노르웨이에서 가장 번화한 거리라는 '칼 요한슨 거리'에는 우리의 포장마차 모양의 좌판대가 즐비하게 늘어서 있다. 오슬로 대학 정문 앞에서 수룡 친구와 인증 샷, 공원에서 산책을 하고, 특이한 모습을 한 분수대에 앉아 사진들을 찍었다. 마치 유리관을 씌워놓은 것 같은 모양의 분수대였다. 30여 분 동안의 자유 시간에 우리들은 나름 여유를 즐겼다. 다시 모이기로 한 시청사 앞 분수대로 모일 시간 무렵에 한줄기 소나기가 몰아쳤다. 비를 피하기 위해 상가나, 상가 처마 밑 신세를 졌다.

다시 버스에 승차 이제 릴레함메르로 향한다. 1994년에 동계올림픽이 열렸던 곳이다. 정식으로 가이드의 소개를 받고 안내가 시작되었다. 우선 노르웨이의 특징을 소개했다.

첫째, 물이 깨끗한 나라다. 목욕탕 물도 깨끗해서 음용이 가능하다고 한다. 그리고 노르웨이는 물이 풍부해서 수도세를 내지 않는다고 한다.

그렇게 복지가 발달한 나라로 특이한 것은 국민 건강을 위해 술, 담배에 대한 규제가 강하다 한다. 그래서인지 우리 소주 한 병에 60,000원, 담배 한 갑에 18,000원에서 20,000원까지 한다고 한다. 5년 전 담배를 피우던 때가 생각난다. 기침을 그렇게 하면서도 담배를 끊지 못하고 헤매던 생각, 어쩌면 이렇게 강력한 금주, 금연 정책이 실효를 거둘 수 있으리란 생각이 든다.

둘째, 4월 초순에서 9월 말까지가 노르웨이 여행의 성수기이며 백야현상이 뚜렷하다고 한다.

셋째, 침대가 좁다.

넷째, 백열전등을 사용한다.

터널과 호수와 폭포가 많은 나라 GDP가 세계 1위에서 3위 안에 드는 나라, 북해산 석유 산유국, 나무는 주로 자작나무와 독일가문비(우리의 소나무와 비슷) 나무, 전나무가 많다.

이런 설명을 듣는 사이 왼쪽에 거대한 강물이 나타났다. 가이드의 안내로는 이는 강물이 아니고 호수라 했다. '미여사'호수 길이가 120Km, 수심이 300m라 하니 그 규모를 가늠할 수 있다.

간단한 노르웨이 언어 몇 가지도 소개해 주었다.

구닥 ― 안녕 하십니까.
투순 탁 ― 대단히 감사합니다.
발시구 ― 괜찮습니다.
하데부라 ― Good bye
야! 야! ― 네! 네!
나이 ― no 등이었다.

그리고 외국인들이 듣는 우리말

발음의 특징을 얘기해 주었는데 국어가 전공인 나는 흥미롭게 들을 수 있었다. 주로 격음으로 많이 듣는다 했다. 크, 키, 커, 크, 카 등으로 이해가 잘 되지 않았으나 그런가? 라고 생각하기로 했다. 그 외에 노르웨이의 역사도 소개해 주었다. 그 중에서 '호콘 7세'는 입헌군주제를 확립시킨 왕으로 1964년 평민과 결혼을 강행했다는 것이 사랑의 위대함을 느끼게 해 감명 깊게 들었다.

릴레함메르에서 돔보스까지

29일 여행 4일차다. 09:00시에 출발하여 1994년에 열린 동계올림픽 스타디움을 관람했다. 성화대까지 올라 성화를 점화하는 포즈를 취하고 인증 샷! 여기저기서 플래시가 터진다. 마치 선수인 양, 스키 점프대도 보았으나 홀멘콜렌 점프대보다는 못하단 생각이 들었다. 그렇게 릴레함메르 스타디움을 관람하고 돔보스란 곳으로 향했다.

주위엔 온통 호수와 산이다. 간간이 양떼와 젖소들이 한가롭게 풀을 뜯는 풍경이 펼쳐지고 산 정상엔 흰 눈이 자리하고 있다. '별유천지 비인간(別有天地非人間)'의 풍광임에 틀림없다.

지나는 곳곳마다 폭포와 많은 물들이 마치 우리의 홍수 때처럼 수량이 풍부했다. 지금 목마르고 거북이 등처럼 갈라진 우리의 산야에 저 물들을 배달했으면 좋겠다.

여기저기에 캠핑카들이 몰려 있다. 이맘때부터 캠핑카들을 몰고 휴가를 즐기는데 유럽 전역에서 몰려온다고 한다. 1년에 휴가를 5주씩 주는데 60세가 넘으면 1주가 추가된다니 내가 여기에 산다면 6주의 휴가를 즐길 수 있는 셈이다. 하긴 이제 은퇴하여 1년 내내 휴가를 즐길 때도 가까워졌지만 말이다. 연중 6월 중순에서 7월 말까지가 캠핑카의 행렬이 제일 성황이라 한다. 캠핑카의 가격이 궁금하여 물었더니 1억 정도는 된다하니 그 값에 입이 딱 벌어진다.

노르웨이는 비EU국가였다. 자연재해가 없는 나라다. 산불도 없는 나라란다. 하긴 모든 산들이 바위산이고 그 돌산에 자작나무 그리고 바위에 이끼들 뿐이니 산불이 붙을 일이 없겠다.

한참을 달리다 우리의 검문소 형식의 검문이 있었다. 관광객 검문이 아닌 운전기사에 대한 검문인데 꽤나 시간이 걸린다. 이곳에서는 기사들이 4시간을 운전하고 40분 이상 휴식을 취해야 하고 속도도 정해진 속도로 운행해야만 했다. 그 모든 기록이 차량에 부착된 전자 칩을 확인하면 된다하니 참 편리하겠고 교통사고 방지에 좋은 규칙이라 생각된다. 우리도 이런 좋은 점은 빨리 받아들였으면 좋겠단 생각이 들었다.

곳곳에 계곡에 흐르는 물이 노도와 같다. 홍수가 난 것처럼 연중 이맘때가 수량이 풍부한데 그것은 겨울에 쌓인 눈이 많이 녹고 있기 때문이라고 한다.

트롤 그리고 민들레, 트롤스티겐

노르웨이의 곳곳에서 트롤을 볼 수 있다. 트롤은 코가 길고 머리가 더부룩하며 손과 발가락이 4개씩이며 꼬리가 달린 악귀를 쫓는 요정으로 노르웨이의 산에는 트롤요정이 살고 있다는 것이다. 그 트롤이 사는 트롤스티겐(요정의 길)으로 향하는 길에 끝없이 펼쳐진 민들레 밭을 만났다. 사람의 손으로 가꾼 밭이 아닌 자연산 민들레 밭이었다. 가이드 혜자 씨도 이런 꽃밭을 보기는 쉽지 않다며 기사에게 말해 잠시 정차하고 민들레 꽃밭에서 마냥 즐거운 듯 우리 일행은 인증 샷! 어떤 이들은 폴짝 뛰어오르는 포즈를 취하기도 하며 잠시나마 동심으로 돌아들 갔다. 승차하고도 우리들 모두는 만족하여 그 기쁨이 가시지 않은 모습들이다.

요정의 계곡에서 25분 여 정차를 하고 휴식시간을 가졌다. 정말 계곡

좌우의 산들의 모습이 오묘하고 기괴하다. 그러면서도 웅장하고, 우리는 고개를 뒤로 젖히며 카메라 필터를 누르기 바빴다. 너 나 할 것 없이 그리고 또 하나 배설의 카타르시스, 우리 남자들이 맨 늦게 화장실을 다녀왔다.

서쪽으로 방향을 선회하여 트롤스티겐으로 들어섰다. 정말 아슬아슬한 폭포를 지나는 길, 대형 버스가 만나면 비킬 수도 없는 요정의 길이었다. 정상에 도착하여 휴식시간을 가졌다. 눈들이 아직도 사람 키의 몇 배나 되는 두께로 쌓여있고 그 눈들이 녹은 작은 물웅덩이 몇 개를 지나 우리가 지나온 길을 바라볼 수 있는 툭 튀어나온 조망대에서의 전망은 아찔함 그 자체였다. 아! 신의 오묘한 섭리여! 아찔한 광경과 함께 탄성이 여기저기서 터져 나온다. 오랜만에 시심에 젖어 몇 자 적어보았다.

그대 이런 길 와 보셨나요.
우린 난생 처음 와 보았지요.

하늘 끝 맞닿은 설산의 끝
사람들이 깎았을 돌길을 따라
이름 모를 동유럽 젊은이의
손에 생명줄을 맡기고

가랑이 사이 오금이 저린 길
돌고 돌아 신이 만든
쉼터에 다다랐을 때
차 안의 우리들은 함성과 함께
박수로 안착의 찬사를 보냈지요.

정상의 반대쪽 능선을 따라 내려올 때
생각했지요. 그래 우리에겐
이제 내리막길이다.
내달리며 멈추고 멈춘 길 내달리며
그간의 인생길에 지쳐있었음을 알았지요.
하긴 이 길도 신께서 준비하신 길인지 모르지만
순응하며 순응하며 선하게 살렵니다.
그것이 신의 뜻임을 이번 여행길에
알았음이니 생사의 길을 함께한
스물세 명의 선한 요정들이여
그대들의 남은 길에 영광 있으라.

아주 작은 세상
그대들의 향기로 웃음 주는
그런 세상 여소서

— 「요정의 길 정상에서」

  그렇게 우리는 요정의 길 반대편 내리막길을 좌우로 달리고 달리며
'에이스 달'로 향하였다. 지금 시각 17시 02분 카페리에 버스 채로 승선
반대쪽으로 향한다. 피요르드 해안에 도착했다.

게이랑에르, 잊을 수 없는 협곡

노르웨이의 첫 번째 관광지인 게이랑에르로 향하는 길은 그야말로 아슬아슬한 길이었다. 정상에서 독수리의 길로 향할 무렵 피요르드 협곡이 아름다운 자태를 나타낸다. 우린 내리막 길 전망대에서 잠시 내려 포토타임을 갖고 우리가 하룻밤 머물게 될 협곡을 내려다보았다. 거대한 크루즈 배 한 척이 위용을 자랑하며 유유히 떠 있었다.

난 게이랑에르의 맨 아래 크루즈 배까지 거리가 가까운 방을 배정 받았다. 바로 피요르드의 U자형 협곡에 지어진 호텔의 방 한 칸에서 하룻밤을 묵게 된 것이다. 내가 있는 대한민국의 대전과 이곳과의 거리와 방향을 가늠해 보았다. 도저히 가늠이, 감이 잡히지 않았으나 지구의 한쪽 북쪽 끝자락에서 하루라도 보낼 수 있다는 사실에 감사해야겠다. 아내와 사소한 일로 기분이 언짢아 저녁을 먹는 둥 마는 둥 룸에 내려와 나에게 배정된 소주를 찾아 한 모금 마시니 속이 화하며 기분이 오히려 차분해졌다.

게이랑에르에서도 잠을 제대로 이룰 수가 없다. 백야현상에 이곳에서는 온갖 새소리까지 겹치니 잠을 설치는 것은 어쩜 당연한 현상이 아닐는지? 다시 이곳에서 즉흥시 한 편 적는다.

1
선계인가 몽계인가
꿈속에서 갈매기 울음소리에
비몽사몽의 경계에서 눈을 뜨니
너무 이른 아침 세 시다.

가장 아름다운 피요르드
게이랑에르에서 그렇게

백야의 아침을 맞다
피요르드의 끝 몇 척의 요트가
한가롭게 떠있고 설산 사이사이
면사포 쓴 여인네들이
길게 늘어뜨린 하얀 면사포 자락이
한없이 한없이 밤샘의 용틀임으로
협곡 물은 바닷물과 밀물이
발가벗은 채 섞여있다.

부끄러운 모습 감추려고
여인네들이 뱉어 낸
가슴앓이 거친 숨결들은
어느새 물안개로 피어올라
발가벗은 알몸을
움츠리고 움츠려
감추고 있다.

2
게이랑에르의 아침은
소리로 열린다

이름 모를 산새와 물새들이
일어나라 일어나라
창 사이 틈새로 소리를 불어넣고
저만큼 떨어진 우람한
바위산들은 깨시오 깨시오
작은 소리들 모아 모아
우르릉 쾅 쿵 우레로 변해
일어나라 일어나라 호령한다.

—「게이랑에르에서 아침을 열다」

빙하 박물관에서 송네 피요르드까지

노르웨이 서부는 터널이 많다. 우리의 터널과는 그 내부가 사뭇 다르다. 우리의 터널이 화려하게 내부가 되어 있다면 노르웨이의 터널은 자연 동굴 그대로의 모습이다. 돌산이 많으니 그렇게 마무리를 해도 터널의 잔해가 흩어지지 않는 모양이다.

빙원지대를 통과하여 '뵈이야' 빙하를 관광했다. 비가 추적추적 내려 우산을 쓰고 관람해야 했다. 피얼랜드 빙하 박물관을 관람했다. 그리고 점심식사, 우리들의 유쾌한 태도에 감탄한 마음씨 좋은 주인아저씨가 서비스로 제공한 음식과 도미자 씨가 제공한 커피 등 제일 즐거운 식사였다. 가이드의 안내가 진행되는 동안 우리는 송달이라는 곳에 도착했다. 초, 중, 고등학교와 사범대가 있는 교육도시였다. 노르웨이 사람들이 존경하는 직업은 의사와 교사라 한다. 돈 잘 버는 직업은 변호사라 했다.

송네 피요르드 호텔, 150년이나 된 전통호텔이었다. 216호실에 짐을 풀었다. 150년이나 된 엘리베이터가 인상적이었다. 2층까지 짐을 운송하기 위해 설치된 것인 듯 수동으로 문을 열어야 했다. 그 오래 되었음에도 아직도 튼튼하게 남아있음에 감동했다. 저녁 식사 전 우리들은 산책을 했다. 한가롭고 여유로운 마을 모습이 인상적이다. 수량이 넉넉하게 흐르는 강물과 그 강가에 자리한 마을 집집마다 정원을 정성껏 가꾸어 놓은 것이 무척이나 인상적이었다. 그리고 그 안에 살고 있는 사람들은 만나지 못했으나 한 무리의 어린 아이들을 만날 수 있었다. 새소리와 폭포소리가 동네 전체를 감싸고 돈다. 개인주택들로 구성된 마을의 집들은 집들마다 그 주인의 특성이 잘 나타난다. 잔디를 잘 가꾸어 놓은 집, 꽃이 잘 심어진 집, 동물 인형이 잘 구비된 집, 심지어 참새 먹이통이 있어 산책 중에도 참새들이 몰려와 먹이를 먹는 모습 등 정말 평화롭고 순수한 땅이다.

그러면서도 우리의 어렸을 때와 다른 것은 주위의 산들이 우리의 산들보다는 웅장하고 설산으로 눈에 덮여있다는 것, 그리고 폭포가 있고 침엽수림이 울창하다는 것이다. 정말 살고 싶은 곳이다.

식사 후 차를 마시며 쉴 수 있는 공간에서 여유 있게 차를 마실 때, KJ 친구가 노래방 마이크를 찾아내어 지구의 북쪽 끝에서 우리의 노래를 부를 수 있었다. 이 호텔은 그만큼 우리 한국 관광객이 많이 이용하는 호텔임을 알 수 있었다. 하긴 우리를 위한 호텔주인의 배려에 놀라기도 했지만, 우리의 국력이 성장했음을 다시 한 번 느낄 수 있었다. 그렇게 한바탕 북유럽에서 뜻하지 않게, 그것도 무료로 즐길 수 있었다.

프롬 산악 열차 타기에서 오슬로까지

아침에 일어나 이제 노르웨이의 마지막 일정을 위해 이른 아침부터 서둘러야 했다. 아침 7시 30분에 출발하는 프롬 산악열차를 타야했기 때문이다. 버스에 짐을 5시 50분까지 실어야 했다. 여행 일정 중 오늘처럼 서두른 적이 없는 듯하다. 기억에 남는 것은 세계 최장 24.5km의 라르달 터널을 통과한 것이었다. 그러면서도 그 긴 터널이 동굴형식의 자연동굴 터널이었다. 과연 터널의 나라답다. 난 이번 여행 전에는 정확한 정보는 아니었지만 우리나라가 세계에서 터널공사를 제일 잘한다고 알고 있었다. 허나 가이드의 안내를 듣고 잘못된 정보였

프롬 중간역에서

음을 알 수 있었다. 경부고속도로 등 많은 터널을 뚫을 때 바로 노르웨이에서 기술자와 장비를 공수하여 전수받았다는 사실을 알게 되었다.

드디어 우리들이 승차할 열차가 들어오고 우리들은 기차를 배경으로 사진을 찍느라 한바탕 법석을 떤 후 열차에 올랐다. 정해진 좌석에 우리 팀들은 서로 가까이 좌우로 자리를 잡았다. 노르웨이에서 가장 높은 해발 862m까지 굽이굽이 올라가는 기차였다. 분속 180m 정도의 느린 속도로 산허리를 돌고 돈다. 그때마다 나타나는 기이한 바위산들과 폭포들, 그렇게 30여 분을 감탄사를 연발하며 정상에 도착했다. 하차하여 인증 샷, 눈이 쌓였고 다른 지역보다는 날씨가 차가움을 실감할 수 있었다.

되돌아오는 길에는 서로 좌석을 바꾸어 반대 방향의 풍광을 바라본다. 가이드가 말했다. 올라올 때 거대한 '르요안데' 폭포가 있었는데 그곳에 요정이 나타난다는 것이었다. 농담한다고 지나치려 했지만 사실이라 한다. 잠시 후 낙폭 140m의 르요안데 폭포에 도착하여 잠시 정차, 사람들은 사진을 찍기 위해 물 세례를 받으면서도 즐겁기만 했다. 그때 폭포의 오른쪽에 정말 붉은 옷을 입은 요정이 나타났다. 요정은 한명이 아니었다. 둘인지 셋인지 춤을 추는지 손을 흔드는지 폭포의 안개와 오버랩으로 다가와 확연히 볼 수는 없었다. 이 산악철도를 건설하는 데 20년이나 걸렸고 1940년에 개통했다 한다. 그때 우리도 경의선을 일본 놈들이 건설하여 전쟁 물자와 수탈한 물자를 실어 나르고 있었긴 하나 이런 산악에까지 열차가 있었다니 그 기술에 놀라지 않을 수 없다.

오슬로로 오는 도중 우리의 시골길 같은 '골'이라는 중소도시에 들러 점심 식사 후 오슬로로 향했다. 오슬로에 예정보다 일찍 도착하여 20여 분의 자유시간이 주어졌으나 비가 내려 시청사 화장실을 이용하는 등 시간을 보내고 한식당으로 옮겨 된장찌개와 김치 맛을 보았다. 오슬로 공항에서 가이드와 이선복 사장의 도움을 받아 화물가방을 부치고 우리들은 스톡홀름을 향하는 노르웨이 항공에 몸을 실었다.

스톡홀름 시내 관광

스톡홀름 공항에서 나에게 특별한 일이 일어날 줄이야? 공항에 도착하여 가방을 찾는 곳으로 달려가 맨 앞에 자리했다. 먼저 도착하여 친구들의 가방까지 찾아놓았으나 내 가방은 행방이 묘연했다. 기다리고 기다리는 동안 온갖 생각들을 하며 눈을 크게, 그리고 친구들까지 가세하여 찾아도 끝내 가방은 돌아오지 않았다. 다른 일행들은 기다리다 현지 가이드를 만나기 위해 나갔다. 아내와 나 그리고 이사장님, 회장님이 남아 분실신고를 마치고 기다리던 버스에 승차 시내를 돌고 돌아 40여 분후 호텔에 도착하였다. 위로하는 말과 안 됐다는 표정으로 바라보는 일행들의 시선을 받으며 가방 한 개를 터덜터덜 끌고 주어진 룸에서 짐을 풀었다. 우선 세면도구며 아내의 화장도구 속옷 등을 확인하고 추위에 견딜 만한 방한복들이 잃어버린 가방에 들어있다는 것을 확인하고 그나마 다행이라 생각했다. 한 가지 내 속옷이 적었다. 아직도 여정은 6일이 남아있다. 하긴 매일 갈아입지 못해도 별일은 없을 터였다. 우리가 머문 호텔 바로 옆에 세계적인 가구업체의 본사 '이케아'가 있었다.

오늘은 6월 1일 스톡홀름 시내투어이다. 가이드는 인상 좋게 생긴 우리의 아제 같은 한국인이었다. 우리가 승차한 버스는 2층 버스였다. 여행 내내 우리 일행이 맨 앞에 지정석처럼 자리하고, 맏며느리 팀과 신탄진 팀들은 아무런 불평 없이 뒷좌석에 착석해 주었다. 미안한 마음에 이제라도 앞자리를 양보하려 했으나 그들은 정중히 사양한다. 고맙고 미안하고 그런 사소한 일들이 우리를 아니 버스 안의 우리 일행 모두를 훨씬 가깝게 느껴지게 했다. 반장놀이가 본격적으로 시작된 것은 그때부터였다.

신탄진 팀들은 우리 세 팀 중 제일 젊은 층이면서 그래서인지 가장 활기차고 재미있는 팀이었다. 그녀들은 우리 네 사람 남자들을 스스럼없이 형부라 불렀고 우리는 그게 싫지 않았다. 적어도 나는 그랬다. 난 아내가 본래 7남매의 외동딸로 태어났으니 나에겐 처제가 있을 리 없고 형부라 부르는 사람도 없었다.

스톡홀름은 북유럽 최대의 도시라한다. 유럽 전체에서도 세 번째로 큰 도시로 인구가 1,000만 명을 돌파했다고 한다. 세계적인 가구업체 '이케아'의 본점이 있는 도시, 볼보자동차, 음악그룹 '아바'의 나라다.

종족은 북방 게르만족으로 이루어진 스웨덴 왕국으로 사회민주주의를 표방하고 있다.

우리의 교민이 3,500명 정도이며 스톡홀름에만 1,000여명이 살고 있다 한다. 그 옛날 우리나라가 어려웠을 때에 입양된 사람이 9,000명 정도로 그들에게서 태어난 한국혈통이 무려 30,000명 정도 된다하니 적은 수는 아니다.

스톡홀름은 호수, 숲, 바다가 어우러진 14개의 아름다운 섬으로 구성된 스칸디나 반도에서 제일 큰 도시이다. 그리고 해마다 노벨상 시상식이 열리며 그 무렵엔 세계의 이목이 집중되는 도시이기도 하다.

라플란드는 여름에 해가지지 않는 진풍경을 연출하는 곳이며 9월부터 '오로라'를 볼 수 있는 곳으로 야생동물과 하이킹, 카누로 널리 알려진 곳이다. '사미부족'이란 원주민들이 사는 곳이란다. 이번 우리 여행에서는 일정에 들어있지 않아 아쉽게 느껴졌다.

우리가 노르웨이에 가기 전 하룻밤을 머물렀던 '예테보리'는 스웨덴의 서해안에 위치했으며 스칸디나비아에서 가장 큰 항구도시이다. 영화제,

음악축제가 일 년 내내 열리는 곳으로 우리 일행이 아침 산책 때 좀 지저분했던 것은 축제 뒤의 어지러움이었다고 생각된다.

노벨상 시상식이 거행되는 시청은 1923년에 건립되었다. 시상식이 열리는 방은 '블루홀'이라 불리고 마름모꼴 무늬로 파이프 10,270개가 있으며 1,300여 명이 입장할 수 있다고 한다.

시의회 의원은 101명으로 그들이 회의하는 장소와 시청사 내부는 화려하고 우아했다. 의원들은 역시 특권이 없으며 수당도 없고 교통비조차 지급하지 않는다 하니 실로 봉사 오로지 봉사직이다. 우리가 본받아야 할, 배워야 할 가장 큰 덕목이다.

관람 후 점심을 먹고, 난 우리의 아제처럼 다정해 보이는 가이드에게 내 가방에 대해 물었고 스톡홀름 공항까지 가방이 와있음을 확인할 수 있었고 마음이 다소 밝아지고 있음을 감출 수 없다.

그리고 2층 버스로 이동할 때 신탄진 팀들에게 2층 앞자리 전망 좋은 곳을 양보했고 그들은 맨 앞에서 우리들을 즐겁게 하는 데 부족하지 않았다. 그렇게 우리들은 더욱 화기애애해졌고 내일 반장에 대해 말하기 시작했다. 반장놀이가 본격적으로 시작됨을 알리는 부담 없는 농담들은 우리를 박장대소하게 했다.

이제 버스에 승차, 스톡홀름 출발 헬싱키 향발의 58,000톤급 실자라인에 승선하기 위해 2층 버스는 우리를 싣고 스웨덴 마지막 일정의 코스를 달린다. 오늘 우리는 크루즈여행의 맛을 잠시나마 즐길 수 있게 된다.

실자라인에서 ― 크루즈 여행

스톡홀름 항구에서 난 하나의 가방만 가지고 드디어 실자라인이란 거대한 크루즈 배에 승선했다. 스톡홀름에서 헬싱키까지 오후 5시에 출항하여 다음날 오전 9시에 도착이니 실로 16시간 동안의 항해이다. 총 12

층으로 되어있고 3-4층은 자가용 400여 대를 실을 수 있는 화물층, 6-7 층은 면세점, 식당가, 공연장, 카지노 등의 상가 층이고, 8-11층은 객실로 되어있다. 60,000여 톤으로 길이 203m, 승객 수용 수 2,800명, 객실 수 986개로 되어있다 한다. 난생 처음 승선해 보는 거대한 배이다. 외관으로 보기에도 멋지고 웅장한 배였다.

　룸 티켓을 받고 아내와 함께 룸을 찾아 짐을 정리하고 식당으로 향했다. 처음엔 식당을 찾지 못해 잠시 헤맸다. 식사시간은 120분이며 뷔페식으로 갖은 음식이 차려져 있다. 특이한 것은 2시간 동안은 술이 무료로 제공된다는 것이다. 지금까지 어느 식당도 음식과 음료 과일은 제공되어도 주류는 제한되었었다. 우리는 2시간 동안 마음껏 음주를 할 수 있다는 데 고무되어 있었고 자리에 앉자마자 주류를 찾았다. 금상첨화란 말이 어울릴지 모르겠으나 우리의 지정된 좌석 바로 옆에 주류대가 설치되어 있었다. 제공되는 주종은 맥주와 와인 두 종류였다. 그럼 그렇지 위스키가 있을 리는 없다. 성찬과 수룡 나는 부지런히 와인과 맥주를 퍼 날랐고 그간 마른논에 물대는 식으로 잘들 마시며 목소리 또한 커지기 시작한다. 눈 깜짝할 사이에 2시간이 지나고 우리는 밤바다를 보기위해 선상으로 나아갔다. 백야의 바다도 어둑어둑해 발트해의 모습은 잘 볼 수 없었다. 기분이 업 된 우리들은 다시 카페로 향하였고 수룡은 어디선지 맥주를 사 나르고 그렇게 크루즈에서의 밤은 깊어간다. 역시 음악이나 춤은 세계의 공통언어라 할 수 있다. 언어는 통하지 않았으나 무대에서는 서로들 잘 통한다.

　11시 30분경에야 룸으로 들어왔다. 여행기간 중 제일 늦은 취침이다. 침대는 2개가 놓여져 있고 2개는 매달려 있다. 펼쳐진 침대에 누워 잠을 청했다. 아침이 밝아오면 우린 핀란드 헬싱키에 도착해 있을 것이다. 배의 기계음이 옅어지며 난 잠속으로 빠져들었다.

헬싱키 시내 투어

눈을 뜨니 거대한 배의 기계음이 들리며 우리는 배 위에 있음을 실감했다. 세면을 마치고 어제 식사와 와인을 즐겼던 식당으로 향해 선상 조식을 즐겼다. 난 여행기간에 조식의 양이 늘었다. 집에서는 간략한 조식이었는데 여행 중에는 더 먹게 된다. 조식 후 헬싱키 항에 도착하여 가이드와 상견하고 버스에 올랐다. 가이드는 한국 여자로 핀란드 남자와 결혼하여 헬싱키에 사는 여자였다. 화려하지도 않고 수수한 차림이 영락없는 한국 아줌마 스타일이어 거부감이 없는 스타일이었다.

핀란드는 인구가 550만이며 국토면적은 남한의 3배라니 그 인구밀도의 여유 있음이 부럽다. 그 중 수도인 헬싱키에는 60만 명이 산다고 하니 우리 대전의 절반도 되지 않는다. 1년 12개월 중 8개월이 겨울이며 4개월 동안 봄, 여름, 가을이라 하니 확연히 북반구에 위치해 있음을 알 수 있다. 국토는 18만개의 호수와 17만개의 섬으로 되어있고 GDP 43,000불로 세계 16위라고 한다.

우선 헬싱키 대성당을 관람했다. 성당에 오르기 전 언덕 위에서 바라본 헬싱키항의 모습은 아담하니 포근하게까지 느껴진다. 수많은 배들이 감자나 생선을 싣고 들어와 있다한다.

대성당은 헬싱키의 상징이라 할 수 있는 건물이다. 핀란드의 국교인 루터교의 총본산으로 예전엔 '성 니콜라스 교회'라 불렀다 한다. 원로원 광장에서 교회로 올라오는 계단은 헬싱키 시민들의 휴식처로 날씨 좋은 여름에는 이 계단에서 간단한 점심을 먹거나 휴식을 취하는 젊은이를 많이 발견할 수 있다 한다. 광장 중앙에는 러시아황제 알렉산드르2세의 입상이 서 있었다. 우리는 그 주위에서 인증 샷!

대성당에서 남쪽으로 한 블록 지나면 헬싱키 명물이라 불리는 마켓광장에 도착한다. 광장 앞은 항구여서 배에 감자나 채소, 생선을 놓고 판다는데 오늘은 볼 수 가 없다. 과일과 채소, 모자 가게 등이 있다. 여기에선 바가지요금은 없고 값을 깎는 습관도 없다고 한다. 명물이라지만 우리의 시장에 비하면 그 규모가 택도 없다. 시간은 남았지만 비가 내려 수룡네와 우린 버스로 돌아왔다. 벌써 다른 일행들도 승차해 있었다.

암석교회 ― 바위 속의 템펠리아우키오 암석교회, 오르는 동안 바람이 세차게 불어 약간 추위를 느꼈다. 암석교회는 형제 건축가가 1969년에 지은 것으로 단단하고 거대한 화강암 바위를 다이너마이트로 속을 폭파하여 생긴 내부 공간을 활용한 교회이다. 무너진 돌을 이용해 벽을 쌓고 지붕은 구리선과 유리로 만들었다. 천연의 음향효과가 뛰어나 콘서트 장소로 많이 사용한다는데 방문했을 때 어느 여인의 피아노 연주가 인상적이었다. 방문객이 많아 화장실 대기 인원이 많았다. 특히 여자 화장실이 더했다. 일요일 오후 2시에는 영어 예배가 진행된다고 한다. 시간의 여유가 있어 2층에도 올라보았다. 피아노 소리의 선율이 이국땅을 찾은 이의 마음을 격하게 때론 차분하게 뒤흔들고 있다.

시벨리우스 공원 ― 한참을 달려 시 외곽의 시벨리우스 공원에 도착했다. 추운데도 중국 사람처럼 보이는 사람 둘이서 이상한 포즈를 취하며 자리에 앉아있다. 물으니 이단적인 종교 전파인지 뭔지 잘 모르겠다고 한다. 이 공원은 세계적 음악가인 시벨리우스를 추모하기 위해 24톤의 강철을 이용해 만든 시벨리우스 기념비의 모습을 파이프오르간, 오로라, 빽빽한 침엽수림 등으로 해석하고 있는 바 작가가 밝히지 않아 보는 이의 상상으로 본다고 한다. 그 옆에는 역시 거대한 시벨리우스의 부조가 있었다. 우리들은 각자 커플끼리 인증 샷! 주어진 시간에 여유가 있어 호숫가에 자리 잡은 카페에 입성, 좁은 공간이었지만 차 한 잔 씩 즐길 수 있었다. 옆자리에 흰 개를 데리고 온 두 명의 소녀들이 있었다. 개가 온순하여 우리도 환대해 준다. 좁은 공간이었으나 차가운 바람을 피하기엔 안성맞춤이었다.

헬싱키에서 상트페테르부르크 ―고속열차

하루 동안의 헬싱키 시내 관광을 마치고도 가방은 돌아오지 않았다. 그런데도 여행은 점입가경으로 재미가 더해간다. 헬싱키 역으로 이동, 가방과 함께 고속열차에 승차했다. 처음엔 짐칸이 따로 있나 했으나 트렁크를 들고 객실로 들어가 천장의 짐 거치대에 어렵게 올려놓았다. 우리들 남자들은 여자들의 트렁크를 올려 자리를 잡아주고 그래서 더 생사를 같이하는 일행으로 거듭나게 되었다.

헬싱키 중앙역에서 탄 국제선 열차 알레그로는 정말 Allegro답게 빨랐다. 4시간 예정이었으나 3시간 30분 만에 옛 레닌그라드에 도착했다. 기차 안에서 핀란드와 러시아 쪽의 국경 통과 심사가 있었다. 세상에서 국

경 통과가 러시아가 제일 까다롭다는 말을 들었기 때문인지 약간 긴장
이 되기도 했지만 우리들은 그 분위기를 단체관광의 힘으로 극복했다.
객실 안 좌우좌석의 중앙좌석은 마주보게 되어 있어서 우리들은 그 자
리를 차지하고 남녀 고스톱 대결을 펼치기로 하였다. 그 사이 게임에 참
여하지 않는 사람들은 관람 또는 음주를 하며 차창 밖 풍광을 감상했
다. 우리들이 준비한 양주가 좌석에서 좌석으로 돌아가고 이야기들을
나누고 우리는 또 다른 우리의 일행들과 가장 가까워지는 고속열차에서
의 여행이어 좋았다. 옆 좌석의 외국인들은 우리의 고스톱을 흥미로운
듯 바라본다. 남녀 대결의 결과는 남자의 한판승이었다. 그 대표자가 근
중이, 얼마를 잃고 땄는지는 모르지만 많은 이에게 재미를 제공해준 코
리안 카드게임이었다. 그렇게 지루함 없이 바로 상트페테르부르크에 도
착하였다.

　페테르부르크역 앞에 대기한 버스에 몸을 안착시키니 포근한 마음이
든다. 다른 나라에서의 이동보다는 긴장이 되는 이동이었다. 그것이 러
시아라는 특이한 느낌으로 다가오기 때문인가 보다. 다행이 가이드는
아름다운 러시아 아가씨 갈리나이다. 분위기가 훨씬 부드러워짐을 느꼈
다. 호텔 '페트로 스포츠 호텔'이다. 이곳에서 2박을 한다. 가방이 이곳
으로 돌아오길 마음속으로 빌어본다.

겨울궁전, 여름궁전, 예바강

　러시아에서의 첫날 일정은 여름궁전이다. 표토르 대제의 여름철 별궁
으로 위 정원, 아래 정원, 대궁전으로 이루어졌다. 아래 정원이 64개의

분수로 이루어졌다. 러시아인들의 분수의 분수를 위한 분수에 의한 궁전으로 일컬어지기도 한다. 분수는 오전 11시에 치솟아 오르는데 수많은 관광객들이 분수가 솟아오르기를 기다리고 있었다. 우리 일행도 알맞은 자리를 잡고 분수의 분출을 기다렸다. 드디어 11시 팡파르가 울리며 함께 솟아오르는 분수의 솟음은 정말 장관이었다. 그리곤 우리는 아래 정원의 이곳저곳을 산책했다. 약속된 시간에 대궁전 약속된 장소로 돌아오다 소나기를 만났다. 다행히 난 멜 가방에 우산을 넣어 와서 아내와 함께 비를 맞지 않았고 그래서 의기양양했다.

예바강 주변을 관광했다. 꽤나 큰 강이다. 그 주변에 이집트의 스핑크스가 있었다. 우리는 차에서 하차하여 스핑크스를 배경으로 사진을 찍었다. 이 스핑크스는 프랑스 혁명 때 프랑스가 싼값에 팔게 되었는데 헐값에 러시아에서 사들여 1832년에 지금의 자리에 배치했다고 한다. 그 역사가 자그마치 3,000년이라고 한다. 러시아가 직접 약탈한 것은 아니지만 원래 주인은 이집트이니 이런 문화재도 돌려줘야 하는 것이 아닐까? 하는 생각이 든다.

비단 이곳의 스핑크스뿐 아니라 열강들이 약탈한 문화재 그리고 그들이 자랑하는 박물관의 소장품들 그들은 이를 갖고 자랑을 하고 있으니 정당한 행위라고 볼 수는 없는 일이 아니던가?

이제 러시아가 자랑하는 겨울궁전 지금의 에르미타쥐 박물관 관람을 위해 우리는 밖에서부터 열을 지어 대기해야 했다. 그렇게 많은 사람들이 있었다. 정말 이런 곳에서는 가이드의 안내처럼 소매치기를 조심해야겠다. 아내와 난 앞뒤로 바짝 긴장하며 일행과 가이드를 놓치지 않아야 했다.

궁정광장 한 편에는 러시아 황제들의 거처였었던 겨울 궁전이 예바강을 따라 230m나 쭉 뻗어있다. 1762년 라스트렐리에 의해 건축된 것으로 총 1,056개의 방과 117개의 계단 2,000개가 넘는 창문으로 이루어졌다. 겨울궁전은 오늘날 6개의 건물로 연결되어 있는 에르미타쥐 박물관 건물 중의 하나이다. 1764년에 예까쩨리나 2세가 226점의 회화를 서구로부터 들여온 것이 계기가 되어 현재 약 300만점의 전시품이 소장되어 있는 세계 최고의 박물관이다. 현재 이곳은 서유럽관, 고대유물관, 원시문화관, 러시아문화관, 동방국가들의 문화예술관, 고대화폐전시관 등 6개의 큰 파트로 나누어져 있다. 그중 볼만하고 우리가 관심 있게 본 곳은 125개의 전시실을 차지하고 있는 서유럽미술관으로 익히 알 수 있는 레오나르도 다빈치, 라파엘, 미켈란젤로, 루벤스, 렘브란트 등의 작품이 전시되어 있었다. 특히 '돌아온 탕자'와 '성모마리아' 그림은 우리의 관심을 끌기에 충분했다.

곳곳의 전시실마다 지킴이들이 있었는데 러시아의 나이 지긋한 할머니들도 많았고 그들은 소장된 작품에 대한 자부심이 대단했다. 우리들의 행동이 작품에 해가 될까봐 노심초사하고 있었다. 전시실마다 화려함과 셈세함 천장의 벽화 하나하나 정말 놀라울 정도였다. 몇 년 전 서유럽 여행 때 대영박물관과 루브르 박물관을 견학한 나로서는 그에 못지않다는 것을 느낄 수 있었다. 갈리나의 설명이 자세하다 못해 지루해 우리는 많이 지칠 수밖에 없었다. 파김치가 되어 관람을 마치고 식당에서 식사를 하고 호텔로 돌아왔다. 오늘은 무척 지친 하루였다.

성 베드로 파울 성당에서 카자흔 성당까지

성 베드로와 파울 성당의 높은 탑의 꼭대기까지는 124m나 된다고 한다. 성당에서 감옥 또는 요새로 시대의 아픔을 간직한 성당 곁을 우리들이 지날 때는 러시아인들이 비키니 입고 태양빛을 즐기고 있었다. 시대의 아이러니함을 느꼈다.

피의 구세주 성당은 러시아양식의 건물로 알렉산더 2세를 위한 성당인 바 러시아인들은 싫어한다고 한다. 세계대전 때 시체실로 그 뒤에는 야채실로 쓰였다하니 이 또한 시대의 아픔을 체험한 교회이다. 그 외관은 너무나 아름다웠고 사진을 찍는 피사체들로 분장한 러시아 사람들이 호객행위를 하고 있기도 하다.

카자흔 성당은 현재 실제 성당으로 사용되는 성당으로 우리들은 입장하기로 했다. 많은 사람의 무리와 함께 입장할 수 있었다. 이 교회는 러시아정교로 성호를 긋는 방식이 정반대였다. 입장을 하니 마침 예배 중이고 많은 사람들이 그들이 원하는 자리에서 예배를 인도하는 대로 따라하면서도 성스럽고 거룩하게 보였다. 이 성당은 1801년부터 1811년까지 만들어졌으며 성당 안에서는 남자들은 모자를 벗고 여자들은 머리에 수건을 써야 한다고 한다. 벽에는 역시 귀족적인 성화들이 그려져 있고 뒤편 이층에서 합창단원들의 코러스가 정말 성스러운 소리로 다가와 가슴을 울린다.

전승기념관에서 상트페테르부르크 공항까지

이제 구 레닌그라드에서 일정을 마치고 공항으로 갈 시간이다. 아직 여유는 있다. 일행들은 많이 지쳐있다. 공항 가는 길에 2차 세계대전 전승기념관이 있었다. 우리가 달리는 차선의 반대편이었다. 그래서 버스를 세워두고 다녀올 사람들만 갈리나를 따라나섰다. 왕복 30여 분. 나는 당연히 따라 나섰고 아내와 많은 사람들은 버스에 남기로 했다.

1,500만 명의 러시아인들이 죽은 전쟁, 남자들이 그렇게 많이 희생되었고 그 여파로 지금도 러시아에선 남자들이 우리의 제주도 남자들처럼 대접을 받으며 살고 있단다. 갈리나는 1500만명 희생의 결과 2차 세계대전에서 승리할 수 있었고 그들의 넋을 위로하는 이 기념관이 필요하다고 설명했다. 갈리나의 애국심과 자부심이 대단함을 알 수 있었다. 기념관 여기저기에 꺼지지 않는 횃불이 타오르고 있다. 미국 방문 시 웰링턴 국립묘지의 영원히 꺼지지 않는 불이 생각났다. 그렇다. 우리에겐 일본을 패망시켜준 미국이 승리국 이지만 유럽에서는 독일을 패망 하게한 연합국과 러시아의 승리가 확실했다.

우리 민족 분단의 단초였던 미소공동위원회, 포츠담선언, 얄타회담이 떠오른다. 나라를 잃어 우리의 주권이 없을 때 우리 민족 우리의 땅에 그들이 그은 38선이 생각났다. 갈리나와 언쟁을 벌일 뻔 했으나 얘기를 꺼내지 않고 잠시 후 그러기를 잘 했다 생각했다.

공항에 도착하여 예의 방법으로 수하물을 붙이고 우리들은 단체사진을 찍었다. 그만큼 가이드 갈리나 와는 각별했다. 공항에 갈리나의 어머니와 친구들이 나와 있었는데 모두 미인이었고 갈리나 어머니의 인상은 넘 좋았다.

상트페테르부르크에서 모스크바까지

오후 4시35분에 이륙한 비행기가 1시간25분정도 비행 끝에 드디어 모스크바 상공이다. 그 옛날 냉전시대의 원한서린 도시의 상공, 생각도 못했었는데 지금 그 도시의 상공을 날면서 감회에 젖는다. 남과 북의 분단에 어느 정도의 책임이 있는 그 도시의 상공! 과연 이념이 무엇이라서 그 숱한 사람들을 이별하게 하고 죽게 했을까? 상트에서 갈리나의 러시아에 대한 자부심, 애국심, 애향심, 그리고 열심히 배우며 연구하는 태도에서 많은 것을 배웠고 러시아의 앞날이 어둡지 않다고 생각되었다. 이번 여행은 정말 감명 깊은 여정이었다. 러시아에 대해 나의 선입견을 많이 바꾸는 그런 여행이 된 것도 부정할 수 없다.

모스크바 공항의 입국심사는 정말 까다로웠다. 공산국가임을 실감나게 했다. 한참 만에 어렵게 심사대를 통과하고 공항 밖에서 우리를 태울 버스가 사고로 지연된다는 소식을 듣고 기분이 더욱 가라앉는다. 우여곡절 끝에 도착하여 불친절한 한국인 식당에서 식사를 하고 우리는 호텔로 향했다. 모스크바는 현재 교통지옥이었다.

우리는 실자라인에서 산 양주를 호텔로비 적당한 공간에서 마시기로 하고 모였다. 다른 곳이 아닌 모스크바라서인지 여유 있고 기분 좋게 마시기에는 공간과 우리들 마음이 편하지 못했다.

그렇게 모스크바에서의 하룻밤이 저물어 가고 있었다.

모스크바 붉은 광장과 크렘린 궁

우리에게 소개된 모스크바의 가이드는 러시아 국립대학에서 공부하는 우리의 유학생 박준형이다. 라이선스를 갖춘 전문가이드는 아니었으나 성심성의껏 하려는 모습이 좋았다.

그가 소개한 러시아에 대한 몇 가지, 모스크바는 인구가 1,400만 명으

로 유럽에서 인구가 가장 많은 도시이며 세계에서는 네 번째로 큰 도시
이다. 3개의 순환도로와 방사형 16개 도로로 되어있어 교통병목현상이
일어나 불편하다. 날씨는 10월부터 4월까지 추운 겨울이어 공사를 하지
못하고 날 좋은날만 공사를 진행하기 때문에 교통이 더욱 혼잡하다. 푸
틴이 통과하는 곳은 예고 없이 교통이 통제되기 때문에 교통 혼잡의 또
하나의 원인이다.

미국 등 서방세계의 경제 압박으로 러시아 화폐가치가 1/2로 떨어지
기도 했다. 크렘린이란 성벽이란 의미이다.

한국인들은 모스크바 남부에서 주로 거주한다. 주의할 점은 여권분실
주의, 소매치기 조심해야 한다. 한국과는 시차가 6시간이다.

특히 러시아는 공권력이 너무 센 나라이며 인종차별이 심한 나라이다.
많은 전쟁으로 여성 인구가 많으며 남성이 대접을 받다보니 빈둥빈둥
노는 남자들이 많아 이혼율이 높다.

몽고, 프랑스, 폴란드와 전쟁을 많이 해 국민들 대다수가 애국심이 강
하고 러시아 슬라브 민족이 최고라는 의식을 갖고 있다. 그래서 상대방
보다 먼저 웃으면 바보 취급을 하는 습관이 있어 러시아 사람들 표정이
굳어있다고 한다.

허나 의리가 강한 사람들이어서 처음 자리 잡기가 힘들지 한번 사귀면
같은 민족과 동일시한다.

성공한 한국기업은 삼성과 LG이며 러시아 경제가 어려울 때 그들은
굳게 러시아를 지켜주어 고맙게 생각하고 있다고 한다.

'도시락'이란 라면의 판매순위가 1위일 정도이며 초코파이도 인기가
있다고 한다.

모스크바에서의 일정은 엉망이었다. 가이드 형준의 안내와 친절, 그리
고 고국에 대한 그리움이 있는 고국 청년의 국제화에 대한 노력 등은 우

리를 약간 감동시켰으나 두 번이나 방문한 한국인의 한식당에서 그 주인들의 고국 사람을 대하는 불손하고 무표정한 행위는 기대 이하였다. 어쩜 소련이라는 체제하에서 그렇게 변한 것 같아 마음이 가볍지 못했다.

오후엔 내내 비가 내렸다. 다행히 우산은 준비되었지만 비가 너무 많이 내려 붉은 광장에 세워진 백화점에서 시간을 보낼 수밖에 없었다. 정말 명품들의 백화점이었고 우리는 물건을 사려는 엄두도 내지 못했다. 성찬 친구가 다행히 유로화를 받는 아이스크림 가게를 찾아 아이스크림 4개를 샀다. 한 가정에 1개씩, 우리나라 아이스크림의 1/3크기였는데 1개의 값이 무려 5유로 우리 돈 5,000원이 넘는다. 넘 비싸다. 그렇게 마지막 남은 12일간의 여정을 마무리하고 3시 30분경 이른 저녁을 먹으러 한식당을 찾았다. 어제 저녁의 김치찌개 집보다는 친절해 다행이었다.

그리곤 공항을 향해 출발. 와! 정말 모스크바의 교통은 완전 지옥이었다. 6시에 공항 도착 예정이었으나 40여분 늦게 겨우 도착 비행기에 탑승할 수 있었다. 준형 가이드와 이선복 사장님까지 탑승을 걱정하여 기사에게 유료도로를 선택하도록 권했고 그 바람에 비행시간에 여유 있게 도착할 수 있었다.

허나 출국수속이 만만치 않았다. 수하물을 부치는 데 무려 40여분 그들은 역시 우리와 달랐다. 손님들이 줄을 서서 기다리는 데도 근무시간이 끝났는지 임무교대를 하지 않고 퇴근을 하는 모양이었다. 그야말로 서비스 빵점이었다. 러시아의 어두운 면이라 하지 않을 수 없다. 그 때문에 우리는 화물을 부치는 데 훨씬 많은 시간을 소비해야만 했다.

출국심사도 복잡했다. 역시 모스크바는 우리와는 다르다 영 파이다. 상트페테르부르크보다 훨씬 엉망이다. 공산주의의 잔재가 너무 많이 느껴진다. 그러면서도 유로화와 달러도 받지 않고 러시아 루블화만 받는 그들이 우습게 느껴지기까지 했다.

이 나라를 통치하는 푸틴이란 존재에 대해서도 회의를 느꼈다. 그러니 지난 소치동계올림픽 때 우리의 김연아 선수가 피겨에서 금메달을 러시아에 도둑맞은 것이다.

다행히 시간 안에 출국수속을 마치고 탑승할 수 있었다. 이제 고국으로의 마지막 비행이다. 9시간여가 지나면 고국 하늘이다. 아내는 계속 잠이다. 수면부족인지 몸이 약해진 것인지 안쓰럽게 느껴졌다.

에필로그

돌이켜보건대 그래도 이번 여행은 재미가 있었다. 어쩜 지금까지 20여 개국을 여행해 보았지만 이번만큼 재미있고 유익했던 여행은 없었던 것 같다. 가방분실만 없었더라면! 그나저나 그 가방이 대전까지 도착이나 하려는지 걱정이다. 선진국인 세계 제1의 국민소득인 나라의 항공사의 일처리가 마음에 들지 않는다. 이런 사소한 일 하나하나가 그 나라의 국익과 연관됨을 실감할 수 있었다. 우리도 외국에 갔을 때나 우리를 찾아온 외국인들에게 언어와 행동은 물론 우리의 긍정적인 면을 알리고 보이는 데 사소함이 없어야겠다고 생각했다. 스웨덴 항공사의 일처리도 불만이다. 실자라인으로 보내기가 어렵다면 상트페테르부르크로는 충분히 보낼 수 있었던 일이 아니었던가?

그간 여행을 함께했던 스물세 명의 트롤들이여, 그대들의 현실에 다시 뛰어들어 정말 당신들 주위의 악귀를 쫓아내는 그대들만의 요정들이 되길 마음속으로 빌어본다. 우리에게 더 많은 재미와 즐거움 활기를 불어넣어준 신탄진 팀, 우리에게 더 많은 소주와 믿음을 준 맏며느리 팀, 그리고 또한 행복을 많이 나누어준 부부 팀, 이선복 신화 사장님 모두모두 행복하길 기원한다.

비행하는 밖을 보니 어둡다. 가늠하니 유럽도 아닌, 아시아도 아닌, 유라시아의 하늘을 어둡게 날고 있다. 지금 어둠으로 백야인 북유럽이 아님을 알 수 있다. 그간 정든 북유럽이여 안녕! 안녕! 언제 또 올 수 있으려는지! 아니 영원히! — 아듀 —

06

창작의 즐거움

쫓기는 사람들

 난 도심의 한가운데 대로변에 서 있었다. 이상한 일이었다. 아무리 새벽이라고 하지만 차량의 불빛 하나 없고 사람 한명 지나지 않는 이런 도심은 통금 시대에도 없었던 일이 아닌가? 헌데 지금은 정말 개미새끼 한마리 얼씬거리지 않는 이렇게 큰 아스팔트길 그리고 그 길 위에 고층빌딩의 숲이라니? 전깃불 하나 켜 있지 않은 빌딩의 숲도 이상했지만, 마땅히 어두워질 시간인데도 그렇게 어둡지 않았다. 아하, 그러고 보니 스무날 정도의 하현달과 차가운 파란 별들이 내뿜는 시린 아픔의 밝음 때문이었다. 그렇게 조용한 아니 적막의 숲에, 내 발자국 소리만이 쿵쿵 울려 쿵~쿵~하는 여운을 남기며 메아리치는 것이었다. 이젠 그 소리마저 나의 고막을 찢을 것만 같았다. 이럴 때면 누구에겐가 나의 여기 있음을 알리는 소리가 되어주는 발자국 소리가 고맙기도 하련만 그런 생각보다는 소리 없이 이 정적 속에 적당히 몸을 숨길 곳을 찾아야 된다는 압박감만이 가슴을 옥죄어올 뿐이었다. 어디선가 멀리서 웅웅거리는 소리의 무리들이 들리는가 싶다가 다시 사라지고 그 다음엔 다시 더 큰 무리의 소리가 되어 다가옴을 느낄 수 있었다. 그건 분명 사람의 소리도 자동차의 소리도 아닌 어쩜 문명 이전의 그 어떤 소리였다. 한참을 귀

기울이고 들어보니 어떤 짐승의 소리임에 틀림이 없었다. 아니 저 소리는 늑대나 여우임에 틀림이 없다. 큰길의 여기저기서 파란 불빛을 뿜어내며 다가오는 저 무리들은 분명 자동차의 불빛은 아니었다. 또 엔진소리 대신 혀를 길게 내밀고 아우성치는 짐승이 틀림없었다. 아니! 저건 개들의 무리가 아닌가? 야생의 늑대도 여우도 아닌 우리와 친밀했던 개들이 아닌가? 야생의 늑대나 여우가 아닌 것은 다행인 듯싶으나 저! 저 거센 몸놀림이나 눈에서 내뿜는 불빛의 열기로 보아 그 무엇을 향해 강하게 돌진하고 있는 게 틀림없었다. 이때 갑자기 뒤편에서도 똑같은 소리가 들리고 있었다. 아니 그렇다면 이 거리에 서있는 건 나 혼자이고, 아니 왼편에서도 오른편에서도 이건 분명 나를 향해 돌진해 오고 있는 것이 분명했다. 이젠 점점 거리가 좁혀져 불과 오륙 미터밖에 남지 않았다. 어딘가 숨을 곳을 찾아야 한다. 내가 숨을 곳은? 내가 숨을 곳?….

땀에 젖은 채 잠에서 깨니 아내는 아직도 잠자리에 들지 않고 무언지 부스럭거리고 있었다.

"아니 웬 잠을 그렇게 험하게 주무서요?"

"지금 몇 시야? 아니 여직 뭘 해?"

"당신 내일이면 다시 가서야 할 텐데 짐을 좀 꾸려야죠?"

밖에선 여직도 빗소리가 완연했다. 올해는 유난히 늦장마가 심했다. 여름휴가가 끝날 무렵이면 아침저녁으론 선들선들 바람도 불어주고 한낮엔 뜨거운 태양이 대지를 덥혀주어야 했다. 그런데도 올해는 그렇지 않았다. 후줄근히 내리는 빗소리를 들으면 좀 시원하기라도 해야 하련만 잠에서 깬 방안 공기는 후덥지근하기만 했다.

아파트 창문을 열고 밖을 보니 차량들의 불빛에 빗줄기가 완연했다. 꿈속에 본 빌딩의 숲은 아니었다. 거리엔 인적은 끊기었으나 간간이 차량들이 빗줄기를 하얗게 드러내 놓으며 달리고 있었다.

아내는 짐을 꾸리고 있었다. 나를 보내기 위해 아내의 손놀림도 늦장마만큼이나 무겁게 느껴졌다. 함께 있을 수 있었던 휴가 때에 좀 더 잘 해주지 못한 것이 안쓰럽다.

휴가철이 끝날 때쯤이면 후회하는 마음은 항상 따라다니나 보다. 허나 그 후회의 마음은 대부분 내 자신만 생각하는 것이었다. 이번 휴가의 끝에 서서 아내에 대해, 아이들에 대해 미안한 마음을 갖게 되는 건 아무래도 내가 개학을 하면 집에서 함께할 수 없기 때문인가 보았다.

한 겹 한 겹 접히는 옷가지들 위로 나로 인해 찌들어진 아내의 손길이 올려지며 시골 발령을 받기 전 무언가에 쫓기던 나의 과거가 접히고 있었다.

아내가 건네준 짐 꾸러미는 묵직하기만 했다. 그 속엔 손을 덥히며 절였을 김치도 담겨 있을 것이고, 프라이팬 위에서 몸이 노랗게 달구어진 멸치도 나의 밑반찬으로 마련되었을 것이었다. 밑반찬으로는 멸치가 제일이라며 찬을 나를 때마다 아내는 그걸 빠뜨리지 않았다. 하지만 난 밥상 위에 그걸 올려놓고도 쉽게 씹어 먹지는 못했다. 몸은 달구어져 죽어있는 것이 분명하련만 숱한 눈들은 살아있어서 나를 주시하고 있기 때문인지 본래 채식을 좋아하기 때문인지 모를 일이었다.

묵직한 아내의 사랑을 양손에 확인하며 차에 오를 때는 늦장마도 걷히는지 가느다란 안개비만이 바람에 흩날리고 있었다.

돌아오는 길에 확인한 태풍을 동반한 늦장마의 흔적은 우리 모두를 한바탕 놀라게 하는 먹구름과 같은 것이었다. 그건 어쩜 꿈속에서 들은 문명 이전의 웅웅거리는 소리처럼 신께서 오늘의 우리를 시험하신 작은 시련인지도 몰랐다.

비가 멎었다고는 하여도 하늘 끝에서 땅 끝까지 가득 찬 안개비는 내가 탄 차가 어디를 달리고 있는 것인지 알 수 없었다. 눈앞에 희미하게 보이는 산이며 들판은 다가서면 또 한발 그만큼 물러서고, 또 다가서면 물러갔고, 가까워졌다가도 되돌아보면 저만큼 멀리 안갯속에 사라져 가곤 했다. 도무지 앞이 분명치 않은 길을 계속해서 달려가도 거긴 계속 안개의 동굴 속일 뿐이었다. 안개로 가려진 시야 때문인지 길이 없을듯 한데 가면 갈수록 길은 연이어 나타났다.

바람이라도 일면 부분 부분이 훤하게 앞을 터놓고 있다가도 갑자기 가려지고 길가에 서있는 나무들은 안갯속에서 언뜻언뜻 눈앞에 성큼 다가왔다가는 획획 바람을 가르며 안갯속에 묻혀버리곤 했다.

폭우에 황톳물이 범범 되어 메말랐던 강줄기를 적시며 둑 위까지 물이 가득 차 위험 수위를 이루며 완만히 물이 머물러 있는 듯했다.

황톳물 위에서 난 용남의 얼굴을 떠올렸다. 내가 용남을 만난 것은 지난해 여름이었다. 나는 그때에 식구들과 헤어져 발령받은 임지에서 안착하지 못한 채 하숙집을 전전하고 있을 때였다. 퇴근길이면 하숙으로 곧장 발걸음이 내키질 않았다.

그곳은 도시도, 완연한 시골도 아닌 어중간한 곳이었다. 농사를 짓고 고기를 잡는 그런 생활을 하는 사람들이 많은 것이나, 낮은 구릉이 많은 서해안 지방에 그래도 꽤나 커 보이는 도비산이 자리 잡고 있는 것으로 보면 시골임에 틀림이 없었다. 허나 내가 머무르고 있었던 하숙집들이 있는 곳은 시장바닥이어서 농사를 짓는 집도 몇 집 있기는 했어도 대개는 상업으로 생계를 유지하는 그런 사람들이 모여 사는 곳이었다.

나는 이곳에 오면서 그래도 위안을 가질 수 있었던 것은 훈훈한 시골 인심 속에서 마음 편히 살 수 있을 것이라는 기대감 때문이었다. 그러나 나의 그런 기대는 몰락해가는 면소재지 시장 바닥에서 새로운 탈출구를 찾지 못한 그들에게서 찾을 수는 없었다. 그들은 5일마다 장날이 섰었던 옛날에 매달려 있었고, 그때의 성시를 가끔 입에 올려놓고 맛있게 요리를 하곤 했다. 어떤 이들은 아스팔트길을 원망하기도 했다. 한 시간은 족히 걸리던 군청 소재지까지 그 절반이면 족하게 만들어 놓은 도로 때문에 사람들은 웬만한 물건은 읍에서 사다 쓴다고 투덜거렸다. 그래서 그들은 바가지란 것을 만들었는지 몰랐다. 구수한 초가지붕에서 커온 우리의 바가지가 아닌 플라스틱 바가지를 준비했나 보다. 그런 곳에서 훈훈한 시골 인정을 기대했던 내 생각은 애초부터 잘못된 생각이었다.

내가 그렇게 안착을 하지 못하고 무언가 애타게 찾고 있을 때에 만난 사람이 용남이었다.

내가 쉽게 그와 친할 수 있었던 것은 도비산 때문인지도 몰랐다. 나는 도비산 동쪽에서 어릴 때부터 도비산을 바라보면서 자랐고, 용남은 도비산 남서쪽 아래편에서 산을 바라보며 커왔다고 했다.

우리들은 처음 만나는 날 도비산 이야기를 늘어놓았다. 난 어머니께서 밖에 출타하실 때면 나에게 부탁했던 말이 떠올라 그 얘기를 했다. '도비산에 구름이 걸치면 비가 올 테니 빨래를 걷도록 해라' 어머니의 말씀은 신통하게 꼭 들어맞았다. 도비산 허리에 구름이 끼기 시작하여 그 자태가 흐려지기 시작하면 어느 사이 빗 나락이 날리곤 했다. 용남은 도비산의 자태가 맑게 선연히 보이는 날의 얘기를 했다. 비가 갠 후 도비산과 하늘이 만들어 놓은 공제선이 뚜렷한 날은 고기가 많이 잡히는 날이라 했다.

도비산을 사이에 두고 어려서부터 그리 멀지 않은 곳에서 천수만의 깊숙이 자리 잡은 갯마을에서 소금기에 절은 바다내음을 함께 맡으며 자랐다는 사실은 우리 둘 사이를 연결시켜주는 고리의 역할을 하기에 충분했다.

완만히 머물러 있는 황톳물에서 용남의 모습이 지워지며 또 다른 늦장마의 행패가 펼쳐지고 있었다.

강이랄 것도 없는 냇가에서는 갑자기 몰아닥친 물의 양을 지탱하지 못해 둑이 터지면서 급하게 흘러간 물살이 논마다 몰아붙여 놓고 있었다. 논마다 무성하게 자라던 벼 포기들이 한쪽 방향으로 일사분란하게 엎어져 있었다. 논둑 위 여기저기에 모래들이 한웅큼씩 수북이 쌓여 있는 걸로 보아 물이 한꺼번에 모래며 밭 흙이며 황토 흙을 몰고 내려와 쌓아놓은 것임을 알 수 있었다. 한껏 물이 빠진 곳에서는 반두며 투망이며 괭이를 들고 나와 물고기를 잡는 사람들이 여기저기 흩어져 있기도 했다. 어떤 이들은 장마가 휩쓸고 간 상흔을 메꾸기 위해 삽이며 가마니를 들고 여기저기 분주히 돌아다니고 있었다. 칠팔 세에서 열두서너 살 되 보이는 동네 아이들은 물이 휩쓸고 간 흔적을 보고 놀라기도 하고 감탄도 하며 이리저리 뛰어다니고 있었다. 어른들이 고기를 잡는 냇가에 이르러서는 그릇 속에 파닥이는 붕어며 미꾸라지 가물치 등을 바라보고 있기도 하고 어떤 아이는 그릇 속에 손을 넣어보기도 했다. 넣었던 손을 뒤로 빼고 한걸음 물러나기도 하며 와자하게 시끄러운 시간들이 황톳물과 뒤범벅이 되어 흐르고 있었다.

넓직한 잎을 시원스럽게 펼치고 있던 담뱃잎들이 후줄근히 비에 젖어 축 늘어져 있기도 하고, 어떤 곳은 빗물의 무게를 견디지 못했음인지 바람의 구박에 못 이겨서인지 안타깝게도 그 큰 잎이 뚝 부러져 쳐져 있기도 했다. 정성들여 담배모를 심고 밭고랑 둑을 만들어 사람 키만큼 자란 잎들이 흙투성이가 된 채 엎어져 있는 걸 보며 한숨 짓는 농부들도 있고, 이제 한참 열리기 시작한 풋고추가 고랑에 떨어져 흙속에 묻혀있는 걸 보며 플라스틱 바가지를 들고 주우러 다니는 아낙들도 있었다. 아낙들은 고추를 주우며 붉게 물들어 결실을 보지 못하고 떨어진 풋고추들을 보고 안타까이 여기며 혀를 끌끌 차기도 했다. 고추를 줍다 허리를 펴는 시간에 아직도 하늘에 꿈틀대며 빠른 속도로 움직이고 있는 구름의 뭉치들을 원망스러운 눈초리로 바라보기도 하며 수마가 할퀴고 간 흔적을 되돌아보고 있었다.

버스는 지나는 곳마다 수마가 지나간 흔적을 끊이지 않고 차창에서 확인시켜주고 있었다. 내가 머물고 있는 조그만 도시도 예외는 아니었다. 장마의 뒷수습으로 움직이는 주민들의 손길이 바쁘게 움직이고 있었다.

도비산은 이름 그대로 바다 한가운데 솟아 있는 섬처럼 보이기도 하고 어떻게 보면 해풍을 막기 위해 쌓아놓은 거대한 성처럼 보이기도 했다. 도비산 정상에 오르면 멀리 안면도가 길게 내려다보이고, 맞은편에 홍성 군이 내려다보이며, 산자락 주위에 흩어져 있는 촌락들이 군데군데 눈에 들어온다. 북동쪽으로는 인지면 소재지가 손에 닿을 듯 가까이 있고, 서쪽에서 부석면이 바다 쪽을 향해 점점이 자리 잡고 누워있다. 남서쪽으로는 간월도가, 그 맞은편 서쪽으로 황도, 그 아래편 남쪽으로 대섬이 내려다보이며, 보령 군으로 이어지는 바닷물이 잔잔히 보이기도 한다.

내가 자란 서산읍 변두리인 덕지천은 도비산에서 동쪽으로 이십여 킬로쯤 갯골을 따라가면 당도할 수 있으며 예전엔 전매청 산하의 거대한 염전이 있었다. 도비산 주위의 주민들도 농사와 어업에 종사하는 사람이 대부분이었다. 그중에서도 어업만을 생계로 유지해 조상 대대로 살아온 마을은 용남이가 살고 있는 간월도와 황도였다.

내가 용남을 만나던 날 그는 바다 위에 있었다. 선착장 주변에 조개껍

데기들이 어지럽게 흩어져 있고, 폐선 몇 척이 갯벌에 기우뚱한 형태로 못 박혀 있었다. 멀리서 바라다보니 물결은 푸르고 잔잔하기만 했다. 막상 선착장에 당도하니 밀물이어서 조수가 밀려오고 있었다. 밀려오는 조수의 빛깔은 그대로 잿빛이었다. 아이들 몇 명이 낚싯대를 담그고 있기도 하고 어떤 아이는 바닷물 속으로 곤두박질하며 수영을 하고 있었다.

5, 6톤쯤이나 되어 보이는 조그만 풍선 몇 척이 조수를 따라 선착장에 다가오고 있었다. 아이들 속에 묻혀있는 낯선 나를 보고 힐끔거리면서도 배안에 있는 사람들은 무엇인가 계속 손을 놀리고 있었다. 점점 가까이 다가오니 그들의 손놀림은 그물을 사리고 있는 것임을 알 수 있었다. 내 나이 또래쯤 되어 보이는 사람에게 말을 건넸다.

"뭘 좀 잡으셨나요?"

"잡긴 뭘 잡습니까? 없어요 없어."

퉁명스런 그의 대답은 바닷가에서 한참 들떠있었던 나의 기분을 흔들어 놓았다. 한참을 기다리고 있으려니 망태기 하나씩을 들고 뱃사람들이 내려오고 있었다. 그들의 망태기 속을 훔쳐보니 박하지라고 하는 돌게 몇 마리와 바다새우 몇 마리 노래미라 하는 손바닥의 반만이나 될까 하는 잡어들이 망태기 자락에 깔려 있었다.

퉁명한 대답을 던졌던 내 또래쯤으로 보였던 용남은 맨 나중에야 닻을 들고 내려오더니 선착장의 드럼통을 고정시켜 놓은 닻고리에 닻을 걸었다. 그리고 다시 배 위로 올라가더니 그도 망태기 하나를 들고 내려왔다.

"많이 잡지 못하셨나 보죠?"

"요즘은 잘 안 잡힙니다. 물막이 공사가 있고부턴 통 안 잡히죠."

서글서글한 눈매와 오똑한 콧날 섬사람 같지가 않았다. 어쩜 두리뭉실하고 얼굴도 검은 내가 섬에서 생활하는 사람이라면 제격에 맞고 그는 섬에 있을 사람처럼 보이지 않았다.

"덕지내란 곳을 아시나요?"

난 그에게 내가 자란 곳을 아는지 물어보았다.

"아 알죠 그전에 큰 염전이 있었죠? 친척 한 명이 그곳에 살고 있죠."

우린 그때부터 서먹한 관계를 벗어날 수 있었다. 갈매기 몇 마리가 날개를 펴고 고기를 찾다간 물속으로 곤두박질치고 있었다. 해변의 오른편 끝에는 '간월암'이라 부르는 조그만 암자가 또 하나의 동떨어진 섬으로 남아 있었다. 용남이의 말로는 썰물이 되면 간월도와 간월암은 육지로 연결되지만 물이 가득 차오르는 만조 시에는 간월암은 그렇게 또 하나의 섬으로 떨어져 나간다 했다.

조선을 건국한 이성계의 스승이었던 무학 대사가 저기 보이는 간월암에서 달을 바라보며 깨우쳤다 해서 看(볼간)月(달월), 간월암이라 했다고 하는 말과 무(無)와, 무(舞)의 의미를 설명하는 용남은 조금 전보다는 많이 신이나 있었다.

스승이 없이 스스로 깨우쳤다는 의미에서 無學으로 부르기도 하며, 무학의 어머님이 간월도에서 뭍에 오르자 산기를 느껴 무학을 낳고 어찌할 바를 모르다 아기를 버리고 시장에 다녀오다 보니 鶴들이 춤을 추며 보호하고 있어 보통아이가 아니란 생각으로 집으로 데려와 길렀다고 했다. 그래서 舞鶴이라고 불리기도 했다고 그는 열심히 설명해 주었다.

칠월 백중사리의 밀물은 정말 우리들이 앉아 있는 해변의 발밑까지 가득 채워져 옛날의 바다 얘기를 들려주는 용남의 말을 더욱 실감나게 해 주었다.

만조로 가득 찬 바다 위로 갈매기들이 한가롭게 날고 맞은편 안면도의 산허리에 걸린 햇빛은 우리들이 앉은 자리까지 일직선으로 황금빛 뱃길을 열어놓으며 수면 위에 넘실대고 있었다. 때마침 불어오는 마파람에 실려 한 떼의 파도가 부서지며 물보라로 밀어닥쳐 포장마차의 식탁 위까지 뿌려졌다. 오른편 물막이 공사로 막혀진 둑 위로는 완행버스 한 대가 먼지를 부옇게 일으키며 달려오고 있었다. 뱃길을 통해서만 올 수 있었던 이곳을 이젠 육로로도 올 수 있게 된 대역사가 이루어졌던 것이었다.

섬마을이라고 술안주가 충분한 것은 아니었다. '중하'라 불리는 바다 새우가 고작이었다. 물가에서 마시는 술은 덜 취한다드니 정말인가 보았다. 세 병째의 소주를 시키며 용남은 옛날 얘기를 늘어놓았다.

"나도 한땐 객지 물도 먹었다구요. 결국 이 바다를 못 잊어 돌아왔지만 저기 보이는 저 둑 위쯤에서…."

그가 가리키는 둑 위로 섬을 빠져 나가는 버스 한 대가 부옇게 먼지를 일으키며 건너다보이는 도비산의 자태를 흐려놓고 있었다.

그의 집안은 언제부터인지 대대로 간월도에서 어업에 종사해왔다고 했다. 40톤쯤 되는 중선배로 멀리 흑산도 부근까지 고기잡이를 나가기도 했으며 선주의 집안으로 떵떵거리며 살았다고 했다. 할아버지 대에서 가세가 기울기 시작하여 아버님 대에서는 중선배는커녕 조그만 풍선 한척도 없어 남의 집 선원으로 배를 타게 되었다. 어려서부터 단련된 몸이 아닌 아버진 선원으로서도 환영을 받지 못했다. 때마침 간월도 학교의 청부자리가 공석이 되어 그의 아버지는 황도초등학교 간월분교장의 청부가 될 수 있었다.

옛날부터 간월도의 굴 맛은 일품이었다. 잡는 어업에서 기르는 어업으로의 전환의 바람은 간월도에도 불어왔다. 해변에 돌을 놓아 굴 밭을 만들게 되었고 간월도 어리굴젓은 전국적으로 알려져 예의 명성을 되찾기에 이르렀다.

아버님은 몸이 약해서 청부자리가 제격이셨고 그의 아버님은 부업으로 굴 밭에서 굴을 따 짭짤한 수입을 올리셨다. 무너졌던 집안이 점차 활기를 되찾을 때 용남은 초등학교 학생이었다고 했다. 그때 만해도 철이 없었던 용남은 아버님이 학교에서 날라다 주는 건빵을 받아들고는 신이 나서 다른 아이들에게 자랑을 하면서 날뛰었다고 했다. 그 건빵은 정부에서 도서벽지 아이들에게 나누어 주는 무상급식이었다. 일주일 분씩 버스가 들어오는 창리 해변에서 도선을 통해 간월도로 운반되어졌다. 그 건빵은 학생 한 명당 하루에 스물다섯 개에서 서른 개 정도씩 나누어 주었는데 용남은 어쩌다 아버지가 집으로 가져오는 건빵을 다른 아이들보다 더 많이 먹을 수 있었다.

그러던 어느 날, 그날은 겨울방학을 며칠 앞둔 추운 겨울날이었다. 건빵을 인수하러 갔던 아버지가 돌아오는 바다 위에서 사고를 당하셨다. 배가 기우는 바람에 빠진 건빵포대를 건지려다 아버지마저 바다에 빠지게 되었다 때마침 몰아닥친 눈발과 바람은 아버지와 도선 사이를 점점 멀어지게 했고 조수의 물결은 거세기만 했다. 그렇게 해서 용남 아버지는 지척에 바라보이는 간월도를 바라보면서도 몸이 싸늘하게 식어만 갔다고 말하는 용남은 표정하나 변하지 않고 의연한 모습이었다.

그 후로 용남 아버지는 순직으로 처리되어 정부의 선처를 받을 수 있었고 교장선생님과 교육장님의 노력으로 아버지의 청부 자리에 어머님이 고용될 수 있었다. 어머니도 그 후 건빵을 나르시며 가끔 용남에게 건빵을 가져다 주셨지만 왠지 건빵을 쳐다보기도 싫어졌다 했다.

어머니는 기회 있을 때마다 용남에게 너만은 공부를 열심히 해 육지에서 살 수 있는 터전을 마련하도록 말씀하시곤 했다. 용남이가 간월도에서 그래도 제일 먼저 고등학교를 졸업할 수 있었던 것도 어머니의 바다에 대한 증오 때문이기도 했다. 대학 진학을 하지 못한 용남은 군에 입대하여 복무를 마치고 어머니의 만류로 객지에서 탐탁지 않은 직장을 전전해야만 했다.

용남의 말을 들을 때 한 떼의 바람이 웅웅거리며 몰아닥쳤다. 검은 먹구름이 황혼에 물들어가는 도비산 위를 휘감았다. 도비산 정상이 구름에 모습을 감추며 그 하늘 위로 나의 어지러운 과거가 펼쳐지고 있었다.

고층빌딩의 연탄배달부로 항상 검은 옷을 입고 검은 장갑을 끼고 검은 얼굴로 어둡게 살아야 했던 고교시절, 고속도로 주변의 경지정리 사업으로, 한남동 외인아파트의 기초공사의 잡부로, 부산 노포동 골프장의 잡석 운반의 잡인부로. 여기저기 전전하던 불확실하던 나의 소년시절과 청년시절을 떠올리며 난 용남의 말에 몰두해 있었다.

용남을 만나고 돌아온 난 하숙생활을 끝내고 나만의 살림방을 하나 마련하였다. 내가 지금 머물고 있는 방은 가축의 축사처럼 지어놓은 칸막이 방이 아니어서 좋았다. 플라스틱 바가지를 준비한 사람들도 없었다. 무엇보다도 좋은 건 나의 유년시절의 잃어버린 고향집에서의 모습을 볼 수 있어서 좋았다. 고향집에서처럼 수탉의 울음으로부터 아침이 열려지고, 퉁방울의 멀뚱한 어미 소의 한가로운 되새김질을 아침저녁으로 볼 수 있어서 좋았다. 어쩌다 바람에 실려 오는 외양간의 짙은 냄새는 여직도 내가 찾고 있었던 그것이며, 나의 유년의 내음이기도 했다. 어쩜 도비산 저 너머의 나의 유년시절이 나의 끈질긴 부름에 답해 도비산 상봉을 넘어 나의 자취방에 머물러 있어주는지도 모를 일이었다. 그러기에 나의 유년이 끈덕지게 남아 여기저기서 얼굴을 내밀었다가 목을 숨기곤 하는 모양이다. 어떤 때는 토방에서 할아버지의 해묵은 기침소리가 맴돌다 나의 정수리에 와 박히기도 하고 아버지의 손때 묻은 삽자루와 괭이자루로 변한 농구들에서 훈훈한 체온을 느낄 수 있어서 좋았다.

도비산 주위에 바람이 심했다. 특히나, 봄바람은 더욱 심했다. 어쩜 그것은 봄바람이 아닌 겨울의 잔해가 도비산 상봉을 맴돌다 다시 되돌아오는 그런 바람인지도 모르겠다. 그러기에 도비산 너머엔 개나리, 진달래의 꽃소식이 전해지는 데에도 여직 꽃바람이지 못하고 외투 깃을 여미게 하는 차가운 흙바람으로 남아있나 보다.

삼월이 되자 마음을 나누었던 정든 이들이 내 곁을 떠났다. 새로운 얼굴들이 교무실 분위기를 낯설게 했다. 사람이 바뀌자 교내의 인사발령이 있었다. 후배들이 과장이 되었다. 그것도 여럿이… 난 제외되었다. 다른 사람들이 내게 오더니 위로의 말을 해주었다. 난 아무렇지도 않았다. 후배들이 나에게 미안하다고 했다. 교감도 미안하다고 했다. 난 정말 아무렇지도 않았다. 그들이 자꾸 미안하다고 하니 내가 미안했다. 난 지난 세월을 모두에게 미안하게만 살아왔나 보았다. 난 그들이 나에게 미안해 할 때면 퇴근 후에 그들과 함께하지 못하고 간월도를 찾았다.

내가 찾은 간월도는 정말로 많은 변화를 가져오고 있었다. 우선 그 외모부터가 많은 변화를 가져왔다. 사자 한 마리가 뒷다리를 접고 앞다리를 길게 뻗친 채 편히 쉬고 있는 형상에서 머리 부분만 남아 있고 그 꼬리 부분은 완전히 잘려져 간월도와 육지를 연결하는 도로로 변해 있었다.

국내 굴지의 H건설회사에서 서산 AB지구의 간척공사를 완성시킨 것이었다. 마지막 물막이 공사에선 폐유조선을 사용하여 세인의 관심을 끌기도 했던 공사였다.

삼사년 후에 농사를 시작하게 되면 대전만한 도시의 인구가 일 년간 먹을 수 있는 식량을 생산할 수 있다니 엄청나게 넓은 면적임에 틀림이 없다. 그럼에도 내가 만나본 간월도 사람들은 만족하게 생각하는 사람들이 많지 않았다.

용남이가 가리키며 '저기 보이는 저 둑 위쯤에서…' 라던 둑 밑에 용남이 아버지의 영혼이 맴돌고 있기 때문인지? 아니면 내 아버지도 막혀버린 바다와 관계있던 염전 때문에 돌아가셨기 때문인지? 나도 간월도를 생각할 때마다 어떤 아쉬움이 생각나기만 했다.

공사가 계속되는 동안 이장님을 비롯한 어촌계장 동네 유지 몇 분들은 주민들의 의사를 대변하기 위해 군청과 서울을 자주 왕래하였다. H건설 회사 측과도 잦은 접촉을 가지면서 충분한 보상을 약속받기도 했다.

그러니까 내가 용남을 만난 것은 그런 일이 있고난 후 물막이 공사가 끝나고 일 년 쯤이 지난 후였다.

생각했던 것만큼 보상을 받은 사람도 있었지만, 그들은 법적으로 인정된 어장을 가지고 있는 사람들 뿐이었지 주민들 모두에게 보상이 충분히 주어질 수는 없었다. 그들의 생활터전이었던 바다는 육지의 논이나 밭처럼 소유를 표시하는 선이 그어져 있는 것도 아니었으며, 간월도 주민들 대부분은 영세어업으로 근해에서 고기를 잡고, 굴을 따고, 조개를 캐는 그런 사람들이 대부분이었다.

물막이 공사가 끝난 후 황톳물로 변해버린 바닷물에는 고기들의 먹이가 되는 플랑크톤도 굴이나 김이 될 수 있는 포자도 자랄 수 없게 되었다. 확실치 않으나 예의 그 바다가 되어주지는 못했다. 부녀자들이 바다에 나가기만 하면 하루 일이만 원의 수입쯤은 보장해 주던 그런 바다는 아니었다. 그래서인지 몸뻬차림의 모자 위에 수건을 눌러쓰고 바닷가 굴 밭에서, 조개 밭에서 해태 양식장에서 만날 수 있었던 영식이 엄마도, 경분이 엄마도, 현숙이 누이도 이젠 집 안에서나 만날 수 있게 되었다. 어쩜 대규모의 농토가 조성되었으나 그들에게 특혜를 주어 싼값으로 분양받을 수 있을 것이라던 기대도 물거품이 되고 말았다. H건설회사에서는 대규모의 기계영농을 계획하고 있다는 사실을 신문보도를 통해 알 수 있었기 때문이었다. 터무니없게도 몇 평 안 되는 간월도 본래의 땅값은 하늘 높은 줄 모르고 올라가기만 했다. 한 평에 오륙천 원이면 거래 되던 땅들이 오륙만 원을 호가했다. 그것도 간월도의 주민끼리 거래가 이뤄지는 것도 아니었다. 외지에서 들어온 사람들이 대부분의 땅을 차지하게 되었다. 중고등학교에 자녀들을 입학시켜 놓고 근해어업으로 충당되던 학자금조차 걱정이었다. 그래서 우선 땅값은 올랐으니 몇 평 안되는 땅뙈기들을 팔아 아이들 학자금이며 생활비로 보충해야 했다. 생활터전을 잃은 간월도 사람들은 주위의 이곳저곳으로 흩어졌다. 종민이 아버지와 어머니는 중학교 2학년인 종민과 초등학교 5학년인 민숙이를 부석면에 방을 하나 얻어 자취를 시키고 대산 독곶이란 곳으로 해태를 키우러 나가셨다.

도비산 밑의 부석면은 마늘과 생강을 많이 재배했다. 이곳을 처음 찾는 사람들 중 생강을 잘 알지 못하는 사람들은 밭에 심어진 생강을 대나무라 했다. 늦가을 서리가 내릴 무렵 생강을 거두고 주민들은 곧바로 마늘을 심었다. 그럴 때면 일손이 딸리어 외지에서 많은 사람들이 생강을 따는 일꾼으로 들어오게 마련이었다. 물막이 공사가 있기 전에는 오지 않던 간월도 사람들이 생강 밭일을 하러 부석면까지 많이들 왔다. 자신들의 땅에 씨를 뿌리고 김을 매고 거름을 주어 자신들의 곡식을 거두고 싶은 마음은 그들에게도 있었다.

용남은 계속하여 바다에 나아갔다. 폭양이 내리쬐는 여름날에는 배 위에 차양을 치고서 간월암 맞은편 바다에 배를 띄웠다. 비가 갠 날 도비산과 하늘 사이의 공제선이 뚜렷한 날이면 행여나 하는 마음에서 바다로 나갔다. 도비산 밑의 검은 여에 가면 틀림없이 많은 고기를 잡을 수 있을 것 같았으나 거긴 이제 바다가 아니었다. 물막이 둑에 갇힌 해수는 달의 명령에 복종할 수 없어 뜨거운 태양빛이 세차게 내리쬐는 날은 머리를 풀어헤치고 공중으로 증발할 뿐이었다. 간월암 뒷담장의 담쟁이 넝쿨이 붉게 물든 무서리가 내린 손 시린 아침에도 바닷물에 그물을 던졌다.

간월도에는 육지와 연결되면서 관광객의 수가 부쩍 늘었다. 어떤 이들은 간월암에 불공을 드리러 단체로 관광버스를 전세 내어 오기도 하고 어떤 이들은 바다 구경삼아 낚시질을 하러 오기도 했다. 바다 구경삼아 낚시질을 하러 오는 사람들에게는 용남이가 가지고 있는 크기의 배들이 필요했다. 고기는 잘 낚이지 않을망정 바다 구경삼아 오는 그들에게 삼사만원은 생계를 위협받는 그런 돈은 아니었다. 약삭빠른 사람들은 낚시 손님을 맞을 채비를 하기 바빴다. 배에다 앰프시설을 마련하기도 했고 방석을 준비하기도 했다. 용남은 그런 날에도 손님을 맞을 준비는 하지 않고 바다에 그물만 드리웠다.

웬만하면 낚시 관광객도 받고 관광객에게 소요되는 물품을 준비하여 영업을 하는 것이 어떻겠느냐는 나의 물음에 그는 괴로운 듯 하늘만 바라보고 있었다. 그는 한참 후에야 무겁게 입을 열었다.

"빤히 고기가 잡히지 않는 걸 알면서 어떻게 돈을 받고 안내를 하느냐 말이야! 난 그런 돈을 모아서 중선 배를 살수는 없단 말이야!"

그의 꿈은 여직도 바다에 있었다. 파도가 하얗게 흰 이빨을 드러내 놓고 달려들고, 아버지마저 삼켜버린 바다이련만 그는 여직도 바다에 그물을 드리우고만 있었다. 어쩜 그것은 바다의 넋으로 떠돌고 있는 그의 아버지의 영혼이 손짓하며 부르고 있기 때문인지도 모를 일이었다.

나는 딱 한번 그의 배를 탄 적이 있었다. 지난 10월 9일 한글날이었던 것으로 기억된다. 난 주말이거나 이틀 이상 쉬게 되는 휴가 때면 간월도에 올 수 있는 시간은 더욱 없었다. 그건 내가 집을 떠나있으면서 주말에라도 아내와 아이들에게 최소한의 나의 위치를 확인 시켜주는 시간이었기 때문이었다. 하지만, 주중에 중간 공휴일에는 시간이 있었다. 하루에 내가 있는 곳에서 집까지 다녀오기란 무리한 일이었다. 무리하다고 하지만 어쩌면 아내에게 따뜻한 남편의 역할을 해 줄 시간이 부족했기 때문인지도 모를 일이었다.

난 그날 자취집에서 양말 몇 켤레와 수건, 걸레 등 자질구레한 몇 가지를 빨아 널고는 점심때쯤 간월도에 오는 버스에 올랐다.

후줄근히 피어있는 길가의 코스모스와 간간이 창틈으로 스며드는 가을바람은 마냥 시원하기만 했다. 버스가 창리 부근의 언덕을 꼬부라질 때의 산과 산사이로 손바닥만한 바다가 보이다가는 사라지고 잠시 후에 또 보이곤 했다. 간간이 보이는 바다는 햇빛을 받아 반사시키고 있었는데 누군가가 거울을 가지고 눈이 부시도록 일부러 장난을 하고 있는 것처럼 생각되기도 했다. 창리에 머물고 있는 차창 밖 오른편으로 거대한 중장비의 집단과, 우뚝 솟은 언덕에 지은 아파트 건물, 또 다른 여러 개의 막사 등 그야말로 해변에 몰아닥친 살아있는 현대화의 상징들이 펼쳐져 보이고 있었다. 바로 그곳이 물막이 공사의 총본산이었고, 이제부터는 농토개발의 전진기지로 일대 활약을 펼칠 곳이란다.

간월도에서는 차부까지 가지 않고 사자형상의 잘리어진 꼬리 부분에서 차를 내렸다. 거대하게 파헤쳐진 섬의 파편을 보며 조금 전 창리에서 본 포크레인이며 불도저 등 중장비들의 위용을 보는 듯했다. 때마침 썰물이어서 간월암까지 건널 수 있었다. 간월암은 거대한 바윗돌 위의 평면에 세워져 있었다. 높게 쌓아 올려진 축대 밑을 돌아가니 곧바로 바다가 나왔다. 물이 들어오면 그곳도 잠기는 부분이었다. 완전히 검은색 돌, 아니 바위였다. 이렇게 큰 바위가 있을까? 생각되어 바위의 갈라진 곳을 찾아보았다. 구멍이 패인 곳은 여러 군데 발견할 수 있었지만 다른 여러 개의 바위가 연결된 흔적인 뚜렷한 경계선은 찾을 수가 없었다. 아니 그곳은 한 개의 바위로 형성되었다기보다는 거대한 암반이었다.

혹시 용남을 만날지도 모른다는 막연한 기대에서 바다를 바라보니 멀리 대섬 부근에 배 몇 척이 점점이 떠있었다. 언뜻 보아서는 그 배들이 이곳을 향해 오고 있는지? 아니면 반대 방향으로 가고 있는지 분간할 수가 없었다. 한참을 바다를 바라보다 나는 검은 암반 쪽으로 고개를 돌렸다. 혹시나 썰물을 따라가지 못하고 웅덩이 같은 곳에 갇혀 있는 멍청한 고기라도 있을까? 하는 막연한 실로 터무니없는 생각을 가지고 고개를 돌렸던 거였다. 헌데 이상한 것은 조금 전까지만 해도 전혀 볼 수 없었던 바위 위에 붙어있는 흰 물체를 발견할 수 있었다. 그것은 완전히 흰 것도 아니었다. 자세히 살펴보니 그것은 여기저기 흩어져 있었다. 바다 쪽을 향한 곳에도 있고 간월암의 축대 쪽에도 있었다. 어떻게 보면 갈매기의 분비물 같기도 하고, 촛농 같기도 하고, 촛농이라면 왜 하필 이런 바위 위에 떨어져 있는지도 모를 일이었다. 한참을 서성이다가 난 다른 곳에서 조그만 게를 찾아냈다. 그건 내가 막연히 기대했던 고기 종류는 아니었지만, 구태여 따지자면 물고기가 아니랄 수도 없는 것이었다. 그 게의 색깔은 바위의 색깔과 같은 검은 색이어서 쉽게는 찾아낼 수가 없었다. 언젠가 용남이가 하던 말이 생각났다. 물막이 공사가 끝난 바다의 반대편 바닷물이 갇혀진 곳에 남아 있는 망둥이, 숭어, 게 등이 색깔이 변해가고 있으며 맛에 있어서도 바닷물에서 자랄 때와는 많이 달라져 제 맛이 나지 않는다고 하던 말이 생각났다. 그러면서도 망둥이는 번식을 많이 해서 늦가을이면 많이 잡힌다 했다. 가두어진 해수는 점차 증발되고 민물이 섞이어 지금은 민물도 바닷물도 아닌 그런 중간상태에 있었다. 어쩜 그런 곳에서 살아갈 수밖에 없는 물고기들은 기형적인 형태를 취할 수밖에 없겠다는 생각이 들었다.

　나는 다시 고개를 돌려 바다 쪽을 보았다. 밀려오는 바람에 실려 발동선의 소리가 들려왔다. 대섬 부근에 있던 배들이 어느 사이 선착장에 들어서고 있었다. 나를 본 용남은 반가워했다. 배를 타겠느냐고 해서 난 말없이 배에 올랐다. 오늘은 어떠냐는 나에게 그는 늘 마찬가지라 했다. '그물에 걸리는 건 이런 놈뿐이지 이놈들은 까딱하면 그물만 상하게 하지 아무 쓸모없는 놈들이야'라고 말하며 들어 올린 것은 불가사리였다. 꽃게도 농게도 아닌 불가사리, 이 불가사리는 어부들에게 골치 아픈 존재라 했다. 배 위에서 그는 말했다. 앞으로 짧게는 삼년, 길게는 오년 정도가 지나면 물막이 공사로 인한 부작용도 마무리되겠고 그때가 되면 바다도 원상태로 돌아오지 않겠냐는 것이었다. 그때까지 수입은 적겠지만 바다에 배를 띄우고 기다리겠다는 것이었다. 종종 놀러오라는 훈훈한 그의 소리를 들으며 돌아섰다.

"아! 참, 간월암 바위의 갈매기 똥 같기도 하고 촛농 같기도 한 게 뭐지?"

"그건 눈물이야! 촛불을 켜고 달을 보며 빌 때 흘린 주민들의 눈물이 말라 붙은거지. 왜? 믿기지 않나?"

그의 말을 들으며 난 그들의 바람을 가늠해 보았다. 의연히 바라다보이는 도비산에 저녁노을이 비치는 것을 보며 나는 어느덧 물막이 공사의 맞은편엔 누렇게 익은 황금빛 물결이 출렁이고 간월암 쪽 바다에선 쪽빛 물결을 헤치며 고기를 잡는 어부들의 뱃노래를 듣고 있었다.

자취방에 가는 길에 학교에 들러 아내에게 시외전화라도 한통 걸어야겠다. 그리고 저녁엔 촛불을 켜고 빌어야겠다.

'우리 모두가 기형의 물고기가 되지 말며, 개들에게 쫓기지 않는 평범한 사람이 되게 하소서….'

그 임의 뜻 지금 어디에

아파트 계단을 오르면서도 머릿속에서는 벌레들이 기어 다니고 있었다. 언제부터인가 해야 할 일을 미루었거나 신경을 쓸 일이 생기면 머리가 지끈지끈 아파오면서 벌레들이 기어 다니는 느낌을 받곤 했다. 친구와의 약속을 핑계로 아내와의 약속을 하루 뒤로 미룬 것이 아무래도 마음에 걸렸다. 그것은 어쩜 나 자신에 대한 회피에서 비롯된 생각이었는지도 모를 일이었다. 찐득찐득 피부를 무디게 달려드는 더위 속에 닫혀진 병실에 몇 시간이고 앉아 있어야 하는 고충도 고충이었지만, 그 건장하시던 체구가 이제 뼈대만 앙상한 채로 허공을 응시하고 있는 그 눈빛이 기실은 더욱 두려운 것이었다. 병원은 구석마다 죽음의 음흉한 그림자가 널려져 있는 것만 같았다. 언제라도 빈틈만 보이면 낮게 깔린 연기처럼 스며올 것만 같았다. 더욱이 장인어른이 입원한 K병원에서는 그놈의 그림자가 한 발 한 발 옥죄어 다가오는 느낌이었다. 병구완을 하는 식솔들은 죽음의 그림자가 접근하지 못하도록 파수를 볼 뿐이었다. 혈압으로 쓰러지신 장인어른은 이승과 저승의 갈림길에서 서성이시며 정신이 맑아지시면 하나뿐인 당신의 딸인 아내만 찾으셨다. 그 경황 중에도 토요일이 언제냐 묻고 주말을 기다리는 건 칠남매 중의 외동딸인 아내에게서 더욱 진한 육친의 정을 느끼시기 때문인지, 못 미더운 사위의 아내 노릇 하는 것이 안쓰러워 그러시는지 모를 일이었다. 그런 토요일에 친구와의 약속을 구실로 일요일에 병원에 가자는 나의 권유에 마지 못해 하던 아내의 모습이 아무래도 마음에 걸렸다. 그때부터 머릿속에는 벌레들이 스멀대기 시작했던 것이었다.

현관의 초인종 소리도 예의 그 소리는 아니었다. 아내가 달려 나오지도 않았다. 한참 후 열려진 문, 소파에 파묻혀 오열하고 있는 아내의 몸짓, 그건 분명 어두운 죽음의 그림자가 스며든 것이었다.

"어떻게 하면 좋아요?"

분명하지 않은 아내의 소리를 들으며 정말 난 어떻게 해야 좋을지 어떻게 해야 하는 것인지 알 수가 없었다. 지난 주에 병원을 다녀오면서 언젠가는 한 번 부닥칠 일이니 마음을 단단히 먹고 있어야 한다는 다짐을 해 두기는 하였지만 막상 무슨 말로 위로를 해야 할지 어떠한 몸짓을 취할지 분간이 서질 않았다. 얼마 되지 않는 짧은 순간이었지만 숱한 생각이 머리를 스쳐갔다. 어색한 몸짓으로 아내의 어깨에 얹은 두 손의 핏줄이 유난히도 푸르게 보였다. 그리곤 항상 혈압계를 휴대하시고 다녔던 장인어른의 가늘고 긴 손가락의 힘줄이 덥석 내 손을 잡는 착각에 빠졌다. 고개를 들어 창밖을 보니 잔뜩 찌푸린 하늘에선 한 줄기 빗 나락이라도 뿌리려는지 끈끈하고 무더운 바람에 실려 검은 구름의 음흉한 움직임이 보이고 있었다.

좀처럼 그칠 줄 모르는 아내를 아무런 말없이 끌어안았다. 나로 인해 아버님의 임종을 지켜보지 못하게 된 것이 민망할 뿐이었다. 부부는 일심동체라 하였건만 아내의 오열하는 슬픔을 나누어 가져지지 않는 나의 마음이 미웠다. 그런 중에도 서둘러서 올라가야 한다는 생각이 앞섰다.

"뭘 하구 있어 빨리 올라가야지."

"어제 갔어야 했는데….."

아내는 못내 아쉬워하며 말을 맺지 못했다.

어머님께서 서둘러 주시어 아이들을 앞세우고 역으로 나갔다. 영문을 모르는 아이들은 아내와 나의 눈치를 살피며 사뭇 시무룩한 표정으로 종종 걸음이었다.

큰 놈을 얻었을 때 무던히도 좋아하시던 장인어른이셨다. 장모님이 아내가 중학교 학생일 때 세상을 하직하셨으니, 어린 딸을 여자로 키우기 위해 장모님이 해야 할 일도 모두 하셔야 했고, 출가시킨 딸의 산후 뒷바라지도 신경을 쓰셔야 했다. 그때만 해도 나의 어머님은 시골에 계셨고, 나는 마침 외지에 출타 중이었다. 연락을 받고 달려오신 장인어른께 몸을 풀지 못한 아내를 남겨둔 채 출장을 떠나야만 했던 나는 아내를 빼앗아올 때만큼이나 송구스러울 뿐이었다. 그러면서도 믿음직한 장인어른에 대한 든든한 마음으로 떠날 수 있었다. 신혼 초부터 열흘이 멀다 아내에게 보내오는 편지에는 홀시어머님을 모시는 법이며, 시동생, 시누이에 대한 마음가짐이며, 시장에서 물건 구입하는 법까지 빼놓지 않고 적으시곤 하셨다.

아내는 항상 그런 장인어른에 대한 말을 많이 하였다.

장모님이 지병으로 세상을 뜨시자 주위에선 재혼을 하시라는 많은 권유가 잇달았다. 하긴 사십대 후반에 상주 고을에선 내로라하는 인텔리셨으니, 그럴 만도 했다. 군청에 재직하시면서, 일찍부터 하이칼라 머리에 양복장이셨으니, 딸린 자식은 많으나, 당신만 좋다하면 들어앉을 여자는 많았다.

그때만 해도 큰 처남만 결혼을 시키고 나머지 여섯은 아직도 학교에 다닐 나이였다. 더욱이 대학에서부터 초등학교 육학년까지 그야말로 줄

줄이 사탕이었다. 그런 중에서도 여섯째인 외동딸과 막내가 가장 마음에 걸리셨다. 자식들을 가르쳐 짝을 찾아줄 일이 아득하셨다. 다섯째까지는 웬만큼 성장했으나, 여섯째부터가 문제였다. 재혼을 할 경우 과연 어떤 여자가 구박 없이 아이들을 키울 수 있을지 의문이셨다. 그래서 재혼을 포기하셨고, 자식들을 위해서만 여생을 보내시기로 굳게 마음을 굳히셨다. 머슴아들은 신경을 덜 써도 되지만 딸이 문제였다. 달거리는 잘 치르고 있는지 남자들 틈바구니에서 여자답게 자랄 수 있는지 어미 없는 외로움에 못된 친구나 사귀어 잘못된 길을 걷는 것은 아닌지, 사뭇 걱정뿐이었다. 매일 직장에서 일찍 퇴근하여 자녀들의 귀가를 확인하는 것이 빼놓을 수 없는 일과로 되어버렸다. 딸이 어쩌다 당신보다 늦을 때에는 처남들과 함께 학교까지 찾아 나서곤 하시었다.

그렇게 키우신 당신의 따님이 남들에게 빠지지 않는 달덩이 같은 아들을 낳았으니 얼마나 대견하셨는지! 병원으로 달려간 날 잡으시고 "현 서방, 아들이네! 아들! 그놈 울음소리 하고는 아마 큰 인물이 되지, 두고 보게." 병실을 가리키시며 얼른 들어가라는 손짓이면서도 연신 입가에 웃음을 띠고 담배에 불을 붙이시며 흐뭇해 하셨다. 그렇듯 자애롭던 외할아버지의 죽음을 아들놈은 얼마나 실감하고 있는 것일까? 그놈은 그렇다 치고 난 얼마나 실감하고 있는 것일까? 기차 시간을 기다리며 퉁퉁 부어오른 눈을 한 채 눈물을 닦고 있는 아내의 모습이 남들에게 보이지 않았으면 하는, 실로 고작 그런 마음만 앞서고 있다니.

역전 광장은 실로 많은 사람들로 북적대고 있었다. 피서를 다녀오는 사람, 떠나는 사람, 떠나보내는 사람, 모두들 바쁜 걸음으로 오가고 있었다. 지금 이 시간에도 새 생명이 탄생하기도 하고, 운명을 다하고 이승을 떠나는 사람도 있을 것이라 생각하니 모든 게 부질없는 일이라 생각되어졌다. 저들은 저렇게 울고 웃으며 결국은 어디로 가고 있는 것일까?

붉게 충혈 된 눈으로 아이들을 힘없이 바라보는 아내의 모습이 이렇듯 초라하게 보인적은 없었다.

"뭘 좀 마시겠어?"

물끄러미 바라보며 아내는 고개만 저을 뿐이었다.

"마음을 단단히 먹어야 돼, 언젠가는 우리보단 먼저 돌아가실 분이잖어?"

"너무 고생을 하시다 돌아가셔서, 자식들이 많은들 무슨 소용이 있어요?"

아내는 또다시 울먹이기 시작했다. 아이들은 잠이 들고 기차는 벼이삭이 패기 시작한 들판 위를 달리고 있었다. 저녁하늘을 붉게 물들이며 해가 지고 있었으나, 차 안의 공기는 여전히 무더웠다.

자식이 많은들 무슨 소용이 있느냐는 아내의 말을 들으니 말년에 고생하시던 장인어른의 모습이 붉게 물든 하늘가에 아른거렸다.

무던히도 복이 없으신 분이셨다. 아들 딸 칠남매 모두 여위살이 시키고도, 종내는 계실 곳이 마땅치 않으셔서 혼자서 밥을 끓여 잡수셔야 했다.

내가 아내와 함께 장인어른께서 혼자 계신 움막과 비슷한 집을 찾은 것은 그분이 회갑을 한해 남겨놓은 해의 이른 봄이었다.

아내에게 보내온 편지의 약도를 보며 찾아간 곳은 서울에서 시간 반쯤 걸리는 P읍의 변두리였다. 늦은 시간에 출발했지만 택시를 잡아타면 쉽게 찾으려니 했던 것이 운전기사를 잘못 만나 고생을 해야 했다. 시골 길이고보니 늦은 시간에 불이 켜진 집도 없고 행인들도 없어 길을 물어볼 곳이 없었다.

아내는 벌써부터 울상이었다. 자식들을 다 키우시고, 이런 산골에 혼자서 어떻게 지내시는지, 그게 걱정이어서 친정 오빠들과 올케들에게 늘어놓는 푸념을 시작하고 있었다.

하긴 캄캄한 밤중에 난생 처음 와보는 고장이고, 아직도 속살을 시리게 하는 매서운 겨울바람의 잔해가 남아있을 때였으니, 아내의 마음을 알 수 있을 것 같았다.

결국 잠든 집 문을 두드려 가까스로 찾아간 곳이 정식 건물이 아닌 가건물이고 보니 우리의 마음은 그저 허허로울 뿐이었다.

"들어오그라, 이 어둔 밤에 웬일들이가?"

말씀은 그랬지만 반가와 하시는 빛이 역력했다.

"식사는 어떻게 해 잡숫고, 적적해서 어떻게 지내신대요?"

"혼자 몸 어떻게든 몬 있겠나?"

인가에서 떨어져 있는 이곳에 전깃불이 들어오는 것이 신기했다. 불빛에서 뵙는 장인어른의 용태는 많이 수척해 지셔서 '이제는 늙으시는구나' 하는 생각이 스쳤다.

"아브지요! 왜 고생을 사서 하시능교?"

"내사 좋아서 하는 일 아이가!"

아내의 말씨는 금세 경상도 억양으로 바뀌고 있었다. 충청도가 고향인 난, 두 부녀가 얘기하는 소릴 듣는 것이 싫지 않았다. 하긴 아내와 연애하던 시절 난 그 말씨에 매력을 느꼈었다.

밤이 새는 줄 모르고 나누는 부녀간의 말소리를 들으며 난 아스라이 잠 속으로 빨려 들었다가도 억양이 높아진 장인어른의 소리에 간간이 잠이 깨곤 하였다.

장인어른은 내가 듣는 곳에서는 자식들과 며느리들에 대해 싫은 소리는 하지 않으셨다. 어떻게든 자식들을 감싸주려는 말씀만 늘어놓곤 하셨다. 하지만 딸에게는 다르셨다. 당신의 심중에 있는 말씀도 늘어놓으시곤 하시는 듯했다. 아내도 나에겐 듣기 좋지 않은 소리는 하지 않았다. 어떨 땐 난 그런 아내의 태도를 이해하면서도 못마땅한 적도 있었다. 그래서 사위는 백년손님이고, 한 치 건너 두 치라는 얘기일까? 딸도 사위도 엄연한 자식이니 나의 집에 와 계시게 하자는 제안은 그때마다 받아들여지지 않았다. 그분의 성격이 용납하지 않으셨다. 자식과 며느리가 한둘이 아니며, 홀시어머니를 모시고 있는 현 서방 집에는 절대로 오실 수 없다는 것이었다.

아침에 일어나 보니 움막처럼 보였던 집은 꽤나 큰 비닐하우스 속이었다. 가축의 축사를 짓고 그 안에 방과 부엌을 만들고, 비닐 위에는 보온 헝겊을 깔고, 방 옆에는 그대로 축사로 이어지고 있었다. 염소와 토끼를 사육하고 계셨다.

"돈 때문에 키우는 게 아이고 내사 마 심심풀이로 키워 보는기라."

"염소는 사육하기에 어렵지는 않나요?"

"염생이는 참말로 수월타. 아무 것이든 잘 먹거덩. 요놈덜이 여름엔 몸보신용으로 제일이라 그땐 값이 꽤 나간다."

수척해지신 장인어른의 얘기를 들으며 진정 몸보신이 필요한 사람은 장인어른이란 생각이 들었다. 어쩜 사육되고 있는 보신용 염소들은 노부모를 외면한 오늘의 어떤 젊은이들의 몸속으로 들어가게 될 고깃덩어리로 변할지도 모른다 생각하니 대상도 없는 야릇한 반감이 솟아올랐다.

아내가 마련해 온 음식들로 아침상이 차려지고 장인어른께서는 실로 맛있게 식사를 하셨다. 항상 곁에서 따뜻한 밥 한 끼 해 드리지 못하는 나의 처지가 밉게 생각되었다. 나 혼자 벌어서 식솔들을 거느리지 못하고 아내도 직장에 나가야만 했다. 그런 처지이고 보니 아내도 주말이 아니면 시간이 없었다. 아내는 장인어른을 생각할 때마다 '내가 결혼을 않고 아버지와 살아야 하는데…'라는 말을 하곤 했다.

식사를 마치고 장인어른과 함께 산에 올랐다. 산이랄 것도 없겠지만,

산은 산이었다. 장인어른께서 말씀하셨다.

"자식들을 너무 귀엽게 키우지 말게."

의미를 되묻지 않아도 그분의 말씀을 이해할 수 있을 듯했다.

내릴 곳이 가까워지고 있었다. 택시를 잡아타고 큰 처남댁의 골목어귀에서 내렸다. 큰처남 댁과 아내의 사이는 좋은 편은 아니었다. 장인어른께서 큰며느리와 의사가 맞지 않아 큰처남의 집에 계시지 않고, 셋째네로, 다섯째네로, 막내네로 전전하시게 되자 더욱 사이는 좋지 않게 된 걸로 생각된다. 그렇게 이 집 저 집 전전하고 계실 때 큰처남의 집에는 처남댁의 어머니인 사돈할머니가 머물고 계셨으니 아내의 마음도 다른 처남들의 마음도 좋지는 않았다. 이렇게 생각하는 데에는 아직도 장남 우선주의의 사고방식이 자리 잡고 있기 때문이기도 했다. 나도 장남으로 어머님을 모시고 있지만 부모를 모신다는 것이 어디 쉬운 일이던가? 이 세상에 어느 자식이 부모가 키우던 때만큼 부모를 생각할 수 있을까? 이 시대를 사는 우리 모두가 그래서 죄인이 아닐까?

집에 가까워지자 상가를 알리는 불빛이 널려져 있고, 근조(謹弔)라는 글자가 다가오며, 장인어른의 죽음이 현실감 있는 의미로 가슴에 와 박혔다.

여느 때 같으면 반갑게 달려 나와 반겨줄 장인어른의 모습은 간곳이 없고, 이승의 고통을 벗어난 한 사람의 죽음을 조문하는 낯선 사람들만 분주히 오고갈 뿐이었다.

시신 앞에는 처남들과 가까운 집안 어른들이 침울한 표정으로 앉아 있었다. 고인과의 마지막 대화를 나누려는 것인지 생전에 못 다한 자식된 도리를 사죄하려는 것인지 아무런 말도 없이 그렇게들 앉아 있었다.

아내의 오열은 그치지 않았다. 고인을 향한 눈물인지 아내의 오열 때문인지, 나도 흐르는 눈물을 어쩔 수 없었다. 아내의 울음을 시작으로 처남들, 처남댁들의 울음이 터져 나왔다. 낯선 아낙들이 기웃거리며 울음바다로 변한 방을 들여다보며 수군거리기도 하고 손가락으로 아내를 가리키기도 했다. 어떤 이는 행주치마를 눈가로 가져가 씻기도 하고 어떤 이들은

"초상집은 딸이 있어야 푸짐한 법이야."

"마음 놓고 울어 봐요, 이때 안 울면 언제 울겠나?"

그야말로 울음판의 구경이었다.

상가도 상가 나름이겠지만 시골의 상가 집과는 다르게 훈훈한 인정이 아쉬웠다. 모두들 손님들뿐이고 일손을 거들어줄 사람이 부족했다. 손님으로 온 문상객들은 대부분 자식들의 직장 동료들과 집안 식구들이었고, 몇 사람을 제외하고는 형식적인 인사치레와 부의금 봉투로 그들의 할 일은 끝나는 것이었다.

무더운 여름도 밤이 깊어지며 차가운 공기로 한기를 느끼는 시간쯤 방이란 방은 밤샘을 하는 고스톱 꾼들의 탄성이 가끔씩 흘러나오고, 방을 차지하지 못한 패거리들은 마당 한가운데를 차지하고 시간의 벽을 허물고 있었다.

마루에선 고향에서 올라오신 친척들이 고인에 대한 얘기며, 발인 준비며 장의회사의 놀라운 상술에 대한 얘기 등으로 서로가 한 혈육임을 확인하고 있었다.

고인이 누워계신 방에는 그윽한 향 내음이 피어오르고 임종을 지켜본 넷째 처남이 임종의 순간을 다른 자식들에게 말하고 있었다. 운명하시기 하루 전엔 기력을 되찾으셨는지 몸을 닦고 싶다고 하셔서 닦아 드렸더니 날짜와 시간을 물으시고, 무슨 요일인가도 확인하셨다는 것이었다. 그리곤 하루가 지나 혼수상태 속에 당신의 딸을 찾고, 큰 처남을 찾

다가 운명을 하셨다는 것이었다.

　소리를 죽여 흐느끼는 아내와 처남들의 훌쩍이는 모습을 보며 나는 영원히 돌이킬 수 없는 한 웅큼의 응어리가 가슴에 와 박히는 아픔을 느껴야만 했다.

　"잘 살아 보그라. 현 서방 몸 하나 건강해서 좋다. 둘이 버는 돈 중에 한 사람 몫만 저축해도 금세 괜찮을끼다."

　결혼 후 찾아간 우리에게 그분은 손을 꼭 잡으시며 말씀을 이으셨다.

　"현주 이놈아는 불쌍한 애다. 지 에밀 일찍 잃고 남자들 밑에서만 커서 완전 머슴아라 이제 현 서방이 많이 애껴 줘라!"

　그분은 임종의 순간에도 바로 그 말씀을 하고 싶으셨을 것이었다. 살아생전에 더 좋은 남편 노릇을 보여드리지 못한 사무치는 아쉬움이 가슴을 때렸다.

　중년에 홀아비의 몸이 되시어 주위에서 권하는 재혼도 마다하시고 자식들만을 위해 고생하시다가 노년에는 기거할 마땅한 곳조차 없으셔 홀로 밥을 끓여 잡수셔야 했고, 마지막 운명의 시간까지도 자식들 뒷일을 생각해 당신께서 선택하신 시간에 눈을 감으신 것이었다.

　상가(喪家)에서의 밤참 준비는 사위 몫이라 했다. 집안 어른의 말에 따라 밤 정거를 하는 사람들에게 밤참과 술상 심부름을 하고 방에 들어오는데 밤공기를 가르는 차가운 소리가 들려왔다.

　"살아생전에 잘 뫼시지 못하고 그래 공치사는 무슨 공치사예요? 언니가 잘한 게 뭐 있다고 큰소리예요 큰소리가?"

　"고모 내가 못한 건 또 뭐예요? 어디 따져 봅시다."

　"그래 늙은 시아버지 안 모시고 친정어머니를 모셔다 호강시키는 일이 잘한 일이군요."

　"안 모시긴 일부러 안 모셨나요? 그래 나만 자식인가요?"

사태는 점점 험악해 가고 있었다. 큰처남이 들어오며 큰소릴 쳤다.

"이게 무슨 짓들이야! 여자들이 집안 망신을 시키려고 큰소리야?"

셋째 처남의 만류로 큰처남과 처남의 댁은 밖으로 나가고 다른 처남들이 아내를 위로했다.

병원에서 집으로 퇴원해야 한다는 통보를 받고서 어느 집으로 퇴원을 해 머물게 해야 할지 의견들이 분분했었다. 당연히 큰집으로 모셔야 될 일이련만 큰 처남의 댁이 마땅치 않은 눈치를 보였기 때문이었다. 큰처남이 지방에서 사업을 하는 관계로 집을 비우는 때가 많아서 모시기가 어렵다는 것이었다. 하는 수 없이 큰댁에 모신 후에도 하루에도 두세 벌씩 나오는 속옷 빨래는 넷째 처남이 꼬박꼬박 했다는 것이었다. 이런 소리를 듣던 아내가 잠자코 있지를 못했던 것이었다. 때마침 방에 들어온 올케에게 '언니 이제 시원하겠구려'란 말을 뱉어버린 것이 사태의 발단이었다. 아내는 생각이 깊은 면이 있으면서도 자기가 마음먹은 얘기는 꼭 하고야 마는 상미였다.

잠시 후 상복을 벗어버린 큰 처남이 씩씩거리며 방으로 들어왔다. 실로 그 일만 없었더라도 어느 상가에서건 흔히 있을 수 있는 시누이와 올케 사이의 논쟁 정도로 끝날 일이었다.

"난 어차피 아버님에게 불효하고, 너희들에게도 따돌림을 받은 몸이다. 현주 그래 넌 그런 얘길 오늘 여기서 했어야 했단 말이냐?"

방문이 굳게 닫히어 지고 곧추 올라가던 한줄기 향불이 어지럽게 흔들리면서 난무하고 있었다. 병풍 뒤에 누워계신 장인어른이 불쑥 일어나시어 호통을 치실 것만 같은 착각에 빠지며 머리가 지끈지끈 아파오며 머릿속에 벌레들이 기어 다니기 시작했다.

"난 상복을 입을 자격이 없는 놈이다. 그러니 효자 노릇한 너희들이 상주 노릇 다 하거라!"

처남들이 문을 박차고 나가려는 큰처남을 붙들어 앉히고 아내가 잘못했다는 사과를 하고서야 사태는 수습되었다.

닫혀졌던 문이 열리고 방 안에 가득했던 향연기가 소용돌이치며 밖으로 빠져나가고 있었다. 아내를 데리고 밖으로 나왔다. 다섯째 처남이 뒤따랐다. 차가운 새벽공기가 정신을 맑게 해주었다. 막상 가고 보니 옥상이었다. 옥상 위 하늘엔 시리도록 푸른 하늘에 수많은 별빛이 한결 멀어진 위치에서 빛나고 있었다.

"매제, 좋지 않은 꼴을 보게 해서 미안하네."

"무슨 말씀을 하십니까? 집사람이 참았어야 했어요."

다섯째 처남은 나와 동갑내기였다. 그래서 그런지 우린 평소에도 더 많은 얘기를 나눌 수 있었고, 때로는 친구처럼 대화를 나누곤 했었다.

"우린 세상을 살면서 서로에게 너무 많은 것을 기대하면서 산다고 생각해. 일테면 자식은 부모에게 부모는 자식에게 아내는 남편에게 남편은 아내에게 자기가 준 그 어떤 것 이상의 것을 기대하면서 살기 때문에 실망이 따르고, 오해가 따르고, 부모님의 경우는 예외겠지만."

나는 아내를 돌아보며 다시 말을 이었다.

"당신도 나에게 너무 많은 것을 기대하지 말라고…."

"희망이나 기대가 없이 이 세상을 어떻게 살아요?"

아내의 기분이 다소 누그러져 있었다. 처남이 말을 받았다.

"매제의 말이 옳을지도 모르지 우린 큰형과 형수님에게 맏아들로서의 의무를 너무 기대했던 것이고, 형수는 다른 자식에게도 자식으로서의 의무를 기대하고…."

다만 분명한 것은 고인이 되신 장인어른께서는 자식들에게 신세를 지고 싶은 생각은 추호도 없었다는 확신이 서는 건 왠지 몰랐다. 그분처럼 당신의 죽음을 준비하신 분도 드물었다.

지난 삼월이었다. 개나리 꽃망울이 터져 화사한 봄볕이 따스한 봄날에 장인어른께서 집에 들르셨다. 고향의 장모님 산소에 다녀오신다는 길에 들리신 것이었다. 그날따라 개나리 꽃망울처럼 환한 웃음을 띠시며 말씀하셨다.

　"현 서방 이걸 좀 보그라. 어느 게 나은지 골라 보그라."

　가방 속을 펼쳐 보이시며 내놓은 것은 상석에 새길 글씨였다.

　"기왕지사 상석의 글자는 집안사람이 쓰는 것이 좋을 낀데, 내사 마 써 부렸다."

　몇 개월 전부터 상석에 새길 글씨 때문에 걱정이셨다. 나에게 부탁하실 눈치셨지만 난 엄두도 내질 못할 일이었다. 붓을 가까이할 수 있는 직업에 있기는 했지만 원체 졸필이었기 때문에 실망을 시켜드리고 싶지 않아서, 나설 수가 없었다. 더구나 다른 사람에게 부탁할 수도 없는 일이고 보니 더욱 그러했다.

　펼쳐 놓으신 종이 위엔 '密陽朴公德亨之墓'란 글자가 근엄하게 춤을 추고 있었다. 모눈종이 위에 한 자 한 자 내려앉은 자획을 바라보며 이 글자를 쓰실 때의 당신의 마음을 헤아릴 길이 없었다. 당신의 죽음을 운명으로 받아들이시며, 밝은 얼굴로 초연하실 수 있는 건 어디에서부터 오는 믿음일까? 신앙일까? 특별히 종교를 믿으시지도 않는 당신의 마음 그 어디에서 솟아오르는 힘인지 헤아릴 길이 없었다.

　"이번 한식날은 정 서방도 꼭 참석해야 한다."

　한식날에 당신이 묻히실 가묘를 만들고 상석을 세운다는 것이었다.

　한식날이었다. 장인어른과 처남들은 서울에서 봉고차를 대절하여 곧장 산소로 가겠으니 시간이 되면 상주로 내려오라는 연락을 받았다.

　아지랑이가 가물거리며 눈을 부시게 하고, 가는 곳마다 개나리와 진달래꽃이 화사하게 피어 있었다. 열두 칸 달린 남행열차에 몸을 싣고 남쪽으로 남으로 내리달리니 아내의 유년시절이 묻혀있는 목적지에 가까워지고 있었다. 김천에서 버스를 갈아타고 상주로 향하는 길은 경북선 외길 철로와 만났다 헤어지고 그리곤 또 만나면서 달리고 있었다. 아내는 아이들에게 어렸을 때의 얘기며 외할머니에 관한 얘기꽃을 피우고 있었다. 평행을 유지하며 달리는 경북선 외길 철로 위로 한줄기 아지랑이가 피어오르며 아내의 유년과 나의 유년 시절이 어우러져 소담스럽게 핀 개나리 울타리를 넘어서 하늘에 오르고 있었다.

산소에 도착하니 장인어른과 고향 어른들께서는 인부들과 함께 작업을 서두르고 계셨다.

양지바른 언덕 위에 자리 잡은 장모님의 산소 주변은 진달래의 물결로 가득했다. 큰길에서 30여 미터 떨어진 산소라서 이따금씩 차량소리들이 들리고 산새소리들이 함께하니 외롭지 않으실 듯했다.

삼십여 분쯤 후에 서울에서 식구들이 도착하였다. 잠시 후 장인어른께서 미리 맞춰두신 석물과 묘비가 도착되었다.

길가에 부려진 석물들을 산소까지 운반하는 일이 큰일이었다. 30여 미터밖에 안 되는 거리이지만 산소까지 오르는 길은 이만저만 가파른 길이 아니었다. 구루마에 석물을 한 가지씩 싣고 앞에선 끌고 뒤에서 밀어야만 올라갈 수 있었다. 아니 밀고 끄는 정도가 아니라 바퀴를 붙들고 조금씩 굴린다는 표현이 맞을 것이다. 언제 준비했는지 앞에서 구루마를 인도하는 인부는 곱게 꼬아진 색동 끈을 준비해 구루마의 앞에 매어 달고 있었다. 처음엔 그 끈의 효용을 알지 못했으나 가파른 길을 10m쯤 올라갔을 때 비로소 그 끈의 효용을 알 수 있었다. 맨 앞의 안내자가 '어영차' 하는 선창에 맞춰 다른 인부들과 집안사람들은 힘겹게 후창을 하며 가파른 길을 오르는 것이었는데 안내자가 구루마의 앞부분을 땅에 박고선 움직이질 않는 것이었다. 힘이 들어서 쉬어 가는 줄 알았으나 그게 아니었다.

"이집 사위 어디 있나? 힘들어 못가겠으니 구루마 기름칠 좀 해야 되겠다!" 준비한 색동 끈에 만원짜리 한 장을 꿰었다.

"그럼 이제 조금 더 올라가 볼까나!"

구루마는 움직이기 시작했고, 산소까지 한번 오르니 적어도 세 번씩은 쉬어야만 도착할 수 있었으니 처남들은 물론이고, 며느리들, 가까운 집안 식구들까지 모두가 문안을 드리지 않을 수 없었다.

인부들은 큰 소리로 흥이 나서 소리치곤 했다.

"이 댁 어르신네 자식들 많아 복 받으셨네. 복이 많으셔 살아생전에 묘비를 세우시니 얼마나 기쁘실꼬?"

구성진 가락에 맞춰 소리높이 외쳐대는 인부들의 소리를 듣노라니 괜한 설움이 복받쳐 올라 구루마를 잡은 손에 불끈 힘이 솟았다.

석물의 운반이 끝난 후 장인어른의 가묘를 만드는 작업이 시작되었다. 장모님의 곁에 봉분을 만드는 작업이었는데 한 겹 한 겹 떼를 입히면서 인부들은 또다시 자식들을 차례로 부르기 시작하였는데 사위가 가장 만만한 상대라는 걸 난 그날에야 알 수 있었다.

석물을 나를 때까지만 해도 만족해하시던 장인어른이 당신이 눕게 될 봉분을 만들 때는 표정이 달라지시는 걸 알 수 있었다. 아니 당신이 눕게 될 봉분의 위에 서시어 잘못된 부분을 정정해 작업을 지시하시며 큰 처남에게 무어라 연신 말씀을 하시는 표정이 사뭇 엄숙하시기만 했다.

당신의 묘이기에 정성을 드리시는 것일까? 도시생활에 아무것도 모르는 자식들에게 인간생활에서 이런 일도 알아야 된다고 당신의 주관을 심어주려는 것일까? 못 미더운 자식들을 깨우치는 것일까?

작업을 끝내니 긴 봄날의 해도 중천을 벗어나 기울어 가고 있었다.

큰아들 놈이 꺾어온 한 묶음의 진달래꽃을 장모님 산소에 놓으니, 둘째 놈이 새로 단장한 장인어른의 봉분 앞에 또 한 묶음을 놓고 있었다. 보고 있던 집안어른들이 웃으며 소리쳤다.

"영감님요! 외 손주가 벌써 꽃을 놓아드렸네요."

일동이 웃으며 어른의 눈치를 살폈다.

"그래마. 내사 인제 죽은 몸이나 매한가지 아니냐? 니 어무이 있는 델 찾아가니 됐구마. 아마도 할망구 저승 살림살이 꽤나 심심했을 터라 인제 느그들 다 여위살이 시켰고 할망구 옆에 자리도 잡았으니 할 일 다 했고마. 오늘 고생들 많았다. 현 서방은 하나밖에 없는 사위 노릇 하느라 돈도 꽤 들었겠고마. 다 그거이 사람 사는 과정 잉기라."

한 점 바람이 일며 숲 주위의 나무들이 흔들리고 있었다. 이름 모를 산새 한 쌍이 산소 뒤편으로부터 비상하고 있었다. 하늘엔 하얀 조각구름 한 점이 한가롭게 떠가고, 우리 일행은 장인어른을 모시고 산을 내려왔다. 아내가 맨 뒤에서 아이들 손을 잡은 채 자꾸만 뒤를 돌아다보고 있었다.

장인어른이 염을 잡수실 날이 밝았다. 장의 회사에서 염습을 하는 일꾼들이 왔다. 허나 집안어른들의 반대로 자식들의 손으로 직접 염습을 하기로 했다. 자식들이 많은데 남의 손을 빌릴 까닭이 없다는 것이었다. 허나 막상 어른의 시신을 자식들의 손으로 묶는다는 것도 쉬운 일이 아니었다. 집안어른 한 분과 내가 나서야만 했다.

병풍 속에 가려졌던 시신이 방 한가운데로 옮겨지자 처남들 며느리들 아내의 울음이 터지기 시작했다. 이제 진정 어른의 마지막 용태를 보는 시각인 것이었다. 여름철인데도 시신에선 역겨운 냄새 한 점 풍기지 않았다. 운명하시기 전에 워낙 잡수신 것이 없어서 앙상한 뼈만 남으셨기 때문이기도 하겠지만, 그분의 성품 그대로이셨다. 머리칼은 짧게 깎여진 그대로이셨다.

　병원에 계실 때의 일이었다. 하이칼라 머리가 너무 길어서 머리를 감을 때 불편하셨다. 아내가 머리를 감겨드리면서 시원하게 깎아드린다고 했다. '깎으면 보기 싫지 않겠나'라며 한참을 망설이시더니 '그래 덥기도 하고 깎아야 되겠다'라고 하셔서 아내와 함께 깎아드린 그 짧은 머리였다. 거울을 보시며 '하긴 늙은이 머리는 이래야 하는 기라' 하시던 그때의 음성이 들려왔다.

　집안어른이 지시하는 순서에 따라 머리와 손톱 발톱을 깎아드렸다. 어른의 손을 잡으니, 따사했던 체온은 간 데 없고 차가운 감촉이 가슴에 와 닿으며 등줄기를 타고내리는 한줄기 물기를 의식했다. 수의를 입혀 드리고 안면싸개로 얼굴을 싸드리니 이젠 이 세상 분이 아니셨다.

　장인어른의 얼굴이 가려지자 자식들은 더 높은 소리로 통곡하고, 방 안엔 향 내음이 가득한 채 향연기가 어지럽게 날리고 있었다.

　결국은 장인어른의 외롭고 고달프셨던 이승의 삶이 그렇게 거두어지고 있었다. 실로 어둡고 긴 여로를 마감하는 순간이었다.

　어쩌면 그건 추악한 현실—실로 자신만의 안락의 추구를 위해, 반목질시하며, 강자에 약하고, 약자에 강한—의 칩거의 굴레에서 해방되는, 완전한 자유인이 되는 순간인지도 몰랐다.

　삼우제를 지내고 일주일 후에 아내와 둘이서 산소에 들렀다. 세월이 더 흐르면 마음도 점점 멀어져 좀 채로 찾아뵙기 어려워질 테니 조용히 혼자서 다녀오겠다는 아내를 혼자서 다녀오게는 할 수 없었다.

　산소 주변에는 발인 날 심어 놓은 향나무가 싱싱하게 살아있었다. 엊그제 내린 비로 봉분에 입힌 떼도 뿌리를 잡았는지 파릇이 돋아나 봉분이 살아서 숨을 쉬고 있는 느낌이었다.

꽃상여 한번 타보시지 못한 채 장의차에 실리시어 아스팔트길을 달려와 찬송가의 축복도, 구성진 목탁소리 어우러진 염불소리도, 구슬픈 저승길 안내하는 요령소리도 듣지 못하신 채, 자식들의 손에 무겁게 들려 산을 오르시고 당신의 영원한 안식처에 누워계신 것이었다.

나와 아내는 준비해 온 간단한 제물을 차리어 놓고 절을 올렸다.

장인어른과 장모님의 봉분이 잘 어울리게 단장되어 있었다. 그 사이에 어떤 처남이 다녀간 모양이었다. 봉분 앞에 시들어 있는 국화꽃을 새 꽃으로 갈아 놓아드렸다.

아내는 담담한 채 울지 않았다. 일주일이라는 생활 전선에서의 시간이 아내를 그렇게 담담할 수 있게 변화시켜 주었는지, 장인어른이 우리에게서 그만큼 멀어지서 잊혀져 가고 있는 것인지, 어쨌든 아내의 통곡 때문에 걱정은 하지 않아도 되어 한결 마음이 가벼웠다.

아내의 손을 잡고 내려오며 넌지시 말을 건넸다.

"여보! 우린 한날 한시에 같이 죽자구."

"무슨 뚱딴지같은 소리예요?"

"자식이 무슨 소용이 있어?"

"그래두, 아버지 같으신 자식에 대한 희생 없이 우린들 지금 여기 이렇게 있을 수 있나요?"

딴은 아내의 말이 옳았다. 이 땅 위의 어느 부모인들 그렇지 않을 이가 있을까? 거룩한 그 임의 뜻을 외면하는 자식들이 더 이상 나타나지 않기를 바라며 잡고 있는 아내의 손을 꼬옥 쥐었다.

"아이! 아파요!"

귀향

'이왕 마음을 결정할 바엔 빠를수록 좋지?' 상호는 마음으로 되뇌이며 성에 낀 차창에 입김을 불었다. 그리곤 검지로 밖이 보일 만한 눈알 하나를 만들었다.

이른 아침인데도 사람들은 제법 붐비는 편이다. 큰 가방을 힘겹게 옮기는 사람, 두 사람이 어울려 마주잡고 옮기는 사람, 몸집에 비해 너무 작은 가방을 든 사람, 책가방, 핸드백, 저마다 자기들의 가방을 몸에 지닌 채, 혹은 알몸으로 분주히 오간다.

'아니 저건?' 바퀴달린 가방이다. 육중해 보이는 큰 가방이 가냘픈 여인에 의해 또르르 구르고 있다. 어느 외국영화에서나 보았던 그런 가방이다. 하긴 별 힘을 들이지 않고 잘 구르고 있으니 가방치고는 희안한 가방이다. 가방보다는 바퀴가 희안하다. 가방 밑의 조그만 도르래가.

상호는 버스 안의 짐받이 위에 자리하고 있는 검은색 낡은 가방을 힐끔 올려본다. 그 속에는 상호의 보잘 것 없는 살림꾸러미가 자리하고 있다. 그중에도 귀하게 생각되는 털목도리와 조끼가 가방을 배불뚝이로 만들어 자리하고 있다.

차창밖에는 입김을 길게 내뿜으며 사람들이 바삐 지나간다. 이른 아침임에도 버스는 자리가 다 차고 빈자리가 없다. 검표원의 검표가 끝나자 버스는 서서히 육중한 몸을 움직이기 시작한다. 기사의 빠른 손놀림에 비해 느린 속도로 머리를 서서히 왼쪽으로 바꾸더니 차들 사이를 비집고 나온다.

희미해진 차창의 외눈에 눈을 맞췄다. 밖을 볼 수 있는 그곳을 통해 사람들 건물들이 한 바퀴 회전을 했다가 곧장 뒤로 물러선다. 이젠 제법 속력을 내는 모양이다. 희미해 가는 차창 외눈에서 눈을 떼며 자리를 바로 잡았다. 귀에 익은 엔진 소리가 멀어지며 고향 바다가 보였다.

우리나라 지도의 모양이 호랑이의 형상이라면 호랑이의 앞발에 해당되는 부분 서해의 만으로, 큰 바다에서 쑥 들어온 육지 가까이와 내해에 자리 잡고 있는 조그만 섬, 작은 지도에는 표시되어 있지도 않은 작은 섬, 그곳이 상호가 자라온 섬마을이다. 그러면서도 육지가 가까워 썰물일 때에는 수영을 해서도 건널 수 있는 섬이면서 섬 같지 않은 섬 황도리 마을이다.

고속도로로 들어선 준 고속버스는 일정한 속도를 유지하며 흔들림 없이 줄달음질 치고 있다. 해가 뜰 무렵이 이미 지났건만 구겨진 종이처럼 찌푸린 하늘은 바로 그날의 고향 바다 위의 하늘처럼 송곳니를 내놓고 낄낄거리며 무겁게 고속도로 위를 짓누르고 있다.

그날은 겨울이 성큼 다가와 첫눈이라도 내릴 것만 같은 그런 하늘이었지만 바람은 잔잔했다. 그래서인지 요즘 한창 재미를 보고 있는 주꾸미 낚시를 가기 위해 새벽부터 아버지는 서두르고 있었다. 작년까지만 해도 주꾸미 잡이는 소라껍질이나 통발을 이용해 바다 속에 넣었다가 그들의 집으로 착각하고 자리 잡는 주꾸미를 들어 올려 꺼내는 재래식 방법을 써왔는데 얼마 전부터 낚시로 주꾸미를 잡기 시작했다. 낚시로 운이 좋은 날은 육칠백에서 천여마리까지 낚을 수 있으니 요즘의 벌이치고는 대단했다.

그 방법이 재미있는 것은 낚시의 입감이 필요가 없었다. 주꾸미란 놈이 붉은색과 흰색을 좋아해 바다 속에서 붉은색과 흰색을 보면 다리로 감싸서 매달렸다. 그런 낚시법이 생기고 얼마 되지 않아 시중에는 주꾸미 낚시를 판매하지 않았다. 서해안 해안가에 사는 어민들이 고안해 낸 방법으로 낚시는 그들이 만들어 사용했다. 납봉을 이층으로 만들고 1층과 2층 사이에는 볼펜자루의 흰 부분과 붉은 부분을 반쯤 잘라 끼우고 그 사이에 낚시를 원형으로 돌아가며 6개나 8개를 고정시킨다. 그걸 바닷물 속에 넣으면 그놈들은 그것이 먹이라도 되는 줄 아는지 꼭 싸안은 채 잡아 올려도 떨어지지 않고 배 위에까지 따라 올라오는 것이었다. 잘 될 때는 한 번에 두세 마리는 보통이었다. 장소를 잘 선택하면 초보자라고 해도 하루에 300여 마리는 보통이었다.

"오늘은 어디로 나가실 거예요? 웅거지에 사는 김 영감이 대섬 쪽으로 나가보자고 했는디, 글쎄다 남들이 많이 가는 곳으로 가야겠제!"

"아무래도 날씨가 시원치 않은데요!"

"괜찮을 껴! 내가 50평생을 여기서 살았는디 오히려 오늘 같은 날이 낚시질은 안성맞춤이제. 너도 이젠 제대를 했으니 혼례를 치르고 명년 봄부턴 바다에 나가야제? 요즘 젊은 애들 도시로 가면 뭐든지 다 되는 줄 알고 덜 있지만. 뭐니 뭐니 해두 우리는 바다를 버리고선 살 수가 없단 말여!"

그리곤 검정 물이든 야전잠바를 걸치며 소쿠리를 챙기고 있었다. 젊은 시절엔 어선들마다 탐을 냈던 내놓으라는 어부였던 아버지, 야전잠바엔 군데군데 소금기가 희게 물들어 있어서일까? 을씨년스런 하늘 때문일까 사립을 나서는 노어부의 모습은 아직도 건장해 보였고 검게 그을린 얼굴의 주름살은 덕성호의 선장 때 제일의 어획고를 올린 것에 대한 훈장인 듯 자랑스럽게 보였다.

당제를 지내는 날이면 제산 가방을 들고 선착장에 대기 중인 중선까지 달리는 젊은이들을 물리치고 5년 동안이나 수위를 차지했던 일등 선원이었다.

"마파람이 불겠어유. 웬만하면 욕심내시지 말구 일찍 돌아오셔유."

"알았어, 임잔 상호허구 오징어 통발이나 한 바퀴 돌아보라구."

"예"

그리곤 선착장 근처에 매어둔 뗏마가 있는 곳으로 바삐 넘어갔다. 물때를 놓치면 배가 갯벌에 걸리기 때문이다.

상호에게 있어서의 요즘 생활은 무료함 바로 그것이었다. 군복무를 마치고 돌아온 요사이는 고등학교를 갓 졸업하고 무엇인가 결정하지 못해 방황하던 그때의 그런 생활과 같았다. 조상들이 대를 이어가며 오늘까지 살아온 이 섬마을, 겨울에서 봄을 거치지 않고 바로 여름으로 접어드는 이곳 황도에서 그들이 살아온 방식대로 살아갈 것인가? 아니면 중고등학교 시절 하숙을 옮겨가며 그런대로 정이든 D시에서 새로운 길을 찾아야 할 것인지? 그런 결론을 내리지 못한 사실이 상호에게 오랫동안 고심해 오던 문제였다. 때론 금강석으로 유리를 자르듯 결정할 수 없는 건 상호 자신이 결단력이 없는 탓이라고 생각하곤 했다.

상호 자신은 어떤 일을 놓고 이리저리 생각을 너무 많이 하고 그렇게 시간만 많이 허비하면서도 딱 부러지게 결정하지 못하는 성격이 약점이라고 스스로를 탓할 때가 많았다. 그런 자신을 미워하지 않을 수 없었다.

이번 일만 해도 그랬다. 허나 이번의 결정만은 만만치 않을 뿐더러 더욱 신중히 생각해야 할 문제였다. 그 일은 상호 혼자만이 결정할 문제도 아니었다. D시에서 진로를 결정하지 못해 고향을 왕래하며 아버지와 마주칠 때는 '그래, 모든 부질없는 생각은 집어 치우고 조상님들이 살아온 바다를 버리고는 살 수 없고, 섬을 버리고 떠난 사람치고 세월이 흐른 후에 다시 돌아오지 않은 사람이 없다' 하시며 다른 생각을 아예 하지 못하도록 강한 압박을 해오는 아버지가 있었다.

전에는 너만은 새로운 길을 개척해 육지에서 성공을 하고 돌아와야 한다고 하시던 어머니도 요즘은 은근히 상호가 섬에 뿌리를 내리길 바라신다. 흙냄새와 범벅이 된 갯내음이 때론 지겹기도 하지만 파도소리, 그래도 그 소릴 귓전에 들어야만 잠이 잘 온다며 틈만 나면 상호의 마음을 압박해 왔다. 또 하나의 중요한 문제는 상미와의 문제다.

고등학교 때의 하숙집을 찾은 것은 첫 휴가 때의 일이었다. 국방의 의무를 하는 대한의 남자라면 누구나 다 같은 생각이겠으나 상호에게 있어서 첫 휴가는 정말 기대가 큰 것이었다. 훈병생활 때의 고단함, 훈련모에 표시해 둔 날짜를 하루하루 지울 적마다 훈병생활만 끝나면 지금보다는 편한 생활이 될 것이라는 기대와 어느 곳으로 배치를 받게 될지 궁금함도 있었다. 무엇보다 첫 휴가가 기대되는 이유는 상미를 만날 수 있다는 생각 때문이었다.

고단한 훈련을 마친 후의 외로움에 언뜻 생각이 나 가벼운 마음으로 편지를 띄웠던 상미에게서 답장이 날아들었기 때문이었다. 별 기대 없이 띄운 상미에게서 답장이 왔다는 사실은 그 이후 어렵던 훈련생활이 왜 그리 활기차게 받을 수 있었던지? 정말 그건 불가사의한 일이었다. 하나의 편지가 이렇게 사람의 마음을 바꾸어 놓을 수 있다니? 상미 편지에 이렇게 써 있었다. '상호 오빠의 군복을 입은 모습이 보고 싶어요!' 그래서 첫 휴가가 기다려졌고 기대가 남달랐다.

교복을 입은 상미의 모습만 머릿속에 간직하고 있던 상호에게 상미는 제법 숙녀 티가 나는 여인으로 변해있었다. 한마디 말이라도 걸으면 입가에 미소만 띠고 대답이 없던 소녀가 이젠 제 쪽에서 먼저 말을 붙여오니 꽤나 변하긴 변한 셈이다.

홀어머니의 고생이 안타까워 진학을 포기하고 사무실에 출근하며 방통에 다닐 예정이라며 수다를 떠는 상미를 상호는 넋을 잃고 바라보고 있다.

"상호 오빠! 나 직장 여름휴간데 친구들이랑 해수욕장에 가기루 했어! 거기가 어딘가 하면, '만리포라 내 사랑!' 바로 만리포예요."

"그럼 내 고향에서 멀지 않은 곳인데, 남친 하구."

"아뇨! 잘못 짚으셨네, 치근대는 남자가 하나 있긴 한데 난 아직 오운리 원이라구! 그래서 외톨이끼리만 가기루 했지요, 헌데 보디가드가 필요하기두 한데…"

그렇게 보디가드 겸 안내역으로 S읍에서 만나기로 하고 상호는 고향으로 가는 차를 탔다.

'상호 씨면 상호 씨고, 오빠면 오빠지 상호 오빠 또 뭐람?' 상호의 머릿속에 상호 오빠라며 수다를 떨던 상미의 달라진 모습과 내무반에서 상상하던 교복 입은 상미의 얼굴이 나타났다 사라지곤 했다.

약속된 날 설레던 마음에 일찍 나갔던 상호는 실망이랄까 안도의 마음일까 야릇한 마음에 멈칫해야 했다. S읍의 약속장소엔 상미 혼자 나와 있었다. 친구들의 사정으로 혼자 오게 되었다며 울상이 되어있었다. 그렇게 상호는 상미만의 보디가드가 되어 신나는 휴가를 즐기게 되었고 상미는 복잡한 도시보다는 이런 바닷가에서 파도소리를 들으며 살고 싶다 했다. 두 번째 휴가 때는 상미와 함께 고향인 황도에 갔다. 그때 상미는 황도를 떠나오며 '상호 씨'라 했다. 지금도 상호의 귓전에 그때 상미의 말이 들려오곤 한다.

'상호 씨! 겨울바다가 이렇게 추운 줄 몰랐어요. 저도 이곳에서 살게 되면 저 여자들처럼 몸뻬 옷을 입고 수건으로 머리와 얼굴을 가린 채 바다로 나가며 저렇게 살아야 되겠죠? 바닷가에 겨울이 없었으면 좋겠어요.'

그 후로 상미는 황도에 오지 않았다. 여름이, 시원한 파도소리가 그리울 때에도 상미는 오지 않았다. 몸뻬를 입은 여자가 되기 싫다 했다. 머리와 얼굴에 수건을 쓰기 싫다 했다. 상호에게 상미는 D시에서 같이 살자고 했다.

그날도 어머닌 몸뻬를 입고 머리엔 수건을 둘러썼다. 그리고 아버지의 낡은 잠바를 껴입고 검은 장화를 신고 나왔다.

"얘 통발이나 한 바퀴 돌아보고 오자!"

"예! 헌데 어머니 그런 옷을 입지 않으면 안 되나요?"

"앤 무슨 소리여! 이렇게 단단히 입어두 인젠 늙어선지 무릎이 시려 오는디 이걸 벗으면 뭘 입냐?"

"하긴 그래요. 그냥 해본 소리예요."

"노 씨네나 박 씨네처럼 큰 중선이나 몇 척씩 부리는 집이면 몰라 두이 섬대에서 이런 걸 안 입구 사는 여편네가 몇 명이나 될라구. 난 이걸입으면 맘이 편하더라! 옷 버릴까 걱정을 안해두 되구 말여. 안 그런감."

"왜 안 그래요 저도 이 옷을 입으면 마음이 편안한 걸요."

딴은 바닷바람과 맞서야 되는 형편에 수건을 두르지 않고 작업복을입지 않을 수 없는 일이다. 말쑥한 신사복을 입고 외출을 할라치면 행여옷이 버리지는 않을까? 행동이 자유롭지 못하던 기억이 상호에게도 여러 번 있었다. 군에 있을 때도 마찬가지였다. 주름을 잡지 않은 B급 작업복을 입고 훈련에 임할 때는 몸은 고단했지만 마음을 쓰지 않아도 좋기 때문에 훨씬 편했다.

사람이 옷을 입는 목적이 적이나 불편한 환경에서 피부를 보호하는 것이 가장 큰 원시적 목적일 텐데, 요즘은 그런 생존을 위한 목적보다는멋을 부리는 시쳇말로 스타일을 중시하는 게 아닐는지? 하지만 우리가살고 있는 이 섬에서는 특히나 작업을 하러 나갈 때는 원초적 목적이 우선이 아닐까 생각을 했다.

바다는 잠잠했다. 집을 나서 담장을 옆으로 끼고 내려가면 손바닥만한 논다랭이들이 자리하고 있다. 이 섬에서는 이곳의 논 50마지기쯤과집 너머의 100여 마지기 모두 합친 것이 그것뿐이다. 그러니 농업을 주업으로 하는 집은 없고 고기를 잡으며 노인들이나 부녀자들이 오래전부터 내려온 그들의 방식대로 농사를 지어오고 있는 것이다. 그래서인지신품종 개량이니 농사법의 개선이니 하는 농촌의 새마을 운동의 물결이별반 미치지 않았는지도 모른다.

그 몇 평 안 되는 논이 끝나는 부분과 바닷물이 만나는 지점에 석축을쌓고 민물과 바닷물의 경계가 되는 둑을 쌓아놓았다. 배는 그 둑 너머의 갯고랑에 있는 것이다. 큰말의 뒷산 너머인 이곳엔 집이 한 채가 외롭게 있다. 어찌 보면 집이라고 할 수도 없는 움막이라고 할까? 그곳엔 오 노인이 혼자 살고 있다. 어찌 밥을 끓여 먹는지 용케도 생명을 연장해가며 살고 있었다. 동네잔치가 있는 날이면 그 모습을 나타내곤 하는 오 노인, 너무도 외진 곳에 혼자 살고 있기 때문에 동네사람들의 생각 밖에서 노인은 살아가고 있었다. 어쩌다 명절 때나 잔치가 있을 때면 마음 착한 노인들이 그의 이야기를 가끔 꺼내곤 했다. 친척붙이라고는 단 한 명도 황도에 살지 않았다. 젊었을 때 겜말 동냥으로 얻은 아들이 한명 있는데 인천에서 산다는 소식만 들려왔다. 언젠가는 그 아들이 색시를 데리고 찾아와 함께 인천으로 가서 살자고 했으나 그는 그들을 그냥 보냈다. 그리곤 여직 혼자서 그 움막을 지키며 살아가고 있었다. 어떤 이들은 그가 섬을 떠나지 않는 것은 게으르기 때문이라 했고, 어떤 이들은 섬이 좋아서 보다 육지를 저주하기 때문이라 했다.

오 노인은 본래 황도 사람이 아니고 젊을 때 황도 박 선주네의 선원으로 들어왔다. 본래 섬에서 자라지 않은 그는 고기잡이에는 별반 소질이 없어 화장으로 배를 타게 되었는데 음식솜씨가 좋아서 황도에 정착하게 되었다 했다. 그가 언젠가는 색시를 데리고 왔는데 어선들이 정박하는 항구에서 만난 술집 아가씨라 했다. 얼마 동안 그들은 지금의 움막 같은 이 집에서 재미있게 생활을 해왔으나 결국 그 아가씨는 섬 생활에 견딜 수 없었던지 육지에서 왔던 어느 남자와 눈이 맞아 황도를 훌쩍 떠났다 했다. 그 후 노인은 그 여자의 소식을 바람에게 들을 수 있었으나 찾아 나서려고 마음을 먹지도 않았으며 마땅한 곳이 있으니 중매를 선다 해도 마다하며 지금까지 혼자 살아오고 있었다. 색시를 데리고 움막을 찾았던 아들이라는 그 사람이 그 여자에게서 낳은 아들인지 또 다른 여자가 있었는지는 아무도 모른다 했다.

노인이 일구어 놓은 밭뙈기가 움막의 주위에 아이들이 소꿉장난을 하듯 펼쳐져 있다. 그 밭뙈기들엔 파란 보리 싹이 고개를 쳐들고 있었다. 보리 싹은 모진 바닷바람 속에서도 메마른 섬 땅 속에 그들의 뿌리를 내리고 있었다. 오 노인이 혼자서 외로운 삶을 살아가고 있는 것은 보리의 습성을 닮아서라고 상호는 생각했다.

노를 저어 어항과 깃대를 꽂아 표시해 둔 통발이 있는 곳으로 향했다. 바다는 호수처럼 잠자고 있었다. 상호의 노질은 제법 익숙한 솜씨였다. 줄을 당기며 통발을 걷어 올려 그 속에 포로가 된 오징어를 꺼내 대소쿠리에 담아가면 되는 것이다. 포로가 된 오징어들은 손으로 잡을라치면 검은 먹물을 칙칙거리며 뿜어댔다.

"하! 그놈들 참 크다"

손안에 가득히 차오르는 뿌듯한 감촉을 느끼며 상호는 탄성을 올렸다.

"요새가 살찔 때가 아닌감, 그러니께 클 수밖에 없잖어"

서해안인 이곳에서 잡히는 오징어를 갑오징어라 했다. 쓰리미라 하는 마른 오징어는 이곳에선 입가라 부른다.

"요놈덜 멫마리 말렸다가 겨울철 생선이 귀할 때 구워 먹으면 쓰리미에 비교 할라구, 가지구 가서 먹통허구 복판을 뺀 담에 멫줄 말리기루 허자!"

"그렇게 해유, 어머니!"

30여 개의 통발이 10m쯤의 간격으로 섬 주변을 따라 연결되어 있었다. 그날은 오징어 운은 좋았다. 섬 주변을 한 바퀴 돌고 난 다음에 한소쿠리를 채우고 반소쿠리쯤을 더 건졌으니 아마 100마리는 족히 넘을 거였다.

오후가 되며 하늘엔 회색 구름이 점점이 끼리며 바람이 일기 시작했다. 이곳의 날씨란 예측할 수 없을 때가 많다. 어머니의 품속처럼 포근하며 잠잠했다가도 한번 바람이 일기 시작하면 걷잡을 수 없는 소용돌이 속에 묻히게 되는 것이다. 섬 전체를 집어 삼킬 듯 파도는 성나게 되는 때가 많았다.

"날씨가 심상치 않은데요, 어머니!"

"글쎄 말이다. 한바탕 몰아칠 것 같은디! 느이 아버진 왜 안 오신다냐?"

무어라 말할 수 없는 한 점 불안의 섬광이 상호의 머리를 스치고 지나갔다. 어머니의 표정에서도 그런 불안을 읽을 수 있었으나 그런 마음을 입에 담을 수는 없었다. 이곳 사람들은 식솔 중에 그런 소리를 내면 정말로 그렇게 실현되고야 만다는 생각을 갖고 있는 것이다. 바람은 점점 거칠어져 가고 있었다. 잠잠했던 바다가 일렁이기 시작하는지 바람에 실려 파도소리가 점점 가까이 들려오고 있었다.

"얘! 상호야! 웅거지 김 영감 댁 좀 댕겨 오너라! 혹 그쪽으로 넘어오다 주막에라두 들렀넌지 몰르잖니?"

"예! 알았슈 어머니!"

학교 옆을 지나 웅거지로 내달았다. 언덕에 오르자 바다 쪽에서 불어오는 바람으로 가슴에 강한 저항을 느끼며 우뚝 멈춰 섰다. 웅거지 쪽에서 큰말을 향해 아주머니 한 분이 올라오고 있었다. 김 영감댁 아주머니였다.

"상호 아닝감! 아버진 돌아오셨남?"

"아저씬 안 오셨나요? 그러잖아도 걱정이 되 아주머니 집으로 가고 있던 참인데요?"

"이거 큰일인 걸. 저 시커먼 구름 좀 봐 한바탕 몰아칠 모양인디. 이 양반들이 아직 안 오신 모양인디 일을 워떠케 헌댜?"

"뭐 별일 있으실라구유! 가까운 대섬이나 안면도 쪽으루 피하셨을 수도 있구유."

아주머니와 함께 큰말 쪽으로 내려오며 바다에 식솔들을 내보내고 애태우는 섬사람들의 생활에 진저리를 쳤다. 정월달이 되면 한 달 내내 안택이며 치성이라 하여 무당을 불러와 굿을 하는 걸 보면서 그들을 비웃던 상호였으나 오늘 같은 경우를 당하고 보니 안택을 해야 한다는 것을 쓸데없는 미신이라며 반대했던 자신이 미워짐을 느꼈다. 그러면서 큰말 위에 자리하고 있는 당이 우러러 보였다. '신이시여 오늘만 아무 일 없이 보낼 수 있게 해 주소서! 상미의 말이 맞았어. 이 섬 구석에 처박혀 살다가는 귀신도 모르게 저놈의 바다에 시신을 띄워 고기밥이 되어야 할 걸. 이놈의 바다가 무엇이 좋아서 떠나지 못한다는 거야! 난 오늘이 무사하다 해도 당장 이 섬을 떠날거야!' '저 지겨운 바다가 보이지 않는 곳에서도 얼마든지 살아갈 수 있단 말이야! 오늘 일이 무사히 해결된다면 망설일 필요 없이 아버지 어머니를 설득해 바다를 떠나야 한다'고 자신을 향해 굳게 다짐했다.

어선통제소에 들렀다. 동네 사람들이 모여 웅성거리고 있었다. 이 마을엔 초소라 불리는 어선통제소가 있었다. 경찰관 한명이 파견되어 방위병들과 함께 어선들의 출항과 귀항을 통제하고 있었다. 어선통제의 책임관인 최 순경은 오늘 주꾸미 낚시를 나간 뎃마가 모두 8척이며 모두 16명의 주민이 출항했다고 알려주었다. 천수만 아래쪽의 대섬 어선통제소와도 서로 연락 중이니 기다려 보라는 것이었다. 이젠 먹구름이 완전히 하늘을 덮어 여느 때보다 빠르게 어둠이 찾아왔다. 그때 주위가 술렁이며 리 서기와 종환 씨가 나타났다. 그들도 함께 주꾸미 낚시를 갔던 사람들이다. 사람들은 나머지 사람들은 어찌 됐느냐며 그들의 주위에 둘러섰다. 입술이 푸르게 질려있었다. 그들은 떨리는 목소리로 말했다. 낚시가 잘 된다는 대섬 부근에서 낚다가 서서히 자리를 옮겨 대섬과 안면도 사이의 군두리 앞바다에서 주꾸미를 낚는 재미로 시간 가는 줄 모르며 낚고 있다 보니 하늘이 시커멓게 변하며 바람이 불기 시작했다는 것이다. 심상치 않아 노를 저어 돌아오려 했으나 밀물을 타고 황도리로 귀환하려든 그들의 계획된 시간이 채 안되어서 노질이 제대로 되지 않았다. 대섬 부근에서 낚던 다른 배들도 서둘러 철수하려는 것을 보았으나 가깝게 접근할 여력이 없었다. 그들도 황도로 곧바로 향하려고 마음을 먹은 듯했는데 여직 돌아오지 않았다면 대섬으로 피신을 했을 것이라 했다. 그들은 노를 열심히 저었으나 울렁거리기 시작한 파도의 힘은 당할 수가 없었다. 천수만은 내해여서 바람이 불어봤자 견딜 수 있을 걸로 생각한 게 잘못이었다. 막상 부닥친 파도는 그렇지 않았다.

파도를 타기 시작한 배를 노의 힘으로 조종하기란 엄두도 못낼 일이었다. 그렇다고 돛을 펼 수는 더욱 없었다. 그들이 몸을 의지한 한 조각 나뭇잎 같은 뎃마가 엎어지지 않도록 바싹 엎드려 균형이나 무너뜨리지 않아야 한다는 생각뿐이었다. 그렇다 보니 몸이 굳어져 추위를 느끼기 시작하니 더욱 못 견딜 노릇이었다. 다행히 배가 군두리 앞바다로 밀리어 구사일생으로 살아나 돌아오게는 되었는데 아직도 성난 파도소리만이 귓전에 맴을 돌고 있다 했다.

앞이 보이지 않는 어둠 속에 파도소리만이 더욱 크게 또는 작게 몰려왔다 물러가며 차가운 물방울을 웅성대는 사람들의 옷가지에 뿌리곤 했다. 모닥불을 피웠다. 아직도 혹시 귀환 중이라면 불빛을 보고 방향을 잡을 수 있을 것이다. 이젠 파도가 한결 가벼워진 느낌으로 가끔씩 바위에 부딪혀 불빛에 반사된 물빛이 번쩍번쩍 빛나고 있는 모습이 어둠 속 맹수의 사나운 눈빛처럼 반짝였다. 활활 타오르는 모닥불에 비친 사람들의 얼굴은 엄숙히 굳어 있어서 서로들 무어라 말을 할지 말문을 열지 못하고 있었다. 꽁꽁 얼어붙은 몸과 마음을 녹여줄 소식은 어떻게 알 수 있을 것인지?

시간이 지나며 그렇게 거세던 파도가 조금씩 누구러져 가고 있는 듯했다. 밀물이 만조가 되어 선착장에 정박 중인 중선배가 완전히 부상하며 파도에 이리저리 흔들리고 있었다. 최 순경은 정박 중인 신진5호의 선장을 찾았다. 방위병 2명과 신진5호 선원 3명이 함께 중선에 올랐다. 상호도 함께 가기로 했다. 30톤급의 어선이며 동력선이니 대섬까지는 무사히 갈 수 있을 것이라 했다.

최 순경은 승선하며 M1 소총 한정을 가지고 탔다. 배에 오르는 상호에게 어머니는 몇 번이고 외치셨다.

"상호야 잘 찾아야 헌다. 어이구 이게 웬 난리냐? 이게 웬 난리야!"

"어머니! 염려마시고 집에 들어가 계셔유!"

부르릉거리는 엔진 소리와 함께 배는 후진을 하더니 거친 물결의 소용돌이를 일으키며 한 바퀴 회전을 했다. 여느 때 같았으면 풍어를 기원하는 흥거운 풍물을 울리며 선착장을 떠나던 배가 거센 파도와 바람을 헤치며 출항을 하는 것이 또 다른 불안을 알리는 신호가 되지 않기를 바라는 마음으로 상호는 뱃머리로 나아가 손전등을 켰다. 뱃머리가 솟는가 하면 어느새 다시 내려가며 뱃전에 부딪히는 파도소리뿐 방향을 분간하기가 어려웠다. 배에 타고 있는 사람들은 저마다 손전등을 이리저리 비춰보았으나 보이는 건 파도의 울렁임뿐 마음을 더욱 초조하게만 했다. 딴은 그들이 물위에 떠있다 해도 어둠과 거친 파도 속에 손전등의 빛으로 그들을 발견하기란 불가능한 일인 줄 알면서도 약하고 약한 불을 밝히고 있는 것이다.

상호는 어렸을 적 육지와 섬 사이를 왕래하던 도선이 침몰되어 황도 주민 10여 명을 삼켜버렸던 일이 생각났다. 시신을 찾기 위해 헤매던 일, 아직도 시신을 찾지 못한 채 바다 속에서 헤매고 있다는 관이 아버지의 영혼, 그 영혼이 섬 주위를 맴돌며 관아! 관아! 소리치며 당 주위를 맴 돌다고 말하던 할머니들의 얼굴이 떠올라, 섬뜩한 마음에 배에 탄 사람들의 위치를 손전등으로 확인해 보았다. 그래서 5월 스무 여드렛날이 되면 제사를 지내는 집이 이 마을에만 여섯 집이나 있는 것이다. 이곳 마을엔 유난히도 제사가 겹치는 집들이 많았다. 그러한 제삿날은 으레 바다에서 사고가 있었음을 말해주는 것이다. 괜히 쓸데없는 생각을 하고 있는 것이라 생각하여 생각을 떨쳐버리려 했으나 자꾸만 파도소리 속에 관아! 관아! 하는 관의 아버지의 울부짖음이 들리는 듯했다.

배는 이제 천수만의 한복판에 와있는 셈이다. 왼쪽으로 대섬의 불빛인 듯 희미한 불빛이 나타났다 사라지곤 했다. 배는 서서히 속력을 줄여 선착장을 찾았다. 허나 배를 댈 만한 마땅한 곳을 찾기란 보통 문제가 아니었다. 최 순경이 실탄을 장진하고 하늘을 향해 방아쇠를 당기었다. 난데없는 총성이 파도소리를 가르며 퍼져나가고 있었다. 총소리를 들었는지 몇 개의 불빛이 움직이며 배가 있는 쪽으로 접근해 왔다. 대섬에 있는 방위병들과 초소 순경이었다. 최 순경과 얘기를 나눈 후 대섬에 오늘 바다에서 구출한 황도 사람들이 있다는 소식을 들었을 때 상호는 두 다리의 맥이 풀려 그만 그 자리에 주저앉고 말았다. 그들이 타고 오는 도선에 몸을 옮겨 대섬에 올랐다.

"몇 명이 대섬에 구출되어 있습니까?"

황도에서 낚시를 나온 14명이 모두 있는지 그것이 문제였다. 모두 12명이 있다는 것이다. 그렇다면 2명의 행방이 문제였다. 2명의 행방은 어찌된 것일까? 2명 중에 혹 아버지와 김 노인이 아닐지? 상호는 다시 긴장하기 시작했다. 방위병들의 말로는 일단 나이가 많으신 분들이 있다 했다. 밤바다 바람이 차가우련만 상호의 등에서는 땀이 흐르고 있었다. 방위초소에 4명, 이장 집에 8명이 실신한 상태로 누워있다 했다. 우선 가까운 초소에 들렀다. 허나 아버지는 보이지 않았다. 후들후들 떨리는 발걸음으로 어느 방위병을 따라 이장 댁으로 향하였다. 웬일인지 걸음이 떨어지지 않았다.

"아직 멀었습니까?"

"이제 다 왔어유."

마을 사람들이 웅성대며 마당에 서 있었다. 어떻게 그들을 헤치고 방에 들어섰는지 기억이 없다. 아랫목 한구석에 아버지가 누워 있었다. 상호는 자신도 모르게 가슴이 막혀오며 목이 메어 울먹였다. 방 안에 있는 사람들 말에 의하면 차디차게 온몸이 굳어져 있어 돌아가신 줄 알았는데 조금 전부터 몸에 온기가 돌고 있다 했다. 다른 사람들도 서서히 몸에 온기가 돌며 움직이기 시작했다. 인원수와 명단을 확인한 최 순경과 방위병들은 황도를 향하여 떠났다. 대섬에 아버지와 동네 사람들의 뒷바라지를 위해 상호는 남아있기로 했다.

아버지가 무사하시다는 소식을 꼭 전해달라고 몇 번이고 돌아가는 사람들에게 당부했다.

바람은 이제 멀리서 파도소리를 가끔씩 실어올 뿐 낯선 곳에 머문 상호에게 외로움이 엄습하며, 이 지겨운 바다를 가능한 빨리 떠나야 한다는 생각만이 상호의 뇌리에 자리했다. 낯선 발자국에 놀랐는지 개떼들이 짖어대고 있었다.

돌아오는 뱃길은 평화로웠다. 어젯밤의 거칠었던 파도도 귓전에 들려오던 관아! 관아! 부르던 관이 아버지의 울부짖음도 없었다. 밀물에 돛을 달고 어제의 그 뱃길을 힘들이지 않고 돌아오며 아버지에게 섬을 떠나야 한다고 말했다. 그럴 때마다 강경하게 섬을 떠나서는 살 수 없다던 아버지는 아무 말이 없으셨다. 그렇게 떠나왔던 고향이었다.

어머니가 부디 몸조심하라며 배 턱까지 나오셨었다. 도선은 점점 멀어져 어머니가 흔드는 손모양이 보이지 않고 어머니 몸이 한 점이 되어 보이지 않도록 그렇게 그 자리에 서 있었다. 조그만 한 점조차 보이지 않을 때까지 상호는 어머니와 황도를 생각하며 고개를 돌릴 줄 몰랐다. 육지에 올라 고향을 바라보니 흐르는 물속에 떠가고 있는 배 한 척이 검은 점이 되어 아득히 떠있고 아침 햇살을 받은 바닷물엔 방금 지나온 뱃길이 일직선이 되어 황금빛으로 반짝이며 뻗쳐 있었다. 먹이를 찾는 갈매기 몇 마리가 물속에 머리를 박았다 끼룩거리며 하늘로 비상하고 있었다. 상호는 그렇게 고향을 떠났었다.

엔진소리가 변경되며 준 고속버스는 C시의 인터 체인지에 들어서고 있다. 저만치 아래에 일직선으로 뻗은 고속도로 위를 차량들이 줄을 이어 달리고 있다. 안내양이 일어나 정중히 인사하며 마이크를 잡는다.

"손님 여러분! 본 버스는 이제 경부고속도로를 통과해 국도로 접어들게 되겠습니다. 이곳에는 실향민들의 요람인 망향의 동산이 있으며, 민족의 성웅 이순신 장군을 모신 현충사가 있습니다. 여러분의 목적지 S읍까지는 2시간이 소요될 예정이오니 불편한 점이 있으시면 불러주시기 바랍니다."

안내양의 안내방송을 들으며 세상은 많이 변해있음을 실감할 수 있었다. 상호가 D시에서 학교에 다닐 때만 해도 S읍에서 D시까지는 아침 일찍 떠나야 밤늦게 도착할 수 있었다. 지금처럼 달리는 고속버스도 없었고 도로가 포장되지 않아 덜컹거리는 자갈길을 달려야 했다. 도로 주변의 주택들의 모습도 많이 변해있었다. 이엉을 엮어 해마다 지붕을 개량해야 했다. 그런 초가들이 이젠 현대식 양옥들로 변해 즐비하게 늘어서 있는 것이 낯선 이국의 풍경처럼 느껴진다. 그러나 산과 내는 예의 그 모습 그대로 고향의 모습을 하고 있다.

가난의 남루한 옷을 벗어버린 주택들이 모여 마을을 이루고 그 마을의 앞쪽엔 기름진 농토들이 펼쳐지고 뒤편엔 산들이 자리하고 그 산속에는 나무들이 무성하게 자라고 있다. 마을과 마을 사이에는 냇물이나 강물이 유유히 흐르고 있다. 바둑판처럼 정리된 논들에는 금년에 풍년을 거두기 위해 객토작업을 한 황토흙더미들이 장군의 묘지처럼 커다란 형태로 알몸을 드러낸 채 점점이 자리하고 있다. 인적이 드문 것은 예나 지금이나 마찬가지이다. 아이들 몇이서 연을 날리고 있다. 정말로 오랜만에 보는 정겨운 모습이다. 바람을 타고 치솟고 있는 연이 있는 하늘엔 잔뜩 찌푸렸던 구름이 걷히고 파란 하늘이 청량하게 보인다. 상호는 하늘을 보며 이제 봄이 멀지 않다고 생각하며 역시 떠나오길 잘했다는 생각을 하며 지난 3년간 헤매던 D시에서의 어둠의 날들이 주마등처럼 나타나고 있었다.

상호가 황도를 탈출하다시피 떠나와 D시에 도착했을 때는 이미 어둠의 그림자가 드리워져 상가와 가로등의 불빛이 휘청거리고 있었다. 좀 일찍 도착했으면 상미에게 전화가 통했을 것이었다. 그렇게 되었다면 D시에서 상호의 생활은 그가 걸어왔던 행로와는 아주 딴판이 되었을지도 모를 일이었다. 그가 D시에 도착하여 연락을 취할 수 있는 길은 상미와 동창생 몇이 고작이었고 상미가 아니고는 그를 반갑게 맞아줄 곳은 없었다. 지금 생각해보면 상미도 마음이 변해 있었는지도 모를 일이었다.

상미가 몸빼옷에 수건을 둘러쓴 섬 여자가 되기 싫다며 차가운 겨울바람을 맞고 돌아갔던 이후에도 둘은 서로 편지를 주고받으며 지냈다. 그럴 때마다 상미는 어떻게든 상호가 섬을 떠나와 D시에서 직장을 구해 함께 있고 싶다 했다. 상호는 늘 반신반의였다. 마음은 상미의 곁으로 떠나고 싶었다. 부모님의 허락을 받아야 되지 않겠느냐며 미루어 온 지 일 년쯤 되어 둘 사이에 소식의 교환 빈도가 점차 줄어들었다. 그 무럽 상호는 머릿속에 항상 벌레가 기어 다니며 그 벌레를 제거해야 한다는 생각이 압박해 왔다. 그래 상호가 D시에 도착한 것이다.

시가지는 많이 변해있었다. 많이 변한 도시이긴 했으나 역이나 도청시청 등의 골격은 그대로였다. 익히 알만한 골목들이 있었지만 딱히 갈만한 곳은 없었다. 헛일인줄 알면서도 편지에 적혀있는 상미의 직장으로 전화를 걸었다. 또르르 또르르 신호는 가고 있었지만 역시 받지 않았다. 수화기를 놓고 전화박스를 나오며 갑자기 엄습해오는 시장기를 느꼈다. 우선 배를 채우고 볼 일이었다. 문을 열고 들어선 곳은 식당 겸 술집이었다. 식사를 주문해 놓고 소주를 한잔 했다. 빈속이라서 술기운이 온몸을 스멀스멀 퍼지면서 현기증을 느꼈다. 한참 후 정신을 차리고 보니 홀에는 혼자 앉아 있었다. 주인아주머니가 옆에 앉았다.

"어디 객지에서 온 손님인 모양인데 어디 아프슈?"

"아! 아닙니다. 차를 타고 왔더니 멀미를 했던 모양입니다."

혀를 차며 그 아주머니는 호의를 베풀어 주었다. 그게 인연이 되어 상호는 그 후에도 줄곧 아주머니의 식당에서 밥을 대어놓고 먹게 되었다. 신사복이라고 입기는 했으나 거울에 비친 자신의 모습은 왠지 촌티가 물씬 풍기고 있다고 생각했다. 거기에 검은색 낡은 가방까지 들었으니 지나치던 아가씨들이 힐끔거리며 바라보던 모습이 떠올라 쥐구멍이라도 들어가고 싶은 심정이었다. 그래서 그 검은 가방을 그 아주머니에게 맡기고 거리로 나와 인파에 묻혀 목적도 없이 걸었다. 그 인파 속을 걸으며 상호는 생각했다. 그는 이 도시에서 자신은 너무도 소외되어 있는 사람임을 실감할 수 있었다. 차림새나 마음 모두 그렇게 생각되었다. 한동안 무심코 걷다가 우연히 고개를 돌려 형광등이 켜진 진열장을 보게 됐다. 그곳에 진열된 상품은 보이지 않고 유리창에 비친 것은 상호 자신과 함께 지나가는 사람들의 모습이었다. 다시 걸음을 뚜벅뚜벅 옮기다가 또 다른 진열장에 비친 자신의 모습을 확인하고 열등감에 사로잡혀 어디 몸을 숨길 곳을 찾아야 했다. 가방을 맡긴 식당 근처로 발을 옮길 때였다.

틀림없이 상미로 생각되는 여자가 웬 멋쟁이 신사와 함께 다정한 모습으로 그의 앞으로 다가오고 있었다. 헌데 상미는 그 남자의 팔을 잡은 채 무슨 이야기를 그렇게 재미있게 하는지 그 남자의 얼굴을 바라보며 종종걸음으로 걷고 있었다. 상미는 상호가 있는 앞을 곁눈질 하나 하지 않고 지나쳐 버리는 것이었다.

상미! 상미! 상호는 틀림없이 상미의 이름을 불렀다. 그 소리는 너무 작았음인지 도시의 소음 속으로 빨려 들어가 상호의 머릿속에만 여운을 남기고 맴돌고 있었다. 상미는 고개 한번 돌리지 않고 멀어져 갔다. 그녀는 남자의 팔에 매달려 다정히 걷고 있었다.

헌데 상미는 몸빼옷이 입기 싫다 했는데 그녀가 입고 있는 옷은 마치 몸빼옷과 같은 그런 바지였다. 주위의 사람들 아니 여자들의 옷차림도 상미와 같은 몸빼옷 차림의 바지들을 많이 입고 있었다. 상호는 결국 상미를 불러 세우지 못했다. 상대방 남자의 세련됨에 주눅이 들어서 상미를 부르지도 못한 채 그날은 그렇게 넋을 놓고 한참을 서있을 뿐이었다. 어쩜 도시로 나오려고 몸부림치던 상호자신이 상미라는 여자 때문이었을 터인데 그날 믿는 도끼에 발등을 찍힌 격이랄까? 상호는 뼈의 마디마디가 연결되어 형체를 이루고 있는 그의 몸 전체가 와르르 무너짐을 느꼈다. 가방을 맡긴 식당 아주머니가 소개해 준 여인숙에서 하룻밤을 묵게 되었다. 가방 속에는 털목도리와 조끼 세면도구 속옷 등이 있었다. 목도리와 조끼를 물끄러미 바라본다. "오빠! 객지에 가면 춥구 배 고프다는디 이걸 가져 가세유"라고 말하던 옆집 영림의 모습이 떠오르는 것이었다. 털실로 정성껏 짜봤다는 목도리였다.

수백 년 동안 미신뿐이던 황도에 교회가 세워졌다. 초등학교의 앞쪽으로 집 너머 넘어가는 길옆 그리 크지 않은 집에 나무 십자가를 세우고 교회가 들어선 것은 상호가 어렸을 때였다. 방학 때가 되면 주일학교에 나가곤 했다. 그것도 어머니의 눈을 피해 살그머니 다녀오곤 했다. 친구들은 모두 상호와 같은 처지였다. 어른들은 도대체 예수를 믿으려 하지 않았다. 상호와 친구들도 믿음이 있어서 교회에 나가는 것은 아니었다. 전도사님의 성경 이야기와 손뼉을 치면서 부르는 찬송가 때문이었다. 아주 재미있었다. 초등학교를 졸업할 때까지도 방학이 되면 내려오는 서울의 예쁜 여대생들이 주일학교를 인도할 때와 크리스마스가 가까워질 무렵에는 열심히 나갔다. 교회에 다니는 사람이라야 남편을 잃은 아낙네 몇 명과 계집아이들 몇 뿐이었다. 그렇게 몇 해를 견디던 전도사 부부는 뿌리를 내리지 못한 채 떠나갔다. 그리곤 그 교회 터전에 영림이네가 이사를 왔고 주일도 예배를 보지 않은 채 그냥 믿는 사람들도 없어지게 되었다. 그때 영림은 상호보다 두 학년 아래였다. 꽤 열심히 교회에 나갔던 계집애였다. 뭍으로 나간 전도사에게 편지를 받는 건 그 계집애뿐이었다.

상호가 고등학교를 졸업하던 해에 황도에는 다른 전도사 부부가 찾아와 전도를 시작했다. 예나 마찬가지로 황도 사람들은 믿으려 하지 않았다. 믿기는커녕 '당신들 얼마나 버티나 보자'라는 마음으로 지켜보고 있었다. 그러나 이번에는 전도사 부부에게 행운이 찾아왔다.

초등학교 교감으로 발령받은 사람이 교회의 골수 신자였다. 장로란 교회 직분을 갖고 있었다. 젊은 전도사 부부가 교회에 대해 말을 붙이려면 들은 척도 안하던 사람들이 교감 장로님의 전도에는 듣는 척이라도 했다. 교감 장로님도 노골적인 교회의 이야기는 잘 하지 않았다. 그래서 섬사람들도 교회에 대해 반감을 갖지는 않았다.

황도 초등학교에는 교사 다섯 명이 있었는데 모두 육지 출신으로 하숙집에서 하숙을 했다. 사택이 두 채가 있었는데 사용하는 사람이 없어 비어 있었다. 교감장로님이 전근을 오면서 사택에서 살림을 하게 되었고 그 사택은 영림이네 집 바로 옆이었다.

　교감 장로님은 주일날과 수요일 금요일에는 교회에서 예배를 보았고, 남은 요일의 저녁엔 중학교에 진학하지 못한 애들을 모아 놓고 야학을 열었다. 그 당시에는 중앙강의록이라 해서　중등학교에 진학하지 못하는 학생들을 위한 독학 교재가 있었다. 교감은 중앙에서 재건중학교 교본도 사서 아이들에게 나누어 주었다. 초등학교를 졸업하고 진학을 하지 못하는 아이들이 태반이었다. 재건중학교라는 이름으로 부르니 섬에 있는 아이들 중에서 진학을 하지 못한 아이들은 모두들 모여 들었다. 초등학교를 갓 졸업한 애들로부터 말만한 처녀들도 모여들었다. 상호가 고등학교 졸업반일 그해 여름방학에 집에 갔을 때 그 교감 장로님을 만날 수 있었다. 첫인상이 좋았다. 인자한 할아버지였다. 옛날 존경하던 초등학교 때의 은사님처럼 생각되었다. 그 교감 장로님이 상호에게 제안을 했다. 다른 과목은 교감 장로가 가르치고 육지로 휴가를 간 교사가 가르치던 과목을 방학 동안만 가르칠 수 있느냐는 내용이었다. 그러고 싶은 마음도 있었지만 더럭 겁이 나기도 했다. 우쭐한 마음과 함께 한번 해보고 싶은 마음이 앞섰다. 그래서 초등학교의 교실에서 난생처음 교단에 설 수 있었다. 그때 영림이도 교실에 나오는 학생이었다. 어찌나 열심히 참여했던지 제일 똘똘한 학생이었다. 어렸을 때 운동장에서 치맛자락을 위로 걷어 올리고 놀려주면 징징 울면서 쫓아다니던 영림이 계집애가 아니었다. 갓 익은 풋 복숭아처럼 싱그럽게 익어가고 있는 모습으로 상호에게 보인 건 야학이 시작되고 며칠만의 일이었다.

　마지막 시간 수업을 마치고 교실을 정돈하는데 영림이만 남아서 일손을 돕고 있었다. 그때는 황도에 전기가 들어오지 않아 자가발전을 했다. 야간에만 발전기를 돌려 불을 켜고 있었다. 발동기가 좋지 않은지 가끔 정전이 되곤 했다. 때마침 정전이 되어 교실이 어두워졌다. 영림이 "오빠! 무서워요!" 라며 성큼 앞으로 다가와 상호의 가슴에 안기었다. 저도 놀랐는지 잠시 후에 뒷걸음으로 물러섰다. 잠깐 동안의 일이었지만 상호의 가슴에 닿았던 부드러운 영림 가슴의 감촉과 야릇한 머릿 내음에 현기증이 일어났다. 바로 그때 교실이 다시 밝아졌다.

영림은 고개를 떨구고 서 있었다.

"무섭긴 뭐가 무섭니?"

"자! 가자"

책을 옆에 끼고 영림의 얼굴을 보니 바로 싱싱한 풋 복숭아 그것이었다.

그런 영림이 상호가 집을 떠나오기 전 찾아왔었다. 바닷바람에 그을린 탓인지 피부는 검게 느껴졌지만 그녀의 눈동자에선 상호를 생각해주는 진실을 읽을 수 있었다. 상미와의 관계를 알고 있음에도 영림의 상호에 대한 감정은 변함이 없었다. 배움이 많지 않은 그녀지만 그녀의 이마와 눈은 이지적으로 빛났고 행동도 지적으로 느껴졌다. 믿음의 씨가 뿌리를 내리지 못하는 황도에 첫 실뿌리를 내린 씨앗이 영림이었다. 그러기에 그녀는 배움이 없음에도 교회에서 아이들을 잘 가르치고 있었다. 성경 이야기처럼 지혜의 지팡이와 두루마기를 입고 있는 것 같았다. 그런 영림을 떠나온 상호가 좁은 여인숙 방에서 영림을 생각하고 있었다. 상미를 눈앞에서 확인한 후 상호는 영림에 대한 생각이 많아졌다.

선우의 주선으로 양복점 판매원으로 얼마간 일을 했다. 우선 말끔한 양복 한 벌을 해 입었다. 그리곤 주로 안면이 있는 사람들을 찾아다녔다. 학교 동창들이 상호의 안면이 있는 고객이었다. 오랜만에 만나는 동기들임에도 입이 떨어지질 않았다. 간신히 입이 떨어지면 쥐구멍이라도 찾고 싶었으나 어쩔 수 없는 현실이었다. 그들도 모두 살기 어려운 얘기를 하며 곤란한 몸짓들이었다. 상호의 성격에 맞지 않는 일이었다. 아는 사람이 없는 직장엔 갈 용기도 없었다. 용기를 내어 방문을 해도 모두들 거들떠보지 않았다. 그들은 그들 나름대로 안면이 있는 사람에게 한두 개의 월부카드를 갖고 있다 했다. 한 개의 월부카드가 끝날 때가 되면 또 다른 월부카드를 만들어야 하고 그러다 보니 월부인생으로 늙어가고 있다 했다. 그래서 그들은 그들 나름대로 월부판매원을 따돌리는 기술도 터득했다. 아예 처음부터 말도 붙이지 못하도록 딱 끊어버린다. 한번 말을 시작하면 그 당시엔 거절을 하더라도 언젠가는 한번쯤 해주어야 하는 처지가 됨을 그들은 잘 알고 있었다. 안면을 찾아다니는 것도 어려웠지만 상대방의 눈치를 보며 허리를 굽혀야 하는 외판원은 상호에게 어려운 일이었다.

몸이 고되기는 해도 차라리 노동판이 훨씬 마음이 편했다. 노가다 공사판 일을 하게 되었다. 처음엔 일을 잘못하면 고용되지 않을까 보아 죽어라고 땅을 팠다. 옆에서 일을 하던 아저씨가 말을 건넸다.

"여보게 젊은이 그렇게 죽어라 일을 하다 보면 하룬들 건디겠나? 일당을 더 주는 것도 아닌데, 감독의 눈을 피해 하루해를 넘기는 게 상책이거든."

딴은 그랬다. 처음엔 반나절을 채우지 못하고 허리가 끊어지는 듯 힘들었다. 어렵기는 해도 저녁이면 잠이 잘 와서 좋았다.

그렇게 D시의 외곽을 떠돌며 생활하면서도 만나기를 회피만 하고 있는 상미를 언젠가는 만나봐야 한다는 생각뿐이었다.

"웬일이세요? 지금은 바빠서 나갈 수가 없어요."

첫 번째 통화에서 들려온 상미의 목소리는 차가웠다. 아무리 잠깐 동안 들렀다 역전에서 하는 전화라 말하였기로 그렇게 끊어버릴 상미는 아니었다.

D시의 중심부에 천이 흐르고 있었다. 시가지를 동구와 중구로 나누며 흐르는 천은 언제부터인지 온통 검은 폐수만 흐르고 있었다. 천의 바닥은 벌거벗겨져 썩어 문드러진 사지를 드러내놓고 숨을 몰아쉬고 있었다. 도시에 사는 사람들은 언제부터 천이 그렇게 병들어 버렸는지 헤아려 보려고도 하지 않았다. 노인들은 천을 지나며 중얼거리곤 했다.

"어렸을 때는 멱을 감던 곳인데, 낚시도 했었는데."

뜻있는 사람들은 병들고 썩은 천을 살려야 한다고 떠들었다. 그것도 주기적으로 다가오는 캠페인 때 뿐이었고, 대부분 사람들은 주저 없이 그들의 오물을 천에 내동댕이쳐 버렸다. 그 천의 상류는 그래도 아직 냇바닥이 들여다보이는 물이 흐르고 있었다.

그 천의 상류는 D시와 접해있는 D군으로 물도 깨끗했지만 때가 되면 모내기도 하고 초여름이면 싱그러운 포도송이들이 탐스러운 열매를 맺고 있었다. 토박이들은 조상에게 물려받은 농토에 농사를 지으며 살았다. 그들도 많이 변모해 가고 있었다. 벼농사를 하기보다는 채소나 과일을 재배하며 수입을 올리는 집이 많아졌다. 집집마다 골격을 제대로 갖추지는 못했으나 만들 수 있는 만큼 방을 만들었다. 그런 방을 찾아오는 객지 노동자들에게 셋방을 주기 위해서였다. 객지에서 몰려든 노동자들은 용케도 값싼 방이 있는 오관리로 몰려들었다. 그들은 농사철에는 토박이들의 농사일을 도우며 혹은 도시의 공사판을 전전하며 안정을 찾을 때까지 머무는 철새들이었다. 어떤 이들은 시골의 전통적인 방법으로 두부를 만들어 꽤 재미를 보는 사람도 있었다. 어떤 이는 장난감이나 봉투를 만들어 살아가는 사람도 있었다. 어떤 이들은 이삼년 만에 시내로 영전하는 사람들도 있었다. 어떤 사람들은 십년이 넘게 살면서도 시내로 진출하지 못하고 반토박이가 된 사람들도 있었다.

상호가 이곳을 찾아온 것도 다른 이들과 마찬가지로 노동판에서 만난 사람들의 소개 때문이었다. 공사판까지 출퇴근하는데 시간은 좀 걸리긴 해도 주위 사람들이 모두 같은 처지어서 좋았다. 복잡한 도시의 소음도 없고 때론 흙냄새도 맡을 수 있어 좋았다.

처음엔 우선 D시에 발붙일 곳을 마련하고 당장 입에 풀칠이 어려워, 고향을 떠나오게 된 목적도, 상미를 만나야 한다는 생각도 잊은 채 그렇게 고된 나날을 보냈다. 이젠 노동판에서 감독의 눈에 들어 공사장을 옮길 때마다 데리고 다니니 일이 끊이지 않았다. 먹고 사는 일은 혼자 몸이니 걱정이 없었다. 시내는 아니라도 월세방이라도 마련하게 되었으니 안정이 되었다. 그럼에도 밤에는 잠을 잘 자지 못해 뒤척이는 때가 많아졌다. 꿈을 꾸면 항상 고향바다가 보였다. 때론 상미와 함께 배를 타고 있었고 상미의 얼굴이 영림으로 바뀌기도 했다. 꿈에서 깰 때는 꼭 풍랑에 휩싸이는 아버지의 모습이 보여 온 몸이 땀에 젖곤 했다. 깨어보면 흙냄새 물씬 풍기는 자취방이었다.

고향 바다가 무던히도 그립던 날 시내에서 친구 몇 명과 술을 마셨다. 왠지 술이 잘 들어갔다. 시내버스는 이미 끊어진 시간이었다. 통금시간까지는 아직 시간이 좀 남아 있었다. 그곳 변두리 마을엔 파출소도 없었다. 자정 안에 그곳까지만 가면 그만이었다. 밖으로 나 있는 문을 열고 들어가면 그만이니 주인집에도 미안할 일은 없었다. 오관리에 도착하니 자정이 가까웠다. 술이 술을 먹는다는 것이 그런 경우를 두고 하는 말일까. 상호는 아직 불이 켜져 있는 구멍가게로 들어갔다. 가게에는 웬 아가씨들 둘이서 콘을 먹고 있었다. 시원한 맥주가 생각났다. 가게 주인은 익히 알고 있었다. 라면이나 하이타이의 단골이기 때문이다. 반찬이 없을 땐 그저 라면이면 족했다. 세탁도 세탁비누에 물을 묻혀 빠는 것보다는 플라스틱 통에 하이타이를 풀어 담가놓았다 빠는 것이 편했다.

"아저씨 맥주 한잔 하시죠?"

"요즘 몸이 안 좋아 못하는데요"

"아 그러세요!"

그라스의 흰 거품 속에 물보라를 헤치며 달리는 돛단배가 보였다. 돛단배 위엔 머리에 수건을 쓴 영림의 얼굴이 보이기도 하다 어머니의 모습으로 바뀌기도 했다. 어쩌다 돛단배는 모터보트로 변해 거친 파도를 헤치며 달리고 있었다. 그 속엔 검은 머리를 나부끼며 보트의 핸들을 잡고 있는 상미의 모습도 보였다.

상미가 보트에서 내려와 사람들 사이를 헤집으며 상호가 기다리는 파라솔로 다가오고 있었다.

"상호 오빠! 너무 너무 멋져요! 바다는 정말 좋은 곳이에요. 낭만적이기두 하구! 뭐랄까요 온몸 전체를 폭 담그고 싶은 그런 아늑함이 있는가하면 또 격렬하고 맹렬한 야성미도 넘쳐흐르는 그런 멋진 곳이에요. 겸손과 무리를 모두 갖고 있는 어떤 남성과 같은 그런 곳이에요. 목이 타서 못 견디겠어요. 상호 오빠! 시원한 맥주 한잔 주세요. 이런 곳에서 바다를 바라보며 맥주를 마시는 건 정말 너무 너무 멋진 일이잖아요. 자 우리 브라보 해요. 상호 오빠와 상미를 위해서!"

"상미가 그렇게 좋아할 줄은 몰랐어! 정말 우린 같이 오길 잘했지 어쩜 친구들이 올 수 없게 된 일이 더 잘된 일이야! 자 우리 맘껏 마셔 보자구."

둘은 컵을 부딪히며 파도를 마시었다. 얼마를 마셨을까? 상미가 상호에게 머릿내를 풍기며 이마를 마주대고 속삭였다.

"상호오빠! 어지러워요. 쉬고 싶어요. 우리들이 쉴 수 있는 곳으로 날 데려다 줘요."

소나무 숲을 지나 정해놓은 민박집이 있었다. 어깨를 마주하고 숲길을 맨발로 걷는 감촉도 좋았다. 뜨거운 백사장 모래 위의 감촉보다 그늘

밑의 시원한 세모래의 감촉이 발가락 사이로 감미롭게 전달되며 멀리서 파도소리, 사람들의 물결소리, 바람소리 등이 어우러지며 어느새 바다는 저만큼 뒷결으로 숨어들고 있었다.

밤중에 잠을 자며 꿈속을 헤맸다. 역시 고향바다를 헤매며 오징어 통발을 보러가기도 하고 주꾸미 낚시를 가기도 했다. 당에 있는 고목나무 앞에서 영림과 어울리기도 했다. 도선을 타고 떠나는 상미를 쫓으려 땀을 흘리며 노를 저어도 배는 제자리에 떠있기만 했다.

새벽녘 갈증을 느끼며 눈을 떴다. 후텁지근한 공기가 역시 고향은 아니었다. 벽에서 흙냄새가 물씬 풍겨왔다. 상미와 해수욕장에서 맥주를 마시고 소나무 숲을 지나온 것이 어제 일처럼 느껴졌다. 헌데 이곳은 오관리 자취방이 아닌가? 벽에서 풍겨오는 흙냄새 이외의 또 다른 냄새가 느껴졌다. 아직도 방안은 어두웠다. 우선 갈증부터 해결하고 볼 일이다. 전등의 스위치를 올린 상호는 그만 소스라치게 놀랐다. 상호가 이방을 사용한 이후 아무도 방문객이 없었다. 그런데 웬 낯선 사람이 앉아 있었다. 여자였다. 여자는 두 무릎을 세운 채 뒤로는 긴 머리를 늘어뜨리고 두 무릎 사이에 두 팔을 걸친 모양으로 고개를 떨군 채 꼼짝도 하지 않고 있었다.

도대체 웬 여자가 이 방에! 잠시 후 여자는 잠을 깼는지 고개를 들었다. 어디선가 본 얼굴이었다.

"아니 웬일이시죠? 누구시죠?"

여자는 말이 없다 .시계를 보더니 서두는 표정을 지으며

"저녁때 다시 뵙고 말씀 드리겠어요"

"예, 헌데 여긴 어떻게?"

"자세한 얘긴 이따 만나서 해요"

그리곤 여자는 옷매무새를 가다듬고 문을 열고 나갔다. 그날처럼 하

루해가 지루하고 무료한 적은 없었다.

여덟 시 약속된 장소로 나갔다. 새벽의 그 여자가 그곳에 앉아있었다. 날씨가 더운 탓인지 많은 사람들이 공원을 찾고 있었다. 점차 복잡하고 커져가는 이 도시에 이만한 공원이 있다는 게 위안이 되었다. 그들은 마냥 즐거운 표정으로 손을 흔들며 걷기도 하고 어떤 이들은 슬리퍼 소리를 내며 걷기도 했다. 다정한 연인들은 벤치에 거의 한 몸이 되어 앉아있기도 했다. 사람들 사이를 헤집고 내달리며 숨바꼭질을 하는 아이들도 있었다. 같은 D시의 시민이련만 상호는 왠지 저들과는 다른 세계에 사는 이방인으로 느껴졌다.

"안녕하세요?"

바로 오늘 아침 같은 방에 있던 여자에게 어울리지 않는다고 생각했지만 별다른 인사를 할 수도 없었다.

"괜찮으세요"

여자의 목소리는 방 안에서보다 부드럽고 감미롭게 느껴졌다.

"술을 좋아하시나 보죠?"

"좋아하기 보단 조금 마십니다."

"상미란 여자가 아닌 저에게 한 잔 사 주실 수 있으세요!"

"예?"

"상미를 어떻게 아느냐구요?"

"어제 아저씨의 입에서 수십 번도 더 불러대던 이름이니 아무리 머리가 나쁜 여자지만 모를 리가 있겠어요?"

그랬구나! 이 여잔 어제 저녁 구멍가게에 앉아 있던 두 여자 중 한 여자이고 난 이 여자를 상미로 착각을 하고. 상호의 머릿속에 점점이 흩어졌던 생각들이 모여들었다. 그렇다면 간밤에 느꼈던 비린내 나는 머릿결의 냄새도 입속 가득 타액을 교환하며 감미롭게 느껴지던 입술과 혀의 감촉도 무의식적으로 불러대던 상미란 이름에 긍정적인 몸놀림으로 응했던 유희의 대상도 바로 여기 이 여자였단 말인가? 어지러웠다. 높은 파도에 여기저기 휩쓸리는 뱃전에서의 뱃멀미를 느꼈다.

공원에 모였던 사람들은 이제 하나 둘 돌아가고 있었다. 서서히 물결이 밀려가는 조금 때의 썰물과도 같이 그들은 물러가고 있었다. 조수를 따라 몰려다니는 바다 고기들, 그 고기들 중에는 조수를 따라가지 못해 갯고랑에 갇혀 더러운 흙탕물 속에서 밀물이 밀려오기를 기다리며 숨을 할딱거리는 낙오병들도 있었다. 그런 낙오병들은 어부들의 손에 잡히기 십상이다. 전문적인 어부들이 아닌 사람에게도 그저 한낱 유희를 위한 그들의 몸짓에 낙오병들의 생명은 아무런 가치도 없이 희생될 수 있었다. 그런 낙오병들은 체포가 될 최후의 순간에는 그들 나름대로 발악을 하게 마련이다. 지느러미를 곤두세워 사람들의 손을 상하게 하고 독침을 쏘기도 하고 미끄러운 액체를 분비해 최후의 탈출을 시도하기도 했다. 휩쓸려간 인파에서 멀어진 상호는 어쩜 그런 류의 낙오병이었다. 낙오병이지만 날카로운 지느러미의 깃도 독침도 미끄러운 액체도 준비하지 못한 무방비 상태의 낙오병. 도대체 이 도시에서 이런 낙오병의 생활을 언제까지 지탱해야 하는 것인지 무엇을 위해 여기에 머물러 있어야 하는 것인지? 하루 세끼 입에 풀칠을 위해 그렇게 헛된 몸짓으로 거리를 방황하고 나 자신의 몸을 학대해야만 하는 것인지?

여자는 말했다.

"이젠 우리도 어디든 가야하지 않아요?"

우리란 말을 쉽게 사용했다. 여자가 이름을 물었다. 여자의 이름도 물어 주었다. 여자에게 집에 가지 않아도 되느냐고 물었다. 여자는 수줍은 듯 몸을 꼬며 상호의 팔을 잡았다. 그리곤 얼굴을 들어 상호의 눈을 바라보았다. 여자의 눈은 말했다.

'그 말을 기다렸어요.'

상호는 고개를 들어 하늘을 보았다. 어차피 진실이 담겨있지 않은 눈빛으로 서로를 바라보는 건 왠지 자신이 없었다.

하늘엔 총총히 별이 빛나고 있었다. 고향 바다에서 바라볼 수 있었던 바로 그 별들이었다. 그동안 별들이 있었다는 사실을 잊고 지냈다. D시로 오고부터 별로 볼 수 없었던 아니 잊고 지냈던 별들이 아무 말 없이 아무런 변화 없이 하늘에 그렇게 떠 있었다.

이젠 밤이 깊었는지 그렇게 후텁지근하던 공기도 조금은 시원해졌다. 길가에 즐비하게 늘어선 여관 간판들이 원을 그리며 회전하고 있었다. 여자는 아무런 말없이 뒤를 따랐다. 여자의 샤워하는 소리를 듣고, 담배를 피워 물고 옷 벗는 모습을 훔쳐보며 맥주 한잔을 들이켰다. 여자가 말했다. 주무셔야죠?

그래 자야지 아니 자는 게 아니라 그전에 할 일이 있지. 껍질을 벗은 네 몸뚱이 위를 기어 다니며 샤워한 비누냄새를 맡고 후텁지근한 네 몸을 더욱 달아오르게 하고서 내 가슴을 흔들어 대는 네 육체의 유희를 감상하는 일이 남아있는 거야. 상호는 해수욕장의 소나무 숲을 걷고 있었다. 그늘 밑의 시원한 쇠 모래의 차가운 정도의 간지러운 감촉을 느끼며 민박집을 향해 걷고 있었다. 어지럽다 말하던 상미는 민물로 샤워를 하고 방에 들어왔다. 바다에서 보는 비키니의 상미가 아니었다. 방 안에서 보는 상미의 비키니 차림은 왠지 상호에게 강한 생명감을 느끼게 했다. 상미의 얼굴이 여자로 보이기도 했고 여자는 또 상미로 변하기도 했다.

여자와 그런 일이 있은 후 상호는 어떤 결론을 얻을 수 있었다. 더 늦기 전에 상미를 만나봐야 한다. 그리고 앞으로 어떤 길을 갈 것인지 결정한다.

상호가 D시에 도착하여 상미와 만남을 미루며 방황하던 때로부터 삼년이란 세월이 흐른 후였다.

상미에 대한 연민의 정도 여자들에 대한 상호의 생각이 전과는 많이 달라졌다. 여성관에 대한 상호의 생각의 변화는 생활 전체를 바꿔 놓았다. 그런 변화 때문에 상미를 만나보아야 한다는 결론에 달했다. 차분한 마음으로 설렘 없이 상미를 만나볼 수 있었다.

찻잔을 마주하고 둘은 말없이 앉아 있기만 했다. 상호도 상미도 너무나 오랫동안의 공백을 메꿀 적당한 말이 떨어지질 않았다. 상미는 무언가 두려워하는 모습으로 상호를 보며 물었다.

"…어떻게 D시에 오게 되었느냐"고, '너 때문에 너의 곁에 있기 위해 이렇게 나타났다'고 말하려 했으나 정작 뱉어진 말은 "그냥 시간이 나서 들렀다"고 했다. 찻집에서 나눈 말이라곤 그것뿐이었다. 왠지 다방 안에 앉아있기가 갑갑했다. 둘은 거리로 나왔다. 저녁이나 하자는 상호의 말에 상미는 아무런 말없이 따라나섰다. 다방의 계단을 내려오면서 뒤따라 오는 상미를 생각했지만 헤어져 있던 시간과 거리보다 더 멀어진 사이가 됐다는 것을 느낄 수 있었다. 둘은 거리의 수많은 인파에 휩쓸려 걸으면서도 서로는 다른 영혼으로 나눠져 있음을 실감해야 했다. 상호의 눈에는 연이어 나타나고 있는 육각형 모양의 보도블록만 무료하게 지나칠 뿐이었다. 간발의 뒤에 따라오는 저 여자가 첫 휴가 때 상호를 그렇게 사로잡았고 해변에서의 여름밤에 이젠 상호가 없이는 살 수 없다 매달리던 여자였단 말인가? 돈도 명예도 필요 없으니 마음만 변치 말고 사랑하며 살자하던 여자였단 말인가?

"상호씨 전. 저는 옛날의 상미가 아니에요! 어쩔 수가 없었어요. 모든 건 제 잘못이에요. 절 잊어주세요."

모든 건 예상했던 대로였다. 멀리 있는 친척이 이웃사촌만 못하다더니 떨어져 있는 동안 둘은 그렇게 멀어져 있었다. 이역만리 떨어져 있어도 잊지 않고 사는 사람들도 있으련만 우린 지척에 있으면서도 잊고 살 만한 그런 사이였구나. 그렇게 보잘 것 없는 그런 사이였어. 어쩜 철부지들의 호기심에 불을 당긴 육체의 놀음이었는지도 모르지? 상호는 모든 것이 자신의 잘못이라 생각했다. 잃어버린 상미를 되찾는다는 생각보다 확실히 잃어버린 여자인가를 확인하기 위해서였다. 지금까지 간직하고 있는 상미에 대한 그리움을 지워버리기 위한 만남을 준비해 왔다. 잊을 건 철저히 잊어야 한다. 새로운 출발을 위해 그러기 위해 이 여자를 이 순간부터 철저히 미워하고 저주해야 한다. 그렇게 하는 것이 서로를 위하는 길이라고 생각했다. 멀어진 마음을 잡기 위해 구걸할 필요도 연민의 정에 휩싸여 있을 수도 없었다.

상미로 착각했던 여자의 말이 떠올랐다.

"전 얼마 후에 결혼할 사람입니다."

약혼자는 K시에 살고 있는데 한 달에 한 번쯤 만난다 했다.

"한 달 동안 기다린다는 건 좋은 기다림이 되기도 하지만 어떤 땐 남자가 그리울 때가 있어요. 어쩜 오늘 같은 날이 그런 땐가 봐요."

여자는 마지막 껍질을 벗을 때 또 속삭였다.

"제가 열께요. 열어주지도 않는 문 속으로 들어오는 건 도둑이니까요. 열어주는 문으로 들어오면 그건 도둑이 아니잖아요."

그 여자의 앞에서 상미를 생각하고 상미의 앞에서 그 여자가 생각나다니 이상한 일이었다. 어쩜 상미도 그 여자처럼 상호에게 문을 열기 시작한 후에 그런 심정에서 지나왔는지도 모를 일이었다.

그날 밤 상미는 마지막 밤을 준비할 마음으로 나왔다 했다. 잊어달라고 부탁하면서 그날 밤만은 같이 있고 싶다 했다. 서로가 서로를 잊기 위해, 꺼져가는 불빛을 완전히 태워 재를 만들기 위해, 서로의 얼굴을 마주 보며 밀폐된 방 안에 있어야 한다는 건 상호로서는 괴로운 일이었다. 더욱 세련된 조련사의 모습을 보여주고 상미에게선 더욱 훈련된 몸놀림을 확인한 후 다음은 무슨 일을 한단 말인가? 서로의 변한 모습을 확인한 후 웃으며 돌아설 수 있을까? 그 옛날 수줍어하고 가슴 설레던 순수의 영혼에게 무어라 할 말이 있단 말인가? 차라리 낯선 어느 여자의 몸 위에서 너의 얼굴을 떠올리며, 아니 생소한 낯선 여인의 표정을 읽으며 일이 끝나고 몇 장의 지폐를 던져주고 거리에 나서면 기억 속에 떠올릴 수도 없는 그런 놀음이 훨씬 부드럽겠지?

"상미는 행복할 수 있을 거야 부디 행복하라구. 난 내일은 이곳 도시에 없을 거야."

뒤 꼭지에 상미의 뜨거운 시선을 느끼며 그녀의 마지막 얘기를 듣는 둥 마는 둥 그렇게 돌아섰다.

버스를 갈아타고 한 시간쯤 달렸을까? 갯내음을 느끼며 눈에 익은 천수만의 물결이 햇빛을 받아 반짝이고 있다. 결국 나도 다시 돌아왔구나. 황도로 향하는 도선이 손님을 태우고 있었다. 화장기 없는 아줌마들, 외투로 무장한 아저씨들의 모습 속에 상호는 코에 닿을 듯한 구수한 냄새와 가슴깊이 와 닿는 뿌듯함을 느꼈다.

"안녕하세요?"

"아니 이게 누구여! 상호 아닌가? 그러지 않아두 아주머니가 올 설엔 상호가 올지 모른다며 기대리던 걸 참 잘 왔구먼."

"그동안 별일들 없으시죠?"

"그럼 우리야 항상 그렇지 뭐. 두 노인 양반들이 고생이 많으시지."

"영림이가 많이 수고허지 항상 왔다 갔다 하며…."

도선에 시동이 걸리며 배는 저만큼 멀리 바라다 보이는 그리운 섬, 한

때는 저주했던 섬, 그곳을 향해 서서히 뱃머리를 돌리고 있다.

저곳엔 화장기 없는 사람들이 모여 화장하지 않은 몸짓으로 하루 세 끼의 밥을 먹으며 그렇게 살아가고 있다. 바닷물에 젖은 머리칼을 빗어 내며 멀리 파도와 싸우고 있을 남정네를 생각하는 여인들의 기다림이 있고 어둠을 가르며 찬란히 떠오르는 일출이 있다. 나를 나타내기 위해 마음에도 없는 몸짓으로 두 팔을 휘젓지 않아도 좋을 곳. 그 황도가 점점 가까워 오고 있다. 며칠 후엔 이곳에 당제가 열리고 상호 자신은 어느 중선배의 선원이 되어 제산 꾸러미를 옆에 끼고 달려갈 것이다. 아버지가 젊으셨을 때 일등 선원이었듯이 그 길을 거친 숨을 몰아쉬며 달려갈 당에서부터 선착장에 이르는 황도의 골목골목들이 눈에 선하게 보이고 있다. 길옆에 가슴을 조이며 일등으로 배에 도착하길 비는 영림의 갈래머리가 황도의 하늘 위로 나타났다 사라져갔다. 키를 잡는 선호 형의 굵고 검은 팔뚝에 푸른 힘줄이 용틀임하고 있다. 무어라 상호에게 미소를 띠며 말을 하고 있었으나 상호의 귀에는 영림의 구수한 목소리만 들려오고 있다.

"상호 오빠! 잘 오셨어요. 이젠 황도를 떠나지 마세요!"

상호는 혼잣말로 중얼거렸다.

"보고 싶었다. 황도여! 영림이! 고생 많았지?"

상호의 독백은 점점 가까워 오는 황도의 당 위에 맴돌고 선착장이 가까워 오고 있었다. 상호는 검은 가방을 배불뚝이로 만든 털목도리를 꺼내 목에 둘렀다. 한줄기 파도가 뱃전에 부딪혀 물보라를 일으켜 선실이 없는 배 위에 물을 끼얹었다. 옷과 얼굴에 짠 파도물이 와 닿았으나 상호는 그 속에서 영림의 환한 웃음을 떠올리며 영림이 전해주던 털목도리를 가지런히 한다. 붉게 물든 하늘로 갈매기 한 쌍이 비상하고 있었다.

무술년 여름은 진정 무더웠다. 모두들 여름을 견디느라 힘들었을 터이다. 그렇게 무덥던 여름도 절기 앞에서는 어쩔 수 없었나 보다. 말복이 지나자 거짓말같이 폭염이 사라졌다. 가을이 성큼 다가왔다. 바람이 맑고 시원하다. 아니 조석으로는 선득선득하다. 그래 작품을 폭염과 함께 써내려가다 보니 '그리움'이란 내용이 많이 생각났다. 하긴 지나온 세월을 되돌아본다는 건 그리움을 찾아 나서는 것이었다. 그래서일까? 정리한 글 속에는 무엇인지 모를 것에 대한 어떤 그리움이 녹아있음을 느끼게 되었다.

무덥던 여름에 걸어온 길을 되돌아보는 것만으로도 행복했다. 되돌아본 과거가 지금보다 잘 살고 풍요롭기 때문은 아니었다. 배고프고 고단한 세월의 삶이었다. 그래서 더 애틋한 마음으로 가슴이 먹먹해 오는지 모르겠다. 뒤늦게라도 행복이 곁에 있음을 알게 된 것 그게 좋았다. 생각하는 것만으로 행복해 질 수 있다면 그보다 더 현명한 처방은 없을 것이다.

어느 글에선가 읽었던 내용이 떠오른다. '세상 사람들이 생각하는 현상 중 긍정적 생각과 부정적 생각으로 나누면 긍정의 생각이 부정의 생각의 세 배나 된다고 한다.' 그래서 세상은 아직도 살맛이 남아 있는 게 아닐지? 얼마 남지 않은 세월, 긍정의 눈으로 세상을 보며 살고 싶다.

누군가 말했다. '행복이 너무 늦게 찾아온다고 생각하나요? 괜찮아요. 그냥 두세요. 그만큼 행복은 당신의 곁을 늦게 떠날 테니까요. 불행이 찾아와 기분이 나쁘신가요? 괜찮아요. 그냥 두세요. 불행이 당신의 주변에 머무르도록 우리가 행복을 멀리 있게 하지 않을 테니까요. 미움을 미워하시나요? 괜찮아요. 그냥 두세요. 미움은 사랑하는 마음 곁에 오래 머무르지 못하니까요. 바로 떠날 테니까요.' 그래 긍정의 힘이 강함을 믿어야겠다.

영국의 팝가수 아델이 부른 'someone like you'에 나오는 가사 중에서 'you know how the time flies'란 구절이 마음에 와 닿을 때가 되었나 보다. '아시죠 시간이 얼마나 빠른지?' 남은 시간, 시간을 아까워하며 긍정의 힘으로 살아야 하지 않을까?

세상에 내놓기에 부끄럽지만 용기를 내었다. 진즉에 용기를 냈어야 했다. 그랬더라면 오늘 좀 더 행복의 곁에 가까이 와 있을걸…. 오늘의 나를 있게 해 주신 주위 분들 모두에게 감사한다. 용기를 준 친구들, 아낌없이 작품 사진을 보내준 복현 작가, 책이 나올 수 있도록 도와준 수헌 이건영 시인과 책으로 엮어준 이든북 이영옥 시인께도 감사한 마음을 전한다. 아내 경희, 손녀딸 승원이, 아들 며느리, 책이 나오길 학수고대 기다려준 문제영 아우님과 이웃의 모든 분들에게 감사한 마음을 전한다.

— 무술년 가을 봉황산 자락에서 글쓴이 —

저자 후기

저자 정부영

그리움의 문턱에서

초판인쇄 | 2018년 11월 10일
초판발행 | 2018년 11월 15일

지 은 이 | 정부영
발 행 인 | 이영옥
편   집 | 김보영
발 행 처 | 도서출판 이든북
출판등록 | 제2001-000003호
주   소 | 대전광역시 동구 태전로 43-1 (의지빌딩 201호)
전화번호 | (042)222-2536
팩시밀리 | (042)222-2530
전자우편 | eden-book@daum.net

ISBN 979-11-87833-69-7 03810
값 20,000원